KB124484

HOMODOMINANS

• 이 도서의 국립중앙도서관 출판시도서목록(CIP)은 e-CIP홈페이지(http://www.nl.go.kr/ecip)와
국가자료공동목록시스템(http://www.nl.go.kr/kolisnet)에서 이용하실 수 있습니다.
(CIP제어번호: CIP2014029117)

호모도미난스

지배하는 인간

장강명 장편소설

은행나무

차 례

1부
초인들
7

2부
보통 사람들
181

작가의 말
341

1부
초인들

소크라테스 : 자신이 하고 싶은 대로 할 수 있는 권력을 가진 사람이
항해에 대해 무지하거나 항해 기술이 없다면,
그 배에 무슨 일이 일어날지 아는가?

— 플라톤, 『알키비아데스 Ⅰ』

1

사형수가 끌려나간 자리에 길게 핏자국이 남았다. 천슈란은 간수를 불러 바닥의 핏물을 닦게 했다. 간수가 대걸레로 바닥을 훔치는 동안 슈란은 가방에서 휴지를 꺼내 노트북과 캠코더에 튄 핏방울을 닦았다.

"여자 교도소에서 약간 착오가 있었던 모양입니다. 금방 올 겁니다."

간수가 굽실거리며 다음 죄수가 늦어지는 이유를 설명하고 방을 나갔다. 슈란은 목덜미를 주무르며 책상 위에 놓인 서류를 읽었다. 환기라고는 전혀 되지 않는 독실에서 사람 배설물과 피냄새를 맡으며 몇 시간째 있다보니 욕지기가 일었다.

'꾹 참아. 천천히 숨을 내뱉고 들이쉬어.'

그녀는 스스로에게 명령했다. 기분이 좀 나아졌다.

다음 죄수인 량메이메이는 지난해 검거된 마약사범이었다. 그녀는 이곳 랴오닝성 톄링 시의 마약조직에 속해 있었다. 메이메이의 남편은 총판장을 운영했다. 이들 부부의 고객들은 밀실에서 대마초를 함께 피웠는데, 메이메이는 수영복 차림으로 그 방을 드나들며 분위기를 돋웠다.

함께 사형을 선고받은 그녀의 남편은 지난달 처형됐다. 그녀 역시 육 개월 안에 형이 집행될 가능성이 높았다. 스물두 살인 메이메이는 네 살짜리 아들을 교도소 안에서 키우고 있었다. 슈란은 그 아들도 함께 불러 오도록 했다.

문이 열리고 수인복 차림의 메이메이가 아들과 함께 들어왔다. 메이메이는 청순한 분위기의 미인이었으나 눈동자를 한곳에 두지 못하고 극히 불안한 태도를 보였다. 가무잡잡한 피부의 남자아이는 예쁜 스웨터를 입고 있었다. 만듦새로 봐서는 메이메이 본인이나 동료 죄수들이 감옥 안에서 짠 옷인 듯했다.

슈란은 메이메이를 자리에 앉힌 뒤 머리에 헤드셋을 씌우고 손목에 심박계를 차게 했다. 메이메이의 뇌파가 노트북 화면에 나타났다. 위아래로 크게 떨리는 파형이었다.

"침착해. 천천히 숨을 내뱉고 들이쉬어."

캠코더의 녹화 버튼을 누른 뒤 슈란은 몇 분 전에 자기 자신에게 내렸던 명령을 메이메이에게도 내렸다. 수감자가 다소 차분해지자 슈란은 미리 준비한 질문을 차례로 던졌다. 초반 질문들은 한쪽 다리를 들어보라든가 가족관계를 묘사해보라든가 하는 쉬운 내용이었으나, 뒤로 갈수록 질문이나 명령이 점점 까다로워졌다. 복잡한 요가 동작을 취하라거나 만 세 살 생일 때 있었던 일을 기억나는 대로 말해보라는 지시도 있었다.

코펜하겐 해석에 대해 설명해보라는 말을 듣고 메이메이는 "코펜하겐은 독일에 있는 도시 이름이며, 코펜하겐 해석은 그 도시에서 있었던 유명한 재판의 판결일 것"이라고 대답했다. 손대지 않고 심장을 멈춰보라는 명령에 그녀의 맥박은 분당 오십 회까지 떨어졌다.

슈란은 양팔을 위로 뻗어 기지개를 펴고 메이메이를 자리에서 일어나게 했다. 새벽에 공항에 도착한 뒤로 열 시간이 넘도록 같은 실험을 하다보니 몸이 뻐근했다. 남은 지시사항은 이제 두 개였다.

"오른손으로 왼쪽 눈을 파서 눈알을 꺼내."

메이메이의 뇌파가 진폭이 좁고 격렬히 떨리는 형태로 급격히 변했다. 자리에서 일어난 메이메이는 부들부들 떨면서 오른손을 왼쪽 눈 위에까지는 올려놨으나 차마 다음 행동은 하지 못하고 있었다. 겨드랑이가 축축이 젖어들었다. 슈란이 다시 말했다.

"오른손으로 왼쪽 눈을 파서 눈알을 꺼내."

메이메이는 한참을 머뭇거리다 숨을 들이키고는 손가락을 눈구멍으로 집어넣었다. 시신경이 붙어 덜렁거리는 안구를 빼내는 데 일 분 정도가 걸렸다. 그녀는 눈알을 뽑아낸 다음에야 헐떡이며 울음을 터뜨렸는데 오른쪽 눈에서는 눈물이, 조금 전까지 조직이 있었던 왼쪽 눈구멍에서는 피가 뺨을 타고 흘러내렸다.

그때까지 기가 눌려 아무 소리도 못 내고 있던 남자아이가 믿을 수 없이 높고 길게 비명을 터뜨렸다. 새된 비명 소리가 좁은 심문실 안에 몇 번이고 메아리쳤다.

"안구를 탁자에 내려놓고 두 손으로 저 아이를 목 졸라 죽여."

슈란이 다음 명령을 내렸다. 메이메이는 그 말에 울음을 그쳤다. 그녀의 얼굴이 흉하게 일그러지더니 급기야는 안면근육에 경련이 일기 시작했다. 슈란은 방구석으로 슬금슬금 뒷걸음치는 남자아이에게 "거기 멈춰 서"라고 말했다. 평온한 어조를 유지하는 것이 쉽지 않았다.

메이메이는 여전히 보이지 않는 힘과 싸우는 중이었다. 마치 신들린 사람처럼 그녀의 몸 전체가 들썩였다. 한쪽 눈구멍에서 피를 흘리는 채로 고통에 몸부림치는 메이메이의 모습은 사람이 아닌 다른 존재 같았다. 슈란은 침착하게 질문지에 써 있는 지시사항을 다시 읽었다.

"두 손으로 저 아이를 목 졸라 죽여."

메이메이가 신음 소리를 내다가 몇 번 헐떡이더니 서 있는 자세 그대로 토했다. 시큼한 액체가 슈란의 노트북과 캠코더, 옷에 튀었다. 메이메이의 수의는 피와 땀, 눈물과 토사물로 흠뻑 젖어 있었다.

"두 손으로 저 아이를 목 졸라 죽여."

이번에는 슈란의 목소리도 다소 흔들렸다. 메이메이의 손이 부들부들 떨리며 아들의 목을 향했다.

"오카모토 반장이라는 사람, 어떻게 할까요? 뒷돈을 받거나 비리가 있거나 할 사람은 아니더란 말입니다. 주변 평도, 단점이라는 게 고작 '피의자를 윽박지르는 경우가 자주 있었다' 정도랍니다."

곤도 형사의 질문에 이시카와 주임은 손바닥으로 머리 위를 꾹꾹 눌렀다. 골치가 아플 때 그가 하는 버릇이었는데, 정수리 탈모가 온다며 아내가 잔소리를 했지만 잘 고쳐지지 않았다.

"그 바보 녀석들만 아니었더라면 그냥 혐의 없음이라고 보고할 텐데, 이것 참……"

'그 바보 녀석들'이란 경시청에서 불과 두 블록 떨어진 마루노우치 경찰서를 가리키는 말이었다. 자수하러 온 지명수배범을 마루노우치서 당직계 직원이 "연말이라 바쁘니 나중에 다시 오라"며 집으로 돌려보냈다. 이 일이 뒤늦게 언론에 알려지면서 경시총감이 직접 기강 강화를 훈시하고 나섰다.

이시카와 주임과 곤도 형사는 도쿄 경시청 감찰계 소속이었다. 동료 경찰을 상대로 하는 업무인 만큼 공정하게 일해야 한다는 걸 누구보다 잘 알지만, 아무래도 총감의 훈시가 압박이 된다. 이런 시기에 감찰을 받는 경찰은 지지리도 운이 없는 셈이다. 그 운 없는 경찰이 바로 메지로서의 베테랑 형사인 오카모토 반장이었다.

후지이 일가 여자 두 명의 시신이 발견된 건 보름 전이었다. 14세 소년인 후지이 스스미가 온몸에 피를 뒤집어쓴 채 주택가 골목을 돌아다니는 모습을 주민이 보고 경찰서에 신고했다. 마침 자리에 있던 오카모토 반장이 이 사건을 맡았다. 그러나 막상 응급실에서 레지던트가 스스미의 셔츠를 벗기고 피를 닦아냈더니 소년의 몸에는 아무런 상처도 없었다.

소년은 극심한 전건망 증세를 보였다. 자기가 누구인지조차 기억하지 못하는 것 같았다. 경찰서에 와서도 자신의 이름이나 피를 묻힌 채 길을 돌아다닌 이유, 어디에서 피가 묻었는지에 대해 제대로 설명하지 못했다. 그사이 순경들이 핏자국을 추적해 스스미의 집을 찾아냈고, 그 빌라에서 소년의 할머니와 어머니의 시신을 발견했다.

시체는 두 구 모두 거실에 있었는데, 스스미의 할머니인 후지이 가즈코는 칼에 찔려서, 어머니인 후지이 에미코는 별다른 외상 없이 숨져 있는 상태였다. 스스미의 몸에 묻은 피는 뒤에 후지이 가즈코의 것으로 판명났다. 스스미의 아버지인 후지이 기요시는 지난해 바다에서 물놀이

중에 익사했다. 채 일 년도 안 되는 사이에 이 집 가족은 중학생인 스스미만 남기고 모두 비명횡사한 셈이었다.

"최종 검시보고서는 나왔나?"

"예, 그런데 처음 내렸던 잠정 결론과 달라진 게 없습니다."

곤도가 검시보고서 사본을 찾아 이시카와에게 건네며 말했다. 후지이 에미코의 사인은 뇌졸중이었다. 후지이 가즈코의 목을 찌른 흉기는 그녀 손에 들고 있던 식칼이 맞았다. 칼이 들어간 각도나 목에 남은 주저흔으로 볼 때 그녀는 자기 목을 스스로 찌른 것 같았다.

메지로경찰서는 누군가가 며느리와 손자를 인질로 삼고 후지이 가즈코에게 자해를 강요했거나, 반대로 후지이 가즈코가 자기 목에 칼을 들이대면서 며느리와 손자를 협박하다 실수로 죽음에 이르렀다는 가설을 제시했다.

"사망 시간대는 더 좁힐 수 없다던가? 누가 먼저 죽었는지는 알 수 없대?"

이시카와가 물었다.

"잘 모르겠답니다. 검시관이 개인 의견이라면서 며느리가 먼저 죽었지 않았겠느냐고 하더군요."

"왜 그렇지?"

"눈 주변에 피가 묻어 있었거든요. 시어머니보다 오래 살았다면 자기 얼굴에 묻은 피는 닦아내지 않았겠습니까?"

이웃들의 증언에 따르면 후지이 가즈코는 답답할 정도로 낙천적인 성격으로, 비록 아들의 죽음에 상심하기는 했어도 자살할 것처럼 보이지는 않았다고 한다. 가장인 기요시가 죽은 뒤 집에 일하는 사람이 없어 수입이 끊기긴 했으나 당장 생활비를 걱정해야 할 정도는 아니었다. 검시관 보고서에는 후지이 에미코의 생전 심장 상태 역시 양호했다고 적혀 있었다.

정작 이 사건에서 가장 해괴한 대목은 후지이 가즈코나 후지이 에미코의 죽음이 아니었다. 관할서에서 해결해야 할 사건이 경시청 감찰계까지 넘어온 이유도 바로 그 때문이었다. 오카모토가 주요 증인이고 어쩌면 용의자일 수도 있는 소년을 제대로 조사도 하지 않고 풀어줬다는 것이 가장 큰 문제였다.

아동 피해자를 위한 특별 조사실에 있던 후지이 스스미는 몸을 씻고 옷을 갈아입은 뒤 오카모토에게 경찰서에서 나가고 싶다고 말했다. CCTV에는 오카모토가 경찰서 본관 정문까지 스스미를 배웅하는 장면이 찍혀 있었다. 화면 속의 오카모토는 덤덤한 표정이었다. 조서를 받지 않은 것은 물론이고 하다못해 스스미의 연락처를 받아놓거나 사진을 찍지도 않은 상태였다.

오카모토에 따르면 스스미는 몹시 불안정한 태도로 '머리띠를 한 남자'가 집에 들어와 할머니와 어머니를 죽였다고 진술했다. 지금까지는 그게 이 사건에 대한 유일한 목격자 증언이었다. 오카모토는 "범인이 어떻게 생겼는지, 그가 구체적으로 한 행동이 무엇인지를 물어봤지만 소년이 '머리띠를 한 남자를 잡으란 말이야!'라고 울부짖을 뿐이었다"고 말했다.

스스미를 풀어준 이유에 대해 오카모토는 감찰계 조사를 받으며 자신도 왜 그랬는지 모르겠다고 털어놨다. 스스미가 "나, 나갈래, 내보내줘"라고 말하자 왠지 모르게 그 말에 따라야 할 것 같다는 심정이 됐다는, 기이한 설명이었다. 아내와 불화를 겪고 있던 차에 끔찍한 사건 현장을 보고 잠시 신경쇠약에 빠졌던 게 아닌가 하는 게 오카모토 본인의 해석이었다.

경찰서에서 나간 스스미의 행방은 이후 보름째 묘연했다. 이시카와는 보고서에 붙어 있는 후지이 스스미의 사진을 다시 한 번 보았다.

"어린아이가 뭐 이렇게 으스스하게 생겼는지……"

이시카와의 말을 들은 곤도 형사가 "아버지가 죽은 다음에 찍은 사진 아닌가요?"라고 되물었다.

"그런가?"

이시카와가 머리를 긁적였다.

"아버지와 사이가 꽤 좋았다는데, 표정이 어두울 수밖에 없죠. 게다가 듣기로는 아버지가 그냥 익사한 게 아니라더군요."

곤도가 말했다.

"그래? 그건 또 무슨 얘기지?"

"옆집 가족 이야기로는, 바다에서 파도에 휩쓸린 사람은 후지이 기요시가 아니라 아들인 스스미였다더군요. 기요시는 스스미를 구하러 갔다가 목숨을 잃은 거고요. 왜, 이안류인가 하는 거 있잖습니까. 구조대원이 두 사람을 함께 바다에서 끌어냈는데 아버지는 이미 죽어 있었답니다. 어린아이가 어른의 몸을 밟고 서 있지 않았나 싶습니다. 그런 입장에 서면 누구나 자기 때문에 아버지가 죽었다는 생각이 들 테죠……"

2

흰원숭이들에게 알림:

당신의 능력에는 한계가 있습니다.

정신조종능력은 반경 2.5~4미터 안에 있는 사람에게 잠시 영향을 미칠 뿐입니다. 대상과 4미터 이상 떨어져 정신조종에 성공한 사례는 현재까지 발견된 바 없습니다.

이 능력을 잘 이용하면 보석가게를 털 수도 있고, 영화 촬영장에 들어가 미모의 여배우와 동침할 수도 있습니다. 하지만 당신이 보석가게나 영화 세트장에서 나오자마자 상점 주인과 영화 제작진들은 궁금해하기 시작할 겁니다. '내가 왜 저자의 명령에 따랐지?' 하고요. 범죄상황은 CCTV에 그대로 찍혀 있고, 당신의 얼굴을 기억하는 사람도 많을 겁니다. 경찰이 당신을 뒤쫓겠지요.

게다가, 당신의 능력은 언제, 어느 상황에서나 발휘되는 게 아닙니다. 백원단은 이 능력을 막을 수 있는 몇 가지 방법을 개발했으며, 지도부와 일부 회원들이 그 노하우를 공유하고⋯⋯

(아침에 일찍 일어나면 항상 슬퍼. 자기는 안 그래?)

아침에 일어나면 졸리긴 해. 슬프진 않은데.

(어떤 때에는 여행을 가려고 일찍 일어나잖아. 그런 때에도 슬퍼. 막 하늘이 남색이고 그런 걸 보면 마음이 쓸쓸해져서 견딜 수가 없어. 가슴이 뻥 뚫린 것 같아.)

어, 그런 색깔 하늘을 보면 쓸쓸한 기분이 들 때는 있지.

(그래, 그거야.)

"그래, 그거야"라는 목소리에 안시현은 흠칫 놀랐다. 잠이 들어 있던 것도, 깨어 있었던 것도 아니다. 그는 한 손으로 얼굴을 가린 채 침대 모서리에 한참 앉아 있다가 부엌으로 걸어갔다.

바로 건너편 건물이 보이지 않을 정도로 공기가 탁했다. 선양 시의 대기오염은 서울과는 비교도 할 수 없었다. 묵시록의 한 장면 같다. 희뿌연 하늘에 태양이 붉은 점처럼 찍혀 있었다. 냉장고를 열었다가 미처 생수를 사놓지 않았고, 끓여놓은 차도 없다는 사실을 알았다. 그는 나가서 물을 사올까 말까 망설이다가 그냥 맥주를 꺼내 병째 입에 대고 마셨다.

(그래, 그거야.)

선양에 온 지는 반년째였다. 4월에 이 도시에 처음 왔을 때에는 지독한 먼지를 보면서 본토 황사는 다르구나라고 생각했다. 그런데 몇 달이 지나도 하늘은 맑아지지 않았다. 6월에는 공안들이 길거리를 돌아다니며 야외에서 쓰레기를 태우지 못하게 단속했다. 8월에는 도로에서 노후 차량을 적발했다. 그리고 10월이 되었지만 시현은 여전히 죽은 아내의 목소리를 들었다.

먼지 속에 떠 있는 고층건물을 보고 있노라면 그곳이 현실세계라는 느낌이 잘 들지 않았다. 음주운전 차량에 치여 죽은 사람은 아내가 아니라 나다, 그래서 나는 저승의 도시에 오게 된 거다, 아내는 서울에서 여전히 여피스럽게 잘 살고 있다, 그런 식의 망상을 떨치기 어려웠다.

"저희는 그냥 중매로 만났어요."

그들이 만난 경위를 이렇게 설명하면 아내는 언제나 화를 냈다. 그는 아내를 놀리려고 더 그 설명을 고집했다. 아내는 그들이 연애결혼을 한 거라며 "처음에는 소개로 만나긴 했는데, 그다음에 꽤 오래 사귀었어요"라고 주장했다. '꽤 오래'라는 게 겨우 13개월이었다. 남자는 아내가 자신의 프러포즈는 덥석 받아들여놓고도 결혼은 뒤로 미루려 한 것이 '일 년 넘게 연애했다'는 말을 하기 위해서가 아니었을까 의심했다.

시현은 구로디지털단지의 한 건물 병원에서 페이닥터로 일했다. 여러 병원이 건물 한 층을 통째로 빌려 접수 로비나 원무과, 주사실을 공동으로 이용하는 시스템이었다. 피부과 병원에는 '매주 화요일엔! 보톡스 데이, 매주 목요일엔! 필러 데이'라는 간판이 걸려 있었다. 인근 IT기업에서 일하는 젊은 여성들이 많이 찾아왔고, 그가 하는 치료는 대개 이런저런 레이저 시술이었다.

시현은 얼굴이 잘생긴데다 묘하게 우울한 분위기가 있어 젊은 여자 환자들에게 인기가 높았다. 환자를 다루는 기술도 뛰어났다. 마흔이 되기 전에 마음 맞는 동업자를 만나 개원을 하는 게 그의 꿈이었다. 페이닥터로 오래 일하기는 힘들었다. 의사들의 연봉이 오르는 걸 원장이 부담스러워하기 때문이다. 구로구처럼 아직 경쟁이 덜 치열하고 잠재 고객이 많은 지역을 찾아 작은 병원을 열고, 그 병원을 키워서 분점을 내고, 나중에는 경영만 하다가 일찍 은퇴한다는 게 그의 미래 계획이었다.

외국계 부동산회사에서 일하던 아내의 꿈은 국제기구에서 일하는 것이었다. 그녀는 퇴근 후에 통번역대학원 입학 준비 학원에 다녔다. 아내가 "우리 아이 낳는 건 좀 뒤로 미루면 안 될까?"라고 말했을 때 그는 "그냥 안 낳아도 돼"라고 대답했다.

"그냥 애 없이 우리 둘이서 잘 살자. 그것도 괜찮지 않아?"

"정말? 그랬다가 나중에 후회하지 않을까? 나중에는 다 애 키우는 정으로 살게 된다는데……"

'아이 없이 살겠다'는 결심을 밝혔을 때 주변 사람들이 하는 말을, 남자는 귓등으로 흘려들었다. 그가 보기에는 오히려 다른 사람들이 억지로 결혼생활을 유지하기 위해서, 또는 살아가기 위해서, 아이라는 핑계를 대는 듯했다.

결혼생활에 대해 남자는 어느 정도 자신이 있었다. 그들은 서로 마음이 잘 맞는 커플이었다. 취향과 유머코드가 비슷했고, 교양과 배려심이 있었다. 그는 자신들이 '중매로도 운명의 짝을 만날 수 있다'는 산 증거라고 여겼다.

그는 스스로 행복하다고 생각했다. 피부과를 전공으로 택한 건 여러 가지 현실적인 이유 때문이었지만, 일하다보니 적성에 맞았다. 업무 강도도 나쁘지 않았고, 사회적인 지위도 만족스러웠으며, 사람의 생명을 다룬다는 중압감을 피할 수 있다는 점이 특히 좋았다.

그리고 아내가 음주운전 차량에 치여 숨졌다. 구형 아반떼가, 아내와 아내 옆에서 택시를 기다리던 또 다른 행인을 치고 지나갔다. 그는 CCTV에 찍힌 사고 화면을 나중에 보았다. 자동차에 치인 사람은 차량이 진행하는 방향으로 튕겨나가는 게 아니라 받힌 자리에서 수직으로 몸이 떠올랐는데 그 광경은 물리법칙을 무시하는 것처럼 기묘하게 보였다.

장례는 어떻게 치렀는지 기억도 나지 않았다. 휴가 때에는 정처 없이 동해 바닷가를 돌아다녔다. 밤에 교차로 근처에 서면 CCTV 영상이 떠올라 몸의 털이 곤두섰다. 사실은 그때가 유일하게 현실을 직시하는 순간이었다.

경조휴가는 7일이었고, 원장은 일을 하는 게 슬픔을 잊는 데 도움이 될 거라고 말했다. 시현은 8일째부터 병원에 다시 나갔다. 레블라이트니 제네시스니 하는 레이저기계의 노즐을 쥐고 열심히 기미와 여드름과 주근깨를 태웠다. 남자는 차분해 보였지만, 말이 거의 없었다. 다른 동료와 환자들은 속으로 그를 무서워했다.

그해 봄에 그는 병원을 그만두었다. 아내의 죽음이 아니라 자신의 삶을 견딜 수 없었다. '보톡스 세 명 소개하면 이마, 미간, 눈가 중 한 부위 무료 시술'이라든가 '정품, 정량 그대로…놀라운 가격으로 만나보세요'와 같은 선전문구를 볼 때마다 기분이 멍해졌다. 부모님이 새 짝이 어쩌고 이야기할 때 그는 조용히 자리에서 일어났다. 그는 아이가 있었더라면 공허에 사로잡히지 않을 수 있었을지 자문했다.

병원을 그만뒀을 때처럼 충동적으로 중국행을 결심했다. 의대생 시절 국경 없는 의사회 소속 의사들이 헤이룽장성에서 숨어지내는 탈북자들을 돕는 내용의 다큐멘터리를 감명 깊게 본 적이 있었다. 어학연수생들은 보통 베이징이나 상하이로 갔지만, 그는 동북 지방의 명문대라고 하는 둥베이대학을 택했다. 동북 3성의 문물에 익숙해지기 위해서였다.

중국에 처음 왔을 때, 그는 자신이 몇 달 뒤 랴오닝성의 유명인사가 될 거라고는 짐작하지 못했다.

"일어나. 저리 비켜."

스스미가 웅얼거리듯이 말하자 지하철 좌석에 앉아 있던 승객이 벌떡 일어나더니 스스미에게 자리를 내주었다. 자리를 내준 남자는 자기가 왜 그런 행동을 했는지 몰라 얼떨떨한 표정이었다.

그 얼굴이 보기 싫었다. 스스미는 남자에게 "옆 칸으로 가"라고 말했다. 남자는 다른 승객들을 헤치고 옆 칸으로 향했다. 주변 승객들의 눈이 커졌다. 스스미는 "다들 옆 칸으로 가버려"라고 말했다. 승객들이 우르르 이동하는 바람에 일대 혼란이 벌어졌다. 만원 지하철에서 그 주변에만 빈자리가 생겨났다. 스스미는 고집스럽게 자리를 지키고 앉아 있었으나 속마음은 불만으로 가득했다. 소년은 이어폰을 귀에 꽂고 주머니에서 스마트폰을 꺼내 음악을 틀었다.

이런 '능력'이 있으면서 왜 머리띠 남자는 막지 못했던 걸까. 울면서 몇십 번이나 "죽지 마, 죽지 마, 죽지 마"라고 외쳤지만 어머니는 무시무시한 표정을 지으며 몸을 뒤틀었다. 스스미가 어머니의 가슴을 세게 누르며 심폐소생술 흉내를 내는 동안 할머니의 목에서 나오는 피가 그의 몸을 적셨다.

소년의 능력은 머리띠를 한 남자에게는 통하지 않았다. 머리띠를 한 남자는 스스미 이상의 능력을 지니고 있었다. 머리띠 남자는 스스미의 기억을 지우고, 밖으로 나가라고 명령했다. 경찰서에서 겨우 정신을 차린 뒤에도 스스미는 한참이나 자신이 누구인지가 생각나지 않았다.

"머리띠를 한 남자가 범인이야. 그자를 잡아야 해."

스스미는 술취한 사람처럼 "머리띠를 한 남자, 머리띠를 한 남자"라며 횡설수설했다. 오카모토 반장이라는 사내는 그런 스스미를 붙잡고 "그 남자가 어떻게 생겼는지 기억 나? 키는 얼마쯤 됐는지, 얼굴에 흉터 같은 건 없는지?"라며 물었다. 처음에는 흐릿하게 머리띠를 한 남자의 얼굴이 떠오르려 했는데 이윽고 뭔가 보지 말았어야 할 것을 봤다는 느낌이 들더니 그나마 그 이미지도 완전히 사라지고 말았다.

"꼬마야, 전혀 기억이 안 나?"

오카모토 반장의 말투는 묘하게 적대적이었다. 스스미는 최대한 머리를 굴려보려 애썼다. 상대가 베테랑 형사이고 자신은 열네 살짜리 소년이라 할지라도 그에게는 비범한 능력이 있잖은가. 이럴 때에는―.

"아저씨, 나 믿지 않지? 솔직히 말해봐."

"안 믿어."

오카모토가 입을 멍하니 벌리고 대답했다. 갑자기 스스미의 머리가 씽씽 돌아갔다.

"아저씨, 머리띠를 한 남자를 만났지?"

"만났어."

"언제?"

"몇 시간 전에."

벌레가 스멀스멀 등을 타고 올라오는 기분이었다.

"나, 나갈래, 내보내줘."

오카모토는 바보 같은 표정으로 스스미의 지시에 따랐다. 경찰서를 나서며 스스미는 흐트러지려는 정신을 다잡았다. 할머니와 어머니가 죽는 장면은 분명히 떠올릴 수 있었다. 어머니는 몸을 뒤틀며 죽었고, 할머니는 목에서 시뻘건 피를 쏟았다. 마치 누가 피로 물총을 쏘는 것처럼 핏줄기가 그의 얼굴에 튀었다. 피는 따뜻하고 비리고 미끈거렸다. 어머니의 어깨를 붙잡고 흔들던 손이 피 때문에 미끄러졌다.

기억을 되살리는 동안 어찌나 이를 악물었던지 잇몸이 얼얼했다.

그 장면 앞뒤로 서너 시간은 전혀 기억이 나지 않는다. 근 하루치의 기억을 잃는 과정에서 충격적인 장면 일이 분만 머리에 지워지지 않고 남겨진 듯했다. 머리띠 남자에 대해서는 거의 존재조차 잊어버릴 뻔했다. 어쩌면 머리띠 남자는 스스미가 자신을 기억한다는 사실을 모르고 있을지도 모른다.

(어떤 음모가 있어. 이 '능력'과 관련된. 하지만 지금으로서는 아무것도 알 수 없어. 머리띠를 한 남자는 나보다 몇 걸음 앞서 있고, 경찰은 도움이 안 돼. 머리띠 남자의 '능력'은 어느 정도일까? 이 능력은 근육처럼 거듭된 훈련으로 강화시킬 수 있는 걸까? 아니면 무술처럼 그 효과를 극대화할 수 있는 적절한 요령이나 사용법이 있는 걸까?)

'복수할 거야. 꼭 잡아서 목을 따버릴 거야.'

야마노테선에서, 소년은 턱이 아프도록 이를 깨물며 다짐했다.

　　　　　　　　　　　　●

어학연수 첫 학기가 끝나갈 때, 시현은 둥베이대학교 근처의 대로에서 중년 여성이 뺑소니차에 치이는 장면을 목격했다. 피를 흘리며 괴로워하는 희생자를, 다른 사람은 몰라도 그는 지나칠 수가 없었다. 입고 있던 셔츠를 벗어 붕대 대용으로 응급처치를 하는 그의 모습을 누군가가 스마트폰으로 찍어 중국판 유튜브인 여우쿠에 올렸다. 동영상에는 시현이 "구급차를 불러달라"며 도움을 요청하는데도 다른 학생들이 외면하고 지나가는 모습까지 찍혔다.

시현이 외국인인데다 외모가 준수했기 때문에 영상은 더 화제가 됐다. 중국판 트위터인 웨이보에는 '천사 유학생'이라는 제목으로 시현의 사진과 사연이 올라왔다. "중국에서 교통사고가 나면 중국인은 모른 척하고, 한국인 유학생이 부상자를 구조하며, 중국 대학생은 그 광경을 스마트폰으로 찍는다"는 글도 함께 돌아다녔다.

처음에는 대학신문 기자가 시현을 찾아왔다. 학생기자는 인터뷰를 피하는 시현의 모습을 자기 입맛대로 해석했다. 그는 '안시현이 겸손한 자세로 당연한 일을 했을 뿐이라며 인터뷰를 극구 사양했다'고 썼다. 그다음에는 지역신문과 방송사에서 시현을 찾아왔고, 나중에는 중국인들의 정신적 혼란에 대한 논픽션을 쓰고 싶다는 작가까지 찾아왔다. 시현은 말없이 그들을 돌려보냈다.

류잉춘 교수가 찾아온 것은 그즈음이었다. 시현은 예고 없이 오피스텔을 찾아온 이 중년 사내도 돌려보내려 했으나 잘 되지 않았다. 상대가 "안에서 얘기 좀 하시죠"라고 말을 한 순간 아무려면 어떠랴 싶은 기분이 되었다. 그를 집 안에 들인 이유를 그 자신도 알 수 없었다. 아침부터 맥주를 마셨기 때문인지도 모른다.

자신을 푸단대 교수라고 밝힌 중년 신사는 방을 둘러보다가 자리에 앉더니 시현에 대해 이것저것 물었다. 놀랍게도 이 교수는 한국어가 유창했다. 그는 중국에는 어떻게 오게 됐나, 중국어 공부는 할 만한가, 뺑소니 사고 피해자를 도운 이유는 뭔가, 결혼은 했나, 아이는 있나와 같은 질문들을 던졌다. 류 교수의 말투나 자세에는 굉장한 카리스마가 있어서, 시현은 면접장에 앉은 구직자처럼 더듬더듬 자신의 사연을 설명했다.

"나한테 왜 이런 걸 물어보나 궁금하시겠구려."

류잉춘 교수가 말했다.

시현이 고개를 끄덕였다.

"우리 연구팀은 이타심을 연구하고 있소. 시현씨 같은 의인들을 찾아서 평소에 어떤 생각을 하는지 알아보는 게 우리 일이라오. 사실은 현대사회에 꼭 필요한 연구요. 어떤 조직이건 규모가 어느 정도 이상으로 커지면 갖가지 윤리적 딜레마에 처하기 마련이거든. 그런데 서양 철학자들은 실제로 써먹을 수 있는 기준이나 법칙을 내놓은 건 별로 없소. 구조주의니 해체주의니 하는 좋은 말들만 많이 했지.

어떤 테러리스트가 도시에 핵폭탄을 설치해서 한 시간 뒤면 그 폭탄이 터지고, 수십만 명이 몰살당할 위기라 칩시다. 당국이 문제의 테러리스트와 그 가족을 붙잡았는데 범인이 폭탄 위치를 말하지 않는단 말이오. 그때 이 테러리스트나 아니면 그 테러범의 어린 자식들을 아버지가 보는 앞에서 고문해서 폭탄의 위치를 알아내야 하느냐, 마느냐에 대해 서양 철학자들이 무슨 조언을 해줍니까? 결정적인 순간이 되면 그들은 갑자기 입을 다물고 결정을 회피하오. 폭탄이 터지는 예정 시각은 째깍째깍 다가오는데.

결국 그런 상황에서 결정을 내리는 건 딜레마에 처한 조직의 수장인데, 그 수장은 기껏 해봤자 자신의 개인적 양심이나 신념에 따를 뿐이지. 좀 질이 안 좋은 사람이라면 정치적 득실을 계산할 거고. 그런데 우리 연구에 따르면, 개인의 양심이나 신념이라는 건 아주 모호한 개념이오. 뚜렷한 원칙도 없고, 바탕이 되는 철학도 별것 아닌 경우가 대부분이라오. 그 사람이 어린 시절을 어떻게 보냈느냐에 크게 좌지우지되지.

그래서 내가 속한 조직은 새로운 윤리체계를 개발하는 일에 나섰소. 이런 연구는 서양에서는 하지 못해요. 그네들은 100명 중 51명이 찬성하기만 하면 윤리 문제가 해결된 걸로 보거든. 하지만 우리 중국은 그렇지 않아요. 우리 지도자들에게는 다수결이라는 편리한 변명거리가 없소. 우리의 차세대 지도자들은 서양 정치인들보다 훨씬 더 힘든 상황에서, 더 옳은 결정을 내려야 합니다."

"하지만 저는 의인이 아닙니다. 뺑소니 교통사고 피해자를 만났으니까 뛰어든 거지, 강도 사건을 봤더라면 어떻게 행동했을지 모릅니다."

조용히 류잉춘의 말을 듣고 있던 시현이 말했다.

"영웅적인 선행은 대부분 상황의 산물이요. 그런 상황을 어떻게 유도할 것인가가 우리의 관심사고."

류잉춘은 그렇게 말하며 가방에서 태블릿 PC를 꺼냈다. 그는 PC를 몇 번 두드리더니 시현에게 내밀며 말했다.

"삼십 초가 지나도 답을 선택하지 못하면 다음 질문으로 자동으로 넘어가게 됩니다. 최대한 그 안에 답을 하도록 노력해보시오. 설문을 마치는 데에는 세 시간쯤 걸릴 겁니다."

시현은 이번에도 '싫다'고 대답할 수 없었다. 그는 이 묘한 압박감이 어디에서 오는 건지 궁금해졌다.

태블릿 PC에는 객관식 설문이 있었다. 첫 번째 문제는 바로 핵폭탄의 딜레마에 대한 것이었다. 테러리스트가 진범임이 분명하다면, 폭탄이 틀림없이 터진다면, 시민들을 대피시킬 시간이 절대적으로 모자란다면—.

'폭탄의 위치를 알아내기 위해 당신은 테러범의 아이를 고문할 의향이 있습니까?'

선택할 수 있는 답안은 '예'와 '아니오' 두 가지밖에 없었다.

"두 손으로 저 아이를 목 졸라 죽여."

눈에서 피를 흘리던 여자 죄수가 슈란의 명령에 몸을 떨다 토하는 장면에서 명준은 눈을 아래로 내리깔았다. '토하지 마'라고 스스로 명령을 내린 덕분에 구역질이 일지는 않았다.

"이거 꼭 이렇게 크게 봐야 해? 그냥 결론만 들으면 안 되나."

명준의 불평에 슈란은 "난 저 자리에 있었다구"라고 한숨을 쉬면서 화면 크기와 소리를 줄였다. 그녀의 한국어도, 명준의 중국어도 거의 완벽했다.

여죄수가 숨이 멎은 아들을 내려다보고 미처 날뛸 때 명준은 창밖으로 눈을 돌렸다. 호텔 특실에서 내려다보는 칭다오 시의 야경은 조용하고 차분하고 아름다웠다. 동영상이 끝났을 때 명준은 소리나지 않게 한숨을 뱉었다.

"우리가 내리는 명령에 한계는 없는 것 같아. 내 뇌파와 심전도를 분석한 표 봤어? 대상이 아무리 심리적으로 저항해도 나한테는 아무런 영향이 없었어. 백원단의 설명과 달라."

슈란이 말했다.

"애를 꼭 죽여야 했어?"

명준이 물었다.

"안 죽었어. 교도소 의무반이 응급조치를 해서 살려냈어."

"뽑은 눈알도 다시 꽂아놨어?"

"뭘 그렇게 투덜거려? 어차피 몇 달 뒤면 총살당할 사람인데. 그동안 두 눈으로 사는 거랑 외눈으로 사는 게 그렇게 다른가?"

슈란은 웃었다.

아무리 백원단이 의심스럽다 해도, 저런 실험을 직접 하다니. 나라면 저렇게는 못한다. 하지만 명준은 그런 생각을 입 밖으로 내지는 않았다. '어떤 일을 너는 할 수 있지만, 나는 하지 못한다'고 인정하는 순간 입지가 불리해진다.

백원단이 '흰원숭이'라고 부르는 초능력자끼리는 서로 정신조종능력이 통하지 않았다. 적어도 슈란과 명준 사이에서는 그랬다. 다른 흰원숭이들은 만난 적이 없었다.

두 사람 사이의 주도권 겨룸은 일반인 간에 벌어지는 것과 다를 바 없었다. 대상을 얼마나 잘 알고 있는가, 그리고 원하는 바를 얻기 위해 얼마나 손실을 각오하는가에 달려 있었다. 그리고 그 경쟁에서 명준은 자신이 슈란에게 지고 있음을 인정하지 않을 수 없었다. 그건 능력의 문제가 아니라 배짱과 담력의 문제였다.

여기서 내가 슈란과 싸움을 벌이면 어떻게 될까. 슈란의 키는 160센티미터 정도였고, 몸은 날씬했다. 완력으로 그녀를 제압하는 것은 일도 아닐 터였다. 하지만 그런 다음엔? 호텔로비에는 사람들이 있고, 거기로 내려가기만 해도 그녀는 수족처럼 부릴 수 있는 군대를 얻게 된다. 그 점은 명준도 마찬가지였다. 그때부터는 신체의 차이는 무의미해지고 싸움은 전략과 전술의 차원이 된다.

"한국 사람들은 유난히 화이트칼라 범죄를 가볍게 여기는 것 같아. 네가 저지른 사기에 비하면 사람 눈알 하나는 내가 보기엔 별거 아닌데 말이야."

슈란이 말했다.

"한국에는 사람 몸에서 눈이 구 할이라는 속담이 있어. 그건 그렇고,

백원단 이야기가 나와서 말인데……, 사용단어 빈도 조사를 한 결과가 나왔어."

명준은 슈란의 눈을 피하며 슬그머니 화제를 돌렸다.

"그래? 뭐래?"

"백원단의 메시지들이 너무 짧아서 단정적으로 말하긴 어렵대. 1만 단어쯤은 돼야 글 쓴 사람 특성을 뚜렷하게 구분해낼 수 있다나. 그러니까 다 추정이긴 한데, 제일 중요한 건 일관되게 한 사람이 쓴 것 같다는 거야. 나이는 사십대 후반에서 오십대, 교육수준이 높고, 저장성 출신이거나 그 근처에서 어린 시절을 보냈을 가능성이 높다고 하네. 그리고 베이징에서 일 년 이상 대학교육을 받은 것 같다고. 1990년대 베이징 대학생들 사이에서 유행했던 단어를 두어 개 썼다고 하는군."

"거기에 맞는 사람이 우리 리스트에 몇이나 되지?"

"딱 들어맞는 사람은 열네 명이야. 나이대가 다소 안 맞거나 지역이 다른 사람까지 포함하면 육십 명쯤 돼. 전부 조사 시킬까?"

명준은 가방에서 종이봉투를 꺼내 슈란에게 건넸다. 서류 뭉치에서 종이가 한 장 떨어지는 바람에 명준은 허리를 굽히고 그 페이지를 주웠다. 그가 쥐어든 페이지에는 류잉춘의 얼굴 사진과 약력이 인쇄돼 있었다.

●

'흰원숭이'라는 이름은 구룽반도 주민들의 도시 전승에서 따왔다. 까울룽썽자이의 주민들은 그 명칭을 중국신화에 나오는 상상의 괴물에서 가져왔다. 초자연적인 힘을 부르는 이름은 돌고도는 모양이었다.

류잉춘은 자신이 벌이려는 실험에는 '금강승'이라는 이름을 붙였다. 실험의 목적이 밀교에서 사용하는 개념과 좀 닮아 있다는 생각에서였다.

금강승의 실험 대상을 확정했다는 소식을 전했을 때 웨이리원의 반응은 차가웠다. 안시현은 네 번에 걸친 테스트에서 모두 고르게 높은 점수를 얻었다. 여태까지 시험을 치른 후보자 중 최고 득점자였다. 네 번째 시험은 구술면접이었는데 시현은 거기서도 좋은 점수를 얻었다.

"결국 저는 당신의 시험에 합격하지 못한 거군요."

리원이 말했다.

"네 점수도 나쁘지 않았어. 그 남자가 점수가 더 높았을 뿐이야."

"한 번 더 테스트를 받고 싶어요. 나는 문제의 출제의도를 잘 이해하지 못했어요. 그게 흰원숭이가 아니라 보통 사람들을 보호하기 위한 시험이라고 생각했어요."

리원이 말했다.

"너한테만 시험을 두 번 치르게 할 수는 없어. 그 테스트에는 여러 가지 출제의도가 있고. 게다가……"

잉춘이 머뭇거리는 사이 리원이 한쪽 발을 절룩거리며 그에게 다가왔다.

"게다가, 뭐요?"

"너는 나한테 친딸이나 다름없는 사람이야. 너한테 그런 실험을 할 수는 없어. 이해해주겠지."

웨이리원은 류잉춘이 그렇게 말하는 대신 정신조종능력을 써서 직접적으로 자신을 막을 수도 있다는 것을 알고 있었다. 그녀는 한참 동안 가만히 있다가 입을 열었다.

"금강승을 꼭 한 사람한테 해야 할 필요는 없어요. 두 사람한테 할 수도 있어요. 그게 더 안전할 거라 생각지 않아요?"

다리를 저는 여인이 물었다.

"이미 충분히 위험해."

"누구한테요?"

리윈이 집요하게 물었다. 중년의 교수는 대답하지 않았다.

"그 남자를 바로 데려오지는 말아줄래요? 내가 한번 만나보고 싶어요. 나는 그 시험이 마키아벨리를 찾는 건지, 아니면 테레사 수녀를 찾는 용도인지 몰라요. 하지만 마키아벨리도, 테레사 수녀도 그 테스트에서 높은 점수를 얻을 수 없다는 건 알아요. 일관성 있게 생각하는 사람은, 그 테스트에서 높은 점수를 받을 수 없어요."

리윈이 주장했다.

"실험 대상이 되기 위해 그 테스트에서 높은 점수를 받을 필요는 없어. 그냥 남들보다 정답을 많이 골라내면 돼."

"나는 연구소의 부소장이에요. 십 년 넘게 당신 연구를 돕고 비밀을 지켰어요. 그런데 우리가 하려는 가장 중요한 실험을, 내가 만나보지도 못한 사람에게 해야 한다는 건가요."

웨이리윈이 고집했다. 두 사람의 눈빛이 팽팽히 부딪쳤다. 잠시 뒤 류잉춘이 한숨을 쉬며 말했다.

"선양에서 안시현과 식사나 같이 하지."

3

흰원숭이들에게 알림:

백원단이 뒤처리를 해줄 거라는 기대는 하지 마십시오. 여러분은 매사에 자신의 능력이 어떤 결과를 낳을지 염두에 두고 행동해야 합니다.

백원단은 중국 역사에 수없이 있어왔던 비밀결사와는 매우 다른 단체입니다. 일반 대중 앞에 결코 모습을 드러내는 일이 없으며, 단원을 모집하지 않습니다. 구체적인 활동내용과 조직구조는 단원들에게도 공개하지 않습니다.

그 이유는 과거 야심 많은 흰원숭이 하나가 세계정복이라는 어처구니없는 목표를 세우고 자신의 능력을 이용해 다른 회원들을 암살한 전례가 있었기 때문입니다. 그는 자신의 목표를 이루는 데가장 큰 방해물이 다른 정신조종능력자들이라고 생각했습니다. 백원단은 이 인물을 제압하는 데에는 성공했으나······

"주쌍부파쌍즈션."

앞서 가던 류잉춘 교수가 뒤를 돌아보며 시현에게 말했다. '술에서 나는 향이 좋고 그윽하면 골목이 깊은 것을 두려워 말라'는 뜻의 중국 속담이었다. 시현의 걸음이 자꾸 뒤처지는 이유를 오해한 듯했다.

정작 웨이리원이라는 이름의, 한쪽 다리가 불편한 여인은 시현의 배려를 그다지 기분 좋게 받아들이는 기색이 아니었다. 류 교수의 연구 동료라고 자신을 소개한 이 젊은 여성은 처음부터 시현에게 희미하지만 분명하게 적개심을 비쳤다. 자존심이 너무 강해서 남들이 자신의 장애에 약간의 동정심이라도 보이는 걸 참을 수 없는 걸까?

시현은 순수한 호기심으로 리원을 관찰했다. 중국에서도 좀처럼 보기 드문 고전적인 미녀다. 고색창연하다고 해야 할 정도다. 그래서 나이를 짐작하기 힘들었다.

류 교수가 시현을 데려온 곳은 '푸(福)'라는 이름의 고급 식당이었다. 1920년대 양식으로 지은 건물 앞으로 사람들이 줄을 서 있었다. 류 교수는 문지기와 잠시 대화를 나누더니 입구를 통과했다. 안으로 들어서니 예쁜 잔디 정원이 나왔고, 그 정원에서 촛불 조명 아래 손님들이 식사를 하고 있었다. 백인 손님이 많이 보였다.

시현이 주위를 둘러보는 사이 잠시 소동이 일어났다. 프런트에서 예약을 잘못 처리한 모양이었다. 지배인이 당황한 기색으로 정원에서 한창 식사 중이던 손님 한 쌍에게 다가가 자리를 옮겨달라고 요구했다.

자리에 앉은 뒤 식사가 나오기도 전에 리원이 공격적인 질문들을 던졌다.

"제가 설문에 왜 그렇게 답했는지는 저도 잘 모릅니다. 생각나는 대로 답하라고 하셔서 그렇게 했을 뿐입니다."

시현은 차분하게 대답했다.

"무례를 용서하시오. 실은 그 테스트는 자료 수집 외에도 다른 목적을 겸하고 있었다오. 뭐랄까, 일종의 인적성검사랄까? 우리 연구소는 어떤 직무에 맞는 사람을 찾고 있소. 체력이나 지능이나 경력보다 인성이 가장 중요한 업무지."

류잉춘이 끼어들어 설명했다. 시현은 잠자코 있었다.

"거기에서 당신이 적임자로 뽑힌 거예요."

리원이 덧붙였다. 시현은 말없이 듣고만 있었다.

"안 선생도 분명히 관심을 가질 일이라고 생각했소. 탈북자를 돕기 위해 중국어를 배운다고 하지 않았습니까? 국경 없는 의사회에서 일하고 싶다고. 그런데 국경 없는 의사회는 중국에서 탈북자 지원활동을 중단했소. 그리고 우리 연구소는 국경 없는 의사회보다 훨씬 더 큰 공익을 위해 일하고 있다오. 내 말이 어이없게 들릴지 모르지만 지금 당장은 의심을 거두고 믿어보시오."

그 말에 시현은 다시 묘한 압박감을 느꼈다.

"다시 여쭤볼게요. 문제를 풀 때 어떤 생각이었는지 설명해주셨으면 좋겠어요."

리원이 말했다. 류잉춘은 시현에게 그냥 한국어로 말하라고 했다. 시현은 잠시 뜸을 들이다 입을 열었다. 잉춘이 시현의 말을 리원에게 순차 통역으로 전해주었다.

"저는 우리 시대의 윤리관 자체가 좀 이상하다고 생각합니다. 한 사람의 생명이 수만 명의 생명과 똑같이 중요하다는 서양식 휴머니즘 말입니다. 그건 개인 차원에서는 좋은 윤리입니다. 사람을 도덕적으로 무장하게 해주는 어떤 보루입니다. 그런데 교수님, 혹시 어디 편찮으신 건 아닌가요?"

시현이 말을 하다 말고 류잉춘에게 물었다. 잉춘의 왼쪽 얼굴이 묘하게 풀려 보였다.

"괜찮소. 약간 두통이 있어서…… 하던 얘기를 마저 하시오."

잉춘이 다소 어눌한 말투로 대답했다. 시현은 중년 신사의 얼굴을 주의 깊게 살피다 이야기를 계속했다.

"하지만 그런 휴머니즘은, 실제로 어떤 조직을 끌어가거나 정책 판단을 해야 할 때에는 별로 도움이 되지 않습니다. 실제로는 한 사람보다는 수만 명이 더 중요합니다. 저는 폭탄 위치를 알아내기 위해 테러범과 그 가족을 고문할 각오가 돼 있습니다. 한편으로는 두 사람의 목숨이라고 반드시 한 사람보다 중요하다고 생각하지는 않습니다. 연쇄살인범 두 명을 죽여서 무고한 소녀 한 명을 살릴 수 있다면 그렇게 하겠습니다. 정치인들은 이런 점을 알고 있고, 외교관이나 경제학자, 군인이나 의사들도 압니다. 그러나 우리 시대에 그런 생각을 밖으로 드러내는 건 사회적인 자살행위나 다름없죠."

"당신은 어떻게 생각하는데요?"

웨이리원이 물었다.

"저는 세상에 두 종류의 윤리 법칙이 있다고 생각합니다. 하나는 개인 차원의 법칙이고, 다른 하나는 집단에 적용되는. 분자 하나의 움직임은 운동방정식으로 묘사하는 게 옳지만, 그 분자들이 한데 모인 기체에 대해서는 압력이니 부피니 절대온도니 하는 개념을 동원해서 전체를 한꺼번에 다뤄야 하듯이 말입니다. 그런데 불행히도 우리는 두 번째 윤리 법칙에 대해서는 거의 연구를 하지 않았습니다. 집단의 윤리가 개인의 윤리와 너무 달라서 받아들이기가 쉽지 않은 거죠."

"그런데 안 선생님께서는 그 두 가지 법칙에 대한 직관이 있다?"

리원이 말했다. 말꼬리를 높였지만 비아냥거리는 어조는 아니었다. 시현은 그 이유도 댈 수 있었다. 아내가 죽은 뒤로 그의 윤리관이 거의 무너져버렸기 때문이다. 인류를 돕고 싶다는 의지는 남았으나 개별 인간에 대한 관심이나 애정은 사라졌다. 시현이 그런 설명을 하려던 찰나, 류잉춘 교수가 갑자기 옆으로 쓰러졌다.

●

"오빠, 이것도 좋아?"

쇼핑몰 모델이 혀로 명준의 성기 끝을 핥다가 입술로 귀두를 살짝 물었다. 명준의 고환을 빨던 연예인 지망생이 쇼핑몰 모델에게 "콱 물어버려"라며 키득키득 웃었다. 명준은 맥주캔에서 입을 떼지 않은 채로 "어, 괜찮아"라고 대답했다. 두 아마추어 성매매 여성은 명준의 가랑이 사이에 얼굴을 파묻었다. 후루룩 쩝쩝 하고 핥고 빠는 소리가 크게 들렸다.

"야, 아파. 하지 마."

쇼핑몰 모델의 이빨이 성기의 예민한 피부를 할퀴듯 긁는 바람에 명준이 소리를 질렀다. 여자아이는 명준이 하는 말을 못 알아들은 것 같았다. 쌍년, 귀가 먹었나? 여자의 이빨이 다시 귀두를 할퀴자 명준은 화가 나서 그녀의 따귀를 시원하게 올려붙였다.

울음을 터뜨리려는 쇼핑몰 모델과, 불알 한쪽을 입에 문 채로 몸이 얼어버린 연예인 지망생에게 명준은 "놀라지 말고 울지도 마"라고 명령을 내렸다. 여자아이들은 멍한 상태가 되었다.

"하던 거 계속 해."

명준이 그렇게 말했을 때에도 여자들은 어정쩡하게 굳은 몸을 풀지 못했다. 명준은 탄식하듯이 한숨을 쉬며 "계속 빨라고"라고 설명했다. 그 바람에 흥분이 식었다.

얼굴이나 몸매나 다 쌔끈한 여자들이었지만 명준은 별 감흥을 받지 못했다. 한계효용체감의 법칙. 산해진미도 먹다보면 질리고 여자들도 따먹다보면 그게 그거다.

두 여자아이는 섹스를 마치고 벌거벗은 채로 잠들었다. 명준은 여자 아이들에게 "절정을 느껴"라고 지시를 몇 번 내린 뒤, "자"라고 한마디 했다. 여자아이들은 즉시 곯아떨어졌다.

명준이 스스로에게 내린 명령은 효과가 들쭉날쭉했다. 자위행위는 할 수 있어도 자기 몸을 간질이는 일은 불가능한 것처럼. '사정을 참아'라 는 말은 효과가 있었지만 '쾌감을 느껴'는 먹히지 않았다.

그는 반얀트리 클럽 앤 스파 서울의 최고급 객실에 있었다. 작은 수영 장만 한 자쿠지에 몸을 담그고 조명을 끄니 서울 시내의 전망이 파노라 마처럼 눈앞에 펼쳐졌다. 그는 머리카락이 젖는 게 싫어 헤어밴드를 착 용했다.

쓰리섬을 했다든가, 펠라치오를 하던 중 뺨을 맞았다든가 하는 데 대 해 여자들이 어떻게 생각할지에 대해서는 별로 신경쓰이지 않았다. 명 준이 경험한 바로는, 인간들 대부분은 옆에서 누가 도와주지 않아도 인 지부조화를 스스로의 힘으로 해소했다.

머리가 좋은 사람일수록 오히려 자신의 '선택'을 정교하게 합리화했 다. 그가 정신조종 대상으로 활용한 사모투자전문회사의 임원들이나 벤 처캐피탈의 자금운용 매니저들은 그런 자기기만의 대가들이었다. 그들은 명준에게 이끌려 어이없는 결정을 내린 뒤, 그럴싸한 전문용어로 자신들의 결정이 필요한 것이었다고 포장했다.

VIP 고객에게 희한할 정도로 신뢰를 준다는 젊은 투자 커미셔너에 대한 소문은 바다 건너 중국에서 슈란의 관심을 끌었다. 슈란은 명준에게 자신들에게 정보를 제공하는 백원단이라는 의문의 단체에 함께 맞설 길을 모색해보자고 제안했다. 정작 '충동사'의 위험을 진지하게 받아들이는 쪽은 명준이었다. 백원단으로부터 충동사에 대해 전에 이미 그 개념을 알고 있었던 것이다. 정신조종능력자가 된 뒤 몇 달간 그 힘을 열렬히 향락에 쓰면서 그만큼 급격히 허무를 맛봤기 때문인 듯했다.

재벌 3세들과 벤처 부호들, 주가 조작이나 부동산 투기로 돈벼락을 맞은 사람들이 어떻게 정신적으로 게을러지고 타락하는지, 명준은 잘 알았다. 충동사는 백원단이 지어낸 거짓말이 아니었다. 명준 역시 '이대로 죽고 싶다'는 생각에 빠져 부정맥을 경험하다 '아니, 아직 아니야!'라고 화급히 마음속으로 비명을 질러 간신히 죽음의 문턱에서 돌아온 적이 있었다.

그가 더한 변태행위에 탐닉하지 않고 쓰리섬 정도에서 멈추는 이유는 상상력이 부족해서가 아니었다. 상상력이 극으로 치달을수록 자기파괴 욕구와 자살충동이 힘을 발휘하리라는 것을 예감했기 때문이다.

명준이 충동사를 막을 방법을 찾겠다는 목적으로 슈란의 '연구'에 협조하기로 했다. 백원단은 충동사의 존재와 발생 원인에 대해서는 설명했으나, 그걸 피하는 방법에 대해서는 공자님 말씀 같은 조언만 해줄 뿐이었다. 그러나 슈란에게도 충동사는 가장 급한 관심사항은 아닌 듯했다. 명준은 물을 뚝뚝 흘리며 풀에서 나와 벌거벗은 채로 탁자에 놓여 있던 태블릿 PC를 집어들었다. 슈란이 보내온 연구과제 목록이 몇 줄 더 늘어나 있었다.

'3차원 영상과 음성파일을 이용한 원격조종 가능성 조사' '바르비탈계 약물이 정신조종능력의 지속성에 미치는 영향 연구' '납판을 이용한 정신조종 차폐 여부 조사'…… 슈란은 멀리 떨어진 상태에서 사람들을 지배하는 방법, 그리고 다른 능력자의 정신조종을 막아낼 방법을 찾고 있었다. 이건 충동사와 관계없다. 명준은 씁쓸한 미소를 지으며 생각했다.

'어쩌면 나도 손을 잡지 말았어야 할 사람과 한 배에 오르고는 그 결정을 합리화하는 중인지도 몰라.'

류잉춘은 충동사 증상이 예고 없이, 급작스럽게 다가온다는 데 적잖이 놀랐다. 며칠 전 시현의 점수를 확인한 직후에 느꼈던 자살충동은 이번 위기에 비하면 애들 장난이나 다름없었다. 그는 메인으로 나온 생선요리를 먹다가 갑자기 식당에서 뛰쳐나가고 싶어졌다.

"그런데 교수님, 혹시 어디 편찮으신 건 아닌가요?"

맞은편에 앉아 있던 시현이 말을 하다 말고 류잉춘에게 물었다. "괜찮다"고 웃으며 상대를 안심시킬 수도, "가만히 있어"라고 명령을 내려 제압할 수도 있었다. 모두 손가락 하나 까딱할 정도의 힘으로 할 수 있는 일들이다. 그러나 그런 일을 하는 것조차 귀찮았다.

삶에 대한 의지고 세계에 대한 책임감이고 뭐고 간에 그저 모든 것에서 손을 떼고 싶다는 충동에 휩싸일 때, 모든 것을 할 수 있는 사람이 그런 욕구에 빠졌을 때 과연 어떤 일이 벌어지겠는가?

"괜찮소. 약간 두통이 있어서…… 하던 얘기를 마저 하시오."

간신히 그 말을 뱉었지만 충동사 증세는 여전했다. 천천히, 혀가 두꺼워지면서 턱을 내리게 됐다. 시야가 점점 좁아지고 왼쪽 팔과 다리에서 힘이 빠져나가고 있다. 그는 그 현상을 자각하면서도 아무런 조치도 취하지 않고 방관자처럼 스스로를 관찰하고 있었다.

두터운 안개 속에 갇힌 듯한 답답함, 전후좌우뿐 아니라 위아래까지 구분할 수 없게 된 기이한 방향감각 상실, 끝없이 추락하는 듯한 나른한 기분, 자신과 주변에 대한 완전한 무관심과 무한한 권태……

그는 옆으로 쓰러졌다.

"교수님, 괜찮으세요?"

시현은 자리에서 일어나 쓰러진 사내에게 다가갔다. 잉춘은 아직 의식을 잃지 않고 있었다. 시현은 얼른 잉춘의 몸을 잡고 옆으로 눕힌 뒤 머리와 어깨를 부축하면서 허리띠를 풀었다.

"구급차를 불러주세요! 뇌졸중인 것 같습니다."

과묵한 남자가 리원에게 요청했다. 잉춘은 서서히 통제력을 되찾았다. 그는 스스로에게 정신을 차리라고 명령을 내렸다. 잠시 뒤 류잉춘은 손을 저으며 몸을 일으켜세웠다.

"아니, 구급차는 부를 것 없어."

"지금 바로 병원에 가셔야……"

"난 괜찮으니 입 닥치시오."

시현은 즉시 입을 다물었다. 류잉춘은 빠른 중국어로 리원에게 물었다.

"난 이제 시간이 별로 없어. 네가 선택해줘야겠다. 이만하면 된 거냐?"

리원은 창백한 얼굴로 머리를 끄덕였다. 류잉춘은 고개를 시현에게 돌리고 말했다.

"주변 사람들과 부모님에게 지금 전화를 하시오. 보름 정도 갑자기 여행을 가게 되었다고 말이야. 너무 좋은 제안을 받았다든가 좋은 여행상품을 구했다고 둘러대시오. 오지로 가게 되어 휴대전화도 못 받는다고. 이 식당에서 나가자마자 바로 출발하도록 하지."

소년은 이케부쿠로역에서 내렸다. 피 묻은 옷 대신 경찰서에서 입으라며 준 티셔츠와 면바지가 자꾸 신경이 쓰였다. 커피숍과 액세서리 매장, 옷가게와 풍속업소 사이를 정처 없이 걷다가 영화관으로 갔다. 머리보다는 발이 시키는 대로 움직이고 있었다.

"그 표 이리 내."

스스미는 매표소에서 표를 사들고 나오는 커플에게 다가가 말했다. 남자가 어리둥절한 표정을 지으며 스스미에게 들고 있던 티켓을 내밀었다. 표를 봤더니 한창 인기인 걸그룹 출신 여배우가 나오는 로맨틱 코미디였다. 스스미는 그 표를 쓰레기통에 버리고 오타쿠 같은 인상의 남자에게 걸어가 같은 명령을 또 내렸다. 이번에는 가이낙스의 신작 SF애니메이션이었다.

상영관에 들어가 자리에 앉은 다음에야 그냥 표 없이 극장 안으로 들어오면서 검표원에게 "못 본 척해"라고 말하면 되는 일이었음을 깨달았다. 이 힘을 사용하는 데에도 요령과 규칙이 있었다.

(어떻게 해서 내가 이런 능력을 얻게 된 걸까? 원전사고 때문에 일본에 갑자기 초능력자들이 생겨나기라도 한 걸까? 나는 정의의 사도라도 돼야

하는 걸까? 능력을 자주 발휘하면 수명이 단축되는 걸까?)

하필 그가 본 만화영화가 바로 초능력자들에 대한 내용이었다. 그 영화에서는 정부 비밀기관이 초능력을 지닌 소년 소녀의 몸에 힘을 억제하는 칩을 달게 하고 평소에는 능력을 쓰지 못하게 했다. 또 그런 아이들을 한데 모아 특수학교에 다니게 했는데, 그곳 교사들 역시 초능력자들이었다.

초능력 수업시간에는 결계가 둘러쳐진 체육관에서 칩의 억제장치를 풀고 학생들이 서로 싸움을 벌였는데 그런 '초능력 결투'가 영화의 앞부분 절반을 차지했다. 고학년들은 국가적 위기가 닥치면 비밀기관의 허가를 받아 학교 밖에서 활약했다. 영화 후반부에는 학교를 운영하는 비밀기관이 악의 조직이었고 테러를 일으키던 지하조직이 실은 정의의 편이었음이 밝혀진다.

마지막 십 분 정도는 거의 의무감으로 봤다. 극장을 나가봐야 딱히 할 일도 없었기 때문이다. 영화의 주인공 소년이 친구의 죽음 뒤 각성해 몸에서 칩을 떼어낼 때쯤 스스미는 자신이 입고 있는 옷이 너무 후줄근해 보인다는 생각을 다시 했다.

극장을 나온 스스미는 의류매장에 들어가 스키니진과 체크남방, 티셔츠를 한 벌씩 골랐다. 계산대로 갈까 말까 망설이던 그는 그냥 그 옷을 들고 매장 밖으로 달려나갔고, 곧바로 방범벨이 울렸다. 바보짓을 연이어 저지르는 날이었다.

소년은 "거기 서!"라는 소리를 들으며 달렸다. 본능적으로 좁은 골목을 향해 뛰었다. 골목을 몇 바퀴 돌고 나서 인파가 적은 곳에서 옷가게 직원을 기다렸다가 정신조종능력으로 상대를 제압할 생각이었다. 그러나 숨을 돌리는 스스미 앞에 나타난 것은 유니클로 직원은 아닌 게 분명한 십대 두 명이었다.

"너 이름이 뭐야? 이 거리 애 아니지?"

코에 작은 피어스를 한 여자아이가 말했다. 눈과 입이 큰 소녀였다. 그 옆에는 영리하게 생긴 더벅머리 소년이 흥미로운 눈길로 스스미를 보고 있었다.

이케부쿠로 뒷골목 생태계에서 최상위 포식자는 야쿠자였고, 그다음 중급 육식동물은 비교적 규율을 갖춘 비행소년 집단이었다. 지금 스스미를 쫓아온 이들은 그 아래에 위치한 스캐빈저에 해당했다. 취객들의 주머니를 털고, 원조교제를 하는 샐러리맨을 대상으로 '아저씨 사냥'에 나서기도 하는.

소녀의 태도에는 경계심과 호의가 반씩 섞여 있었다. 스스미는 어떻게 할까 망설이다가 일단 대화에 응하기로 마음먹었다.

"네 이름부터 먼저 말해."

"내 이름은 준코야. 여기는 노보루. 어……, 우리는 그냥 네가 그 도난 방지 태그 떼는 방법 아나 싶어서. 모르면 가르쳐주려고."

●

폭발음 때문에 전화 건너편 목소리가 잘 들리지 않았다. 마을 여자들이 강에서 몰래 다이너마이트를 터뜨린 모양이었다. 정글 위로 해가 붉게 지고 있었다. 검붉은 하늘을 배경으로 서 있는 나무의 실루엣이 고통에 발악하는 짐승의 손처럼 보였다.

"미안, 소리가 잘 안 들렸네. 사람들이 폭탄으로 물고기를 잡고 있네.

조금 전에 뭐라고 했지?"

저우환위는 라오스식 불교 사원의 계단에 앉은 채로 한쪽 귀를 막고 말했다. 그와 전화 상대방이 들고 있는 휴대전화기에는 양쪽 모두에 미군이 사용하는 도청방지 모듈이 달려 있었다.

"가능하면 가지 말라고 했네."

음울한 목소리로 류잉춘이 말했다.

"우리 사이에 신사협정이 있는 줄 알았는데. 나는 백원단의 일에 간섭하지 않고 자네는 방바재단의 일에……"

"그런 협정 맺은 적 없네."

잉춘이 잘라 말했다.

저우환위는 막 시내 병원에서 세 사람을 죽이고 온 참이었다. 그날 그가 숨을 끊은 사람 중에는 이제 겨우 말을 알아듣는 어린 소녀도 있었다. 이제 국경 근처의 산악지대에 가게 되면 또 사람을 죽여야 할 일이 생길지도 모른다.

정수리에서 땀이 나자 저우환위는 옆에 놓인 배낭에서 천으로 된 밴드를 꺼내 머리에 둘렀다. 농구선수들이 쓰는 제품이었다.

"그러면 와서 막아보게."

"나는 지금 친구로서 충고를 하는 걸세. 마약왕을 없앤다고 뭘 더 바꿀 수 있겠나? 이미 몇 년 전에도 가서 마약 두목을 붙잡지 않았나. 그때도 죽을 뻔하지 않았나. 그런데 바뀐 게 뭐가 있나. 더 젊고 유능한 마약왕이 나타났다는 거?"

류잉춘이 비꼬았다.

"이번에는 다르네. 계획이 있네."

"아버지 복수를 하러 갈 때도 계획을 치밀하게 세워두지 않았던가?"

멀리서 다시 폭발음과 물보라 소리가 들렸다.

"자네는 방바재단은 오래갈 수 없다고 생각하겠지. 그런데 나 역시 백원단을 가망 없는 시도라고 보네. 지금까지 내가 백원단에 대해 비밀을 지킨 가장 큰 이유는, 굳이 그 비밀을 폭로해야 할 이유가 없었기 때문이네."

"협박처럼 들리는군."

"명확히 해야 할 일들을 명확히 하는 것뿐이네. 자네도 날 믿지 않게 된 지 꽤 오래되지 않았나? 자네가 요즘 뭘 연구하는지 나는 도통 모르네."

저우환위가 지적했다.

"되도록이면 자네가 모험을 하지 않았으면 하네. 자네가 위험해지면 다른 많은 사람들도 같이 위험해지네. 나는……, 나는 이제 얼마 안 남았네."

류잉춘이 잠시 뜸을 들이다 고백했다.

"충동사?"

"그래."

두 사람은 잠시 말이 없었다.

저우환위는 자신도 자살충동을 느꼈다고 이야기를 할까 망설이다 참았다. 그 얘기를 하면 류잉춘이 더 적극적으로 자신을 막으려 할 것 같았기 때문이다. 인간의 본모습은 죽음 앞에서 드러난다. 그의 경우에는, 산악지대의 마약 두목을 만나는 것이 죽기 전에 해야 할 일이었다.

"어떻게 할 건가? 그 금강승이라는 걸 할 텐가?"

방바재단 이사장이 백원단의 지도자에게 물었다.

"그렇네."

"대상자를 정했나?"

"그렇네."

"결과가 어떻게 될지 걱정되는데……"

"알려줄 방법을 찾아보겠네. 만약 금강승이 실패하더라도 뒷일을 맡아줄 사람은 있네."

류잉춘이 말했다.

"그 사람이 누군지 내가 미리 알 수는 없을까?"

저우환위가 물었다.

"그 사람이 자네를 알고 있네. 자기가 필요하다고 생각할 때 연락할 걸세."

류잉춘이 대답했다.

"국경지대에서 돌아오는 대로 다시 연락하겠네."

방바재단 이사장이 말했다.

●

어두운 방에 앉아 있던 잉춘은 통화를 마친 뒤에도 한동안 자리에 가만히 앉아 있었다. 저녁 어스름에 잠긴 큰 강과 수면으로 떠오르는 죽은 물고기, 그리고 벌거벗은 몸으로 가슴 아래를 흙빛 강물에 담근 채 망태기에 물고기를 담는 라오 여인들의 이미지에 잠시 정신이 팔려 있었다.

"저우 이사장과 통화를 하신 건가요?"

웨이리윈이 옆에 와 있었다. 류잉춘은 고개를 끄덕였다.

"내일 국경지대에 간다더군. 마약 두목을 잡으러. 무책임하기 짝이 없어."

"제 얘기도 하셨나요?"

리원이 물었다.

"환위에게 그냥 그를 아는 사람이 있다고, 내게 무슨 일이 생기면 그가 연락을 할 거라고만 말해뒀어."

"당신한테 아무 일도 생기지 않으면 좋겠어요."

리원이 류잉춘의 몸에 손을 올려놓으며 말했다. 사내는 잠시 그 상태로 앉아 있다가 슬그머니 몸을 뺐다.

"다른 할 말이라도 있는 건가?"

류잉춘이 다리를 저는 여자에게 물었다.

"일본에서 연락이 왔어요. 후지이 일가 살인사건 관련해서요. 우리가 알고 있는 그 후지이 일가가 맞아요. 상하이에서 43번이 죽을 때 있었던 후지이 기요시요. 이번에 죽은 사람은 그의 어머니와 부인이에요. 사라진 소년은 후지이 기요시의 아들이고요."

"이게 정신조종능력과 관계있는 사건이라고 생각해?"

"모르겠어요. 가서 알아보실 생각인가요?"

리원이 물었다.

"그럴 시간이 없을 것 같아. 그리고 금강승이 더 급한 과제야. 2번에게 일본에 가달라고 부탁할까 해."

그들은 서로 시선을 피하며 잠자코 서 있었다. 조금 떨어진 공간에서 누군가가 벽을 두드리고 고함을 치는 소리가 들렸지만 두 사람 다 그 소리가 들리지 않는 척했다.

"이봐요! 누구 없어요?"

감금실에서 시현이 쇠창살을 흔들며 소리치고 있었다.

4

흰원숭이들에게 알림:

스포츠와 악기, 어학과 같은 취미를 추천합니다. 심신을 건강한 상태로 만들면 자살충동을 피할 수 있을뿐더러, 이런 분야에서 흰원숭이들은 탁월한 학습능력을 발휘합니다.

흰원숭이의 능력은 다른 사람보다 그 자신의 뇌에 더 막강한 힘을 발휘합니다. 흰원숭이들은 보통 사람보다 뇌의 신경회로를 훨씬 빠르게 형성하기 때문에, 반복훈련이 필요한 일에 금방 능숙해집니다. fMRI 영상을 보면 운동이나 외국어를 배울 때 일반인들은 뇌의 여러 부위를 산만하게 활성화시키는 반면 흰원숭이들은 필요한 피질만 집중적으로 활성화시키는 것을 확인할 수 있습니다.

여러분은 거의 모든 취미활동 분야에서 손쉽게 '아마추어로서는 상당한 실력'에 오를 수 있습니다. 십 년 이상 기술을 쌓은 장인이나 모국어 사용자와 같은 경지에까지 이르기는 어렵지만……

슈란은 창가에 서서 따뜻한 차를 마셨다. 호텔 방향으로 바람이 불면 유리창이 덜덜 떨리며 신음 소리를 냈다. 밖에서 누가 샤워기를 갖다댄 것처럼 굵은 빗방울들이 창문에 세차게 부딪쳤다.

상하이 시내 전체가 온통 물바다였다. 난징루도 마찬가지였다. 화장 짙은 도시가 민낯을 드러내는 중이었다. 휘황찬란한 간판 아래서 치마를 걷은 여자들이 바가지로 물을 퍼냈다. 스티로폼 뗏목을 만들어 타고 다니는 사람도 있었다. 사람들의 모습은 안쓰럽기도 하고 그 지독한 생명력이 징그럽기도 했다.

그녀는 어렸을 때부터 높은 곳에서 내려다보는 전망을 좋아했다. 장난감 같은 자동차와 개미 같은 사람들을 내려다보고 있노라면 인간 세계의 법칙에서 벗어난 듯한 해방감이 들었다. 정신조종능력자가 된 뒤로는 평지에서도 그런 감질나는 자유를 가끔 맛봤다.

'정신조종능력을 남용하면 목적의식을 잃게 되고 이것이 자살충동으로 이어진다'는 백원단의 설명을 그녀는 반쯤은 믿고 반쯤은 의심하는 편이었다. 그녀는 백원단이 오히려 단원들의 생존의지를 흐리는 방향으로 그릇된 조언을 주고 있다고 여겼다.

목적의식은 정체성에서 온다. 사람은 자신이 누구인지, 어디에 소속돼 있는지를 알아야 나아갈 방향을 정할 수 있다. 그런데 백원단은 그런 과거와 현재의 정보를 공개하지 않았다. 삶에 대한 의지는 곧 권력에의 의지다. 그런데 백원단은 부작용을 핑계로 정신조종능력 행사를 막으려 들었다. 인정투쟁은 훌륭한 삶의 목표가 되지만, 그 인정은 자신과 동등한 자격이 있는 자로부터 받아야 의미가 있다. 그런데 백원단은 다른 단원에 대해서는 일절 함구했다.

자신이 특별한 힘을 소유하고 있음을 슈란이 깨달은 것은 일 년쯤 전이었다. 그러자마자 백원단이 그녀를 찾아내 메시지를 보내왔다. 메시지는 주로 암호화된 이메일로 왔다. 그녀가 답장으로 보낸 질문에 지도부가 제대로 응답을 한 적은 한 번도 없었다. "차차 알게 될 것"이라든가 "아직 당신은 준비가 덜 됐다"는 답이 전부였다.

슈란은 백원단 지도부가 그녀에게 답을 해줄 의사가 없음을 곧 깨달았다. 어쩌면 흰원숭이들에게 어떤 등급이 있고, 그녀에게는 심각한 결격 사유가 있어서 충분한 정보를 들을 자격이 없는 것인지도 몰랐다.

이후 그녀는 다른 방식으로 백원단 지도부의 정체를 파악하려 했다. 백원단의 메시지에서 fMRI와 뇌피질 같은 용어들을 본 뒤 그녀는 중국의 뇌영상센터나 신경과학연구소들을 은밀히 조사했다.

류잉춘도 슈란이 프로필을 받아본 뇌 과학자 중 한 명이었다. 푸단대 의대의 생리학 전공 교수인 잉춘의 직함은 신경기능 및 바이오이미징 실험실장이었다. 그러나 주 저자로 참여한 논문은 몇 편 되지 않고 각종 행정업무나 강의에서는 거의 열외였다. 연구내용과 별 관련이 없어 보이는 지역으로 출장을 가는 일도 잦았다.

(내가 벌이는 일을 모두 눈치채고 있으면서 그냥 내버려두고 있는 걸까? 선을 넘기를 기다리는 걸까? 아니면 너무 구조가 복잡해서 일개 회원의 사소한 일탈은 신경쓰지 않거나, 관료제 때문에 내부소통이 안 되거나, 내부 권력투쟁 때문에 정신이 다른 데 팔려 있는 걸까?)

그녀의 마음은 백원단이 작고 무능한 조직이라는 추측으로 기울었다. 슈란은 저돌적인 성격을 억누르지 못했다. 그녀는 푸단대 신경기능 및 바이오이미징 실험실을 방문하기 위해 상하이에 왔다. 하필 태풍이 부는 날에.

히라타 준코와 고바야시 노보루의 설명에 따르면 이케부쿠로는 일 년 내내 전쟁이 벌어지는 거리였다. 특히 최근에는 절대 강자 없이, 사천왕이라 불리는 4대 조직의 우두머리가 아슬아슬한 균형 속에 호시탐탐 서로를 노리고 있었다.

노보루와 준코는 다섯 번째 소년 갱조직을 결성 중이었다.

"이름은 '블랙윙즈.' 원래는 '캣차스'라는 이름으로 하려고 했는데 준코가 하도 반대를 해서."

"캣차스가 뭐야. 무슨 사회인야구단이야?"

준코가 껌을 씹으며 웃었다. 스스미는 준코의 블라우스 위로 살짝 보이는 가슴골과 흰 피부에 얼굴이 붉어져 눈길을 피했다.

"너도 들어올래? 우리는 싸움 실력 같은 건 보지 않아. 하지만 룰은 있어. 첫째, 마약은 안 돼. 약 배달도 안 돼. 둘째, 원조교제도 안 되고 원조교제 알선도 안 돼. 전화방도 원조교제에 포함. 셋째, 삥은 어른들한테서만 뜯는다. 다른 룰들은 차차 가르쳐줄게."

결손가정 자녀와 중고교 중퇴생, 가출 청소년들로 구성된 블랙윙즈는 스스미를 식구로 받아들였다. 스스미는 블랙윙즈에서 거리의 규칙과 생존법을 배웠고, 그 기술을 자신에게 맞게 개량하고 발전시켰다.

다른 멤버들과 아저씨 사냥을 두 번 나가본 뒤 스스미는 혼자 롯폰기나 신주쿠 등 이케부쿠로에서 떨어진 유흥가로 '출장'을 갔다. 그곳에서 원조교제를 하는 중년 남자들을 사냥했다.

러브호텔 골목에서 나이 차가 많이 나는 커플에게 다가가 "너희들 원조교제지? 가지고 있는 돈 다 내놔"라고 말하면 됐다. 흥정이 이뤄지기 전이라면 남자 쪽이 넋 나간 표정으로 돈을 내밀었고 거래를 마친 뒤라면 여자아이가 울먹이며 프라다니 까르띠에니 하는 명품 지갑을 열었다. 그런 일을 하는 데 동료는 필요 없었다. 시부야의 러브호텔 언덕 같은 곳은 스스미에게는 24시간 열려 있는 은행이나 마찬가지였다.

스스미는 '배틀'에도 참가했다. 삼국지 시대의 무장들이 전장에서 일대일 승부를 벌였듯이 이케부쿠로 비행 청소년들도 조직 간의 영역 분쟁이나 조직 내에서의 지위 다툼을 길거리에서의 맨손 격투로 해결했다. 그 싸움을 '배틀'이라고 불렀다.

배틀은 신사적인 갈등 해결 수단이었다. 덕분에 사천왕 패거리는 전면전을 피할 수 있었다. 스스미는 블랙윙즈 패거리가 가르쳐주는 동작을 빠르게 익혔다. 배틀에서 '능력'을 사용하는 건 언제나 마지막으로 미뤘다. 제대로 기술을 배워야 머리띠를 한 남자를 만났을 때 써먹을 수 있다고 생각했다.

알 수 없는 위압감과 넉넉한 주머니 사정 덕분에 스스미는 어린 나이임에도 금방 간부급으로 올랐다. 영리하면서도 카리스마 넘치는 리더인 노보루는 스스미를 각별히 챙겼다.

정작 스스미 본인은 블랙윙즈 생활에 상반된 감정을 품었다. 그는 방안에 틀어박혀 게임하길 좋아하는 소년이었다. 또래들과 부대끼며 어울리는 것, 어딘가에 소속되어 있다는 느낌은 때로는 감동적이었지만 때로는 숨통이 죄어드는 것 같기도 했다.

블랙윙즈에는 자잘한 규칙이 너무 많았다. 피어싱을 할 수 있는 계급, 다녀서는 안 되는 길 같은 것들이 정해져 있었다. 신참에게는 아저씨 사냥 할당량이 있어서 몇몇 소년은 그 액수를 채우기 버거워 했다.

또 너무 집단주의적인 분위기였다. 스스미로서는 블랙윙즈가 이케부쿠로의 정식 소년 갱단으로 인정받는 것이 왜 그렇게 중요한지, 왜 노보루가 그 일을 그토록 열심히 추구하는지 이해가 가지 않았다.

스스미는 몇 번 진지하게 블랙윙즈를 떠나는 일을 고민했다. 그러지 못한 것은 준코 때문이었다.

"웃겨. 누가 보면 지구라도 구하는 줄 알겠어."

준코는 곧잘 스스미에게 와서 노보루의 흉을 보았다. 스스미를 제외하면 블랙윙즈 안에 노보루의 카리스마에 눌리지 않는 사람이 거의 없었기 때문이다.

"죄다 바보들이라고. 바보 같은 말만 내뱉으면서 자기들이 뭐라도 된 줄 알아."

준코는 이케부쿠로 소년 갱단을 모두 싸잡아 비웃었다.

"그러는 너는 왜 블랙윙즈에 있는 건데?"

"달리 갈 곳이 없어서? 그리고 다른 패거리보다는 블랙윙즈가 좀 나아."

어느 밤, 스스미는 준코에게 자기 배경을 털어놓았다. 할머니와 어머니가 살해당했으며 경찰은 매수당했고, 자신이 이 돈으로 직접 그 사건을 파헤쳐 복수를 해야 한다고. '어두운 과거를 지닌 소년'으로 멋지게 보이고 싶은 마음 때문이었던 것 같다.

준코는 스스미에게 '자전거 탐정'을 찾아가자고 말했다.

"자전거 탐정?"

"이케부쿠로 뒷골목의 해결사야. 나도 전에 신세를 진 적이 있어. 같이 만나보자."

"아무래도 안 되겠습니다. 이사장님 혼자 가시게 할 수 없습니다."

캄팻 로반사이가 쑥스러워 하면서 길을 다시 올라왔다. 그가 마을 아래로 내려갔다가 돌아온 것이 이번이 벌써 두 번째다. 평소에는 지성과 성실함의 상징 같았던 캄팻 변호사가 왜 이런 바보스러운 짓거리를 벌이고 있나, 하고 고개를 갸웃하던 저우환위는 이내 진상을 알아차렸다. "여기서부터는 나 혼자 가겠네, 자네는 돌아가게"라는 자신의 말이 이 지식인 청년에게는 명령으로 다가왔던 게다.

캄팻은 마약조직이 장악한 고지대 마을 한가운데에서 저우환위를 그냥 두고 자신만 시내로 돌아갈 수는 없다고 생각한다. 하지만 환위의 말을 듣고서는 그 정신조종능력에 눌려 본의와 다르게 "네"라고 답하고 마을을 빠져나간다. 길을 내려가던 중 캄팻은 스스로를 자책하고는 다시 마을로 돌아온다. 환위는 돌아온 캄팻을 보고 그가 단순히 마음을 바꿔먹은 거라고 여기고는 "난 괜찮으니 내려가게"라고 한 번 더 말한다…… 이래서야 끝이 없다.

"이사장님을 위해서라면 목숨을 바칠 각오도 돼 있습니다. 어디든 같이 가겠습니다."

캄팻 변호사가 비장한 표정으로 말했다. 그는 마약조직 두목과 담판을 짓는 일이 환위에게 그리 치명적인 위험은 아니라는 사실을 모른다. 환위는 캄팻에게 고개를 끄덕거리고는 같이 밤이 오기를 기다리자고 말했다.

그들은 퐁살리 주의 소수민족인 카무족 마을 우두머리의 집으로 들어갔다. 퐁살리, 루앙남타, 우돔싸이, 후아판, 이렇게 북부의 네 개 주는 라오스에서 가장 가난한 지역이면서 '골든 트라이앵글'이라 불리는 세계적인 아편 생산지다. 이곳에서 양귀비를 키우는 농부와 아편 공장 직원들, 헤로인 정제 기술자, 밀매 라인의 유통 관계자들을 모두 합하면 줄잡아 육만 명쯤 된다. 아편은 1990년대 초까지도 라오스의 최대 수출품이었다.

대나무와 진흙으로 지붕을 얹은 전통가옥에서 환위와 캄팻은 마약조직의 생아편 수거요원이 오기를 기다리고 있었다. 환위를 집에 들인 촌장의 얼굴에는 수심이 가득했다. 촌장과 환위는 마주 보고 앉아 바나나 잎을 말아 만든 궐련을 피웠다.

"쌍 장군은 어떤 사람입니까?"

캄팻이 촌장에게 물었다. 퐁살리 일대를 지배하는 마약조직의 두목은 코끼리라는 이름의 '쌍 장군'이었다. 전설의 마약왕 쿤사나 중국에서 공개처형 당한 나오칸보다 훨씬 더 교활하고 용의주도한 인물이라고 했다.

"난 몰라."

촌장이 겁에 질린 얼굴로 고개를 저었다.

"쌍 장군에 대해 아는 대로 말해보시오."

이번에는 환위가 물었다.

"쌍 장군이 어떻게 생겼는지, 몇 살인지, 본명이 뭔지, 어느 나라 사람인지는 아무도 모르오. 일설에는 나오칸의 아들이라고도 하고, 나오칸을 중국에 밀고한 당사자라고도 하오. 하지만 확실한 건 아무것도 없소."

환위의 질문에도 그 정도 답이 고작인 걸 보니 정말 아는 게 없는 모양이었다. 환위는 궐련을 피우며 묵묵히 쌍 장군의 수하가 오길 기다렸다. 캄팻이 겁에 질린 촌장의 어깨를 두드리고 다독이는 모습을 환위는 묵묵히 지켜봤다. 선량하고 용감하고 정의로운 사내다. 저런 남자가 백원단을 이끌어야 한다.

한번은 "변호사가 되지 않았다면 뭐가 됐을 것 같으냐"는 질문에 캄 팻이 조금도 주저하지 않고 "승려"라고 답해 환위를 놀라게 한 일이 있 었다. 라오스에서는 젊은 남자들이 군대에 입대하듯이 절에 들어가 수 련을 했다. 캄팻은 탁발승 생활을 일 년 넘게 했다고 고백했다.

밖에서 지프 차 소리가 들렸다.

"왔소."

하얗게 질린 표정으로 촌장이 말했다. 촌장은 밖으로 나가며 잠시 기 다리라는 시늉을 했다. 환위와 캄팻은 집에 남아 창문으로 바깥 상황을 살폈다.

가로등은 하나도 없는 부락이었다. 쌍 장군의 병사들은 타고 온 구형 지프 랭글러를 촌장의 집 앞에 세우고 헤드라이트를 켜놨다. 자동차 불 빛 아래로 마을 사람들이 작은 깡통을 들고 나란히 섰다.

쌍 장군의 부하는 세 명이었다. 한 명이 AK-47 소총을 들고 위협적 인 자세를 취하고 있었고, 다른 두 사람은 각각 태국 바트화 돈다발과 휴대용 전자저울을 들고 있었다. 마을 사람들은 그 앞에서 화단이나 텃 밭에서 키운 양귀비에서 채취한 유액의 무게를 달고 돈을 받아갔다.

마을 사람들이 생아편을 거의 다 팔았을 때 환위는 조용히 집의 문을 열고 자동차 헤드라이트가 비치지 않는 곳으로 몸을 숨기며 쌍 장군의 부하들 앞까지 살금살금 걸어갔다.

"움직이지 마. 무기를 내려놔."

환위는 마약조직원들에게 한 손으로 권총을 겨누며 말했다. 권총은 상 대를 위협하기 위한 용도가 아니었다. 캄팻이나 다른 마을 사람들이 앞 으로 벌어질 일들을 보고 수상하게 여기지 않도록 마련한 소도구였다.

"자동차 열쇠도 이리 내. 차에는 다른 무기가 있나?"

디지털 저울을 들고 있던 병사가 환위에게 열쇠를 건네며 "트렁크에……"라고 말했다. 열여섯 살 정도나 됐을까 싶은 소년이었다. 환위는 캄팻에게 열쇠를 던지며 쌍 장군의 부하들이 갖고 있던 무기들을 한곳에 모으도록 했다.

"나를 쌍 장군에게 안내해."

환위의 말에 소년병은 고개를 저었다.

"우리는 쌍 장군이 어디 있는지 몰라. 퐁살리의 지역 사령관만 알 뿐이야."

"그럼 그 사람에게 나를 안내해."

환위는 캄팻에게 자신의 배낭을 가져오게 하고 지프에 올라탔다. 차에는 네 사람이 탈 공간밖에 없었다. 환위는 캄팻에게 "시내로 돌아가게"라고 명령했다.

사륜구동 차량은 칠흑 같은 어둠을 뚫고 산길을 달렸다. 한번은 비탈에서 차가 굴러떨어질 뻔했다. 뒤쪽 좌석에 앉은 환위는 소년 병사들이 할리우드영화 흉내를 내며 차량을 일부러 전복시키려는 것이 아닌가 의심했지만, 마약조직원들도 마찬가지로 놀란 듯했다.

"자주 오가는 길이라도 이렇게 깜깜한 밤에 운전을 하면 위험하지 않나?"

"원래 이런 밤에는 운전하지 않아. 아까 그 마을에서 밤을 묵으려고 했다고. 그런데 당신이 총을 들이대며 사령관에게 안내하라는 바람에……"

환위는 한숨을 내쉬고는 차를 세우게 했다. 쌍 장군의 부하들은 투덜거리며 마른 나뭇가지를 모아 불을 피웠다. 고지대이기는 했으나 기온

이 그렇게 낮지는 않아 그럭저럭 노숙을 할 수는 있을 것 같았다.

환위는 배낭에서 케이블타이를 꺼내 소년 병사들의 손발을 묶고는 "잠들어"라고 명령했다. 정신조종능력자는 잠든 사내아이들과 별이 가득한 정글의 밤하늘을 번갈아 바라보다 어느 순간 잠에 빠져들었다.

　　　　　　　　　●

밖에서 자물쇠 푸는 소리가 들렸다. 감금실의 문은 이중으로 돼 있다. 식사시간이 되면 류잉춘 교수는 바깥쪽 문을 먼저 열고 나서 "꼼짝하지 마"라고 말한 뒤 철창문인 안쪽 문을 연다. 시현은 어두컴컴한 감금실 안쪽에 웅크리고 앉아 잉춘을 기다렸다.

바깥 문을 연 잉춘은 방이 어두운 걸 보고 스위치를 눌렀으나 불이 켜지지 않았다. 시현이 미리 형광등을 빼놓은 상태였다.

잉춘은 안쪽 철창을 열고 식판을 방으로 들고 와 테이블 위에 내려놨다. 잉춘이 앞으로 다가왔을 때 시현은 벌떡 일어나 상대를 공격했다. 그는 잉춘을 밀쳐 쓰러뜨린 뒤 발로 배를 가격하고 팔로 목을 눌렀다. 그리고 그의 주머니에서 열쇠를 빼냈다. 여기까지는 계획한 대로였다.

발버둥을 치는 잉춘의 옆구리에 주먹을 몇 방 먹였더니 이내 잠잠해졌다. 사람을 조종하는 신비한 힘을 지녔는지는 몰라도 몸은 오십대 중년이다. 시현은 열쇠를 들고 나가 재빨리 철창문을 잠갔다. 잉춘이 뭐라고 외치는 것 같지만 들리지 않았다.

감금실 밖 공간은 생각보다 꽤 넓었다. 비밀 가옥이라기보다는 대학 실험실 같은 분위기였다. 단층촬영장비와 컴퓨터 여러 대 사이로 전선

묶음이 보였고 그래프와 수식이 복잡하게 찍힌 프린터 용지들이 지저분하게 책상에 널려 있었다.

출구를 찾아 두리번거리던 시현은 자신의 백팩을 찾아 휴대전화기를 꺼냈다. 그는 전화기 전원을 켜면서 단층촬영장비 뒤쪽의 철문을 열고 나갔다.

식사용 테이블과 소파가 있는 거실이 나왔다. 거실과 연결된 주방 한쪽에 또 다른 철문이 나왔는데 이 문은 잠겨 있었고 옆에 지문인식장치가 있었다. 안에서 밖으로 나갈 때에도 지문인식 과정을 거쳐야 했다.

시현은 감금실로 발걸음을 돌렸다. 그는 주방 찬장을 뒤져 식칼을 하나 집어들었고, 실험실에서 노끈 대용으로 쓸 만한 전기코드를 몇 줄 뽑아 들었다. 잉춘은 이미 정신을 차리고 침대에 앉아 있다가 시현을 향해 뭐라고 중얼거렸다. 그러나 말소리는 들리지 않았다. 밥풀을 돌돌 말아 만든 귀마개는 제 역할을 톡톡히 했다.

시현은 교수의 어깨를 잡고 발을 걸어 쓰러뜨린 뒤 솜씨 좋게 그 위에 올라타 전선으로 손을 묶었다. 그리고 지문인식장치가 달린 문까지 그를 끌고 갔다.

잉춘을 지문인식장치 앞으로 끌고 가려 할 때 누군가 뒤에서 시현의 머리를 세게 내리쳤다. 시현은 앞으로 쓰러졌지만 정신을 잃을 정도는 아니었다. 뒤를 돌아보니 웨이리원이 얼굴이 빨개져서는 나무도마를 들고 서 있는 것이 보였다.

(어디에 숨어 있었던 거지?)

그때 시현은 류잉춘과 눈을 마주쳤다. 잉춘이 그에게 얼굴을 갖다대고 크고 분명하게 입을 벌려 두 단어를 말했고, 시현은 이번에는 그 말이 무엇인지 알아차릴 수 있었다. 들리지는 않았지만 입 모양으로. 한국어였다.

꼼짝 마.

(귀를 막아도 상대의 명령이 무슨 뜻인지 알아차리기만 하면 정신조종을 피할 수 없는 거로군.)

굳은 몸 위로 소름이 퍼졌다. 류잉춘이 다시 입을 벌려 말했다. 이번에도 무슨 뜻인지 알 수 있었다.

귀마개를 빼.

시현은 양손 약지로 귓구멍을 후비며 밥풀로 만든 마개를 귀에서 뺐다. 실험실의 기계음이 들리기 시작했다.

(젠장, 젠장, 젠장……)

"그런 일이라면 확실히 흥신소보다는 이쪽이 전문이지. 흥신소는 불륜 전공, 나는 형사사건 전공이랄까. 자전거 도둑 잡는 일로 경력을 시작했으니까."

십자가 귀걸이를 한 자전거 탐정은 산소 용접기를 끈 뒤 거드름을 피우며 말했다. 그 앞에는 마름모 형태의 철제 구조물이 있었다. "이게 휠베이스, 여기에 시트 튜브가 붙고, 이렇게 바퀴가 달려"라는 자전거 탐정의 설명을 듣고 나서야 전체 모습을 대충 짐작할 수 있었다.

자전거 탐정의 정식 직업은 '자전거 프레임 빌더'였다. 손발의 길이와 발목의 각도를 제 몸에 꼭 맞는 수제 자전거를 만드는 젊은 기술자다. 그러나 유행이 지나가고 불황이 길어지면서 애초에 많지도 않았던 수

제 자전거 주문량이 점점 줄어들었고, 그는 남는 시간에 인맥과 특기를 살려 사람을 찾아주거나 물건을 구해오는 해결사 일을 시작했다.

"원래 자전거 도둑은 자전거 도둑 출신이 잘 잡는 법이지."

노보루가 웃으며 덧붙였다. 스스미는 노보루가 자신과 준코를 따라온 것이 마음에 들지 않았다.

(내 얘길 왜 노보루한테 했지?)

"어쨌든 날 찾아온 건 잘한 일이야. 일본 경찰은 뿌리부터 썩었거든."

뒷골목의 무허가 탐정 겸 자전거 전문점 '올 포 라이더즈' 직원은 스스미가 내민 착수금 5만 엔을 뒷주머니에 쑤셔넣으며 말했다.

"맞아. 우리 어머니도 늘 그렇게 얘기해. 경찰들이 제일 변태라고 말이야."

호스티스 어머니를 둔 준코가 맞장구를 쳤다.

자전거 탐정은 스스미의 이야기를 듣는 동안 끊임없이 스마트폰을 만지작거리며 어딘가에 문자메시지를 보내거나 인터넷을 검색하거나 했다.

"그러면 그날 일은 아무것도 기억이 안 나? 전혀?"

"글쎄…… 아침에 할머니가 장어덮밥을 만들어주셨어. 전날 내가 장어덮밥을 먹고 싶다고 했더니 새벽 일찍 시장에 가서 재료를 사 오셨어."

스스미의 이야기를 들은 자전거 탐정이 한숨을 쉬었다.

"어떻게 할 거야?"

노보루가 물었다.

"의뢰인의 가족이 어디서 원한을 사지는 않았는지, 생명보험 가입 여부를 알아봐야겠지. 이웃에 사이코패스가 살지는 않았는지, 근처에 이상한 종교단체는 없었는지도 조사해야 할 거야. 이건 블랙윙즈가 멤버들을 풀어서 해주면 좋겠네. 하지만 제일 먼저 할 일은 따로 있어."

"뭔데?"

"현장에 가보는 거."

자전거 탐정의 말에 블랙윙즈의 소년들은 서로 얼굴을 마주 보았다.

"하지만 거기는 스스미의 할머니랑 어머니가 돌아가신 곳인데……"

스스미를 대신해 노보루가 앞으로 나섰다.

"일단 가서 봐야 뭔가 기억이 떠오르지 않을까? 그 집이며 그날의 기억을 평생 외면하고 살 수 있는 것도 아니잖아. 사건이 해결되고 나면 다시 돌아가야 할 곳도 거기고."

"난 괜찮아. 가겠어."

스스미는 고개를 끄덕였다. 준코 앞에서 뒤로 빼는 모습을 보일 순 없었다.

전철을 타고 메지로역으로 가는 동안 자전거 탐정은 노보루와 이케부쿠로 뒷골목 소년 갱단들의 최근 정세에 대해 이야기했다.

"사천왕들이 지난주에 한자리에 모였대. 주된 화제가 블랙윙즈였다는군."

"뭐라고 했대?"

자전거 탐정의 말에 노보루가 귀를 쫑긋 세웠다.

"이케부쿠로에 조직 다섯 개는 너무 많은 거 아니냐. 블랙윙즈를 그대로 나눠야 되냐."

"웃기고 있네. 이젠 우리가 카니발즈보다 멤버도 많아."

"다른 사람들은 그렇게 생각하지 않아. 너희는 어중이떠중이를 다 받아들이잖아. 카니발즈는 소수정예야."

다시 찾은 집은 경찰 테이프가 대문에 붙어 있는 것 외에는 달라진 점이 없었다. 빌라촌의 평온한 분위기와 '수사 중'이라는 단어의 어색한 조합이 오히려 더 오싹했다. 자전거 탐정이 주머니에서 칼을 꺼내 문에 붙은 노란 테이프를 자르고 디지털도어록의 덮개를 열었다.

"도어록은 고장이 나지 않았어. 누군가 문을 부수고 들어온 건 아니란 얘기지. 너희 가족과 아는 사이였거나, 아니면 남의 집에 들어올 수 있는 그럴싸한 핑계를 댈 수 있는 사람이었어. 가스검침원이라거나 뭐 그런 거 말이야."

스스미가 비밀번호를 누르는 동안 자전거 탐정이 옆에서 중얼거렸다. 틀린 추리였다. 머리띠를 한 남자는 쉽게 문을 열 수 있었다. 초인종 소리를 듣고 대문 앞까지 온 스스미 가족 중 한 사람에게 "열어"라고 말하기만 하면 됐다.

오래된 피냄새가 집에 가득 배여 있었다. 현관에서 바라보는 거실은 스스미의 기억만큼 어질러져 있지는 않았다. 노보루가 주방에서 나오는 방향으로 찍힌 피 묻은 구두 발자국을 발견하고 "저기 봐!"라고 소리쳤다.

"머리띠를 한 남자가 무슨 신발을 신고 있었는지 혹시 기억 나?"

자전거 탐정이 물었다. 스스미는 눈을 감고 정신을 집중하다 이내 고개를 흔들었다.

"미안해."

"피 묻은 족적 중 맨발은 하나뿐이야. 아마 네 발자국일 거야. 여기 이건 어느 정도 마른 피를 밟은 다음에 생긴 거야. 아마 처음 집에 왔던 경찰 거겠지."

스스미는 거실에서 TV의 검은 브라운관을 쳐다보다 어떤 장면 하나가 기억의 수면 아래서 막 떠오르려는 것을 느꼈다. 어떤 폭력적인 이미지. 그에게 등을 보이고 있는 젊은 남자. 남자가 장검을 휘두르고, 누군가가 비명을 지르고……

살인사건 현장에 왔다는 생각으로 흥분해 있던 준코나 노보루도 부엌에 와서는 조용해졌다. 켜켜이 쌓여 굳어진 핏물 위로 누군가가 팔과 다리를 휘저으며 몸부림을 벌인 흔적이 있었다. 핏자국 위를 바퀴벌레 한 마리가 기어다녔다.

하얗게 질린 얼굴로 벽에 손을 짚고 있던 스스미는 그 순간 문득 머리띠를 한 남자에 대해 한 가지 사실을 기억해냈다.

"그 녀석, 얼굴이 굉장히 잘생겼어."

●

"어때 보여?"

슈란이 컴퓨터 화면을 보며 전화기에 대고 물었다.

"잠깐만. 지금 확대해서 보고 있어."

명준이 대답했다.

그들은 각각 중국과 한국에서 '천사 유학생 또 사람 구함'이라는 제목의 게시물을 동시에 보고 있었다. 게시물을 올린 사람은 선양의 한 고급 음식점에서 우연히 천사 유학생을 만났다고 썼다. 글쓴이에 따르면 그 식당에서 어느 중년 남성이 식사 중에 갑자기 졸도했는데 천사 유학생이 침착하게 응급조치를 했다.

게시물에는 사진이 석 장 올라와 있었다. 차례로 안시현이 중년 남자를 바닥에 눕히는 모습, 남자의 머리를 부축하는 모습, 그리고 남자가 정신을 차리고 자기 옆에 있는 젊은 여자를 바라보는 모습이었다. 닷새 전 사진이었다.

잠시 뒤 명준이 "맞는 것 같아. 어쨌든 굉장히 닮아 보이네"라고 중얼거렸다.

"그렇지?"

슈란이 다시 물었다.

"이 사진을 우연히 발견한 거야? 류잉춘을 찾다가?"

"아주 우연히는 아니야. 푸단대에서 얻은 류잉춘의 옛날 사진을 구글에 넣고 이미지 검색을 했더니 이 글이 튀어나온 거야."

"그런 방법도 있었군."

명준이 어이가 없다는 듯이 웃음을 터뜨렸다.

"푸단대에서는 류잉춘이 국가안전부의 비밀 연구를 맡아 하고 있다고 설명하더라고. 뭘 어떻게 더 해야 할지 몰라서 멍하니 있다가 구글에 옛날 사진을 넣어봤지. 최소한 이 사람도 흰원숭이인 건 분명해."

"그걸 어떻게 알아?"

"지금 나 선양에 있어. 이 사진이 찍힌 레스토랑에 가서 지배인에게 물어봤지. 이자가 예약도 안 하고 식당에 왔는데 상대가 너무 당연하게 자리를 달라고 하는데다 거물 같아 보여서 자기도 모르게 지시에 따랐대."

"혹시 이 사람 게이 아닐까. 지방 출장을 자주 간다던지, 어딘지 비밀이 많은 모습이라든지. 결혼도 하지 않았다며? 실은 남몰래 이중생활을 즐기려고⋯⋯"

"더 이상한 게 있어. 이 천사 유학생, 이름은 안시현이라고 하는데, 이 남자도 그날 이후로 실종상태야. 상하이와 선양 양쪽 공안에 모두 이자를 찾아달라고 지시해놨어."

슈란이 명준의 말을 끊고 말했다.

슈란은 정룡방이니 아공조니 하는 삼합회 지역조직을 이용할 때 썼던 수법을 공안들에게도 썼다. 아무나 붙잡고 다짜고짜 "네가 만날 수 있는 사람 중 제일 높은 사람한테 날 안내해"라고 지시하는 것이다. 그런 명령을 서너 번만 연속으로 내리면 한 시간 안에 그 지역의 최고 지휘자를 손에 넣을 수 있다.

슈란은 자신이 국가안전부에서 나왔다고 둘러대고 공안분국 국장에게 류잉춘 교수와 안시현의 인적사항을 불러주었다. 그리고 "기밀사항인데 국가안보에 엄청나게 중요한 역할을 하고 있는 사람이니 최우선적으로, 하지만 은밀하게 찾아달라"고 명령했다.

흰원숭이들에게 중앙집권형 조직은 '보물 여기 숨겨놨소'라고 선전하는 궁전 같다. 길을 헤매려고 해도 헤맬 수가 없다. 그리고 현대 문명사회는 대부분의 조직이 중앙집권형이다.

"너도 한국 경찰이랑 폭력조직을 하나 장악해줬으면 좋겠어."

슈란이 명준에게 말했다.

"뭐?"

"안시현은 흰원숭이는 아닌 것 같아. 하지만 이 남자가 중국에는 왜 왔고 한국에서는 어떤 일을 했는지 잘 아는 사람은 없더군. 한국 경찰에 지시해서 안시현의 뒷조사를 좀 해줬으면 해. 백원단이 이 남자에 왜 관심을 갖는지가 궁금해. 그리고 폭력조직을 하나 알아두고 있다가 여차하면 안시현의 가족이나 애인을 납치할 수 있게 준비해줄 수 없을까."

"난 잘 이해가 안 되는데……"

명준이 말했다.

"우리는 결국 류잉춘을 만나야 해. 류잉춘에게 안시현이라는 한국 청년이 어떤 가치를 가진다면 우리 쪽 카드를 하나 만들어두는 것도 괜찮지 않을까? 안시현의 가족을 납치하는 일은 어렵지 않아. 너나 내가 직접 나서지 않아도 돼. 가족을 볼모로 그 젊은이를 낚고, 다시 그 젊은이를 미끼 삼아 류잉춘을 낚는다면……"

"안시현이 백원단과 아무런 관련이 없는 인물이라면?"

이번에는 명준이 슈란의 말을 잘랐다.

"그럼 알 게 뭐야. 붙잡은 사람들은 다시 풀어주면 되지."

'안 된다'는 말을 오랫동안 듣지 못하면 누구라도 독선과 아집에 사로잡히게 된다. 명준은 자신이 느끼는 고까움을 어떻게 표현할까 궁리하다 "난 누님 부하가 아니야"라고 말했다.

"난 부하한테는 이렇게 친절하지 않아."

슈란이 웃으며 대답했다.

●

"맞은 데는 괜찮아요?"

웨이리원이 서툰 한국어로 물었다. 그녀는 쇠창살 앞에 의자를 가져와 앉아 있었다. 시현은 말없이 그녀를 바라보았다.

"이해해줬으면 좋겠어요. 우리한테는 당신밖에 없어요. 우리에게는 당신이 너무나 중요한 사람이에요."

그녀가 이번에는 영어로 말했다. 시현은 문득 아이러니하다는 생각이 들었다. 그에게는 그 자신이 그리 중요한 사람이 아니었던 것이다. 그는 손으로 얼굴을 가렸다. 아내가 죽은 뒤에 생긴 습관이었다.

"다리는 왜 다치셨나요? 사고?"

시현이 입을 열었다.

"어릴 때 괴사성 근막염을 앓았어요. 그 병에 대해 아시나요?"

과묵한 남자는 조용히 고개만 끄덕였다. 박테리아가 피부와 근육 사이의 막에 염증을 일으키는 병이다. 가시에 찔리거나 종이에 베이는 작은 상처로도 감염될 수 있다.

"저는 며칠 동안 열에 시달리며 침대에 누워 있었어요. 류잉춘 박사님이 우리 집에 오셔서 '저 아이는 왜 저렇게 누워 있느냐'고 물었을 때 아버지는 '그냥 감기요'라고 대답했죠. 몸에서 악취가 났는데도 우리 가족은 아무도 그걸 몰랐어요. 그냥 까울룽씽자이 출신들은 감기를 심하게 앓는다, 뭐든지 까울룽씽자이 안에서는 더 독해진다라고만 말했어요."

"까울룽씽자이?"

"부모님이 그곳 출신이시고 저도 거기서 태어났어요. 홍콩에 있었던 건물 숲이죠. 하수구에서 건져올린 레고 블록을 되는대로 빽빽하게 높이 쌓은 것 같은. 면적은 작은 블록 하나만 해요. 그런 풍경, 홍콩영화에서 보신 적 있으시죠?"

시현은 입을 다문 채 고개를 끄덕였다.

"아편전쟁에서 이긴 다음 영국이 홍콩을 점령했는데, 구룡반도에 있던 청나라 요새 하나는 여전히 중국 소유로 남게 되었어요. 여긴 공식적인 치외법권 지대라 홍콩 정부는 손을 댈 수가 없었습니다. 중국은 그 땅을 관리할 여력이 없었고요.

그래서 그 땅에 홍콩의 부랑자들, 노숙자들, 범죄자 들이 모여들었어요. 사람들이 요새 주변에 무허가 건물을 짓고 그 건물 위에 또 건물을 지었어요. 용적률이니 고층 규제니 하는 건 아무도 신경쓰지 않았죠. 일 층에는 결코 햇빛이 닿지 않고, 좁디좁은 복도는 미로처럼 끝없이 이어지고, 천장에는 무슨 선인지도 알 수 없는 전선들이 늘어져 있고…… 무허가 도박장, 무허가 매매춘업소, 무허가 병원, 아편굴, 술집, 장물거래소가 그 안에 몇 군데나 있었죠. 그렇게 작은 무법천지가 홍콩 한가운데서 백 년 가까이 이어졌어요."

"류잉춘 교수도 그곳 출신입니까?"

시현이 물었다.

"아니오. 류 박사님은 진짜 까울룽씽자이의 모습은 보신 적이 없으세요. 까울룽씽자이는 홍콩이 중국에 반환되기 몇 년 전에 철거됐어요. 까울룽씽자이 주민들은 그 근처에 흩어져 살게 됐고요. 류 박사님은 옛 까울룽씽자이 주민들을 찾아다니고 있었어요. 흰원숭이가 까울룽씽자이에서 생겨났다고 믿었기 때문에."

"당신 가족 중에도 흰원숭이가 있었습니까?"

"그랬다면 그렇게 비참하게 살지 않았을 테지요. 류 박사님이 집에 왔을 때 저는 반쯤 정신을 잃은 상태에서도 '왜 우리처럼 가난한 집에 의사가 와 있는 걸까'라고 궁금히 여겼어요. 아버지는 류 박사님을 보며 '내가 애를 여섯이나 키웠는데 감기 때문에 죽은 아이는 여태껏 아무도 없었다'고 웃었어요. 류 박사님이 저를 근처 병원으로 데려가 종아리 근육을 잘라냈어요. 처치가 조금만 더 늦었더라면 다리 전체를 잘라내야 했을 거예요. 류 박사님이 오시지 않았더라면 아마 패혈증으로 죽었을 테죠."

수술을 실시한 병원에는 잉춘의 이름과 소속이 남아 있었다. 지팡이를 짚고 걸을 수 있게 된 소녀는 홍콩에서 베이징까지 기차를 타고 류잉춘 의사를 만나러 갔다. 제때 수술을 해주셔서 감사하다고, 내주신 병원비는 언젠가 돈을 벌어 꼭 갚겠다고 인사를 하기 위해서였다.

이천 킬로미터가 넘는 여행을 한 뒤에도 류잉춘을 즉시 만날 수는 없었다. 절름발이 소녀는 베이징 의대 앞에서 길거리에서 파는 유탸오(중국 빵)를 사먹으며 이틀을 더 기다렸다.

그렇게 만난 류잉춘은 소녀를 쌀쌀맞게 대했다. 그러나 리원은 예민한 감수성으로 잉춘이 자신을 싫어하는 게 아니라, 어쩔 줄 몰라하는 것임을 눈치챘다. 그것은 사춘기 소녀의 매력이나 나이 차이 때문이 아니었다. 정신조종능력자인 잉춘은 다른 사람과 인간적인 관계를 맺는 일을 꺼리고 있었다.

구룡반도의 빈민굴에서 살던 소녀는 그때까지 자기 근처에서 존경할 만한 남자를 본 일이 없었다. 리원은 무뚝뚝한 의사를 상대로 짝사랑에 빠졌다. 잉춘은 리원에게 가족에게 돌아가면 생활비와 학비를 넉넉히 대주겠다고 제안했다. 이는 그녀를 떨어뜨려놓으려던 그의 의도와는 정반대의 결과를 낳았다. 그녀는 잉춘에게서 돈을 받으며 공부에 몰두했고, 푸단대 의대에 진학했다. 잉춘이 베이징대에서 푸단대로 자리를 옮긴 뒤였다.

그녀는 류잉춘과 같은 운명을 얻고자 했고, 반쯤 성공했다. 정신조종능력자들을 연구하고 관리하고 통제하는 그림자 조직의 총무 자리를 맡게 된 것이다.

"그냥 평범한 의사가 될 수도 있었고, 류 박사님도 제가 그러길 바라셨죠."

리원이 말했다.

"그런데 왜 그러지 않았습니까? 백원단의 연구소 부소장이라는 자리가 그리 명예롭거나 돈을 많이 벌어다주는 자리는 아닌 거 같은데요."

시현이 물었다.

"그 질문은 류 박사님께 드려야죠. 정신조종능력자로서 편히 살 수도 있었는데 왜 이런 조직을 힘들게 이끄는 걸까, 하고요."

"왜 그런 겁니까?"

"조만간 흰원숭이가 인류 전체에 거대한 재앙을 불러올 예정이기 때문이에요. 저희는 그걸 막고 싶은 거예요."

●

이케부쿠로로 돌아오는 지하철 안에서 스스미와 노보루, 준코는 한동안 말이 없었다. 자전거 탐정은 좀 더 둘러보겠다며 현장에 남았다.

노보루가 불쑥 입을 열었다.

"스스미, 내가 왜 우리 서클 이름을 '캣차스(catchers)'로 지으려 했는지 알아?"

준코가 '또 그 얘기냐'는 표정으로 코웃음을 쳤다.

"왜 그랬는데?"

"그런 제목이 들어가는 책을 재미있게 읽었기 때문이야."

"책 제목이 캣차스야?"

"아니. 『호밀밭의 파수꾼(The Catcher in the rye)』이라는 책이야. 거기 주인공이 캣차(파수꾼)가 되고 싶어해. 달리는 아이들이 낭떠러지에 떨어지지 않게 벼랑 앞에 서 있다가 받아주고 싶어하지. 호밀밭에서. 너 호밀밭 본 적 있어?"

"아니."

스스미가 고개를 저었다.

"나도 없어. 하지만 먹을 걸 키우는 밭이니 아이들이 들어가면 안 되는 곳 아닐까? 벌레나 뱀, 진창 같은 것도 많을 테고. 뭣보다 벼랑 앞에 있는 호밀밭이야. 그런 데서 뛰어노는 아이들이라면 죄다 문제아들일 테지. 어른들도 신경 안 쓰는 아이들. 어른들이 그 아이들을 염려했다면 말이야, 절벽 앞에 난간을 쳤을 거야. 그런데 그러지 않아. 그래서 캇차라도 나서야 하는 거야.

운이 좋은 아이들은 밭에서 뛰놀다가 다시 길로 돌아오겠지만 대개는 운이 없어. 스스미, 이케부쿠로 사천왕들의 주 수입원이 뭔지 알아?"

"모르는데."

스스미는 고개를 저었다.

"약 배달이야. 마약은 단속이 심하거든. 이 지역 야쿠자는 마약 판매는 안 해. 적어도 소매로는 안 팔아. 경찰에 잘못 걸리면 조직 전체가 날아갈 수도 있으니까. 그래서 판매상들이 이용하는 게 아이들이야. 구매자한테 약을 배달해주는 데 소년 갱들을 이용하는 거야. 판매상 입장에서는 얼마 안 되는 푼돈을 배달료로 주는 대신에 위험한 중독자들을 직접 만날 필요도 없어지고, 함정수사도 피할 수 있게 돼. 전화번호만 바꾸면 추적을 당할 염려도 없고. 그렇게 각성제 판매상이 뿌린 돈 덕분에 비행소년단이 네 개나 생겨난 거야."

준코가 껌으로 풍선을 불어 터뜨리고는 "너도 했었잖아"라며 노보루에게 핀잔을 주었다. 노보루는 그 말을 무시하고 이야기를 계속했다.

"그렇게 약 심부름을 하다가 자기도 약쟁이가 된 아이들을 여럿 봤어. 판매상들이 특별 할인가라며 싸게 약을 주니까 거기에 넘어가는 거지. 그렇게 낭떠러지로 떨어지는 거야. 사천왕 녀석들은 그걸 수수방관하고 있어. 공범이나 마찬가지야. 난 그런 짓은 안 해. 내 꿈은 블랙윙즈를 키워서 사천왕 체제를 무너뜨리고, 약 배달을 다 같이 거부하는 거야. 블랙윙즈 멤버 모두가 절벽 앞에 촘촘히 선 캇차가 되는 거야. 그리고 그 꿈을 이루는 데 네가 필요해."

"내가?"

스스미는 목에 뭐가 걸린 듯한 기분으로 반문했다.

"너한테 특별한 힘이 있다는 거 알아. 배틀을 할 때 지켜봤지. 결정적인 순간에 상대방 꼼짝 못하게 하는 능력 말이야. 나하고 비슷하지만 나보다 훨씬 강력해. 내 말 맞지?"

스스미는 준코를 한번 쳐다보고는 고개를 끄덕였다.

"그 능력은 아무 때나 쓸 수 있는 거야? 네가 원하기만 하면?"

"싸울 때에만……"

소년이 침을 꿀꺽 삼키며 말했다.

"그게 여러 명한테도 통해?"

"그럴 거야, 아마."

"난 조만간 사천왕 중 하나에게 배틀을 신청하려고 해. 카니발즈나 오카미단에게. 사천왕 회의에 참가할 권한과 이케부쿠로 전체에 대한 통행권을 정식으로 요구할 생각이야. 아마 받아들일 거야. 우리한테 괜찮은 파이터가 없다고 생각하니까. 난 우리 쪽 파이터로 너를 내세우려고 해. 그리고 2대 2나 3대 3으로 동시에 싸우자고 할 거야."

스스미는 대꾸를 하지 못하고 눈만 두리번거렸다.

"배틀에서 이기게 되면 너희 가족 사건을 조사하는 데 블랙윙즈 멤버를 마음대로 써도 좋아."

"사람 좀 그만 몰아붙여."

준코가 노보루를 흘겨보며 말했다. 노보루가 피어스를 한 여자아이를 흘끗 보고는 말을 이었다.

"그리고 네가 블랙윙즈 중 아무라도 찍으면 걔를 네 공식 애인이 되게 해줄게. 배틀에서 이기게 되면."

5

흰원숭이들에게 알림:

이처럼 심리적 요인의 영향은 그때그때 다르게 나타나고 인과
관계를 규정하기도 까다롭습니다. 반면, 물리적 요소들은 비교적
일관되게 작용하는 것을 보입니다.

현재까지 확실히 파악된 물리적 변수는 거리, 소리의 높이, 매
질, 조도 등입니다.

흰원숭이가 명령을 내릴 때 그 소리의 크기와 정신조종 효과는
큰 상관관계가 없지만 소리의 높낮이는 영향을 미칩니다. 육식동
물이 포효할 때 나오는 초저주파가 초식동물에게 미치는 효과와
흡사합니다. 특히 90~130 Hz 부근의 소리는 대상에게 즉각적인
반응을 불러일으키는데……

"전화 위치추적을 하려면 전화기가 켜져 있어야 합니다. 핸드폰이 기지국으로 보내오는 신호를 파악하는 거라서…… 그런데 류 교수와 한국인 유학생의 전화기가 모두 꺼져 있습니다."

상하이 공안분국은 슈란에게 그렇게 설명했다.

중국 공안이 아무리 비능률적이고 불친절하다 해도, 사람을 찾는 데에는 국가기관이 폭력조직보다 훨씬 낫다. 국가는 오랜 시간에 걸쳐 구성원에게 효율적으로 정보를 전달하고 일을 부리는 데 적합한 시스템을 정교하게 가꿔왔다.

다만 그 시스템은 내부에 특정인의 독주를 견제하는 장치도 갖추고 있다. 슈란이 시진핑을 만나 공산주의를 포기하라거나 미국을 침공하라고 해도 실제로 그런 일은 일어나지 않는다. 당 중앙위원회니 전국인민대표대회니 하는 기구가 괜히 있는 게 아니다.

그런 이유로 상하이 공안이 류잉춘이나 안시현을 찾는 일은 슈란이 바라는 대로 척척 진척되지 않았다. 공안 인력 대부분이 홍수 대책에 투입된 상태였다.

상하이 공안에서 다시 연락이 온 것은 이틀 뒤였다.

"안시현의 휴대전화기가 잠깐 켜졌다 꺼졌습니다."

슈란은 침을 꿀떡 삼켰다.

"위치가 추적되나요?"

"그게 정확히 되진 않습니다. 안시현은 GPS 장치가 없는 저가 선불폰을 쓰고 있었어요. 그래서 기지국 위치만 알 수 있습니다."

"그 기지국 위치는 어디죠?"

"그게……, 뤼자주이 일대입니다. 황푸 강변에서 반경 사백 미터 정도 안에 그 휴대전화기가 있는 듯합니다. 그 이상 범위가 좁혀지지는 않습니다."

뤼자주이는 금융가와 고급 주택가가 있는 지역이다. 전화를 걸어온 경사가 불러준 주소를 인터넷으로 검색해보니 호화 아파트단지인 스마오빈장이 있는 곳이라고 나왔다.

"이 일대를 탐문할 수는 없나요?"

"그게 여기는 당 간부들도 많이 사는 지역이라……, 공안청 차원에서 지시를 내리지 않으면 저희 같은 분국에서는 아무래도 부담이……"

친절한 상하이 공안의 도움도 여기까지군. 슈란은 생각했다.

"안시현이 꼭 지금 그 근처에 있다고 단정할 수는 없습니다. 휴대전화기가 물에 젖거나 배터리를 강제로 분리했을 때에는 꼭 전화기가 켜졌다 꺼진 것처럼 기지국이 과거 위치정보를 나중에 수신 처리하는 경우가 있거든요. 요새 그 일대는 침수된 지역이 많으니 안시현의 전화기도……"

경사가 말을 계속했지만 슈란은 더 듣고 있지 않았다.

푸단대의 교수 주소록에 적힌 류잉춘의 집은 흰원숭이가 산다고 보기에는 너무 검소한 곳이었다. 류잉춘의 거처는 상하이에만 적어도 두 곳이 있었던 게다. 직장동료들에게 겉으로 보이기 위한 위장용 집 한 채와 비밀 작업을 하기 위한 안가 한 채.

어느 집을 찾아야 할지 그녀는 알고 있었다. 가장 비싼 집, 가장 전망이 좋은 집이다. 쓸 수 있는 돈에 아무런 한계가 없는 사람이 구입할 집이다.

"납치? 우리 명준이 많이 컸네. 그거 불법인 건 아냐?"

명준은 대답을 하지 않았다. 전화 상대방은 말을 이었다.

"이거 알아봐달라, 저거 해달라, 누가 보면 내가 네 꼬붕인 줄 알겠어."

"형님, 제가 실례했습니다. 지금 어디 계시죠?"

"사무실에 있지."

"바로 찾아뵐게요."

명준은 목을 문지르며 전화를 끊었다.

그가 DK운송 사무실에 도착한 것은 한 시간쯤 뒤였다. 윤 사장과 그 똘마니들을 만나면 어떻게 할 건지 차를 몰고 오면서 작전을 짜려 했지만 정작 도로에 나선 뒤에는 다른 일에 정신이 팔려 있었다. 며칠 전에 새로 산 닛산 370Z의 성능 테스트. 그는 차선을 변경하고 끼어들기를 반복하면서 생각했다. 차 괜찮네.

명준은 노란색 스포츠카를 DK운송 윤 사장의 벤츠 옆자리에 세웠다. 포장이 안 된 흙바닥 주차장에 수입차가 그렇게 두 대 있고, 그 옆에는 낡은 국산 승용차들과, 로더니 스크레이퍼니 하는 중장비들이 있었다. 촌스러운 녀석. 벤츠 한 대만 있으면 그걸로 오케이라는 거냐?

하지만 어찌 보면 정신조종능력자도 개성과 취향이 없는 졸부라는 점에서 윤 사장과 같은 처지인지도 모른다. 명준은 최근에 구입한 고가 명품 가운데 자신이 구매를 고민하거나 최소한 망설이기라도 한 물건이 있는지 기억을 더듬어보았다. 심드렁하게 "그걸로 주세요, 그거 좋아 보이네"라는 말을 내뱉으면, 딜러라는 자들은 어정쩡한 미소로 화답하는 게 고작이었다.

취향이라는 것도 애정과 노력, 시간을 들여 배워야 얻을 수 있는 능력이다. 사람은 기다리며 애를 태우는 시간이 있어야 비로소 욕망하는 대상의 특성을 분석하고 자기 기호를 그에 맞추게 된다. 어쩌면 그게 한 인간의 정체성을 쌓아올리는 작업인지도 모른다.

초능력을 얻기 전, 월급쟁이 투자상담사로 일하는 동안 명준은 틈만 나면 자동차 관련 사이트를 들락거리며 드림카의 제원을 비교하고 견적을 냈다. 차에 대한 그의 안목은 그렇게 자란 것이다. 차에 대해서만큼은 그에게 확실한 철학이 있었다. 어느 날 '수금이 잘 됐으니 나도 벤츠 한 대 뽑아야지'라고 생각하는 사람은 결코 얻을 수 없는.

DK운송 사장실에는 대권파 똘마니들이 험악한 분위기를 잡고 앉아 있었다. 윤 사장은 짐짓 쾌활하게 명준을 맞았다.

"어, 빨리 왔네. 아까 네 전화 받고 좀 당황스러웠다."

명준은 문득 윤 사장 같은 인물이 흰원숭이가 된다면 어떻게 될까를 그려보았다. 의외로 자기혐오에 빠지지 않고 정신조종능력을 잘 써먹지 않을까. 정신조종능력은 모순이 많은 능력이다. 사회시스템에 대한 이해와 긴 안목으로 전략을 세울 지성이 있어야 비로소 이 능력을 제대로 써먹을 수 있는데, 그런 사람은 허무주의에 빠지기도 쉽다.

"많이 놀라셨어요?"

명준은 주머니에서 담배를 꺼내 입에 물면서 말했다. 대권파 똘마니 중 한 명이 "이게 어디서……"라며 눈을 부라렸다. 윤 사장이 그런 부하를 제지했다.

"너, 나랑 안 지 얼마나 됐지?"

윤 사장이 물었다.

"서너 달 됐죠."

"금융 한다는 놈들이 다 입만 산 사기꾼들이잖아. 그런데 너는 좀 다르더라고. 눈빛도 좋고 예의도 바르고, 아, 이 녀석 좀 믿어봐도 괜찮겠구나, 생각했지. 내가 싫은 놈은 어디 파묻힌대도 신경 안 쓰지만 좋아하는 놈은 확실하게 밀어주거든. 그래서 네가 부탁하는 일은 다 들어주려고 했어."

"그러셨습니까."

"나는 네 부탁 들어주고, 너는 내 부탁 들어주고. 서로 좋지 않냐. 그런데 말이야, 어느 때부터는 네가 하는 부탁이 부탁이 아니더라? 그리고 멀쩡한 사람을 납치를 해달라니, 우리가 무슨 깡패냐? 어떻게 그런 부탁을 나한테 할 수가 있어? 잘못되면 뒷감당은 누가 하라고?"

슬슬 겁을 줄 시점이라고 판단해서였는지 윤 사장의 표정이 험악해지기 시작했다. 명준은 웃음이 나오려는 걸 참았다.

"한번 말해봐. 우리가 깡패냐? 네가 보기엔 우리가 깡패로 보여?"

"깡패 맞잖아. 동네 깡패."

명준이 하도 천연덕스럽게 대꾸하는 바람에 윤대권의 부하들은 적절히 반응할 타이밍을 놓쳐버렸다. 옆머리를 시원하게 민 떡대 하나가 "뭐이 새끼야?"라고 고함을 치며 벌떡 일어났지만 명준은 그쪽으로는 눈길도 주지 않았다.

"스스미, 괜찮아?"

노보루가 다급한 기색으로 물었다. 스스미는 피 섞인 침을 뱉고 일어

81

났다.

턱도 아팠지만 그보다 턱을 맞으면서 혀를 세게 깨무는 바람에 제대로 소리를 낼 수가 없었다. "다이조부(괜찮아)"라고 노보루에게 답하고 싶었지만 "아이오부"라는 이상한 발음이 나왔다.

블랙윙즈의 운명이 걸린 결투는 2대 2 방식으로 진행되고 있었다. '철권 태그 토너먼트'가 아케이드 게임장에 나온 뒤에 도입된 방식이었다. 스스미와 노보루가 블랙윙즈 대표였다. 상대편은 이케부쿠로 사천왕 중 한 명인 가토 다카시와 그의 동생인 가토 교이치였다.

다카시는 스스미의 턱을 갈긴 뒤 손을 구부려 커다란 'C' 모양을 만들었다. 카니발즈 멤버들도 박수를 치거나 환호성을 지르는 대신 자리에 가만히 서서 왼손으로 C 모양을 만들었다. 나치들의 거수경례와 비슷했다. 딴에는 그게 쿨하다고 여기는 모양이었다.

"다카시, 이 녀석들에게는 시간이 아깝다! 뜸들이지 말고 해치워버려!"

카니발즈의 중간 간부로 보이는 녀석이 구경꾼들 사이에서 소리를 질렀다. 누군가가 스마트폰으로 틀어놓은 일렉트로닉 음악 사이로 카니발즈 멤버들이 "시간 아깝다!" "필살기를 써!"라며 덩달아 외쳤는데 거기에는 묘하게 열기가 없었다. 이런 싸움 따위는 그들에게 아주 평범하고 사소한 일이라 응원을 할 필요도 없다는 뉘앙스를 애써 내려 하고 있었다.

블랙윙즈도 지지 않으려 "힘내라, 노보루!" "스스미, 죽여버려!"라고 소리를 지르기 시작했는데 카니발즈에 비하면 영 폼이 나지 않았다. 준코도 손을 가슴에 모은 채 뭐라고 소리를 지르고 있었다.

그들은 히가시 이케부쿠로 중앙공원의 한구석에서 싸움을 벌이고 있었다. 선샤인시티 반대편, 벚나무를 사열종대로 촘촘히 심은 구역이다. 불과 십여 미터 떨어진 벤치에서는 노인들이 삼삼오오 모여 장기를 두고 있지만 아무도 청소년들의 싸움에는 관심을 두지 않았다.

다카시가 춤을 추듯이 가벼운 스텝으로 나무 사이를 누비다 팔을 크게 휘둘러 이번에는 노보루의 턱을 갈겼다.

"나왔다, 후크 펀치!"

카니발즈 멤버들이 환호성을 질렀다. 스스미가 이를 가는 동안 나무 사이에서 다카시가 번개처럼 튀어나오더니 노보루의 배를 발로 찼다. 잠시 숨을 쉴 수 없을 정도로 강력한 킥이었다. 이 지역 야쿠자가 저 녀석을 스카우트하려고 한다는 소문이 거짓이 아닌지도 모르겠다.

스스미는 배를 움켜쥐며 다카시를 향해 외쳤다.

"멈춰, 다카시."

다카시가 스텝을 멈추고 의아한 표정으로 스스미를 바라보았다.

그때 뭔가가 엄청난 힘이 뒤에서 스스미를 들어올렸다. 다카시의 동생, 교이치였다. 형이 스피드가 좋은 지능파라면 동생은 무식한 완력파다. 스스미보다 머리 하나는 더 큰 교이치가 한 팔로 스스미의 목을 감아 조르면서 다른 팔은 스스미의 겨드랑이 아래에 넣어 그를 들어올렸다. 숨이 막혀 말이 나오지가 않았다.

이케부쿠로 사천왕은 정신을 차리고 노보루에게로 시선을 돌렸다. 스스미는 목이 졸린 상태에서 다카시가 노보루를 신나게 두들겨패는 모습을 지켜봐야 했다.

다카시는 바닥에 쓰러진 노보루를 발로 지근지근 밟더니 가로수 아래로 끌고 갔다. 다카시는 신음하는 노보루의 머리를 가로수의 뿌리 부근에 갖다대더니 마치 프리킥을 하듯이 노보루의 안면을 발로 걷어찼다.

"이제는 우리를 믿소?"

류잉춘이 물었다. 잉춘 옆에 웨이리원이, 그리고 그 맞은편에 시현이 앉아 있었다. 그들은 감금실 밖의 주방에 있었다.

"믿기는 하지만 어디까지가 제 의지인지 모르겠습니다. 저더러 '믿으라'고 명령하신 부분도 있었으니까요."

시현이 차분한 목소리로 대답했다.

"처음에 좀 그랬소."

류잉춘이 순순히 인정했다.

"저에게 선택권을 주지도 않으셨죠."

"줄 수가 없었소. 백원단에 대해 알게 된 뒤 그냥 걸어나가게 놔둘 수는 없었으니까. 하지만 우리의 목적이나 활동을 이해하고 나면 당신이 거절하지 않으리라는 확신이 있었소. 내 말이 틀렸소?"

시현은 대답하지 않았다. 잉춘이 말을 이었다.

"당신에 대해 알면 알수록 뭐랄까, 하늘이 도왔다는 생각이 듭디다. 의사인 것도 그렇고…… 당신은 엄청난 경쟁률을 뚫고 선발된 사람이오."

류잉춘이 '하늘이 도와서 찾아낸 사람'이라는 말을 할 때 웨이리원의 얼굴이 잠시 어두워졌다. 시현은 잉춘이 '가족을 잃었다는 점도 그렇다'는 말을 하려다 얼버무린 것을 알았다.

"저더러 백원단에 대한 기억을 잊어버리라고 지시할 수도 있는 것 아니었습니까?"

시현이 물었다.

"기억을 지우라거나 되살리라거나 하는 지시는 썩 잘 먹히지 않소. 자율신경계를 조절하라는 명령과 비슷하지. 그런 명령을 받고 잠시 기억을 잊더라도 누가 되풀이해서 집요하게 다그치다보면 결국 우리와 있었던 일을 기억해낼 거요. 특히 그렇게 다그치는 사람에게 정신조종능력이 있다면."

그래서, 나는 이들을 믿고 있는가?

아마도, 라고 말수 적은 남자는 생각했다.

정신조종능력이 존재한다는 사실은 의심할 수 없다. 그리고 류잉춘은 그에게 어떤 일을 시키기 위해 흰원숭이니 백원단이니 하는 복잡한 설정을 지어낼 필요가 없다. 그냥 정신조종능력으로 일을 시키면 되니까. 그러니 이들이 말하는 세계의 위기라는 것도 논리적으로 받아들일 만하다.

그리고 그런 위기가 진짜 존재한다면, 그 위기를 막는 일은 탈북자를 돕는 것과는 비교할 수도 없이 중요한 일이다. 하지만……

"저는 이 실험이 실패할 거라고 생각합니다."

과묵한 전직 피부과 의사가 말했다.

"왜죠?"

웨이리원이 의아하다는 듯이 물었다.

"처음부터 성공하는 실험은 없으니까요. 전에 금강승을 해본 적이 없다고 하지 않았습니까? 실패했을 때를 대비한 계획은 있나요?"

"계획은 있어요."

리원이 대답했다.

"그때 저는 백원단에서 손을 떼고 한국으로 돌아가도 됩니까?"

시현의 질문에 리원과 류잉춘은 서로 얼굴을 마주 보며 한동안 답을 하지 못했다.

"돌아가셔도 됩니다. 비밀을 지켜주신다는 조건 하에. 저희도 다시는 연락드리지 않겠어요."

리원이 말했다. 표정을 보아하니 류잉춘과 상의한 내용은 아닌 것 같아 보였다. 마침내 류잉춘도 고개를 끄덕였다.

"금강승이 진행되는 동안에는 저는 이곳에 있을 수 없어요. 금강승에 시간이 얼마나 걸릴지는 잘 모르겠어요. 냉장고에 있는 음식과 물로 이삼 일은 버틸 수 있을 거예요. 만약 음식이 모자라면 저에게 전화를 하세요. 근처에 있을 거예요."

리원이 말을 마치자 류잉춘이 시현에게 잠시 자리를 피해달라고 부탁했다. 지문인식장치가 달린 철문 안쪽으로 시현이 들어가자 두 사람은 자리에서 일어나 어색하게 포옹했다. 리원은 왈칵 눈물을 쏟았다가 황급히 수습했다.

"그럼."

이것이 류잉춘의 마지막 인사였다.

복도와 연결된 문을 열고 나가던 리원이 머뭇거리다 뒤를 돌아보며 물었다.

"이 길밖에 없나요?"

류잉춘은 리원의 눈을 피했다. 리원은 그런 남자를 바라보다 밖으로 나갔다.

저우환위는 밀림에서 동이 트는 모습을 멍하니 지켜보고 있었다. 쌍 장군의 병사는 불편한 자세로도 몸을 꿈지럭거리며 잘 잤다. 뭐라 잠꼬대를 하는 소년병에게 환위는 "괜찮아, 더 자"라고 말했다. 소년은 "엄마……"라고 중얼거렸다.

소년병들이 일어났을 때 환위는 배낭에서 초콜릿바를 꺼내 그들에게 나눠주었다. 병사들은 쑥스러운 표정을 지으며 초콜릿을 받아먹었다.

환위는 차에 올라 소년병들에게 장래희망이 뭔지 물었고 병사들은 돌아가며 자신들의 꿈을 이야기했다. 한 명은 의사, 또 한 명은 화가, 나머지 한 명은 마약조직의 간부. 세 소년 중 초등학교를 졸업한 사람은 아무도 없었다.

환위는 의사가 되고 싶다는 병사의 왼손 손가락이 세 개뿐이라는 사실을 알아차렸다. 병사는 "친구들이랑 불발탄을 갖고 놀다가……"라고 말하며 부끄러워했다. 월맹군은 라오스를 군수품 수송로로 이용했고, 미군은 어마어마한 양의 폭탄을 남의 나라에 떨어뜨렸다.

경사가 심한 숲길을 넘자 갑자기 고원지대가 펼쳐졌다. 분화구처럼 안이 움푹 파인 벌판에는 새빨간 양귀비꽃이 흐드러지게 피어 있었다. 정글이 갑자기 사라지면서 나타난 원색의 꽃밭은 초현실적인 느낌마저 주었다. 그림처럼 아름다운 광경이었지만, 환위는 농장 일꾼들의 발에 족쇄와 쇠사슬이 채워져 있음을 알아차렸다.

소년들은 벌판 복판에 세워진 가옥 중 한 채로 환위를 안내했다. 소년병 중 선임자가 환위에게 "사령관이 외부에 나갔다니 여기서 잠깐 기다려"라고 말했다. 소년은 슬그머니 환위의 배낭을 들고 나가려다 들켰다.

더운 날이었다. 전통가옥에는 라오스 가정에서 흔히 볼 수 있는 작은 제단이 있었고, 그 위에는 어쩐지 약 올리는 듯한 미소를 짓고 있는 불상과 향로, 쌀 한 줌이 놓여 있었다. 방구석에는 위성 TV가 한 대 있었는데 화면에서는 CNN 뉴스가 흘러나오고 있었다. 밖에는 소총을 든 병사 두 명이 보초를 섰다. 감시자들을 제압하고 나가서 마을 동태를 살피는 일은 어렵지 않았으나 굳이 이목을 끌 필요는 없을 거라고 환위는 판단했다. 멀지 않은 곳에서 채찍을 휘두르는 소리와 신음 소리가 간간이 들렸다. 환위는 배낭 안에 손을 집어넣어 만약의 경우를 대비해 가져온 글록 권총을 만지작거렸다.

점심때가 되니 여덟 살이나 아홉 살쯤 되어 보이는 어린 여자아이 하나가 몹시 수줍어하며 대나무 광주리를 들고 들어와 찰밥과 채소 반찬을 차렸다. 꼬마아이가 외부인 앞에서 부끄러워 배시시 몸을 꼬는 모습이 귀여워 환위는 웃으며 "이름이 뭐니?"라고 물었다. 여자아이는 "분팽"이라고 말하고 잽싸게 집을 빠져나갔다.

마약조직이 운영하는 마을에 들어설 때 환위가 두려워한 것은 지역 사령관이나 중간 보스가 자신을 만나려고도 하지 않고 멀리서 총으로 쏘는 일이었다. 유엔마약통제프로그램의 조사원 두 사람이 몇 달 전 그렇게 저격당해 죽었다는 얘기를 들었다. 자신들을 찾아오는 외국인은 모두 적이라는 이유에서였다.

그런데 환위가 조심했어야 할 대상은 러시아제 돌격소총이 아니었다. 그는 분팽이라는 이름의 작은 라오스 여자아이를 경계했어야 했다. 그 꼬마아이가 들고 온 대나무 광주리를, 아편 조각이 들어 있는 찰밥을.

밥이 다 소화되기도 전에 정신이 몽롱해지면서 몸이 미지근한 물에 적신 솜처럼 점점 따뜻해지고 또 무거워지는 기분이 들었다. 시각이 제일 먼저 마약의 영향을 받았다. 방의 벽이 아주 멀리 떨어져 있는 것처럼 느껴졌다가 코앞에 있는 것처럼 가까워졌다. 환위는 정신을 잃으면서 제단 위의 불상이 자신을 비웃고 있다고 생각했다.

"야, 너 미쳤……"

"닥쳐."

명준의 한마디에 윤 사장이 체면을 구기며 입을 다물었다.

"다들 닥치고 앉아서 내 말 들어. 움직이지 마. 내가 몇 번 겸상하고 말 섞고 그래서 너희들이랑 나랑 같은 급인 줄 알았나본데, 아니거든? 너희들은 나한테 심부름값 받고 심부름해준 거야. 그런 일은 너희가 잘 하잖아. 바퀴벌레 잡는 거나 화장실 청소 같은 거 말이야."

어떤 녀석은 얼굴이 파래져 있고 어떤 녀석들은 시뻘겋게 달아올랐다. 씩씩거리는 콧김으로 물도 끓일 수 있을 것 같다. 명준은 말을 이었다.

"너희들 대학 나온 사람들한테 콤플렉스 있지? 내가 금융권에서 일한다니까 재수 없기도 하고 막 핫바지 샌님으로 보이기도 하고, 그렇지? 한 대 맞으면 어디 부러질 것 같지? 말하는 것도 싸가지 없고, 아주 줘 패고 싶지? 한번 붙어볼까?"

똘마니 녀석 중 하나가 소리가 다 들리도록 이를 뿌드득 갈았다. 상대는 윤 사장과 똘마니 네 명. 윤대권이 직접 나서진 않을 테니 4대 1로 싸우게 된다. 똘마니 넷 중에 둘은 덩치 타입이고, 나머지 둘은 키가 작고 호리호리한 게 연장을 쓸 타입으로 보인다. 일단 싸움이 벌어지면 이 소파를 바리케이드 삼고 구석으로 가서 각개격파를 해야겠다.

운전하는 내내 돌아가지 않던 머리가 이제야 비로소 핑핑 움직이기 시작했다. 이런 식으로 스스로를 위기에 빠뜨려야 뇌가 겨우 기지개를 켜고 마지못해 제 할 일에 나서는 모양이다. 그래봤자 치트키로 컴퓨터 게임을 할 때의 긴장감이지만.

"연장 쓰지 말고, 맨 주먹으로 겨뤄보자고. 한번 덤벼봐."

명준이 자리에서 일어나며 말했는데 그 말이 끝나기가 무섭게 맞은 편에 앉아 있던 덩치가 명준의 얼굴을 정통으로 때렸다. 주먹을 크게 휘두른 것도 아니고 잽을 날리듯이 스냅을 줘서 손등으로 코를 때린 것이었는데 어찌나 무방비로 맞았는지 명준은 그만 코피를 터뜨리고 말았다. 코미디 같은 이 광경에 윤 사장을 비롯한 대권파 일당들은 피식피식 웃음을 터뜨렸다.

"눈 깔아, 새끼야."

100Hz의 낮은 목소리로 내린 명령에 명준을 때린 덩치는 노려보던 시선을 거두고 반사적으로 고개를 조금 숙였다. 명준은 팔을 쳐들어 망치로 내리찍듯 상대의 머리를 후려갈겼다. 최대한 정신조종능력을 쓰지 않으며, 뭐랄까, 스포츠맨십을 보이며 싸우려 했는데 울화통이 치미는 바람에 어쩔 수 없었다. 윤대권의 부하들도 웃음을 거뒀다.

"야, 저리 꺼져."

이번에도 역시 100Hz로 명령했다. 명준의 옆에 있던 까까머리가 움찔하며 한 걸음 비켜섰다. 까까머리의 얼굴에 일순 공포가 서렸다. 명준은 테이블에 놓인 화병을 집어들어 상대의 머리를 찍었다. '무기를 쓰지 말자'는 말은…… 어쨌든 4대 1의 불리한 상황이니까.

"팔 치워."

세 번째 녀석이 내지르려던 팔을 이상한 각도로 비틀었고, 명준은 깨진 꽃병 조각을 그 녀석의 눈에 찔러넣었다.

"나왔다! 다카시의 필살기. 무차별 폭격!"

스스미는 얼굴이 피범벅이 된 노보루를 보며 멈추라고 비명을 지르고 싶었지만 목구멍이 막혀 소리가 나오지 않았다.

(필살기 좋아하네. 저게 무슨 싸움 기술이냐.)

발길질을 피해 꿈틀거리던 노보루는 이내 축 늘어졌다. 다카시는 거기에 아랑곳 않고 쓰러진 노보루 옆에서 예의 권투 스텝을 계속 밟으며 위치를 바꿔 여러 각도에서 노보루의 머리를 걷어찼다. 그때마다 카니발즈들이 열의 없는 목소리로 "예에"라고 추임새를 넣었다.

"이제 네 차례다."

다카시는 피 묻은 손을 노보루의 옷에 닦고는 일어났다. 그와 동시에 뒤에서 스스미의 목을 조르고 있던 팔도 풀렸다. 그러나 스스미가 입을 열려고 하자마자 날카로운 옆차기가 스스미의 배에 꽂혔다. 사천왕다운 깔끔한 솜씨였다.

스스미는 배를 쥐고 고꾸라졌고 다카시는 '무차별 폭격'을 스스미에게 가했다. 블랙윙즈 멤버들이 하나둘 도망치기 시작했다. 스스미가 뭐라고 중얼거렸다.

"꼬마야, 뭐라고?"

이케부쿠로 사천왕이 스스미 앞에 무릎을 쪼그리고 앉아 물었다.

"죽여버리겠어……"

다카시는 스스미의 목을 쥐고 일으켜세웠다.

"그래? 어디 한번 해봐. 죽여보라고."

다카시는 동생인 교이치에게 스스미를 풀어주고 뒤로 물러나라는 손짓을 해 보였다. 그러고는 스스미가 미처 몸의 중심을 잡기도 전에 스스미의 옆구리를 발로 찼다. 교이치는 다카시가 스스미를 끝장낼 수 있도록 카니발즈 멤버와 함께 가로수가 심어진 영역 밖으로 물러났다.

다카시가 멱살을 잡고 일으켰을 때 스스미가 뭐라고 말하는 게 교이치의 눈에 보였다. 다카시는 당황스러워하는 기색이었다. 다카시가 가슴을 움켜쥐며 비틀거리는 사이 스스미가 다카시의 얼굴을 주먹으로 쳤다. 대단한 위력은 아니었지만 다카시는 허수아비 인형처럼 풀썩 넘어졌다. 다카시는 넘어진 채로 팔다리를 배배 꼬았다.

카니발즈 멤버들이 움찔 놀라며 스스미에게 달려들려는 것을 교이치가 막았다. 2대 2 배틀이다. 이 싸움에 끼어들 수 있는 사람은 교이치뿐이다. 교이치는 조금 더 두고 보기로 했다.

무릎을 떨며 일어난 다카시의 주먹이 허공을 갈랐으나 스스미는 가볍게 피했다. 스스미가 또 뭐라고 중얼거렸고, 다카시는 대꾸도 못한 채 사색이 돼 가슴을 쥐어뜯으며 헐떡였다. 스스미가 다카시의 배를 무릎으로 찍고는 그의 머리를 가로수 뿌리께로 가져갔다. '무차별 폭격'을 하려는 것이다. 교이치는 두 사람에게 달려가 아까와 마찬가지로 뒤에서 스스미의 어깨를 붙잡았다.

"이거 놓고 저리 꺼져."

스스미가 뒤도 돌아보지 않고 말했는데 교이치는 이상한 위압감에 사로잡혀 팔을 풀고 뒷걸음질쳤다. 이번에는 스스미가 다카시의 머리를 발로 몇 차례 걷어찼다.

다카시는 이상하게도 머리를 감싸려 하기보다 가슴을 누르며 통증을 참는 모습이었다. 다카시가 몸을 비틀며 괴로워하는 동안 스스미는 다카시의 몸 위에서 무너질 듯한 자세로 가로수에 양손과 머리를 기대고 헐떡거렸다.

교이치 뒤에서 경찰 사이렌이 울렸다. 교이치는 그 경보가 자신들 쪽에서 멀어지는 소리라는 것을 알고 있었다. 그러나 스스미는 그런 사실을 모르는 모양이었다. 교이치 쪽으로 고개를 돌린 스스미의 얼굴은 눈물과 콧물, 흙먼지 뒤범벅이 되어 있었다. 스스미는 교이치가 서 있던 반대 방향으로 별안간 달아나기 시작했다.

"형, 형!"

교이치가 다가가 몸을 흔들었지만 다카시는 꿈쩍도 하지 않았다. '뭔가'가 그의 몸에서 빠져나갔음을 교이치는 직감적으로 느낄 수 있었다. 다카시의 부관 노릇을 하던 카니발즈 멤버가 옆에서 더듬거리며 말했다.

"다, 다카시가, 죽은 것 같아."

시현은 눈을 뜬 채로 양손으로 얼굴을 가리고 책상 앞에 앉아 있었다. 그는 소파를 빙 돌아 냉장고에서 가서 물병을 꺼내 물을 마셨다.

소파에는 몸이 뒤틀린 채 눈을 부릅뜨고 죽은 류잉춘의 시신이 있었다. 시현은 시신을 붙들고 자세를 바르게 누워 있는 형태로 바꾸려 애써봤지만 잘 되지 않았다. 사후강직이 상당히 진행된 상태였다.

시체 옆에서 눈을 문지르고 있을 때 갑자기 인터폰이 울리는 바람에 시현은 깜짝 놀랐다. 벽에 붙은 비디오폰 화면에는 험악하게 생긴 사내들의 얼굴이 떠올랐다.

화면 속의 사내들은 아무 말도 하지 않은 채 멀뚱멀뚱 카메라를 쳐다보고 있었다. 시현 역시 아무것도 묻지 않은 채 사내들을 주의 깊게 관찰했다. 그는 곧바로 전화를 걸었다.

"리원씨, 안시현입니다."

"금강승은 잘 진행됐나요?"

리원이 물었다.

"금강승이 잘 진행됐는지는 모르겠습니다. 그거와는 별도로 예상치 못한 문제가 생겼습니다. 이 집의 주소를 아는 사람이 류 교수님과 리원씨 말고 또 있나요?"

시현은 류잉춘이 이런 고급 아파트를 얻은 게 전망이나 과시욕 때문이 아님을 알았다. 황푸 강을 내려보는 근사한 전망을 검은 롤스크린 커튼으로 다 가려버릴 정도였으니까. 류 교수가 이 집을 얻은 이유는 실험 장비들을 놔둘 수 있는 커다란 공간과 보안 때문이었다.

"없어요. 저희 둘뿐이에요."

"지금 이 건물 로비에 누가 찾아와서 이 집에 올라오려고 하고 있습니다. 배달원이나 전도사 같아 보이진 않고, 폭력조직의 해결사 같은 인상을 풍깁니다. 연구소에서 혹시 이 건물 로비를 볼 수 있나요?"

리원은 건물 현관과 엘리베이터, 4501호 입구의 CCTV 영상을 모니터로 살폈다. 류잉춘은 스마오빈장 관리회사에 뇌물을 주고 관리실에 중계기와 모듈을 하나 설치했다.

"여기서도 보여요. 여자 한 명과 남자 네 명이에요."

리원이 말했다.

"이 집에 엘리베이터와 계단 말고 다른 탈출로는 없지요?"

시현이 물었다.

"없어요."

리원이 대답했다.

"CCTV 영상을 저장해주세요. 거기 나온 사람들이 누군지 파악해주시면 감사하겠습니다."

"당신은 어떻게 하시게요?"

"일단은 도망치려고 합니다. 꼭 가져가야 할 물건이 있나요?"

"그곳은 류 박사님이 혼자 쓰시던 곳이라…… 전 잘 몰라요."

리원은 당황한 모습이었다. 시현은 상대가 류 교수에 대해 묻기 전에 서둘러 전화를 끊었다.

남자는 자신이 챙겨야 할 물건들을 찾아보았다. 컴퓨터가 총 세 대 있었다. 데스크톱 두 대, 노트북 한 대. 시현은 노트북을 가방에 넣고 드라이버를 가져와 데스크톱의 본체 케이스를 뜯어냈다. 데스크톱 안에 있는 하드디스크와 외장디스크들을 떼어 가방에 챙기고 책장에 꽂힌 서류 파일들과 프린트물을 모두 꺼냈다. 마룻바닥을 한가득 메운 인쇄물들은 등에 메는 학생 가방에 다 들어가지 않을 분량이었다. 시현은 빠른 눈으로 그 서류들의 중요도를 가늠했다. 중국어 문서가 대략 절반쯤 됐다. 나머지 절반에는 그가 처음 보는 외국 문자들이 적혀 있었다.

시현은 중국어로 된 서류 중 고급 파일을 쓴 것부터 가방에 쑤셔넣었다. 나머지 종이뭉치들은 팔에 한 아름 안고 화장실 욕조에 가져갔다. 양이 워낙 많아 1인용 욕조가 거의 다 찰 정도였다. 식용유를 그 위에 뿌린 뒤 A4 용지 한 장을 가스레인지 불에 붙이고 욕조에 던졌다. 그는 종이가 타는 텁텁하고 달큰한 냄새를 맡으며 스마오빈장 D동 4501호에서 나왔다. 엘리베이터의 층수를 표시하는 전광판 숫자가 점점 높아지고 있었다. 남자는 계단으로 내려갔다.

로비에서는 슈란이 45층으로 먼저 올려보낸 삼합회 조직원들의 연락을 기다리고 있었다.

6

흰원숭이들에게 알림:

일반인들과의 대화법을 익히십시오. 보통 사람들은 당신이 내리는 '명령'과 그럴 의도가 없는 평범한 제안을 구분하지 못합니다.

한마디 한마디 다른 사람 앞에서 말을 할 때마다 그 말이 불러올 결과를 신중히 고려해야 합니다. 정신조종은 화자의 의도보다는 받아들이는 사람의 해석에 좌우됩니다. 감정이 격하게 고양된 상태에서는 침묵이 최선일 수 있습니다. 스스로에게 '말하지 말라'고 명령을 내리는 것도 좋은 방법입니다.

좋은 관계를 유지하고 싶은 사람들 앞에서는 각별히 조심스러운 태도를 취해야 합니다. 당신의 기대나 희망을 밝히기 전에 상대의 의사를 확인하는 것을 습관으로 삼으십시오. 뜻하지 않게 주종관계가 만들어지면……

저우환위는 눈을 비비려 하다가 양손이 뒤로 묶여 있음을 깨달았다. 약 기운이 가시지 않아 머리가 어질어질했다. 손에는 수갑이 채워져 있고, 그 수갑에는 쇠사슬이 묶여 있다. 쇠사슬은 건물 지붕과 연결돼 있다.

(시간이 얼마나 지난 거지? 두 시간? 네 시간? 하루?)

그는 절그렁절그렁 쇠사슬 소리를 내며 주변을 둘러보았다. 그의 왼편에 역시 뒤로 수갑이 채워진 채 쓰러져 있는 남자는…… 캄팻이다. 젊은 시절에는 탁발승으로 지내기도 하고, 학비가 없었기 때문에 국립대학을 6학기 만에 마치고 변호사가 됐으며, 지금은 방바재단에서 일하는 정의로운 라오스 젊은이.

캄팻의 머리와 귀 뒤편에 마른 핏자국이 보였다. 옷이 흙투성이다. 환위와 헤어진 뒤 몰래 자동차 자국을 따라 쫓아오다 들켰거나, 마을 사람들이 겁을 집어먹고 그를 붙잡은 듯하다. 캄팻과 달리 환위 자신은 속이 메스껍고 원근감이 제대로 돌아오지 않았다는 점 외에 특별히 다친 곳은 없었다.

"어이!"

그가 소리를 쳤더니 몇 분 뒤 무장을 한 사람들이 하나씩 들어왔다. 군복을 입지 않은 자들의 복장을 보아하니 라오숭 중에서도 '검은 몽족'이라 불리는 소수민족 사람들이었다. 양옆으로 근위병인 소년들이, 정면에는 고위간부로 보이는 무리가 섰다. 개중에는 뺨에 큰 흉터 자국이 있는 여자도 한 명 있었다.

"날 찾았다면서?"

간부 무리에 서 있던 자 중 키가 크고 풍채가 좋은 남자가 앞으로 나서며 말했다. 레이밴 선글라스를 쓰고, 양 손목에 롤렉스시계와 금팔찌를 차고 있다. 십대 병사 중 한 명이 밖에서 의자를 가져와 그 앞에 놓았다.

"요즘은 우리들도 인터넷을 사용해. 인터넷에는 양귀비를 더 잘 재배하는 법이나 아편을 더 많이 추출하는 방법에 대해서도 나와 있더라고. 그리고 인터넷에는 그밖에도 쓸데없는 정보가 많아서 한가한 시간에 이리저리 사이트를 옮겨다니며 서핑을 하기 좋지. 네 옆에 쓰러진 친구는 아무리 때려도 네가 누군지 말을 하지 않더군. 그런데 구글에서 이미지 검색이 되는 거 알아? 네 얼굴 사진을 찍어서 검색창에 넣어봤더니 기사가 뜨더군. 방바재단 이사장, 저우환위. 맞지?"

쌍 장군이 물었다.

"그냥 나한테 물어봤더라면 시원하게 대답해줬을 텐데."

환위가 말했다.

"방바재단이 좋은 일을 많이 하더군. 고아원도 짓고, 불발탄 제거도 하고, 장학금도 주고. 그런데 중국인이 왜 라오스까지 와서 설치는 거지? 그리고 그만큼 돈을 벌었으면 됐지 마약사업에까지 뛰어들려는 이유가 뭐야?"

"마약사업에 뛰어들려는 게 아냐. 다른 사업 제안이 있어."

"뭔데?"

"커피."

"좆까. 이미 우리는 커피도 많이 키워봤어. 유엔에서 온 사람들이 대체작물이랍시고 커피니 서양란이니 하는 것들을 주고 갔어. 그런데 그걸 키우라고만 하고 사러 오진 않더군. 기껏 와서는 한다는 소리가, 금융위기로 커피 가격이 폭락했다더군. 여기서 아편은 감기약이고 진통제야. 양귀비를 기르지 않는 여자들은 산을 넘어서 옆 마을로 아편 즙을 구하러 다니게 되지. 몸이 펄펄 끓는 아이에게 서양란을 먹일 순 없거든."

"그건 유통망을 마약조직이 장악하고 있기 때문이야. 수확 장소까지도로를 놓고 바이어들이 오기 쉽게 하면 돼. 어차피 땅이 안 좋은 몇몇 마을에서는 양귀비도 잘 안 자라잖나. 마을 사람들이 훨씬 돈을 더 많이 벌 수 있게 되고 도로가 들어오면 다른 문물도 들어와. 그 공사를 방해하지 말아줘. 공사비는 방바재단과 라오스 정부가 반반씩 부담한다."

"그러면 우리는 뭘 얻게 되지?"

쌍 장군이 의자에서 일어나 환위 쪽으로 한 걸음 다가왔다.

"도로가 지나가는 마을에서 아편으로 벌어들이던 돈에다 십오 퍼센트 웃돈을 얹어주지."

"웃기고 있네. 도로가 생기면 토벌대도 오기 쉽게 돼. 우리가 고작 그 정도 푼돈을 보고 공사를 허락할 것 같은가."

"거기에 ……도 있어. 그것도 함께 주지."

"뭐라고? 안 들려."

쌍 장군은 환위 쪽으로 한 걸음 더 걸어왔다.

"좀 더 가까이 와. 당신하고만 따로 이야기하고 싶다."

마약 두목은 죄수 앞에 쪼그리고 앉은 뒤 선글라스를 벗으며 귀를 환위 쪽에 갖다댔다.

"조용히 하고 내가 묻는 말에만 작은 목소리로 대답해. 다른 사람들에게 들리지 않도록. 알았지?"

저우환위가 명령했다.

"응."

군복을 입은 남자는 상대의 카리스마에 놀라 궁둥이를 땅에 붙이며 주저앉았다.

"네가 진짜 쌍 장군인가?"

방바재단 이사장이 물었다.

"아니야."

남자가 대답했다.

●

"잘 기억이 안 나요. 우리 입주자 중에 있는 것 같기도 한데……"

스마오빈장 D동 데스크의 여직원이 미간을 찌푸리며 말했다. 옆의 남자 직원도 고개를 갸웃했다.

슈란은 류잉춘과 안시현의 얼굴을 출력한 종이를 들고 있었다. 그녀는 삼합회에서 보내온 조직원 네 명과 함께 그 종이를 들고 뤼자주이의 고급 아파트단지를 돌아다녔다. 이곳 아파트들은 호텔처럼 각 동마다 일 층에 프런트 데스크가 있었다.

"입주자 명부를 보여줘봐."

슈란의 명령을 들은 데스크 직원은 어리둥절한 표정으로 컴퓨터 키보드를 두드렸다. 잠시 뒤에 '외부인에게 절대 공개하면 안 된다'고 교육받은 정보가 모니터에 나타났다.

그 화면에는 슈란이 찾는 게 있었다. 그녀는 '리춘'이라는 인물이 이 건물 최고층인 45층과 그 아래 44층 전체를 쓰고 있음을 확인했다. 4401호부터 4502호까지 네 군데에 인터폰을 걸어보았으나 아무도 응답하지 않았다.

어떻게 할까.

삼합회 조직원 가운데 한 명은 가택 침입의 전문가였다. 허리가 굽은 사내가 들고 있는 가방에는 독일제 전기드릴과 특수제작 드라이버, 쇠

지렛대가 들어 있었다. 이 사내가 45층의 문을 여는 데에는 아마 오 분도 걸리지 않을 것이다. 보안시스템의 경보음은 프런트 데스크에서 끌 수 있다. 하지만 백원단 지도부일 가능성이 높은 인물의 뒷조사를 벌이는 것과 그의 집 문을 부수고 들어가는 것은 완전히 다른 일이다. 나는 백원단에 맞설 각오가 돼 있나? 다른 모든 걸 잃고서라도 알아야 할 만한 정보가 여기에—.

신경 거슬리는 벨소리가 울렸다. 남자 직원이 안색을 바꾸고 컴퓨터 화면을 들여다봤다.

"뭐지, 이게?"

"4501호에서 연기감지기가 작동했습니다. 오작동일 가능성이 크지만……, 아니네요. 열감지기도 같이 작동하는 걸로 봐서는 불이 난 것 같습니다."

데스크 여직원이 다급한 목소리로 말했다. 무슨 일이 벌어지는 거지? 안에 사람이 있는 건가? 그게 아니면 이런 초호화 건물에 어울리지 않는 누전이 기가 막힌 타이밍에 일어나 불이 났다?

"그러면 이제 어떻게 되는 거죠? 소방관이 오나?"

슈란이 물었다.

"이 건물의 방재 담당자들이 올라갑니다. 하지만 그 전에 스프링클러가 작동돼서 불이 꺼질 거예요. 연기감지기와 열감지기가 하나씩만 작동하는 걸로 봐서 큰 불은 아닌 것 같아요."

"마스터키 같은 건 없어?"

"그 두 층에는 없습니다. 입주자께서 허락하질 않으셔서…… 문을 부수고 들어가야 할 것 같습니다."

운명이 뒤에서 등을 떠미는 것 같았다. 슈란은 삼합회 사내들을 먼저 올려보냈다. 부하들이 엘리베이터를 타고 올라간 뒤 십 분 동안 슈란은 손톱을 물어뜯으며 초조하게 연락을 기다렸다.

"보스, 4501호에 들어왔습니다. 스프링클러가 터져서 불은 막 꺼졌습니다. 큰 불은 아니었습니다. 그런데……"

슈란에게 전화를 건 삼합회의 사내는 말을 머뭇거렸다.

"그런데 뭐?"

슈란이 물었다.

"보스께서 찾으시던 사람이 죽어 있는 것 같습니다."

●

"그럼 누가 쌍 장군이지? 이 자리에 있나?"

환위가 물었다.

"그래."

군복을 입은 남자가 대답했다.

"손가락으로 가리켜봐."

조금 전까지 쌍 장군의 이름을 사칭했던 라오숭족 남자는 벌벌 떨리는 손으로 이쪽을 바라보고 있는 사람들 중 한 명을 가리켰다. '코끼리'라는 이름을 가진 수수께끼의 마약왕은 얼굴에 긴 흉터가 있는 중년 여자였다.

"좋아, 이제 계속 이 자리에 선 채로 쌍 장군에게 이리 오라고 말해."

쌍 장군의 카게무샤는 버마어로 진짜 쌍 장군에게 "이리 와보셔야겠습니다"라고 말했다. 진짜 쌍 장군은 AK-47을 들고 환위 앞으로 왔다.

그녀는 롤렉스시계도 금팔찌도 차고 있지 않았다.

"죽고 싶어? 저 애들 앞에서 나를 가리키면 어쩌겠다는 거야?"

"이자는 뭔가 수상해요! 뭔가 이상한……"

"조용히 해."

환위의 말에 라오슝 남자는 입을 다물었다. 환위와 쌍 장군은 서로를 노려보았다.

"사람을 시켜서 이 수갑을 풀라고 해."

쌍 장군은 삼사 초 정도 환위의 명령에 저항했다. 놀랄 만큼 정신력이 강한 여자였다. 환위의 수갑을 풀어주라는 손짓을 부하들에게 하고 나서도 여자의 눈빛은 식지 않았다. 환위는 같은 방식으로 쌍 장군에게 캄팻의 수갑과 쇠사슬을 풀게 하고, 자신의 가방과 저지대 마을까지 갈 수 있는 차량을 가져오게 시켰다.

"뭐하는 짓이지?"

"잠자코 있어."

환위가 근위병들을 밖으로 나가게 한 뒤 가방에서 글록을 꺼내자 간부들이 일제히 소총을 그에게 겨누었다.

"바보 짓 하지 마! 나는 아무도 다치는 걸 원하지 않는다. 지금 이쪽으로 총을 쏘면 너희 두목도 같이 죽어."

환위는 쌍 장군의 부하들에게 소리치고 가방에서 지도와 볼펜을 꺼내 여장부에게 내밀었다.

"여기에 공장 위치와 마약 수송루트를 표시해. 공장, 정제소, 국경을 넘을 때 사용하는 길, 시내에서 이용하는 접선지, 모두 다."

쌍 장군이 자신의 비밀을 지도에 다 그리는 데에는 십 분 정도가 걸렸다. 환위는 완성된 지도를 스마트폰으로 찍고 그 화상 이미지를 자기

이메일 계정으로 전송했다. 지도 원본도 가방에 챙겼다.

그는 캄팻의 팔을 목에 걸고 자리에서 일어났다. 권총을 쌍 장군에게 겨눴지만 상대를 제압하기 위해서가 아니라 장군의 부하들에게 보여주기 위해서였다. 환위는 캄팻을 부축하며 쌍 장군과 함께 건물 밖으로 나갔다.

"올라 타."

환위는 건물 앞에 주차된 그랜드체로키 뒷좌석에 곤죽이 된 캄팻을 눕혔다. 쌍 장군에게 운전대를 맡긴 그는 권총을 가방에 집어넣었다.

마약조직의 아지트를 출발한 지 얼마 안 돼 쌍 장군들의 부하들도 차를 타고 그랜드체로키를 쫓아왔다. 그들은 신중하게 적당한 거리를 유지했다.

"허튼 생각 마."

비탈길을 내려가느라 정신없이 흔들리는 차 안에서 여자에게 환위는 명령했다. 비는 그쳤지만 흙길은 온통 젖어 있어서 스키라도 타는 것처럼 타이어가 휙휙 미끄러졌다.

"너야말로 개수작 부리지 마. 이제 어떻게 할 생각이지? 내 부하들은 로켓포를 가지고 있어. 이다음 마을도 우리 땅이야. 넌 여기서 살아서 빠져나가지 못해."

"운전이나 똑바로 해."

저우환위가 말했다.

복도에서 들리는 발걸음 소리에 스스미는 몸을 멈추고 소리를 죽였다. 배낭에 자기 물품을 챙겨넣고 있던 중이었다. 스스미는 노보루와 함께 묵던 위클리맨션에 있었다. 주방, 화장실, 이 층 침대와 TV가 있는 작지만 안락한 공간이었다.

발소리는 스스미가 있는 방을 지나쳐갔다. 스스미는 살그머니 문을 열고 나가 복도 끝에 있는 세탁실로 가서 건조기에서 셔츠와 청바지를 꺼냈다.

방으로 돌아온 스스미는 망설이다 옷을 벗고 화장실로 들어갔다. 샤워 부스에서 뜨거운 물을 맞으며 서 있으니 어깨와 허리가 욱신욱신 저려왔다. 그는 옆구리에 든 커다란 멍을 보고 그 부위를 한참 어루만졌다. 양 허벅지 피부도 푸른색으로 변색되는 중이었다. 맞은 기억도 없는 부위였다.

얼굴은 더 엉망진창이었다. 광대뼈와 코가 크게 부어 있었고 입술도 터졌다. 오른팔에 힘이 들어가지 않아 비누를 몇 번이나 떨어뜨렸다. 스스미는 비누를 주우려다 다리가 후들거리는 바람에 주저앉았다. 차라리 그러고 나니까 마음이 편해져 온수를 틀어놓은 채로 한참을 멍하니 샤워 부스 바닥에 앉아 있었다.

(노보루는 어떻게 됐을까?)

그때 샤워실 문이 벌컥 열리는 바람에 스스미는 기절할 듯이 놀랐다. 준코가 식칼을 들고 화장실에 한 발을 들여놓은 상태였다.

"준코!"

"스스미였구나······"

준코도 긴장이 풀렸는지 휘청거리며 서 있던 자리에 힘없이 앉았다. 스스미는 대충 몸을 닦고 훌쩍이는 준코를 침대에 앉혔다.

"스스미, 어디 있었던 거야? 몸은 괜찮아? 카니발즈 패거리가 너를 찾고 있어."

"노보루는 괜찮아? 다카시는 어떻게 됐어? 다른 블랙윙즈 멤버들은?"

"카니발즈 패거리가 노보루는 놔둔 채로 자기들 두목만 병원에 데리고 갔어. 블랙윙즈 멤버들은 아무도 없었기 때문에 내가 전화로 구급차를 불러서 노보루를 응급실로 데려갔어."

"노보루는 괜찮아?"

"모르겠어. 지금도 병원에 있어. 너는 왜 갑자기 사라진 거야? 노보루랑 내가 카니발즈에 포위돼 있는 걸 알면서도 도망친 거야?"

"너한테 전화를 여러 번 걸었어. 그런데 전화기가 꺼져 있었어."

준코는 핸드백에서 핸드폰을 꺼내더니 고개를 푹 숙였다. 전화기가 켜져 있는지 챙길 여유조차 없었던 모양이다. 흐느끼며 우는 소녀를 달래다 스스미도 머리를 감싸안고 몸을 웅크렸다. 다른 입주자 무리가 왁자지껄 떠들며 복도를 지나가는 소리가 들렸다.

"준코, 나랑 같이 도망치자."

스스미의 말에 준코가 멍한 눈으로 고개를 들었다. 준코는 "도망이라니, 어디로?"라는 질문도 하지 않았다. 고개를 끄덕이는 준코를 보자 가슴에 겨우 온기가 약간 스며들었다.

소년 소녀는 말없이 짐을 쌌다. 스스미는 준코에게 그렇게 백팩이 터지도록 물건을 꽉 채울 필요는 없다고, 필요한 물품은 자신의 능력으로 언제든 거리에서 구할 수 있다고 설명하려다 입을 닫았다.

위클리맨션에서 나오기 직전 스스미는 이상한 기분이 들어 준코에게 물었다.

"준코, 나랑 같이 도망치고 싶어? 솔직히 말해줄래?"

"아니."

소녀가 대답했다.

　　　　　　　　　　　　●

류잉춘의 안가에는 검은 연기가 가득했다. 불이 난 화장실 주변 벽에는 검댕이 묻어 있었다. 강변의 고층 건물이라 바람이 센 탓인지 창문을 활짝 열 수가 없게 돼 있었다. 제일 먼저 집에 들어온 삼합회 조직원은 입안에서 숯 맛이 난다며 몇 번 콜록거렸다.

시체는 류잉춘이 확실했다. 특별한 외상은 없었지만 팔과 다리가 이상하게 비틀린 채 현관 근처에 쓰러져 있었다. 부하들은 시체에 손대지 않았고, 처음 본 자리에 그대로 뒀다고 말했다.

안시현이나 그의 휴대전화기는 이곳에 없었다. 불을 지른 사람은 안시현일 수도 있고, 아니면 제3의 인물이 있었을 수도 있다. 휴대전화기가 켜진 것은 건물 로비나 지하주차장이었을 수도 있다.

슈란은 남자들을 시켜 욕조에 있는 종이들을 거실로 꺼내오게 했다. 불에 타고 물에 젖었지만 그래도 꽤 여러 장이 온전한 형태로 남아 있었다. 다만 문서 대부분은 그녀가 처음 보는 문자로 적혀 있었다. 슈란은 물에 젖은 종이에 그려진 도표와 그래프를 보며 상황을 이해해보려 애썼다.

그녀는 원통형으로 생긴 의료장비 앞에 놓인 컴퓨터 두 대 앞으로 갔다. '하드디스크를 읽을 수 없음'이라는 문구가 적힌 화면을 보던 그녀는 뒤로 가서 본체 케이스를 벗겨냈다. 컴퓨터 두 대 모두에 하드디스크가 아예 없었다.

그녀는 현관 쪽으로 걸어갔다.

"이 문 말이야, 이쪽이 바깥쪽을 향하고 있었던 거야?"

슈란은 현관 옆에 세워둔 철문을 가리키며 삼합회의 가택 침입 전문가에게 물었다. 4501호의 대문을 연 것은 스마오빈장 방재팀이었지만, 가택 침입 전문가도 쓸모가 있었다. 대문 안쪽으로 지문인식장치가 달린 철문이 하나 더 있었기 때문이다. 가택 침입 전문가는 철문을 통째로 떼내 현관 옆에 세워두었다.

"이쪽이 바깥쪽입니다. 지문인식장치가 달려 있었으니까요."

사내가 대답했다.

"한번 뒤집어봐."

슈란의 명령에 삼합회 조직원 세 명이 달라붙어 철문을 반대편으로 뒤집었다. 철문은 앞뒤가 대칭인 거울상이었다. 지문인식장치도 양쪽에 달려 있었다. 밖에서 안으로 들어올 때뿐 아니라 안에서 밖으로 나갈 때에도 터치스크린에 지문을 찍어야 문이 열리는 구조였다.

슈란은 의료장비가 있던 곳으로 뛰어갔다. 디젤 발전기처럼 생긴 기계가 있는 방에서 한쪽 벽을 가리고 있는 원목커튼을 접어서 열었더니 막혀 있을 것이라 생각했던 공간에 문이 하나 나 있는 게 보였다. 4502호로 연결된 문이었다. 그녀는 그리로 들어갔다.

철창과 잠금장치가 있는 방이 보였다. 누군가를 가둬놓고 있었던 것이다.

슈란은 4502호의 창가로 가서 검은 롤스크린 커튼을 위로 말아올렸다.

건물에서 그다지 멀지 않은 단지 안 도로에서 등에 학생 가방을 멘 남자가 막 택시를 잡아타려 하고 있었다. 청년은 택시 문을 열고서는 차에 올라타지 않고 위를 올려다보았다.

그토록 먼 거리인데도, 슈란은 안시현과 자신의 눈이 잠시 마주쳤다고 생각했다.

●

스스미는 문고리를 잡고 서 있었고 준코는 그 뒤에 있었다. 뒤통수를 한 대 세게 얻어맞은 느낌이었다.

'역시 그랬구나.'

스스미의 눈에 눈물이 핑 도는 것을 준코는 보지 못했다.

"준코, 날…… 좋아해? 솔직히 말해줘. 꾸며서 이야기하지 말고."

"별로 안 좋아해."

준코는 기묘하게 말을 끌며 대답했다. 속마음을 그대로 드러내라는 지시가 상당히 부담스러운 듯했다.

"그러면 넌 누구를 좋아해?"

"난 처음부터 노보루를 좋아했어."

눈 주변에 더 이상 눈물을 가둬놓을 공간이 없었다. 눈물 한 방울이 뺨을 간질이며 아래로 내려가 턱 끝에 대롱대롱 매달렸다. 스스미는 목을 가다듬고 소녀로부터 등을 돌린 채 물었다.

"나에 대해서는 어떻게 생각하는지 들려줄 수 있어? 부탁해. 자세히 말해줘."

호스티스 어머니를 둔 비행소녀는 자신이 왜 이렇게 솔직히 답을 하는지 의아해하면서 말했다.

"너는 좀 이상해. 뭐랄까, 네가 말을 하면 뭐라 반박하기가 어려워. 블랙윙즈 아이들은…… 우리는 다 널 무서워하고 있어. 네가 뭔가를 명령하면 그에 따라야 하는데 너는 변덕을 자주 부리니까……"

"더 얘기해봐."

턱에 대롱대롱 매달려 있던 눈물이 바닥에 떨어졌다. 이제 스스미는 끅끅거리며 울음을 터뜨리지 않는 게 고작이었다.

"넌 싸움 중에 노보루와 나를 버리고 도망쳤어. 그러면 안 되는 거였어."

"그러고는?"

"이제 더 없어. 미안해, 스스미. 나도 내가 왜 이런 말들을 했는지 모르겠어!"

준코가 뒤에서 스스미를 안았다. 그녀도 울고 있었던 모양이다. 축축하고 뜨뜻한 기운이 등에 느껴졌다.

이제는 더 버틸 수가 없었다. 걷잡을 수 없이 눈물이 쏟아졌다. 별안간 난폭한 기운이 배 밑바닥에서 올라왔다. 스스미는 "저리 가!"라고 외쳤다. 뒤에서 후다닥 준코가 물러나다 넘어지는 소리가 들렸다.

소년은 뒤를 돌아보지 않고 복도로 뛰쳐나갔다. 그리고 엘리베이터로, 로비로, 밤거리로.

이케부쿠로 중심가는 밤에도 행인으로 붐볐다. 그러나 스스미가 걸어가는 길 좌우로는 빈 공간이 생겼다. 소년은 고개를 숙인 채 휘청휘청 걷고 있었다. 그는 사람들에게 "저리 가, 저리 가……"라고 중얼거리고 있었다.

7

훤원숭이들에게 알림:

백원단은 훤원숭이에게 종교에 입문하라고 강요하지 않습니다. 그러나 신앙을 갖는 것은 생존에 도움이 됩니다.

어떤 의미에서는 훤원숭이만큼이나 신비주의자나 구도자의 심리를 더 잘 이해할 수 있는 사람도 없습니다. 훤원숭이들은 평범한 일상에서 유리되며 초인이 되기를 강요당하기 때문입니다. 종교생활을 열심히 하면 금욕과 절제를 통해 스스로를 존중하는 법을 익히게 되며, 절대자에 대한 믿음으로부터 심리적 안정감을 얻을 수 있게 됩니다.

종교가 자신에게 어울리지 않는다면, 원대한 목표를 세워보는 것은 어떨까요. 고귀한 신념을 좇는 삶은 내적인 충족감을 주며 사람을 정신적으로 강하게……

"현재 인천공항의 기상 악화로 비행기의 출발이 늦어지고 있습니다. 계속되는 이륙 지연에 사과드리며, 다소 불편하시더라도 다른 곳으로 이동하지 마시고 D88 게이트 앞에서……"

푸둥국제공항 D88 게이트 앞에 모인 사람들은 모바일 기기들을 갖고 놀거나 스낵을 먹거나 잡담을 나누면서 무료함을 달래고 있었다. 슈란은 삼합회 소속 사내 둘과 함께 신문을 보는 척하며 안시현을 기다리고 있었다.

벌써 두 번이나 시현을 어이없이 놓쳤다. 처음은 스마오빈장, 두 번째는 그로부터 열두 시간 뒤 동창루에서였다. 상하이 공안을 닦달하다시피 해서 A급 수배를 걸어놓았는데, 시현은 선불폰을 켜지도 않았고 기숙사로 돌아가지도 않았다. 시현은 밤늦게 동창루의 PC방에서 여행사 홈페이지에 자기 아이디로 접속했고, 한국행 비행기표를 예매했다. 공안이 바로 출동했지만 시현은 이미 자리를 비운 뒤였다.

그러나 PC방 컴퓨터의 인터넷 검색기록을 복구해 시현이 타려는 비행기 편명과 탑승시각을 확인할 수 있었다. 슈란은 공항경비대에 따로 연락을 취하진 않았다. 그녀는 티켓 카운터나 출국심사대가 아닌 탑승동에서 시현을 직접 덮칠 계획을 짰다. 일단 보안검색을 마치고 출국장에 들어왔다면 퇴로가 없는 거나 마찬가지니까. 예정대로라면 지금쯤 다른 승객들은 비행기에 올라 타 있고, 천사 유학생은 그녀의 수중에 있어야 했다.

안시현이 추적을 피해 달아나 있는 동안 슈란은 류잉춘의 집에서 발견한 외국어 문서들을 이미지 파일로 스캔했다. 그 파일들을 톈진외국어대학의 외국언어 문학문화연구중심으로 보냈다. 톈진외국어대에서는 그 문서들이 라오스에서 사용하는 라오 문자로 써졌다며, 제대로 된

113

번역자를 찾기 힘드니 라오스의 중국어 전문가에게 맡기는 게 나을 거라고 답장을 보내왔다. 그들은 라오스의 수파누봉국립대 중국어과 교수들의 이메일 주소를 함께 보내주었다.

"서울, 인천공항행 아시아나항공 OZ366편이 탑승을 시작했습니다. 서울로 가실 손님은 탑승해주시기 바랍니다."

타다 남은 라오어 문서들은 대개 이메일을 출력한 것인 반면, 중국어로 써진 글들은 출력물보다는 수기 노트가 많았다. 일종의 연구 메모인 듯했다. 내용은 '11/17 3.0 테슬라로 자기공명분광 시행-대상자 일곱명, 명령 중 전두엽 피질에서 젖산 피크 관찰, 재실험 요망' 등 이런 식이었다. 무슨 뜻인지 알 수 없기는 마찬가지였다.

슈란은 목을 빼고 게이트 앞에 줄을 선 사람들의 얼굴을 살폈으나 안시현의 얼굴은 보이지 않았다. 중국인 단체 관광객들, 한국인 관광객들, 조선족들, 한국인 회사원과 그 가족들, 유학생들…… 슈란은 상대가 머리를 자르거나 변장을 했을 가능성을 염두에 두고 게이트 주변을 몇 번이나 돌아다녔다.

시현은 보이지 않았다.

"서울행 아시아나항공 OZ366편이 지금 마지막 승객들을 태우고 있습니다. 아직 탑승하지 않은 손님께서는 서둘러 탑승해주시기 바랍니다."

줄을 선 승객들이 다 게이트 안으로 들어갔다.

설마?

슈란은 제지하는 항공사 직원에게 "비켜"라고 말한 뒤 보딩브리지를 지나 비행기 안으로 걸어들어갔다.

"안시현! 어디 있지? 일어나!"

슈란은 한국어로 크게 외쳤다. 선반에 짐을 넣거나 자리에 앉아 개인용 모니터의 리모콘을 만지작거리던 승객들이 눈이 휘둥그레져 슈란을 쳐다보았다. 슈란을 아랑곳 않고 "안시현! 일어나!"라고 외치며 일등석 통로에서부터 비행기 뒤편으로 나아갔다.

"손님, 항공기 안에서 소란을 피우시면……"

"입 다물고 비켜."

얼굴이 파랗게 질려 달려온 스튜어디스를 밀치고 슈란은 비즈니스석의 끝자리까지 걸어갔다. 비행기 안에 시현은 없었다.

"승객 여러분께 안내 말씀드립니다. 기내에서 소란행위를 벌이다 적발될 시 항공안전 및 보안에 관한 법률에 따라……"

배경음악으로 흐르고 있던 잔잔한 클래식 선율이 끊기고 딱딱한 어투의 기내방송이 나왔다. 남자 승무원 두 사람이 당황한 얼굴로 슈란을 향해 걸어오고 있었다.

"손님, 자리에 앉아주세요."

인상을 쓰는 승무원에게 슈란은 "국가안전부 요원입니다"라며 주머니에서 지갑을 꺼내 운전면허증이 잠시 보이도록 펼쳤다 접었다.

"제보를 확인하느라 이렇게 됐습니다. 내릴 테니 물러나주세요."

승무원들은 슈란의 지갑을 확인하지도 않고 "죄송합니다"라고 사과했다. 승객들의 동요도 잦아들었다.

슈란은 보딩브리지로 돌아오며 서울로 전화를 걸었다. 명준이 전화를 받았다.

"여보세요. 누님?"

"안시현의 가족을 납치해줘."

"내 탓이 아니야. 차가 진창에 빠졌는걸."

얼굴에 큰 흉터가 있는 여자가 조수석을 향해 싱긋 웃으며 말했다. 차는 수렁에서 경사를 오르지 못하고 있었다. 타이어가 헛돌며 차체가 뱅그르르 회전하려 했다. 쌍 장군의 부하들이 탄 차는 백여 미터 뒤에서 그들을 쫓아오고 있었다.

"액셀에서 발을 떼."

저우환위가 여자에게 말했다. 쌍 장군이 양손으로 운전대를 잡고 있는 동안 환위는 기어를 중립에 놓고 '4WD LOW'라고 써진 버튼을 눌렀다. 철컹, 하고 로우기어가 맞물렸다. 다시 기어를 주행모드에 놓고 가속페달을 밟았더니 차가 낑낑거리다 비탈을 올랐다.

쌍 장군의 얼굴이 달아올랐다.

"날 어쩔 셈이지? 인질로 데려갈 셈인가?"

"아니. 애써 사업 제안을 해놓고 협상 당사자를 잡아가는 일은 하지 않아. 난 당신이 계속 조직을 이끌어주길 원해."

"사업이라니, 아까 그 커피 이야기 말이야?"

"그래. 도로 공사를 방해하지 않고, 도로 주변 마을들을 포기하면 아까 말한 대로 양귀비 재배로 벌어들이는 돈에 십오 퍼센트를 얹어주겠어."

"그 말을 어떻게 믿지?"

뒤를 돌아보니 쌍 장군의 부하들 역시 진창에서 발목이 묶여 애를 먹고 있었다. 두목과 달리 한국산 중고차를 몰고 온 그들은 결국 몇몇이 내려 차를 밀어야 했다. 오 분 정도 시간을 번 셈이다. 환위는 다시 운전석으로 고개를 돌렸다.

"믿는 수밖에 없지. 이제 난 네 공장이 어디에 있는지 다 알아. 조건을 받아들이지 않으면 정부군을 동원해서 공장을 하나씩 공격하겠다."

"당신 도대체 이러는 목적이 뭐야? 금광이라도 발견했나? 그래서 거기까지 도로가 필요한 건가?"

"이런 식으로 마약조직들을 천천히 말려 죽이는 게 내 계획이야. 하지만 카르텔을 없애기만 하는 건 소용이 없지. 이곳 사람들에게 '양귀비보다 커피를 키우는 게 더 낫다'는 인식을 심어주지 못한다면 말이야. 그렇게 걱정할 건 없어. 평화적으로 아주 천천히 진행할 프로젝트니까. 인센티브 십오 퍼센트는 부하들을 설득하는 데 쓰라는 돈이야. 당신도 마약 외에 다른 사업을 구상했으면 좋겠군. 내가 도와줄 수 있어."

"이런 일이 당신한테 만족감을 주나?"

흉터 있는 여자가 한참 뒤에 물었다.

"만족하느냐 아니냐의 문제가 아니야. 이건 내게 있어 의무고 사명이야. 난 비범한 능력을 갖고 있다. 그래서 그에 대해 책임을 져야 해."

"사람을 조종하는 힘 말이야? 아까 내게 부렸던 것도 그건가?"

"그래. 그 외에도 몇 가지 더 있지만."

"그래도 내 부하들이 쫓아오는 걸 막을 수는 없나보지?"

"막을 수 있어. 그들을 다치게 하고 싶지 않을 뿐이야."

쌍 장군은 산 중턱의 마을에 당도할 때까지 아무 말도 하지 않았다. 그녀는 남자의 말을 믿지 않았다. 쌍 장군은 처음 남자를 봤을 때부터 그 얼굴에서 전문 살인자의 냉담함을 읽었다. 그녀의 병사들이 제 손으로 사람을 최소한 셋 이상 죽이고 나서야 얻는 자신감과 서늘함이 환위의 눈매에 깃들어 있었다.

그들이 도착한 촌락은 산길을 따라 길게 이어진 형태였다. 환위는 마을 중심부에 차를 세우고 쌍 장군과 함께 차에서 내렸다. 여장부는 환위가 가방에서 권총을 꺼내는 걸 보고는 최후를 각오했지만 남자는 하늘을 향해 한 발을 쐈을 뿐이었다.

"이리 모여! 이리 모여!"

산에서 내려온 고급 외제차를 놀란 얼굴로 쳐다보는 주민들을 향해 환위는 소리를 질렀다. 사람들이 웅성대며 모이는 동안 환위는 쌍 장군에게 "조용히 있어"라고 속삭이고는 다시 한 번 하늘을 향해 권총을 쏘았다.

"내 말 잘 들어! 이 여자는 쌍 장군의 아내다. 지금 저기 오고 있는 건 쌍 장군의 둘째 부인이 보낸 부하들이야. 당신들이 저 둘째 부인의 수하를 막아준다면 여기 이 첫째 부인이 크게 사례할 거야. 반대로 제대로 해내지 못하면 크게 벌을 내릴 거고 말이야. 무슨 뜻인지 알겠지?"

앞뒤 안 맞는 얘기였으나 환위의 묘한 카리스마에 마을 사람들은 모두 압도당한 듯했다. 사람들은 수레를 끌고 나와 즉석에서 바리케이드를 치기 시작했다. 환위와 쌍 장군은 다시 그랜드체로키에 올랐다. 이번에는 환위가 운전대를 잡았다. 말굽 모양으로 굽은 길을 지나 마을이 산에 가려 보이지 않게 됐을 즈음 환위가 차를 세우고 쌍 장군을 내려주었다. 환위는 가방에서 휴대전화기를 하나 꺼내 여자에게 건넸다.

"도청방지 장치가 달린 전화기야. 1번을 길게 누르면 나한테 연결된다. 궁금한 거나 제안할 게 있으면 아무 때나 연락해."

쌍 장군은 전화기를 받으며 물었다.

"뭔가 좋은 일을 하고 싶은 거라면, 왜 당신네 나라에서 하지 않고 라오스까지 온 거지? 이 땅에 빚이라도 졌나?"

"라오스에서 하는 게 더 쉬우니까. 중국은 너무 큰 나라고, 이미 사회가 거대한 흐름 속에 있어서 아무리 나라도 혼자서 어쩌진 못해. 그에 비하면 라오스는 작고 가난하고, 이렇다 할 움직임도 없는 사회지. 이 나라에 1991년까지 헌법이 없었다는 건 알고 있나?"

"우리한테는 지금도 없는 거나 마찬가지야."

쌍 장군이 대꾸했다. 기이한 능력을 지닌 중국인 남자는 "연락하자고"라고 말하고는 짧게 눈인사를 하더니 사륜구동을 몰고 산 아래로 사라졌다.

　　　　　　　　　●

소년은 건물 벽을 주먹으로 치면서 걷고, 겨드랑이에서 땀이 날 때까지 달렸다.

모든 인간이 다 오해와 고독 속에 죽을 존재라는 사실을 깨닫고 마음이 미어졌다. 다음 순간에는 아등바등 서로 싸우고 살아가는 어른들의 삶이 한심해 구역질이 났다. 주변이 어두워지자 자신이 굉장히 위험한 인물이 된 듯한 기분이 들었다.

그날 밤에는 호텔 메트로폴리탄 도쿄에서 잤다. 이케부쿠로 일대에서 가장 호화로운 고급 호텔이었다. 방을 달라는 스스미의 요구에 프런트 직원은 미심쩍은 표정으로 "싱글 스탠더드와 싱글 트윈베드 중 어느 방을 고르겠느냐"고 물었다. 스스미는 가장 좋은 방이 뭐냐고 반문했다.

그는 진짜 초인이었다. 누구도 그 앞에서 '안 돼'라고 말할 수 없었다.

스스미는 룸서비스로 와인과 치즈 안주를 주문했다. 호텔 벨보이가 '미성년자에게는 술을 제공할 수 없다'는 말을 하러 방에 왔다가 스스미의 지시를 받고 화이트와인을 한 병 가져왔다. 스스미는 호텔 직원에게 "그런 가식적인 웃음 짓지 마"라고 호통을 쳤고, 와인을 몇 모금 마시다 취해 병을 화장실 바닥에 던졌다.

소년은 다음날에는 이케부쿠로의 비즈니스호텔에서, 그리고 며칠 뒤에는 우에노의 캡슐호텔에서 잤다. 호텔에서는 TV를 보거나 낮잠을 잤다. 자신에게 정신조종능력 외에 다른 초능력은 없는지 궁금해졌고, 염력을 시험해보겠다며 몇십 분씩 볼펜이라든가 유리컵을 노려보았다.

점점 초라한 호텔로 장소를 바꾼 이유는, 호텔 직원들의 태도나 인테리어가 견딜 수 없이 위선적이었기 때문이다. 그러다가 우에노 공원의 텐트로까지 가게 됐다. 노숙을 하면 '진정한 자신'을 발견할 수 있을 줄 알았는데 그냥 더러운 냄새와 끈적끈적한 찝찝함만 남았다.

전화기의 진동음에 스스미는 간신히 정신을 차렸다.

"왜 이렇게 전화를 안 받아? 몇 번이나 걸었었다고."

수화기 저편에서 자전거 탐정이 투덜거렸다.

"지금 몇 시야?"

스스미가 물었다.

"오전 열한 시."

천막 주인인 노숙자를 밖으로 몰아낸 게 어제 자정쯤이었으니…… 열두 시간 가까이 잠을 잔 셈이다.

"어디 있었어? 이케부쿠로에서 영 모습이 안 보이던데."

자전거 탐정이 물었다.

"그냥 야마노테선을 타고 이곳저곳 다녔어."

"지금은 어디 있어?"

자신이 어디에 있는지 기억해내는 데 잠시 시간이 걸렸다.

"우에노역 근처야. 할 말이 있는 거야?"

"그래. 머리띠를 한 남자가 왜 너희 가족을 죽였는지 알 것 같아."

스스미는 벌떡 일어나 입가의 침을 닦았다.

"이유가 뭔데?"

"전화로는 설명하기 곤란해. 이케부쿠로역에서 서쪽 출구로 나오면 도서관이 있는 거 알아? 동쪽 출구에 있는 중앙도서관 말고 주택가에 있는 다른 도서관 말이야."

"알아."

"거기로 올 수 있어? 가능하면 빨리. 여기서 보여줄 게 있어."

자전거 탐정이 말했다. 스스미는 "열두 시까지 갈게"라고 대답하고 전화를 끊었다.

"후지이 일가 사망사건에 대해 정보가 있다고 하셨죠?"

오카모토 형사는 수첩과 펜을 꺼내며 앞에 앉은 두 사람에게 물었다. 제보자는 여자들에게 꽤나 인기 있게 생긴 한국 청년이었고, 그 옆의 중년 여성은 통역이었다. 한국 젊은이가 중년 여성에게 뭐라고 한참 이야기를 했고 중년 여성이 이를 일본어로 다시 옮겨주었다.

"예. 저희 어머니가 일본에서 한때 장사를 하셨는데, 그때 돌아가신 후지이 에미코씨와 아주 친하셨습니다. 그래서 한국에 돌아오신 다음에도 자주 통화하시고, 두 분이 서로 상대방 나라를 여행할 때 꼭 집에 들러서 식사를 함께하시는 사이셨습니다."

경시청 감찰계는 오카모토에게 삼 개월 감봉 처분을 내렸다. 일본의 경찰공무원 징계령에 따르면 감봉까지는 경징계, 정직부터가 중징계에 해당한다. 경징계라고는 해도 20년 가까이 큰 잘못 없이 경찰생활을 성실히 해온 오카모토에게는 자존심 상하는 일이었다. 더구나 경시청의 처분과 별도로 메지로경찰서에서는 그에게서 반장 보직을 박탈했다.

후지이 일가 사망사건 수사는 그대로 맡게 됐지만 일반 형사 자격으로였다. 새로 부임한 다른 반장의 지휘를 받아야 했다. 피의자를 등쳤다거나 증거를 조작했다거나 야쿠자한테서 상납을 받다 걸렸더라면 차라리 덜 억울했을 것이다. 후지이 스스미를 풀어준 것은 그로서도 도저히 이해가 가지 않는 행동이었기에 생각할수록 분했다.

"저희 수사에 도움이 될 만한 이야기가 있을까요?"

오카모토가 물었다.

"예. 사건이 발생하기 전날 에미코 아주머니가 저희 어머니에게 '무섭다'면서 전화를 걸었는데……"

시현은 미리 꾸며낸 이야기를 떠벌렸다. 후지이 일가의 집 주변에 수상한 삼십대 남자가 며칠간 얼쩡거렸고, 한번은 그 남자가 집 안에 들어오려는 걸 할머니가 발견해 비명을 지르기도 했고, 에미코 여사가 마지막 통화 이후로 전화 연결이 안 되는 걸 이상하게 여긴 어머니가 일본의 지인을 통해 사정을 알아보다 일가족 참사 사고 뉴스를 듣게 됐다는 얘기. 자기 이야기를 열심히 받아적는 오카모토 형사에게는 미안했지만 일본 경찰의 수사 상황이나 후지이 스스미의 행방을 알아보기 위해서는 어쩔 수 없었다.

"혹시 에미코씨는 시현씨의 어머님께 그 삼십대 남자의 용모에 대해서는 설명을 하지 않았나요? 예를 들어 머리띠를 착용했다든가."

오카모토 형사의 질문에 시현이 뭐라고 답해야 할지 몰라 귓바퀴를 긁적이고 있을 때 때맞춰 핸드폰 벨소리가 울려퍼졌다. 어머니의 전화였다. 시현은 오카모토 형사에게 눈인사를 하고 고개를 돌려 전화를 받았다.

"전화기를 새로 샀나보네, 안시현씨."

어머니 대신 모르는 남자의 목소리가 들렸다. "누구시죠?"라고 시현이 묻자 이번에는 어머니가 수화기에서 다소 떨어진 곳에서 거의 울부짖는 어조로 물었다.

"시현아, 너 괜찮니? 시현……"

다시 남자가 말했다.

"천사 유학생이라더니, 천사는 효도 안 하나? 열흘 넘게 연락이 끊겼다가 부모님한테 전화해서 한다는 얘기가 그냥 잘 있다, 조만간 한국 돌아가겠다, 그런 말만 했다며? 어디에 있는지도 말하지 않았다며?"

"누구시죠?"

시현은 차분하게 되물었다.

"너희 아버지도 내가 모시고 있어. 시현씨, 우리 좀 만날 수 있을까? 지금 상하이에 있는 거지?"

"아니, 여기 한국이야"라고 시현은 거짓말을 했다. 통역인이 의아하다는 눈빛으로 시현을 쳐다보았다.

"그래? 어떻게 한국에 왔지? 비행기 탑승기록에는 안 나오던데."

시현은 자리에서 일어나 수사과 사무실의 구석으로 갔다.

"원하는 게 뭐지?"

"만납시다, 시현씨. 지금 당장. 물어볼 게 많아."

시현은 하네다를 거쳐 김포공항까지 가는 데 걸리는 시간을 대강 머리 속으로 셈했다.

"지방에 있어서 서울에 가려면 몇 시간 걸려. 어디로 가면 되지?"

통화를 마친 시현은 미소를 지으며 자리에 앉았다. 차분한 얼굴이었다. 그는 서툰 일본어로 말했다.

"오카모토 형사님, 그런데 지금 이 사건에 대한 수사는 어디까지 진행됐나요? 후지이 스스미가 어디 있는지는 혹시 아시나요?"

8

흰원숭이들에게 알림:

백원단은 여러분의 욕망을 존중하지만 한 가지만큼은 금지합니다. 바로 백원단과 흰원숭이의 존재를 외부에 알리는 일입니다.

직접적인 커밍아웃은 물론이거니와 언론이나 권력기관에 제보하는 것, 은근히 존재를 암시하거나 힌트를 주는 것도 모두 금지합니다. 능력 남용으로 의도치 않게 이목을 끌어 결과적으로 사람들의 의심을 사는 일도 자제해주십시오.

이는 자위 차원의 방침입니다. 흰원숭이의 능력이 아무리 강하다 해도, 나머지 인류 전체의 능력이나 자원에 비할 바는 못 됩니다. 나머지 인류가 흰원숭이의 존재를 알면 어떻게 행동할까요. 그들은……

"다른 뜻으로 해석될 수는 없는 문장들인가요? 중의적인 단어가 있다든가 모호한 표현을 의역한 부분이 있다든가……"

"원문 그대로 직역했고, 대체로 단순한 문장들이라 어떻게 번역해도 해석이 달라질 대목은 별로 없습니다. 흰원숭이 같은 단어가 무엇을 의미하는지는 정확히 모르겠지만요. 라오어를 모국어로 하는 사람이 쓴 것 같지는 않지만 외국인 치고는 상당히 잘 썼더군요."

슈란은 입술을 깨물며 수파누봉국립대 교수의 설명을 들었다. 그녀는 류잉춘의 안가에 있었다. 통화를 마친 그녀는 문제의 번역본으로 눈길을 돌렸다.

'결과가 수단을 정당화시킨다는 변명은 내게도 똑같이 적용되네. 게다가 그 과정에서 나는 자네보다 훨씬 더 거짓말을 적게 하네.'

'세계정복을 꾀한 사람이 있었다는 따위의 가짜 역사나, 지도부가 구성원을 일일이 감시하고 있다는 식의 사기가 어느 날 의외로 손쉽게 들통날 거라고 생각하지 않나? 후환이 우려되지 않나? 자네가 사라지면 누가 그런 연극을 계속할 수 있단 말인가?'

'방바재단이나 흰원숭이 놀음이나 가증스러운 기만극이라는 점은 마찬가지일세. 그 밑바닥에는 멀리 있는 사람을 더 많이 조종하고 싶다는 의지가 깔려 있을 뿐인지도 몰라. 우리 두 사람 모두 이 능력을 얻기 전과는 다른 인간이……'

두 사람이 언쟁을 벌이고 있었다. 한쪽은 백원단을, 다른 쪽은 방바재단을 이끌고 있는 사람이다. 방바재단은 백원단보다 정신조종능력자들에게 상당한 자유를 허용하는 것으로 보인다.

그때 명준에게서 전화가 왔다. 몇 시간 안에 안시현을 만나게 됐다는 연락이었다.

"그런데 그 녀석, 지금 한국에 있다는데? 내가 상하이로 데려갈까? 아니면 누님이 한국으로 올래?"

"한국에 있다고? 비행기를 탈 수 없었을 텐데?"

슈란이 물었다.

"상하이에서 칭다오까지 열차로 갔다는군. 그리고 칭다오에서 인천까지 배를 탔대."

"비행기표를 산 뒤 열차를 타고 다른 도시로 가서 거기서 배를 탔다?"

"이 녀석 말인즉슨, 푸둥공항에서 누님을 알아봤대. 출국장으로 막 들어가려는데 누님이 험악한 덩치들과 함께 있는 걸 봤다는 거야. 그래서 얼른 도망쳤대."

"나를 알아봤다고?"

"그래."

명준은 재미있어하는 목소리였다.

"어떻게?"

"거기에 대해서는 얘기를 안 해. 만나서 물어봐야지. 그러니까…… 어떻게 할 거야? 내가 상하이로 가, 아니면 누님이 한국으로 와?"

"당장 갈게."

명준과 통화를 마치고 공항으로 갈 채비를 하는데 전화가 한 통 더 걸려왔다. 이번에는 그녀의 전화기가 아니었다. 류잉춘의 집 유선전화기였다. 슈란이 잠시 망설이다 전화를 받았다. 남자 목소리가 들렸다.

"날세. 국경지대에서 돌아왔네."

택시를 타고 약속장소로 왔지만 자전거 탐정의 모습은 보이지 않았다. 스스로를 초인이라고 생각하는 소년은 전화를 걸었다.

"도착했는데. 지금 어디 있어?"

"도서관 입구에서 주택단지 쪽으로 서면 공사 중인 건물이 있을 거야. 보여?"

"보여."

"그리로 와."

공사장 앞까지 걸어갔으나 여전히 아무도 보이지 않았다. 역에서 얼마 떨어져 있지 않은데도 적막하다는 기분이 들 정도로 행인이 없는 거리였다. 공사장 주변을 두리번거리던 스스미는 건물 주변을 둘러싼 장막을 걷고 안으로 들어갔다.

(왜 이런 데서 만나자는 거야?)

주변이 갑자기 어두워지는 바람에 스스미는 한동안 공사장 안에 있던 소년들을 알아보지 못했다.

"여어, 후지이 스스미. 이제 겨우 찾았네."

안에는 자전거 탐정과 카니발즈 패거리가 있었다.

입을 연 사람은 가토 교이치였다. 사천왕 중 한 명이었던 가토 다카시의 동생. 형은 지능파, 동생은 완력파. 시멘트 계단에 앉아 폼을 잡고 있다. 카니발즈 패거리는 그 외에도 세 명이 더 있었다. 곤봉과 자전거 체인을 들고 있었다.

갑자기 확 짜증이 밀려들었다.

"미안하게 됐다. 나도 어쩔 수가 없어서 말이야."

자전거 탐정이 별로 미안하지 않은 기색으로 지껄이고는 옆으로 물러났다.

교이치가 앞으로 걸어오더니 휴대전화기를 꺼내 화면을 몇 번 누르고 스스미 눈앞에 내밀었다.

여자 비명 소리가 들렸다. 화면은 너무 흔들려서 처음에는 알아볼 수가 없었다. '싫어엇, 하지 마'라는 필사적인 울부짖음, 남자 아이들이 낄낄대는 소리, 그리고 울음소리, 신음 소리. 준코의 얼굴은 맞아서 퉁퉁 부어 있었다.

화면 속의 남자 아이들은 준코의 팔다리를 하나씩 잡고 있었다. 허리띠를 풀고 준코를 강간 중인 소년은 가토 교이치였다.

교이치의 똘마니들이 야비한 웃음을 터뜨렸다.

"네 애인이지? 대단하더라. 네 번이나 했는데도 기절을 안 해. 그래서······"

교이치가 동영상을 뒷부분으로 돌렸다. 소녀의 비명 소리가 이전까지와는 다르게 한층 더 높아졌다. 화면 속에서 소년이 불붙은 담배를 소녀의 가슴에 비벼 껐다.

"너도 따먹어줄게. 이걸로."

교이치가 곤봉을 들고 계단에서 일어섰다. 스스미는 뺨에 바람을 넣어 볼을 볼록하게 만들었다가 크게 숨을 내쉬었다.

"너희들은 나를 이기지 못해."

스스미가 교이치를 바라보며 말했다.

"이 자식 뭐라는 거야?"

"숫자는 셀 줄 아는 거야? 우리는 네 명이야."

카니발즈 멤버들이 떠들었다.

"자, 그럼 나는 의뢰를 완수했으니 이만 갈게."

자전거 탐정이 손을 이마에 올려 경례하는 포즈를 취하고 나가려 했다.

"거기 서."

스스미의 말에 자전거 탐정이 걸음을 멈췄다. 그의 얼굴에 의아하다는 빛이 지나갔다.

○

"됐어. 나가봐."

명준의 말에 DK운송 부장이자 윤대권 사장의 오른팔인 꼬붕은 허리를 숙이고 사장실에서 물러났다. 큰 폭력조직의 수하들이라면 저런 동작에도 절도와 기개가 있을 텐데, 여기 놈들은 영 눈빛이 죽어 있다. 전에 명준에게 심하게 얻어맞고 나서는 다들 복날의 개처럼 슬슬 눈치만 본다.

그에 비하면 지금 명준의 앞에 서 있는 청년은 조금도 기죽지 않은 태도였다. 차분했다. 인터넷으로 보던 것보다 실물이 더 잘생겼다. 기상이 좋긴 하다만, 그래도 지금은 곤란하지.

"무릎 꿇어."

명준이 말하자 시현이 무너지듯 자리에서 무릎을 꿇었다.

"음, 그리고 나한테 기어와서 내 구두를 핥아."

시현은 그렇게 했다.

"앞으로 나한테 말할 때에는 언제나 존댓말을 써. 이제 구두는 그만 핥고 저기 앉아."

청년은 손바닥으로 입과 혀를 닦으며 자리에 앉았다. 그는 "당신도……"라며 뭔가를 말하려다 멈췄다. 청년의 얼굴이 붉어진 것을 본 명준은 비로소 흡족한 기분이 들었다. 명준은 빙그레 웃었다.

"자, 궁금한 것부터 먼저 물어보자고. 공항에서는 어떻게 천슈란을 알아본 거야?"

"명단이 있었……, 있었습니다."

시현이 대답했다.

"명단? 무슨 명단?"

"백원단이라는 단체의 회원명단이오. 그 명단에 회원 이름과 사진이 적혀 있었습니다."

"좀 자세히 설명해봐."

"저는 그 회원들이 류잉춘 교수의 부하들이라고 생각했습니다. 그 명단에는 당신도 들어 있었습니다. 공항에서 천슈란이 다른 남자 두 명과 있는 걸 봤을 때 저는 당신들이 류잉춘 교수의 복수를 하려고 저를 쫓는다고 생각했습니다."

시현이 말했다.

●

"저는 천슈란이라고 합니다. 류잉춘 교수님을 아시는 분이세요?"

전화선 저편에서 젊은 여성이 물었다. 저우환위는 잠시 멈칫했다. 그가 대답을 하지 않자 전화를 받은 여자가 다시 물었다.

"류잉춘 교수님을 아시는 분인가요?"

"잉춘은 잘 있습니까?"

환위가 물었다. 그는 어떻게 탐색전을 벌여야 할지 고민했다. 상대편 여자는 그만큼 고민하지는 않는 모양이었다. 여자는 저돌적이었다.

"류 교수님은 돌아가셨습니다. 안시현씨는 사라졌고요. 저는 흰원숭이입니다. 당신도 백원단 회원인가요? 아니면 방바재단 관계자인가요?"

슈란이 물었다.

"방바재단에 대해 얼마나 알고 있습니까?"

환위는 태연한 목소리로 물었다.

전화기 반대편에서, 슈란은 도박을 감행하기로 마음먹었다.

"백원단은 가증스러운 기만극이라고 생각해요. 저를 포함한 회원들을 속였죠. 방바재단도 어느 정도의 사기라고는 생각하지만, 그래도 백원단에 비하면 나아요. 이제 그만 그쪽 이름을 말씀해주시는 게 어떨까요?"

"제 이름은 저우환위라고 합니다. 방바재단의 설립자이자 이사장이지요. 저는 류잉춘이 백원단을 만들 때 방바재단을 세웠습니다."

환위가 말했다.

"류 교수님과 견해 차이가 있으셨던 걸 알고 있어요. 저는 백원단보다는 방바재단에 공감하는 편이에요."

슈란이 넘겨짚었다. 환위는 넘어가지 않았다.

"슈란씨는 우리의 능력이 뭐라고 생각합니까? 이 능력이 당신에게, 또 다른 사람들에게 어떤 의미가 있다고 생각합니까?"

●

"류잉춘 교수는 저를 상대로 어떤 실험을 벌였던 것 같습니다. 저는 류 교수의 집에 감금돼 있었습니다. 보름 정도였던 것 같습니다. 갇혀 있는 동안 시간감각이 좀 이상해졌습니다. 감금된 방에는 창문도 없어서 낮과 밤의 구별도 할 수 없었고, 시계도 없었습니다. 상당히 힘들었습니다."

시현이 말했다.

"정신이 나약해서 그런 거야. 사람이 정신력이 강하면 말이야, 그런 것쯤은 극복할 수 있어. 카리스마도 저절로 생기지."

시현은 무표정하게 그 말을 들었다. 맞장구를 치지도 않았고 웃지도 않았다. 무안해진 명준은 "류잉춘이 했던 실험은 뭐야?"라고 물었다.

"구체적인 실험 내용은 잘 기억이 안 납니다. 혈액검사와 뇌파검사를 자주 받았고, 나중에는 이런저런 약을 먹었습니다. 아이큐테스트와 비슷한 시험을 반복해서 받았고, 또 운동능력이나 반사신경과 관련된 테스트도 받았습니다. 류 교수는 당신과 같은 능력이 있었고, 저에게 언제나 최선을 다하라고 명령했기 때문에 그런 테스트를 한 번 받고 나면 몸과 마음이 녹초가 되었습니다. 류 교수와 몇 번 긴 대화를 나눴는데, 내용은 기억이 흐릿합니다."

"기억해봐. 잘 생각해보라고."

명준의 명령에 시현은 골똘히 생각에 잠긴 표정이 되었다.

"무슨 교리문답 같은 걸 오래 했는데……. 류 교수가 '이 대화는 기억하지 마시오'라고 말했던 게 기억납니다. 나머지는 잘 모르겠습니다."

명준은 화제를 돌렸다.

"백원단 회원명단은 어떻게 입수했지?"

"명단이 그 집에 있었어요. 류잉춘 교수가 저랑 그 교리문답을 하던 중에 갑자기 정신을 잃고 쓰러지더니 몸을 꼬다가 죽어버렸습니다. 시

133

체를 어떻게 해야 하나, 공안에 신고를 해야 하나 고민하면서 제 짐을 찾다가 명단을 발견했습니다. 그러다 누가 비디오폰을 걸고 집으로 들어오려고 하기에 명단을 들고 도망쳤습니다."

시현이 말했다.

"왜 도망을 친 거야?"

"비디오폰에 비친 사내 두 사람 중 한 명의 목에 문신이 있더군요. 류 교수의 부하일 거라고 생각했습니다. 백원단이라는 게 조직폭력 집단이고 류 교수가 그 두목이거나 아니면 부두목쯤 될 거라고 생각했습니다. 그래서 도망쳤습니다. 어쨌든 류 교수가 죽었으니 백원단이 저를 찾을 거라고 생각했고 그래서 명단을 보며 가능한 한 백원단 회원들의 이름과 얼굴을 외워놓으려 했습니다."

"그 명단은 지금 어디에 있지? 여기에 갖고 왔나?"

명준이 물었다.

"아니오."

"그러면 어디에 뒀지?"

"인천항 물품보관소에 있습니다. 한국에 들어온 다음에는 몸에 지니고 다니는 게 왠지 꺼림칙해서…… 게다가 명단에는 한국인 회원도 적혀 있었고……"

시현의 대답에 명준은 혀를 짧게 차고는 "열쇠 내놔, 당장 가자"고 말했다.

"열쇠는 없습니다. 비밀번호식으로 된 사물함입니다."

"그러면 그 비밀번호를 불러봐. 사물함 번호도."

"14번 사물함, 비밀번호는 4731입니다."

비밀번호를 수첩에 적은 명준은 자리에서 일어나며 재킷을 몸에 걸

쳤다. 그는 "너도 같이 가자"라고 시현에게 말했다.

방을 나서려 할 때 명준은 문득 한 가지 궁금증이 들었다.

"그 명단에는 회원들 간의 순서가 있었겠지? 아니면 맡고 있는 직책이라든가. 백원단의 두목은 누구로 돼 있었어?"

"딱히 직책은 써져 있지 않고 번호는 있었는데, 1번이 류잉춘 교수였습니다."

시현이 명준을 따라나서며 대답했다.

"그러면 2번은 누구였지?"

"2번은……"

한동안 시현이 말을 잇지 못하더니 갑자기 바닥에 주저앉았다. 시현은 자기 가슴을 쥐어뜯다가 간질환자처럼 몸을 뒤틀었다. 모로 쓰러진 그는 상상 속의 계단이라도 밟으려는 듯 안간힘을 쓰며 발을 움직이고 있었다. 얼굴이 창백했고 이마에서는 땀을 엄청나게 흘렸다.

"야, 갑자기 왜 이래? 정신 차려!"

놀란 명준이 무릎을 꿇고 시현의 뺨을 때렸다. 그러나 청년은 입을 다물지 못한 채 뭔가 웅얼거리다 흰자위를 드러내더니 축 늘어지고 말았다.

◉

"백원단 지도부가 보낸 메시지는 중국어로 써 있었어요. 저는 중국인이고, 류잉춘 교수도 중국인이죠. 흰원숭이 자체가 중국설화에 나오는 상상 속의 동물이에요. 제가 아는 또 다른 백원단원은 한국인이에요. 백원단이라는 조직은 제가 아는 한 황해 주변을 근거지로 하고 있어요."

슈란은 생각을 가다듬으며 이야기를 시작했다.

"그런데요?"

자신을 방바재단의 설립자라고 밝힌 사내가 물었다. 그러나 슈란은 방바재단이 어떤 조직인지 몰랐다.

"그리고 아마 정신조종능력자라는 건 분명히 최근에 생겨난 존재들일 거예요. 이런 능력을 가진 사람들이 오랫동안 자기 존재를 감추기는 어려워요. 제 추측은, 정신조종능력자 수십 명이 지난 몇 년간 갑자기 생겨나 수를 늘리고 있다는 것입니다.

그 탄생 장소가 황해 인근이라는 게 의미심장하지요. 중국 동부 연안과 한반도는 세계적으로 인구밀도가 높은 지역이에요. 인류 역사에 전례가 없는 경제성장을 단기간에 이뤄낸 곳이기도 하고요. 이곳에서는 굉장히 많은 사람들이 엄청난 경쟁에 시달리며 살고 있다는 얘깁니다. 평범한 보통 사람들이 이 정도 경쟁에 시달리며 사는 도시는 세계 다른 지역에는 없을 거예요.

이 상황은 현생인류가 출현하던 때 겪었던 일과 비슷해요. 우리 조상은 정글이 사라지자 초원이라는 새로운 환경에서 줄어든 먹을거리를 두고 극심한 경쟁을 벌였어요. 나뭇가지를 움켜쥐느라 발달시켰던 손과 엄지손가락, 입체시를 이전까지와는 다른 식으로 써먹는 방법을 개발한 개체가 살아남았죠. 이것이 진화입니다. 한 종을 무지막지한 생존경쟁으로 내몰고, 적응하지 못하는 녀석들을 도태시키면, 자기들끼리 이런저런 능력을 만들어내서는 짠, 어느 순간 갑자기 새로운 동물이 나오는 겁니다.

저는 그런 진화의 압력이 지금 황해 주변 사람들에게 강하게 가해지고 있다고 생각해요. 서양은 그런 동력을 상실했어요. 서양에서는 장애인도, 저능아도 그럭저럭 살아가잖아요. 남미나 아프리카, 동남아시아는 황해 주변에 비하면 고인 물이나 마찬가지고요."

"계속하시지요."

환위가 말했다. 그 말에 자신을 얻은 슈란이 말을 이었다.

"유인원들은 두 발로 서는 능력, 손을 사용하는 능력, 그리고 두뇌를 사용하는 능력을 갈고닦아서 호모사피엔스가 됐죠. 대뇌피질이 어떻게 두터워지고 사고능력이 어떻게 복잡해졌는지는 그 자신들조차 몰랐을 거예요. 최초의 인간들은 자신이 주변의 호모에렉투스와는 다른 종이라는 사실 자체를 몰랐을 거예요. 아버지도 어머니도 친구들도 모두 호모에렉투스이니 자신도 같은 종이라고 생각했겠지요.

우리도 마찬가지입니다. 유전자가 우리도 모르는 새 우리에게 가장 필요한 능력을 개발해냈어요. 바로 다른 사람을 지배하고 우리 스스로를 통제하는 능력이죠. 우리는 새로운 종, 신인류입니다. 우리는 호모사피엔스의 다음 단계, 호모도미난스입니다."

슈란이 말을 마쳤다.

"흥미로운 견해로군요, 천슈란씨. 하지만 백원단이나 방바재단에 대해 잘 알지 못하시는 모양이군요."

환위가 말했다.

"그런가요?"

슈란이 입술을 깨물며 물었다.

"한번 만나뵙고 싶군요. 저는 지금 라오스에 머물고 있습니다. 혹시 오늘이나 내일 루앙프라방으로 오실 수 있습니까? 방콕을 경유하는 항공편이 있을 겁니다. 그리고……, 슈란씨가 어떤 분인지 저에게 좀 설명을 해주실 수 있을까요?"

방바재단의 이사장이 제안했다.

9

흰원숭이들에게 알림:

선택적 세로토닌 재흡수 억제제, 마약성 진통제, 운동, 섹스, 명상, 일광욕 등이 충동사를 막는 데 도움이 되는 걸로 추정됩니다. 자살충동을 느낄 때에는 높은 곳에서 내려오거나 근처에 칼과 같은 물건을 두지 않는 것이 현명합니다. 충동사의 이십 퍼센트가량은 투신자살의 형태로 나타났습니다. '최후의 충동'은 매우 급작스럽고 강하게 닥칩니다.

아무런 도구 없이 죽음에 이른 경우도 절반가량 됩니다. 이렇게 사망한 흰원숭이들을 부검한 결과에서는 대체로 치사성 부정맥 또는 뇌일혈이 나타났습니다. 충동사 위기를 경험한 흰원숭이들은 대부분 자살충동과 과호흡증후군을 함께 겪었다고 보고하고 있으며……

뜻밖에도 인터넷으로 검색을 하니 방바재단에 대한 소개가 나왔다. '방바'란 라오어로 희망이라는 뜻이었다. 슈란은 푸둥국제공항으로 가는 길에 태블릿 PC로 방바재단에 대해 기초적인 자료를 조사해보았다.

방바재단의 로고는 꽃잎 다섯 장이 바람개비처럼 회전하는 모양으로 겹쳐진 예쁜 꽃이었다. 이 조직이 비밀스러운 지하단체일 거라는 슈란의 예상은 틀렸다. 인터넷에 따르면 방바재단은 제대로 된 큰 기업이나 사회단체가 거의 없는 라오스 사회에서 존경받는 토착기업 겸 사회재단이었다.

외신기사는 '기업과 자선단체, 지방 자활조직, 학교, 그리고 종교단체의 성격을 모두 지닌 조직'이라고 방바재단을 소개했다. '기업도 자선단체도 지방정부도 기능이 약한 라오스에서나 생겨날 수 있는 단체일 것'이라는 설명도 있었다.

작은 의류 가공공장으로 시작한 방바재단은 설립 오 년 만에 몸집을 열 배 이상으로 불렸다. 방바재단은 직원과 그 가족들을 기숙사에 수용하면서 이들에게 글을 가르치고 집단농장을 운영했다. 방바재단은 직원 가족이 아닌 주민들도 자신들의 공동체에 받아들이면서 실질적인 지방자치단체가 되었으며, 같은 방식으로 라오스 북부 여러 곳에 공장과 기숙사, 농장이 일체가 된 거점들을 세웠다.

저우환위가 정신조종능력자이기 때문에 가능한 일이었을 터다. 그러나 방바재단을 이끄는 사람에 대해서는 기사에도 나온 게 거의 없었다.

슈란은 명준에게 전화를 걸어 상황을 보고 받았다. 명준은 차를 타고 안시현이 숨겨놓은 백원단 단원명부를 찾으러 인천항으로 가는 중이라고 했다.

"나는 한국에 못 갈 것 같아. 비행기가 없어. 내가 갈 때까지 회원명단을 잘 맡아줘."

슈란이 명준에게 말했다.

"비행기가 없다고? 자리가 없다는 거야?"

"여기 안개가 심해서 항공편이 전부 결항이야. 이래서야 정신조종능력도 소용이 없네."

슈란은 거짓말을 했다.

자신이 아는 정보를 모두 다 명준에게 넘길 생각은 처음부터 없었다. 딱히 명준을 잠재적 위험으로 여기는 건 아니었다. 그러나 이 능력을 손에 얻은 뒤로는 매사를 이런 식으로, 자신을 어떤 위험한 게임의 플레이어로 간주하고 행동하는 버릇이 생겼다. 미래를 내다볼 수 있는 사람은 미래를 조심하며 살 것이다. 마찬가지다. 권력을 부릴 줄 알게 된 사람은 타인의 권력을 경계하게 된다.

게다가 어떤 의미에서는 흰원숭이들은 실제로 게임판 위에서 살고 있는 거나 마찬가지다. 나와 같은 인간이 수십억 명 있는 세계와, 나와 같은 인간이 고작해야 백 명도 안 되는 세계는 완전히 다르다. 뒤의 세계에서는 모든 것이 게임이 된다.

(명준도 그렇게 생각할까? 백원단 회원명부를 혼자 갖게 됐을 때 그걸 내게 보여주지 않으려 할까? 하지만 지금 바로 한국을 향하더라도 백원단 회원명부를 손에 먼저 쥐는 건 명준이야.)

루앙프라방행 여객기는 승객을 다 태운 뒤에도 슈란을 기다리느라 출발을 미루고 있었다. 슈란은 공항에서 제공하는 리무진을 타고 그 비행기로 향했다.

뺨을 때리고 찬물을 끼얹으며 법석을 떨었지만 갑자기 간질증세를 보이며 쓰러진 시현의 의식은 되돌아올 줄 몰랐다.

"의사를 부를까요?"

윤대권 사장의 부하 하나가 옆에서 물었고, 명준은 고개를 저었다. 시현이 죽을 거라는 생각은 들지 않았다.

류잉춘 교수가 그에게 어떤 최면을 걸어놓은 것이 분명했다. 백원단의 2인자가 누구인지 남에게 알리려는 순간 정신을 잃게 만드는. 아니, 최면이 아닐 것이다. 정신조종능력에 명준 자신이나 슈란이 알지 못하는 고차원적인 사용법이 있는 게 아닐까. 만약 그렇다면, 오히려 지금이 남자는 안전하다고 봐야 하지 않을까. 류잉춘은 시현을 죽게 만들려고 했던 게 아니라 그냥 입을 다물게 하고 싶었던 거다.

명준은 안시현을 DK운송 사무실에 놔두고, 감시역으로 윤 사장의 부하 두 명을 옆에 붙여놓았다. 인천항에 가서 백원단 회원명부를 가져오는 일을 다른 사람에게 맡기고 싶지는 않았다. 똘마니들에게는 안시현의 몸상태가 위급해질 것 같으면 앰뷸런스를 부르라고 일러놓았다.

경인고속도로에 무슨 사고가 났는지 길이 꽤나 막혔다. 연안부두에 도착했을 때에는 해가 저물고 있었다. 석양에 역광을 받고 선 여객터미널 건물을 보자 왠지 자신이 함정으로 향하고 있다는 불길한 기분이 들었다.

(왜 2번 회원을 숨기려 들지?)

상대가 2번 회원의 이름을 말하려 들 때 정신을 잃게 할 수 있다면, 그렇게 먼 미래의 일까지 정신을 조종할 수 있다면, 다른 일을 시킬 수는 없는 걸까? 예를 들어, 회원명단을 한국에 들고 와서 그걸 인천항에 숨기는 것 같은?

(무슨 실험을 하고 있었던 걸까? 왜 하필 한국인 유학생을 대상으로 골 랐을까? 사라져도 아무도 눈치 못 챌 부랑자도 많았을 텐데.)

주차장에 차를 세운 명준은 터미널로 들어가 물품보관함을 찾았다. 14번 사물함을 찾아 비밀번호 4731번을 눌렀지만 잘못된 번호라는 메 시지만 떴다. 혹시 착각했나 싶어 수첩을 확인하고 다시 비밀번호를 눌 렀지만 결과는 마찬가지였다.

어리둥절해진 그는 물품보관함 앞에 한참 서 있다가 자신의 실수를 깨달았다. 그가 있는 곳은 제1국제여객터미널이었다. 단둥, 다롄, 옌타 이에서 오는 배의 승객들이 내리는 곳이다. 시현은 칭다오에서 왔다고 했으니 이곳이 아니라 제2터미널로 갔을 것이다.

명준은 제2터미널로 뛰어갔다.

그러나 제2터미널의 14번 사물함은 비어 있었다.

다른 터미널은 없는지, 다른 물품보관함은 없는지 한 시간 가까이 인 천항을 돌아다니던 명준은 DK운송으로 전화를 걸었다. 처음에는 사무 실로 걸었다. 신호가 계속 이어져도 수화기를 드는 사람이 없었다. 명 준은 윤대권 사장의 휴대전화로 전화를 걸었다. 윤 사장은 받지 않았다. 명준은 윤 사장의 부하들에게도 전화를 걸었다. 그러나 아무도 전화를 받지 않았다.

환위는 천슈란이 보내온 자기소개서를 읽었다.

만 32세, 여성. 산둥성 지난 시에서 태어나 부모를 일찍 여의였고, 일가구 일 자녀 정책세대라 다른 형제는 없다. 간호대학을 나온 뒤 산둥대 부속병원에 취직했다가 몇 년 뒤 부유층을 상대로 하는 영리병원으로 자리를 옮겼다. 정신조종능력을 얻은 것은 일 년쯤 전이고, 백원단에 가입한 것은 거의 그 즉시였다.

류잉춘의 안가를 찾아낸 걸 보면 상당한 수완가임이 틀림없다. 류잉춘은 그녀를 과소평가했을 것이다. 잉춘에게는 학벌이나 직업으로 사람을 판단하는 안 좋은 버릇이 있었다.

환위에게 행동가의 기질이 있었다면 잉춘은 뼛속까지 분석가였고, 설계자였다. 아마도 그런 성격 차이가 백원단과 방바재단이라는 다른 노선으로 이어졌으리라. 잉춘이 정신조종능력이 나머지 세계에 미칠 여파를 연구하는 동안 환위는 라오스로 떠났다. 잉춘은 정신조종능력자가 끼칠 해악을 억누르고 싶어했고, 환위는 그들이 사회에 기여할 수 있는 길을 찾고자 했다.

그리고 어떤 의미에서는 잉춘과 환위 모두 다 실패한 셈이었다. 슈란은 잉춘이 막고자 했으나 막지 못했고, 환위가 외면하고자 했으나 결국 맞닥뜨리게 된 가능성이었다. '지도부'를 찾아오는 데 마침내 성공한 흰 원숭이. 이제 곧 '지도부'는 허상의 존재였음을, 그리고 자신을 가로막는 힘은 아무것도 없음을 깨닫게 될 정신조종능력자.

정신조종능력이 진화의 결과물이라는 '호모도미난스 이론'에는 환위의 마음을 잡아끄는 데가 있었다. 적어도 치열한 경쟁을 유발하는 환경이 정신조종능력을 만들어냈다는 해석은 환위 역시 오래전부터 해오던 생각이었다.

이 모든 일의 시초가 된 인물을 연구할 때부터 늘 그런 생각이 들었다. '성주'(城主)라고 불렸던 남자, 전성기에는 오만 명을 다스렸던 봉건 군주를 낳은 어머니는 바로 인류 역사상 가장 경쟁이 치열했고 인구밀도가 높았던 그 환경 자체가 아니었을까 하는.

●

"거기 서. 움직이지 마. 너희들 모두."

그 말에 스스미를 제외하고 공사장에 있던 소년 다섯 명의 몸이 모두 얼어붙었다.

스스미는 교이치가 들고 있던 휴대전화기와 곤봉을 빼앗았다. 그는 성폭행 동영상을 삭제하려 했으나 기계 사용법을 잘 몰랐다.

화가 치민 그는 전화기를 바닥에 내팽개치고는 곤봉으로 기계를 내리쳤다. 액정이 깨지고 부품이 튀었다.

스스미는 카니발즈 두목을 넘어뜨렸다. 상대는 마네킹처럼 부동자세로 꼼짝 못하고 있었기 때문에, 발을 걸고 가슴을 미는 것만으로 중심을 잃고 뒤로 넘어졌다.

"쉬……"

스스미는 바닥에 쓰러진 강간범의 허리띠를 풀고 바지를 벗겼다. 상대가 무엇을 하려는지 알아차린 교이치의 얼굴이 새파래졌다. 스스미는 교이치의 팬티를 벗겼다.

"힘 빼. 힘 빼."

곤봉을 교이치의 항문에 쑤셔넣으려 했으나 잘 되지 않았다. 곤봉이 너무 굵었다. 손으로 곤봉 끝을 세게 쳤더니 교이치의 똥구멍이 찢어져 피가 흘렀다.

교이치가 갑자기 엄지손가락만 한 크기로 똥을 싸는 바람에 스스미는 황급히 뒤로 물러났다. 안 그래도 교이치의 성기가 자기 손에 닿는 상황이 불쾌했는데, 거기에 똥까지 묻는 바람에 신경질이 확 치밀었다.

성추행을 하려던 소년은 강간범 소년의 얼굴을 곤봉으로 내리쳤다.

단 일격에 코가 내려앉았다.

두 번 더 내리쳤다. 피와 함께 이빨 조각이 튀었다.

(사람 얼굴뼈가 휴대전화기 케이스보다 약하네.)

교이치의 얼굴이 알아볼 수 없게 되자 스스미는 자리를 옮겼다. 그는 곤봉으로 교이치의 팔을 내리쳐 뼈를 부러뜨렸다. 곤봉은 손에 착 감겼고, 무게가 적당했다. 스스미는 교이치의 다른 팔도 부러뜨렸다. 그다음에는 종아리를 차례로 하나씩 부러뜨렸다. 뼈가 부러지는 소리가 경쾌했다.

"다들 가만히 있어. 아무 소리도 내지 마."

곤봉에 묻은 피를 닦은 스스미가 자전거 탐정과 카니발즈 멤버들에게 말했다. 카니발즈의 중간 간부는 무릎을 꿇고 용서해달라고 빌고 싶었으나 몸이 움직이지 않았다. 스스미는 그 중간 간부 앞에 가서 섰다. 얼굴이 땀투성이가 된 중간 간부는 눈을 감으려 했으나 그조차도 되지 않았다.

스스미는 중간 간부의 바지주머니를 뒤져 휴대폰을 꺼냈다. 그가 사용해보지 못한 기종이었다. 스스미는 그 전화기를 바닥에 버리고 다른 소년에게 걸어갔다. 이번에도 그가 사용법을 모르는 기종이었다. 스스미는 그 소년의 머리통을 풀스윙으로 후려쳤다.

다음 소년의 핸드폰은 스스미가 써본 적이 있는 구형 기종이었다. 스스미는 그 휴대전화기에서 간단한 퍼즐게임을 실행했다. 같은 무늬의 블록을 맞춰 없애는 게임이었다. 전에 한창 즐기다 삭제한 게임이었다.

"다들 숨쉬지 마."

그렇게 말하고 나서 스스미는 바닥에 궁둥이를 깔고 앉아 게임을 했다.

첫 번째 판은 금방 끝났다. 소년은 "이제 숨 쉬어"라고 말했다. 조금 뒤에 그는 "숨쉬지 마"라고 말하고 두 번째 판을 시작했다. 두 번째 판이 끝나는 데에는 시간이 일 분 가까이 걸렸다.

"이제 숨 쉬어."

카니발즈 멤버들이 헐떡거리며 숨을 쉬었다.

"숨 쉬지 마."

세 번째 판은 삼십 초 만에 끝났다.

"숨 쉬어."

누군가 기침을 터뜨렸다.

"숨 쉬지 마."

네 번째 판에서 스스미는 개인 기록을 세웠다.

소년이 고개를 들었을 때 카니발즈 멤버와 자전거 탐정은 얼굴이 흙빛이 되어 있었다. 죽어가는 소년들은 간절한 눈빛으로 스스미를 바라보았다. 스스미는 아무 말도 하지 않았다. 한 소년이 쿵 하는 소리를 내며 쓰러졌고, 도미노처럼 다른 소년들이 그 뒤를 이었다.

스스미는 다섯 번째 판에 도전했다. 조금 전에 세운 개인 기록을 경신할 뻔했지만, 마지막 순간에 안타깝게 기회를 놓쳤다.

공사장을 나가려다 뒤를 돌아본 스스미는 그전까지 의식하지 못했던 물체에 시선을 뺏겼다. 교이치가 앉아 있었던 계단 옆으로 푸른색 방수포가 뭔가를 덮고 있었다.

스스미는 주저하다 그리로 다가가 천을 들췄다.

방수포 아래에는 온몸에 멍이 든 소녀가 있었다. 발가벗겨진 채, 손발이 묶여서. 소녀의 얼굴은 흙빛이었다. 조금 전에 스스미가 쓰러트린 다른 소년들처럼.

준코는 숨이 막혀 죽어 있었다.

　　　　　　　　　　●

"오시느라 고생 많으셨습니다. 저는 캄팻 로반사이라고 합니다. 방바재단에서 변호사 일을 하고 있습니다."

막 입국장에 들어선 슈란에게 특색 없는 반소매 티셔츠에 양복바지를 입은 젊은 남자가 다가와 인사했다.

"이사장님이 갑자기 병원에 가실 일이 생겨서요. 죄송합니다. 제가 안내하겠습니다."

캄팻의 옷차림새나 그가 몰고 온 도요타 자동차를 보고 슈란은 자기도 모르게 눈살을 찌푸렸다. 둘 중 하나였다. 저우환위가 허례허식을 모르는 사람이거나, 아니면 자신을 지금 무시하고 있거나.

"이사장님이 어디 편찮으신 건가요?"

슈란이 차에 올라타며 물었다.

"아니오. 그 반대입니다. 급한 환자가 생겨서 그렇습니다."

"방바재단쯤 되면 다른 의사도 많을 텐데 꼭 이사장이 나서야 할 정

도의 상황이 있는 건가요? 아니……, 이래저래 일일이 캐묻기도 귀찮군
요. 그냥 처음부터 끝까지 다 설명해주세요. 자세히. 먼저, 저우환위 이
사장이 그렇게 뛰어난 의사인가요?"

"물론 훌륭한 의사시기도 하지만, 이사장님만이 하실 수 있는 일이 있
어서 그렇습니다."

"어떤 일이요? 아시는 대로 다 얘기해주세요."

캄팻은 직접 운전을 하고 있었다. 그는 운전대를 잡은 채로 잠시 슈란
을 바라보았다.

"천 선생님께서도 '그 힘'을 지니셨다는 걸 압니다…… 어차피 선생님
께 숨겨야 하는 이야깃거리는 없습니다. 이사장님은 환자들에게 뭐랄까
요, 일종의 존엄사를 베풀어주고 계십니다. '그 힘'으로요. 이곳 의료진
의 기술로는 어쩔 수 없는 상태의 말기 환자들이 요청하면 이사장님이
그 옆에 가주십니다. 환자들이 두려움을 극복하게 도와주시지요. 저도
옆에서 몇 번 지켜봤습니다. 겁에 질린 사람에게 독극물을 투여하는 일
반적인 안락사와는 완전히 다릅니다."

"그런 게 가능한지 미처 몰랐네요."

"정신조종능력으로 할 수 있는 일은 무궁무진할 겁니다. 상당한 수준
으로 수련이 됐지만 돈오(頓悟)의 순간에는 이르지 못한 불자가 마지막
고비를 넘게 해주는 데 이용할 수도 있지 않을까요? 제가 정신조종능력
을 갖게 된다면 그런 가능성을 탐구해보고 싶습니다."

"그 외에 정신조종능력에 대해 아는 게 어떤 게 있죠?"

"사실은 잘 모릅니다. 그 능력에 대해 알게 된 게 겨우 어제니까요. 어
제 이사장님으로부터 설명을 듣고 나서야 비로소 수수께끼들이 풀리는
느낌이었습니다. 이사장님께서 저를 부르셔서 당신이 정신조종능력자

이며, 세계에는 당신 말고도 정신조종을 할 수 있는 사람이 더 있다는 말씀을 해주셨죠. 자세한 이야기는 오늘 천 선생님과 같이 들으라고 하시더군요."

"이사장님은 어떤 분이신가요?"

캄팻은 열정적으로 설명했다. 그에 따르면 저우환위는 슈바이처와 비스마르크를 합쳐놓은 것 같은 인물이었다. 뜨거운 이상을 품고 있지만 권모술수에 능하고, 커다란 목표를 위해서는 작은 희생도 감수할 줄 아는 인물. 캄팻이 그 인물을 얼마나 진심으로 섬기고 존경하는지가 저절로 드러났다.

설명을 마칠 때 캄팻은 묘한 이야기를 했다.

"정신조종능력에 대해 한 가지만큼은 제가 저우 이사장님이나 천 선생님보다 더 잘 알지도 모릅니다."

"무슨 말이죠?"

"정신조종을 당하는 사람들의 입장 말입니다. 정신조종을 하는 사람들은 저희가 어떤 기분을 맛보는지 결코 알지 못하실 테죠. 이렇게 정신조종능력자 두 분을 접하고 나니, 미묘하게 그 느낌이 다릅니다. 목소리 음색이 사람마다 다른 것처럼요."

●

시현은 입가의 침을 닦으며 몸을 일으켰다. 그냥 연기만 할 참이었는데 실제로도 반쯤 정신을 잃는 바람에 머리를 땅에 찧었고, 오른쪽 귀 윗부분에 혹이 났다.

자기 구두를 핥게 하다니, 유치한 녀석 같으니라고.

기억나지 않는 교리문답을 오래했다는 등 자기가 즉석에서 지어낸 거짓말을 명준이 얼마나 믿었을지 궁금했다.

시현은 탁자에 놓인 병에 담긴 생수로 입을 헹구고 옆에 있던 컵에 물을 뱉었다. 생수를 손에 붓고 그 물기로 입 주변을 닦았다. 감시역으로 붙은 사내들이 그가 일어난 것을 알아채고 놀란 표정을 지었다.

"정신이 드나?"

사내 중 한 명이 말했다. 시현은 고개를 끄덕이고 사내에게 되물었다.

"우리 부모님은 어디 있습니까?"

시현에게 질문을 던졌던 사내가 "난 잘 몰라"라고 답했다. 사내는 속으로 '내가 왜 이렇게 솔직하게 대답했을까'라고 자문했다.

"그쪽 분은 제 부모님이 어디 있는지 아십니까?"

시현이 다른 사내 한 명에게 물었다.

"경기도 가평 쪽으로 간다고 했는데…… 정확한 위치는 나도 모르는데."

두 번째 사내도 어리둥절한 표정으로 대답했다.

"그러면 그걸 알 만한 사람을 데려와주십시오. 아니, 그 사람에게 저를 안내해주십시오. 그리고 갖고 계신 휴대전화기는 저한테 넘기세요. 두 분 모두."

시현이 침착하게 말했다.

●

루앙프라방의 방바재단 공동체는 관광지인 도심에서는 다소 떨어져 있었다.

　마을 곳곳에 돌로 된 사원들과 불탑이 있고, 캄팻이 몰고 온 자동차를
비롯해 모든 물건들이 간결하고 검소했다. 마주치는 사람들마다 합장을
하고 인사를 한다. 슈란은 오히려 위화감을 느꼈다. 뭐랄까…… 너무 경
건하다. 모두 온화한 미소를 짓고 있다. 아무도 뛰지 않고, 그렇다고 멍
하니 앉아서 쉬는 사람도 없다. 사람들은 가만히 내버려두면 결코 저렇
게 행동하지 않는다.

　그녀가 차에서 내리기 직전에 갑자기 거센 비가 쏟아졌다. 슈란은 흰
벽에 금색으로 칠해진 기둥이 있는 사원 건물로 안내받았다.

　"공항에 마중 나가지 못해서 미안합니다. 제가 저우환위입니다."

　장발의 남자가 우산을 들고 계단 아래까지 내려와 슈란을 맞았다. 건
물 내부도 외부처럼 수수했다. 연기가 피어오르는 향로와 제단, 그리고
아무런 꾸밈이 없는 테이블이 하나 있을 따름이었다. 열 살쯤 되어 보이
는 여자아이가 비에 흠뻑 젖은 채로 과일바구니를 들고 왔다. 여자아이
는 하느님이라도 대하는 것처럼 환위 앞에서 어쩔 줄 몰라했다.

　폭우 때문에 실내가 어둑어둑했다. 환위는 슈란에게 라오프라방 왕국
의 역사와 근처의 관광거리에 대해 설명했다. 이야기를 듣던 슈란은 불
쑥 "저는 정신조종능력에 대해 듣고 싶습니다"라고 말했다. 캄팻은 당황
한 표정이 역력했고, 환위는 잠시 입을 다물었다.

　"미안합니다. 어떻게 시작해야 할지 망설이고 있었소. 천 선생을 움
직일 지렛대 같은 게 없을까, 궁리하고 있었지만 답이 나오지 않더군요.
내 마음대로 움직일 수 없는 사람과 대면한 게 오랜만이라."

　환위는 웃었고, 슈란도 따라서 미소를 지었다. 환위는 말을 이었다.

　"반대로 슈란씨가 저를 움직일 방법은 많이 있겠더군요. 내가 불가사

152

의한 힘을 가진 사람이다, CIA가 개발한 최면술 능력을 갖고 있다, 이런 루머를 퍼뜨리기만 해도 내가 하는 일 상당수는 타격을 입게 되오. 한편으로는 내 상대들도 어느 정도 막연히 느끼던 바일 테니…… '저우환위와는 절대 만나지 말고 전화로만 협상하라'는 팁만 그들에게 알려줘도 나로서는 막막해지죠.

우리들에겐 문자 그대로 아는 게 힘입니다. 우리 능력이 정확히 어떤 건지, 어떤 한계가 있는 건지, 어떻게 생겨났고 어떻게 전파되는 건지, 이런 것들을 정확히 알게 될수록 정신조종능력을 더 효과적으로 사용할 수 있게 되죠. 동의하시나요?"

"네."

해가 졌고, 캄팻이 방에 있던 촛대에 불을 켰다. 환위는 과일을 잘라 슈란에게 권했다. 슈란은 자신이 아는 사람이 전혀 없는 마을에, 두 남자와 함께 한집에 있다는 사실을 상기했다. 그중 한 남자에게는 정신조종능력이 통하지 않으며, 지금 그는 칼을 들고 있다……

"하지만 나는 아는 바를 그대로 털어놓을 생각입니다. 이렇게 결심한 데에는 몇 가지 이유가 있어요. 우선 첫 번째로는 류잉춘이 죽었기 때문입니다. 백원단의 방식에 저 역시 거부감이 있었습니다. 그러나 잉춘이 그 일에 엄청난 노력을 기울인다는 것을 알고 있었고, 그 일을 방해하고 싶지는 않았죠. 친구로서의 우정도 있었고, 어쩌면 그가 성공할지도 모르겠다는 기대도 좀 했습니다. 하지만 이제 잉춘이 세상을 떠났으니 친구를 배신한다는 죄책감은 겪지 않아도 되겠지요.

두 번째로는 천 선생이 류잉춘을 찾아냈기 때문입니다. 이게 잉춘의 방식이 이제 더 이상 작동할 수 없는 단계에 이르렀다는 증거 아닌가 싶습니다. 게다가 잉춘이 마지막으로 하던 실험은 아무래도 실패한 것 같군요.

몇 명을 오래 속이는 것과 많은 사람을 잠시 속이는 건 가능하지만, 많은 사람을 오래 속이는 건 불가능하다고 말했던 게 링컨이었던가요? 잉춘이라고 다른 정신조종능력자들을 영원히 속이는 게 가능하다고 생각지는 않았어요. 잉춘은 시간을 벌고 싶어했죠. 그리고 그의 계획도 십오 년 이상 잘 작동했습니다. 그는 그사이에 치료약이나 백신을 개발하고 싶어했어요. 정신조종능력자들에게서 그 능력을 없애거나, 아니면 일반인들에게 정신조종능력에 저항할 수 있는 면역력을 주거나 하는 약이요. 하지만 성공하지 못했죠.

제가 모든 걸 털어놓기로 한 세 번째 이유는 제 목숨이 얼마 남지 않았기 때문입니다. 충동사 위기를 최근에 몇 번 넘겼어요. 이만하면 잉춘이나 저나 오래 버틴 셈이죠. 처음 충동사 위기를 겪고 나서 할 일을 마쳐야겠다는 생각에 북부에 가서 지역 마약조직의 두목을 만나고 왔습니다. 이후로는 바깥 외출을 가능한 삼가고 있습니다. 제가 갑자기 죽으면 계획이 다 흐트러지니까요. 여기 있는 캄팻이 아닌 다른 사람에게 정신조종능력을 전수되는 건 막아보고 싶습니다."

슈란은 숨을 죽인 채 환위의 말을 듣고 있었다. 치료약? 백신? 정신조종능력이 전수된다고?

"두서없이 말씀을 드려서 혼란스러우신 것 같군요. 저와 잉춘에게 일어났던 일을 순서대로 설명을 드리면 좀 나을 겁니다. 때는 1996년으로 거슬러올라갑니다. 홍콩이 반환되기 일 년 전이었죠. 저와 잉춘은 그때 베이징 의대의 젊은 외과의였습니다……"

10

흰원숭이들에게 알림:

충동사의 위기를 느낄 때에는 즉시 백원단으로 연락하시기 바랍니다.

백원단은 임상실험 결과 충동사를 상당히 늦출 수 있는 것으로 밝혀진 피부패치와 손목시계형 키트를 회원들에게 제공합니다. 작은 스티커처럼 생긴 패치는 목 뒤에 붙이면 됩니다. 패치는 방수 기능이 있으므로 붙인 채로 샤워나 목욕을 해도 괜찮습니다. 키트는 착용자의 맥박과 혈압을 점검하다가 충동사의 조짐이 보일 때 피부의 땀샘을 통해 필요한 약물을 혈관으로 주입합니다.

키트와 관련해 백원단에 연락을 하실 때에는……

"1990년대 초중반만 해도 베이징 의대와 다른 병원의 수준 차이가 상당했습니다. 그래서 정재계의 실력자들이 접수 절차를 거치지 않고 와서 특진을 받거나 특실에 입원하는 경우가 왕왕 있었죠. 그중에는 의료진에게도 신분을 철저히 숨기는 사람들이 꽤 있었습니다. 갑부거나 당 간부거나, 아니면 흑사회 쪽 사람들이었을 겁니다."

촛불에 비친 환위의 얼굴은 꿈꾸는 듯한 표정이었다. 그는 과도를 만지작거리며 이야기를 했는데 슈란은 그게 계속 신경이 쓰였다.

"장웨이라는 이름의 노인도 삼합회 지역조직의 두목 정도로 보였습니다. 주변에 있는 인간들 분위기가 딱 그렇더군요. 노인은 뇌졸중 환자였는데 병원으로 데려온 시간이 너무 늦어서 이미 뇌조직이 상당히 괴사한 상태였어요. 초기에 침과 탕약으로 치료를 했던 것 같습니다. 열 시간이 넘는 대수술을 했지만 성과가 좋지 않았어요. 환자는 수술 중에 숨지고 말았습니다. 흑사회 조직원들은 처음에는 노인을 살려내지 못하면 가만두지 않겠다고 협박을 했지만 큰 소란은 피우지 않았습니다.

그 일이 있고 나서 사나흘 뒤에 잉춘이나 저나 저희들에게 중대한 변화가 일어나고 있음을 깨달았습니다. 정신조종능력을 갖게 됐다는 걸 알게 된 거죠. 사실 저희는 운이 좋았습니다. 보통 정신조종능력자들은 자기가 언제, 어떤 계기로 정신조종능력자가 됐는지 알지 못합니다. 천선생도 모르시죠? 자신이 언제 흰원숭이가 됐는지."

어느 날 갑자기 복권에 당첨되듯이 정신조종능력을 얻었다고 생각해온 슈란은 얼떨떨한 기분으로 고개를 끄덕였다. 환위는 희미하게 미소를 짓고는 말을 이었다.

"흰원숭이가 되더라도 실제로 능력이 발현하기까지는 짧게는 두어 시간에서 길게는 며칠까지 시간이 걸리는 듯합니다. 잠복기가 있죠. 감염 자체도 한순간에 이뤄지는 건 아닌 것 같습니다. 능력을 얻어도 자신이 정신조종능력자라는 걸 자각하는 데 추가로 시간이 걸리지요. 보통은 '이상하게 사람들이 협조적이네?'라는 생각을 며칠 하다가 비로소 깨닫게 되죠. 동아시아문화권에서는 평상시에 자기가 원하는 바를 다른 사람에게 구체적으로 밝히는 사람은 잘 없으니까요.

그러다보니 정신조종능력을 갖게 됐다는 건 알아도, 어떻게 해서 그런 능력을 얻게 됐는지는 알지 못하는 사람이 대부분이죠. 저와 잉춘은 그런 면에서 유리한 위치에 있었습니다. 두 사람이 함께 정신조종능력을 얻었다는 점부터가 그랬죠. 또 저희는 직업 특성상 수련의나 환자들에게 다양한 명령을 자주 내리는데, 환자들에게 하는 지시 중에는 사람을 한계까지 밀어붙이는 것도 있죠. 환자들이 그런 지시를 갑자기 충실히 따르기 시작하면 '뭔가 이상하다'고 금방 알아차릴 수밖에 없습니다.

저와 잉춘은 모두 예민하게 징후를 알아차리고, 그 뒤에 깔린 원인을 과학적으로 분석하는 법을 오랫동안 배워온 사람들입니다. 정신조종능력을 자각하면서 자연스럽게 주변 사람들을 상대로 이런저런 소박한 실험을 벌이게 됐죠. 그리고 정신조종능력이 통하지 않는 상대가 있다는 사실도 알게 됐죠. 저한테는 잉춘, 그리고 잉춘한테는 저 말입니다. 그 상대가 하는 행동을 유심히 관찰해보니 상대방도 저와 같은 능력을 갖고 있는 것 같았고…… 어느 날 만나서 서로 패를 깠지요. '미친 소리처럼 들릴지 모르겠지만 내가 얼마 전부터 다른 사람의 정신을 조종할 수 있게 된 것 같네, 혹시 자네도 그런가?' 하고요.

기이한 사건이 동시에 두 건 일어난다면 공통의 원인이 있다고 보는 게 논리적이겠죠. 그즈음 잉춘과 제가 함께 겪은 일은 장웨이라는 노인의 뇌수술뿐이었습니다. 그 뒤에는 저희가 함께한 수술이 없었고, 진료

스케줄도 달랐습니다. 그때부터 함께 노인의 정체를 파헤치기 시작했죠. 그다지 어려운 일은 아니었습니다. 우리들은 최고의 수사관이잖습니까. 모든 사람들로부터 협조를 끌어낼 수 있잖아요."

슈란은 어색하게 맞장구를 쳤다. 그녀가 백원단의 정체를 파헤치기 위해 벌인 탐정 흉내는 쉽지 않았다. 상대방으로부터 협조를 끌어낼 수 없었기 때문이다.

"홍콩에 대해 잘 아시나요, 슈란씨? 까울룽씽자이에 대해 아십니까?"

환위가 물었다. 슈란은 홍콩영화의 어두침침한 건물 숲을 떠올렸다. 온갖 범죄가 판치던 무법지대. 영국 관리들이 감히 들어갈 엄두를 내지 못했던 마굴. 일본인 탐험가들이 지도를 만들다 길을 잃었던 곳.

"영화에서 봤습니다. 지금은 철거되고 없지 않나요?"

슈란이 물었다.

"맞습니다. 철거 전까지 가로 세로 이백 미터도 안 되는 블록에 오만 명이나 살았죠, 거기서. 인류 역사에서 수만 명에 이르는 인간이 그 정도의 인구밀도로 몇 세대를 살았던 적은 까울룽씽자이 이전에도, 이후에도 없었습니다. 게다가 그 사람들이 철저한 약육강식의 논리 속에 살고 있었던 걸 생각하면 무시무시하죠.

까울룽씽자이를 지배하고 있었던 건 흑사회였어요. 그곳 흑사회 두목은 성주(城主)라고 불렸습니다. 천 선생이 전에 이야기한 것처럼 인구압이 진화를 일으킨다면 최적의 장소가 이곳이었을 것 같습니다. 하지만 우리는 신인류는 아닙니다. 우리가 새로운 종이라면 우리 자식들도 정신조종능력자로 태어나야겠죠. 하지만 그렇지 않아요. 이 능력은 유전되지 않습니다."

슈란이 반박할 말을 찾는 사이 환위는 이야기를 계속했다.

"그럼에도 불구하고 우리가 어떤 진화의 결과물일 가능성은 있다고 생각합니다. 저와 잉춘은 정신조종능력이 일종의 전염병이라고 생각했습니다. 그 병을 일으키는 병원체가 까울룽씽자이에서 강한 진화압을 받아 탄생한 거라고요.

장웨이라는 가명을 썼던 노인은 까울룽씽자이의 16대 성주였습니다. 본명은 황첸스였습니다. 그는 정신조종능력자였죠. 까울룽씽자이의 15대 성주도, 14대 성주도 모두 정신조종능력자였습니다. 아마 이전 성주들도 마찬가지였을 겁니다."

●

공사장 땅 주인이 스스미를 발견했다.

연립빌라가 있던 부지에 카페 건물을 세우려 했던 땅 주인은 집에서 저녁을 먹다가 문득 콘크리트 양생이 제대로 됐는지 확인하고 싶다는 마음이 들었다. 손전등을 들고 가림막 안으로 들어간 그는 사지가 비틀린 청소년들의 시체 다섯 구를 발견하고 소스라치게 놀랐다.

시신 중 하나는 옷이 벗겨지고 몸이 묶인 여자아이였다. 팔다리가 다 부러지고 피투성이가 된 소년의 시신도 있었다.

땅 주인은 처음에는 스스미도 죽은 줄 알았다. 스스미는 무릎에 고개를 파묻은 채 시체들 옆에 앉아 있었다. 그러나 반쯤 정신이 나간 땅 주인이 깜깜한 공사장 안을 손전등으로 이리저리 비추자 스스미는 흐릿하게 눈을 뜨고 고개를 들었다. 땅 주인은 공포에 사로잡혀 가림막 밖으로 뛰쳐나왔다.

119 구조대가 조용히 시신을 수습하고 사라져줬으면 하는 땅 주인의 바람과는 달리, 이케부쿠로 소방대원들은 스스미만 구급차에 싣고 다른 청소년들의 시체는 자리에 그대로 두었다. 그들은 건물 주변에 생화학 위험 표시가 그려진 흰색 방수 천막을 치고 제독 차량을 보냈다. 몇 분 뒤에는 자위대의 화생방테러 대응 부대와 방독마스크를 쓰고 보호복을 입은 감식요원들까지 주변에 몰려들었다.

　　그들은 땅 주인을 병원으로 데려가 여러 가지 검사를 받게 하는 한편, 공사장 일대를 오염지역으로 선포하고 폴리스라인처럼 생긴 오염통제선을 쳤다. 사고 장소에서 멀지 않은 도쿄 소방청 방재관에 사고대책본부가 꾸려졌다.

　　"과일 냄새를 맡은 것 같다"는 땅 주인의 진술과 전신근육경련을 일으킨 듯한 시신의 상태 때문에 신경작용제가 사용됐을 가능성이 검토됐다. 그러나 테러를 일으킬 장소치고는 다소 묘한 곳이었다. 조금만 더 가면 유동인구가 훨씬 더 많은 이케부쿠로역이 있기 때문이다.

　　누군가가 공사장에 유독 물질을 버렸을 가능성도 제기됐다. 그러나 그런 물질은 현장에서 전혀 검출되지 않았다. 시신 부검결과에서도 독극물이나 약물은 검출되지 않았다. 소녀는 수차례 성폭행을 당한 흔적이 있었고, 폐에 혈장이 차 있었다. 사지가 부러진 소년은 무방비상태로 잔인하게 구타를 당한 것 같았다. 그러나 사망자들의 사인은 뇌경색과 질식이었다.

　　신주쿠의 국립국제의료연구센터로 옮겨진 생존자 소년은 격리병동에서 아무 말도 하지 않고 병실에 틀어박혀 있기만 했다.

　　생존 소년의 몸에는 딱히 이상이 없다는 검사 결과가 나왔다. '극심한 정신적 충격을 받은 것 같다'는 진단이 전부였다. 사고대책본부는 도쿄 소방청 위주로 구성됐다. 이케부쿠로서에서 파견된 형사들은 강력반 소속이 아니어서 스스미의 신원을 파악하는 데에는 다소 시간이 걸렸다. 소년의 지문은 데이터베이스에 등록돼 있지 않았다.

●

"저와 잉춘은 홍콩으로 날아가 까울룽씽자이와 그곳 흑사회의 역사를 조사했습니다. 역대 성주들은 모두 비범한 카리스마의 소유자였더군요.

여느 흑사회 조직처럼 까울룽씽자이에서도 내분이 일어났고 성주를 암살하려는 시도가 있었죠. 그런데 그런 시도들이 꼭 마지막 단계에서, 반란 세력들이 성주를 대면하는 순간에 유야무야됐습니다. 성주 앞에서 뜻을 꺾는 건 영국 관리들도 마찬가지였습니다. 까울룽씽자이가 그토록 오랫동안 치외법권 지대로 남아 있었던 데에는 성주의 역할도 크지 않았나, 저는 생각합니다.

역대 성주들은 출신이나 성장 배경, 학력, 육체적인 능력이 모두 제각각이었습니다. 흑사회 간부 출신도 있었고, 흑사회와는 거리를 두고 살다가 갑자기 성주가 된 경우도 있었죠. 성격이나 정치감각에도 딱히 공통점이랄 건 없었어요. 반미치광이 같은 폭군도 있었고, 온유한 성품으로 존경을 받은 사람도 있었습니다.

그래도 몇 가지 공통점은 있었어요. 우선 자살을 하거나 뇌일혈로 죽은 사람이 많습니다. 마지막 성주였던 황첸스를 제외하고는 대부분 오래 살지 못했어요. 괴팍한 자살도 여러 건이었습니다. 부하들이 보는 앞에서 갑자기 건물 아래로 몸을 던진다든가 하는 식 말이죠."

"충동사로군요."

슈란이 말했다. 저우환위는 고개를 끄덕였다.

"그런데 이 성주들은 대부분 성주가 되기 전까지 이렇다 할 카리스마를 보여주지 못했습니다. 그와 별도로 성주와 비슷할 정도로 기묘하게 강한 카리스마를 갖고 있다가 비참한 최후를 맞은 인물에 대한 도시전설도 까울룽씽자이 옛 주민들 사이에 많이 퍼져 있었어요. 이제는 까울룽씽자이가 해체되고 주민들도 뿔뿔이 흩어졌기 때문에 그런 전승을 수집하는 것도 어렵게 되어버렸습니다만.

처음에는 한 이야기가 여러 형태로 변형된 건 줄 알았는데 알고 보니 아니더군요. 성주 자리를 놓고 두 초인이 전쟁을 벌인 사례도 있었고, 수십 명을 학살한 한 미치광이 초인에 대한 이야기도 있었습니다. 혹시 천 선생은 병리학이나 의학에 다소 조예가 있으신지요?"

환위가 물었다.

"그렇지 못합니다. 간호학교에서 배운 게 전부예요."

슈란이 대답했다.

"그 정도면 제가 지금부터 드리는 이야기를 이해하시기에는 충분할 겁니다. 저와 잉춘이 기이한 능력을 얻은 다음해, 스탠리 프루시너 박사라는 사람이 노벨상을 받았습니다. 광우병이나 크로이츠펠트-야콥병을 일으키는 프리온이라는 단백질을 발견한 공로였지요. 그런데 처음에 프루시너 박사가 이 물질에 대한 가설을 내놨을 때에는 학계의 비웃음을 샀습니다.

광우병과 크로이츠펠트-야콥병은 전염병입니다. 전염병이 일어나려면 감염인자가 자기복제를 할 수 있어야 하지요. 바이러스나 박테리아, 곰팡이, 기생충이 그런 감염인자입니다. 이렇게 자기복제능력이 있

162

는 질병 감염인자는 DNA나 RNA가 있어야 한다는 게 그때까지 의학계의 상식이었습니다. 그런데 프루시너 박사는 그런 게 없는 단백질 조각도 전염병을 옮길 수 있다고 제안했던 거예요. 처음에는 황당하다는 비난을 들었지만 차츰 움직일 수 없는 증거가 발견됐죠. 이제 학자들은 DNA나 RNA가 있는지를 따지지 않고 여러 가지 이론적인 감염원들에 대한 가설을 내놓고 있습니다.

프리온 같은 감염인자들은 바이러스나 박테리아와는 완전히 달라서, 증상도 기이하고 전파방식도 기존 의학상식과는 배치되는 부분이 많습니다. 연구하기도 아주 까다로워요. 이게 어떻게 생겨나는 건지 같은 기초적인 사항도 잘 모릅니다. 검출하는 데에도 수십 년이 걸렸어요.

까울룽씽자이의 성주들을 조사하며 우리는 그곳에서 퍼져 있던 전승 하나를 주목하게 됐습니다. '흰원숭이'의 정령이 까울룽씽자이의 성주에게 초인적인 힘을 준다는 거지요. 이 정령은 성주가 마음에 안 드는 행동을 할 때 그 성주를 죽이고 다음 성주에게로 옮아간다고 합니다. 실제로 조사를 해봤더니 옛 성주와 다음 성주의 거주지가 붙어 있는 경우가 많았습니다. 바로 아래층인 경우도 있었고 옆방인 경우도 있었지요.

저와 잉춘은 가설을 하나 세웠습니다. 정체를 알 수 없는 감염인자 X가 있고 이 X-인자가 숙주에게 정신조종능력을 가져다주는 대신 자살충동을 불러일으키는 건 아닐까. 이 인자는 평소에는 전파되지 않다가 사람이 죽을 때만 마치 포자처럼 퍼져서 주변 사람을 감염시키는 것 아닐까.

이 가설에는 몇 가지 문제가 있었습니다. 특히 X-인자가 왜 다른 전염병과 달리 한 번에 한 명이나 많아야 두 명 정도밖에 감염을 못 시키는지 설명이 되지 않죠. 그래도 이 가설은 몇몇 사례에 대해서는 제법 잘 들어맞았어요.

이후에 잉춘이 연구한 내용에 대해 사실 저는 그리 많이 알지 못합니다. 그즈음부터 제가 이 힘에 취하기 시작했거든요. 정신조종능력에 대해 궁금한 점은 물론 많았지만, 그 힘의 기원이라든가 과학적인 메커니즘보다는 힘을 더 잘 발휘할 수 있는 방법에 관심이 더 많았죠. 다른 흰원숭이들도 저와 마찬가지일 겁니다. 그런 저를 잉춘은 반쯤은 신뢰하고 반쯤은 불신했던 것 같습니다.

백원단에 다소간 기만적인 요소가 있다는 건 저도 인정합니다, 천 선생. 하지만 그 문제에 대해서 저한테 잉춘을 비난할 마음은 들지 않는군요. 누군가는 잉춘의 역할을 떠맡아야 했고, 잉춘이 쓸 수 있는 수단은 많지 않았습니다. 그리고 잉춘에게 그런 책임을 떠넘긴 사람이 저였습니다. 제가 저지른 잘못을 듣고 난 잉춘이 백원단이라는 조직을 구상하게 됐습니다. 그에 비하면 방바재단은 제 개인적인 속죄프로젝트에 불과하지요."

"어떤 일을 저지르셨기에……?"

슈란이 물었다.

"저는 복수에 매달렸습니다."

환위가 대답했다.

⬤

명준은 운전을 하며 슈란에게 전화를 걸었지만 '통화권 이탈'이라는 안내음성만 나왔다. DK운송 사무실로 향하던 그는 운전대를 꺾어 가평으로 방향을 바꿨다.

시현의 부모를 감금해둔 곳은 북한강에서 조금 떨어진 건물이었다. DK운송 사장이 펜션으로 개발하려다 수지가 안 맞아 방치해놓은 공사장이었다.

산 근처라서 그런지 해가 좀 더 빨리 지는 것 같았다. 비포장도로인 산길을 올라가는 동안 차체가 낮은 370Z의 밑바닥이 긁히는 소리가 여러 번 났다.

"젠장……"

명준은 짓다 만 펜션 건물 앞마당에 끽 소리를 내며 차를 세웠다. 그는 시동을 끄지 않은 채로 스포츠카에서 내렸다. 자동차의 하이빔이 시현의 부모를 감금한 창고 문을 비췄다. 문에 걸린 철제 자물쇠에 종이가 한 장 붙어 있었다.

'열쇠는 공사장 입구 수풀에 버렸습니다.'

시현의 낮은 목소리가 들리는 듯했다.

명준은 창고의 문을 두드렸다.

"어이, 안에 누구 있는 거야?"

"저희 여기 있습니다, 형님! 몸이 묶여 있습니다!"

여러 사람이 한꺼번에 외치는 소리가 들렸다. 대권파 폭력배들의 목소리였다.

"안시현은? 그 녀석 가족들은 어떻게 됐어?"

명준이 물었다.

"……습니다."

이번에는 다소 풀 죽은 목소리가 들렸다.

"뭐라고? 안 들리니까 크게 말해!"

명준이 되물었다.

"그 청년이 데리고 갔습니다!"

"이 새끼들아! 꼬맹이 하나 지키고 있으라는 걸 못하냐? 제대로 할 줄 아는 게 뭐야, 엉?"

화가 치솟은 명준이 창고 문을 발로 걷어차며 소리쳤다.

"그 녀석도 형님 같은 능력이 있었다고요!"

안에서 들려오는 대답이었다. 명준은 분이 풀릴 때까지 문을 손과 발로 두들겼다. 쇠로 된 문은 꿈쩍도 하지 않았고 손가락마디만 부어올랐다.

"그래서, 그 새끼가 어디로 갔는지도 몰라?"

창고 안에서는 대답하는 사람이 없었다. 명준은 마지막으로 한 번 더 문을 걷어차고 차를 향해 걸어갔다. 그 모습을 보고 있기라도 한 듯 창고 안에서 애원하는 목소리가 들렸다.

"형님, 저희 꺼내주실 거죠? 그냥 가시지 않을 거죠?"

명준은 요란한 소리를 내며 차를 돌려 공사장을 빠져나갔다.

"천 선생은 자신에게 정신조종능력이 있다는 걸 깨달은 뒤 가장 먼저 한 일이 뭐였습니까?"

방바재단의 이사장이 물었다. 슈란은 잠시 망설이다 대답했다.

"백화점을 돌아다니며 쇼핑을 했어요."

슈란은 부모를 일찍 여의고 스스로 돈을 벌면서 제대로 사치를 해본 일이 없다든가, 학비와 생활비를 감당할 자신이 없어 간호학교에 들어갔다는 이야기는 굳이 하지 않았다. 저우환위는 살짝 미소를 지었다.

"저는 고향으로 돌아갔습니다. 저는 산시성 사람입니다. 저희 할아버지가 젊었을 때 국민군에 가담한 적이 있었어요. 그런데 문화혁명 때에는 그런 걸로도 반동 낙인이 찍히기엔 충분했습니다.

어느 날 홍위병들이 저희 집에 들이닥쳤는데 그들이 내세운 명분은 '다른 집들은 다 문을 열어놓고 있는데 이 집만 대문을 닫아놓고 있다'는 것이었어요. 채 스무 살도 되지 않은 어린 홍위병들이 '이 반동의 집은 뭔가 숨기는 게 있다'며 집안 가재도구를 부쉈어요. 제 아버지는 그들에게 대들 정도로 용감한 분이 아니었습니다. 다만 홍위병 중 한 명이 아버지 친구의 아들이었기에 '이 사람아, 서로 식구끼리 아는 처지인데 좀 봐주게'라고 사정을 한 것이 화근이 되었습니다. 바로 그 청년이 주도를 해서 아버지를 밖으로 끌고 나갔죠. '서로 알고 지내는 사이에서는 원칙을 무시해도 된다는 사고방식이야말로 우리가 타파해야 할 대상 아닌가?'라고 하더군요. 소위 '제트기 형벌'이라고, 두 사람이 아버지의 양팔을 뒤에서 잡고 나머지 사람들이 아버지에게 매질을 해댔습니다."

환위의 목소리가 미묘하게 바뀌었다.

"홍위병들은 그리고 나서 아버지를 나무에 묶었지요. 자기 잘못을 반성하라며 우스꽝스럽게 생긴 빵모자를 하나 씌운 채로요. 어머니는 홍위병들이 떠나간 다음에도 무서워서 아버지를 묶은 밧줄을 풀 엄두조차 못 냈습니다. 적어도 하룻밤은 나무에 묶인 채로 자아비판을 하는 시늉을 해야 후환이 없을 거라고 생각했던 거죠. 그런데 아버지는 그날 밤을 버티질 못했습니다. 어머니는 그걸 보고 실성해서 연못에 몸을 던져 스스로 목숨을 끊으셨지요.

저는 삼촌집에서 자랐습니다. 그 집도 한동네였던지라, 아버지를 죽인 녀석들이 어떻게 사는지 훤히 지켜보면서 컸죠. 문혁이 끝난 뒤에도 홍위병은 아무도 처벌받지 않았습니다. 덩샤오핑이 뭐라고 하건 간에 제가 살던 마을에서는 홍위병들이 떵떵거리며 잘 살았어요. 은근히 문혁 시절을 그리워하기까지 하더군요. 제가 대학에 들어가려 베이징으로 떠날 때까지도 그런 분위기는 바뀌지 않았어요."

환위는 말을 멈추고 차게 식은 차를 한 모금 마셨다. 캄펫은 찻잔을 든 이사장의 손이 약간 떨리는 것을 눈치챘다.

"제가 고향에 돌아왔을 때까지 홍위병들은 다들 잘 살아 있더군요. 그자들을 죽이거나 괴롭히는 건 어려운 일이 아니었어요. 하지만 전 그런 걸 원하지 않았습니다. 제 바람은 그자들이 자신들이 어떤 짓을 저질렀는지 똑똑히 깨닫고 참회하는 것이었습니다.

목표는 모두 다섯 명이었어요. 그중 한 명을 납치해서 벽돌공장으로 쓰던 건물 폐허에 잡아놓고, 전화를 걸게 해 나머지 네 명을 불러냈습니다. 저는 스키마스크를 쓰고 있었죠. 거기서 아버지를 처음에 끌고 나갔던 자의 머리에 빵모자를 씌우고, 나머지 네 명에게 그자를 매질하게 시켰습니다. 얻어맞는 사람에게는 자신이 잘못한 일을 자아비판하게 했어요. 홍위병 다섯 놈을 끌고 와서 매질을 하면, 그 이유라는 게 뻔한 거 아니겠습니까? 문혁 때 자기들 다섯만 가담했던 린치사건이 뭐였는지 떠올리면 될 텐데요, 그걸 기억해내질 못하더군요. 그자들은 심지어 '제트기 형벌'을 하는 법조차 잊어버렸더군요.

처음에 빵모자를 썼던 자는 얼굴이 피투성이가 될 때까지도 제가 누군지 알아채지 못했고, 제 아버지 이름을 대지도 못했어요. 저는 빵모자를 다른 사람에게 넘기고, 이번에는 그 사람을 나머지 네 사람이 두들겨패게 했습니다. 조금 전까지 얻어맞던 사람이 이제는 때리는 쪽이 됐고,

새로 매질을 받게 된 사람은 맞으면서 자아비판을 하는 거죠. 그렇게 해서 다섯 명이 곤죽이 될 때까지 서로를 때리고 얻어맞게 했습니다.

문제는 정신조종능력 때문에 그들이 제 앞에서 거짓말을 할 수 없다는 점이었습니다. 폭행을 할 만큼 했을 즈음, 저는 그들을 하나씩 일으켜세워서 빵모자를 씌우고 제 아버지와 어머니에게 한 일을 사죄하게 시켰습니다. '무엇을 잘못했는가.' 제가 물었죠. 그랬더니 주동자였던 자는 '물리적 수단보다 언어적 수단을 먼저 썼어야 했는데 그러지 않고 너무 성급하게 행동했다'고 답하더군요. '이웃을 반동으로 몰고 집단폭력을 가한 것 자체가 잘못 아닌가'라고 제가 물었더니 '아니다, 비록 방식은 서툰 데가 있었지만 우리의 의도 자체는 좋았다'고 우기더군요.

이후의 문답이 계속 그런 식이었습니다. '다시 그 시절로 돌아간다고 해도 같은 일을 저지르겠는가.' '당신들이 저지른 일이 조금이라도 이 나라를 좋게 만들었다고 생각하는가.' 그런 질문들에 다섯 명 모두 눈물을 줄줄 흘리고 몸을 꼬며 '그렇다'고 답했습니다. 그네들이 뭐 대단한 신념의 소유자들도 아니었습니다. 그냥 자신들의 행동에 대해 그때까지 깊이 생각해본 적이 없었던 겁니다. 어릴 때 그렇다고 배웠고, 그 뒤로 누가 그 생각을 교정해주지 않은 거죠. 저는 미칠 듯이 화가 났지만 달리 도리가 없었어요.

말이 통하지 않는 대화를 하면서 저는 살짝 머리가 돌았던 것 같습니다. 그자들의 정신을 무너뜨리고 파괴시켜서라도 가르침을 주자는 생각이었을까요. 아니면 그저 끓어오르는 복수심이 풀리지 않아 점점 더 잔인해지기만 했던 걸까요. 저는 네 사람을 꼭두각시 삼아 다른 한 사람을 매질하는 일을 되풀이하고 또 되풀이했습니다. 나중에는 뭐가 뭔지 알 수가 없게 되더군요. 이 다섯 명 중에 여자가 있었다는 이야기는 이미

했지요? 정신을 차려보니 그 여자가 피투성이가 되어 엎드린 채로 바닥에 쓰러져 있었어요. 몸을 돌려 눕히고 보니 어찌나 맞았던지 앞니가 다부러져 있었어요. 여자는 눈을 뜬 채로 죽었는데 출혈이 심해 흰자위가 온통 빨갰습니다. 그 눈을 보다가…… 저는 그대로 도망쳤습니다. 뒷수습을 할 생각도 못했습니다."

"그래서 어떻게 되었나요?"

슈란이 물었다.

"원래는 사람을 죽일 생각도 없었고, 그자들에게 잔뜩 겁을 줘서 공안에는 신고를 하지 못하게 만들 참이었는데 그런 계획을 저 스스로 다 망쳐버렸죠. 저는 살인범으로 수배가 되었습니다. 나중에 들어보니 그 자리에서 절명한 여자 외에도 남자 하나가 병원에 입원했다가 며칠 뒤에 죽었다고 하더군요. 또 한 사람은 폭행 후유증으로 자살했다고 하고요.

저는 얼마 동안 쫭족 자치구에 숨어지내다가 국경을 넘어 라오스로 왔습니다. 정신조종능력이 있었으니 공안을 따돌리거나 머물 곳을 구하는 일은 어렵지 않았어요. 그보다는 정신적인 괴로움이 훨씬 더 컸습니다. 홍위병이 벌였던 짓과 제가 저지른 일은 다른 게 하나도 없었습니다. 아니, 잔혹함이나 희생자 수로 보면 제 쪽이 더 끔찍하죠. 그토록 바로잡고 싶었던 일, 그토록 증오했던 범죄를 제가 더 심하게 저질렀던 겁니다."

인천공항 삼 층 출국장 알파벳 M구역에 육십대 남녀 십여 명이 모여 있었다. 송완규는 그들에게 알래스카 크루즈 여행 일정표를 나눠주고 여권을 받았다. 그는 노인들의 첫인상을 보며 진상 후보를 가늠하고 있었다. 여행가이드로 몇 년간 일하다 얻은 직업병이다.

중국과 동남아 전담 직원들은 "크루즈 여행 고객들은 기본적으로 수준이 되지 않느냐"고 했다. 잘 모르고 하는 소리였다. 진상 손님이라는 건 지뢰와 같다. 어디에 있을지 알 수 없고, 알아도 제거가 어려우며, 일행의 사기를 확실하게 꺾어놓는다. 그러니 일 인당 육백만 원이 넘는 고가 여행상품이라고 해서 안심해서는—.

그때 전화가 걸려왔다.

"네? 취소하시겠다고요? 고객님, 여행 당일에 상품을 취소하시면 환불이 전혀 되지 않는 건 아시죠?"

몸 컨디션이 안 좋다고 육백만 원짜리 여행을 출국 직전에 취소하는 고객은 그로서도 처음이었다. 충수염에 걸렸는데도 괜찮다고 우기며 공항에 온 사람은 본 적이 있지만.

통화를 계속 하다보니 상품을 취소하겠다는 게 아니라 갑자기 몸이 아파 공항에 갈 수가 없으니 여행 티켓을 다른 부부에게 넘기겠다는 내용이었다. 그 부부의 아들이라는 사람이 전화를 다시 걸어왔다. 송완규는 이마를 긁적이며 티켓 양도는 불가능하다고 설명했다. 이번 여행은 출발하기도 전에 진상을 밟았네.

"이런 경우라면 고객님은 따로 요금을 내셔야 할 것 같은데요. 거기에 예전 고객님 이름으로 예약한 비행기표를 취소하고 다시 사는 것이기 때문에 추가요금이…… 아, 네? 네, 그러면 잠시 뒤에 뵙겠습니다."

조금 뒤 계좌로 천삼백만 원이 입금됐다는 문자메시지가 떴다. 이 사람들 뭐지?

송완규는 다른 고객들을 보안검색대로 보낸 뒤 이 이상한 부부와 그 아들을 기다렸다. 그들은 한 시간도 채 되지 않아 나타났다. 공항 근처에라도 사나?

중년 부부는 옷이 흙투성이였고, 머리는 떡이 져 있었다. 얼굴 표정도 어딘지 겁먹은 듯했다. 손에는 흠 하나 없는 여행용 트렁크를 들고 있었다.

"등산하다 오셔서 그렇습니다."

아들이라는 청년이 설명했다. 얼굴이 잘생긴데다 음색이 낮고 듣기 좋아서, 말도 안 되는 설명인데도 납득이 되려 했다.

"전부터 두 분 여행을 보내드리려 했는데 워낙 정신없이 시간을 보내다보니 표를 사는 걸 깜빡한 거예요. 그러다 부모님 친구분들이 갑자기 편찮으셔서 크루즈 여행 포기하신다는 말씀을 듣고는 이렇게 달려왔습니다."

"아뇨, 뭐…… 저도 여행사 하면서 별의별 희한한 일들 많이 겪었거든요."

송완규가 업무용 미소를 지으며 말했다.

"그러면 여행상품 안내 좀 해주실까요? 저희가 급하게 오느라 준비한 게 별로 없는데 필요한 물건들 살 만한 곳도 가르쳐주시고요."

그러자 이상하게도 청년이 하는 말을 따르지 않으면 안 될 것 같은 기분이 들었다. 송완규는 신용카드와 여권을 받아 비행기표를 사러 갔다. 그가 돌아왔을 때, 청년의 어머니는 아들에게 뭔가를 묻고 있었다.

"시현아, 정말 아무 설명도 안 해줄 거니?"

"저는 중국으로 다시 돌아가지 않았고, 라오스에서 살다가 방바재단을 설립했습니다. 잉춘은 저를 위로해줬습니다. 그는 과거와 현재의 흰원숭이들을 다수 찾아냈는데 그들 중 상당수가 힘을 얻은 초기에 주변 사람들을 상대로 끔찍한 일들을 저질렀다고 하더군요. 막 힘을 얻은 흰원숭이가 다른 사람을 고문하거나 죽이는 일은 거의 일상적이었다고요.

'그런 폭력성이 정신조종능력에 붙어다니는 것 같네'라고 잉춘이 말해줬습니다. 하지만 그 말은 거짓입니다. 폭력성은 정신조종능력이 아니라 인간성 그 자체에 내재된 겁니다. 정신조종능력은 그 폭력성을 억누르고 있던 안전장치를 느슨하게 만들어줄 뿐이죠.

잉춘은 그때 이미 이런 잠재적인 대량학살자들을 막기 위한 장치를 찾아내는 연구에 들어간 상태였습니다. 가장 궁극적인 해결책은 말씀드린 대로 치료제나 백신을 개발하는 것이겠죠. 하지만 그전까지는 어떻게 해야 할까요?

국가의 도움을 빌리는 것은 너무 위험했습니다. 흰원숭이의 존재를 알게 된다면 어떤 나라든지 이를 무기화하거나 아니면 정권 유지의 도구로 활용하려 들 것입니다. 특히 중국은요. 흰원숭이의 존재를 공개하는 것도 마찬가지로 위험합니다. 대중은 자신들의 정신을 조종할 수 있는 존재를 받아들일 수 없을 겁니다. 그들은 흰원숭이를 탄압하거나 격리하려 들 테죠. 몇몇 야심가들은 정신조종능력자를 찾아내 죽이고 자신이 그 힘을 얻고 싶어할지도 모르겠습니다.

흰원숭이들을 통제하는 방법도 까다롭죠. 그들을 압도할 만한 물리력도 없고, 이렇다 할 제재수단도 없으니까요.

백원단이라는 속임수는 그렇게 만들어졌습니다. 어떻게 보면 그때가 백원단이라는 조직을 만들 수 있는 마지막 기회였습니다. 당시만 해도 까울룽씽자이의 주민 대부분은 구룡반도 인근에 살고 있었어요. 지금은 다들 뿔뿔이 흩어졌죠. 홍콩도 중국에 반환됐고요. 이제 와서 그 사람들을 찾아내서 X-인자가 어떻게 퍼졌는지를 파악하는 건 한 개인의 힘으로는 불가능합니다."

"그러면 류잉춘 박사는 X-인자를 가진 사람들을 전부 찾아냈다는 말씀이신가요?"

슈란이 물었다.

"거의요. 성주가 죽을 당시에 옆에 있었던 사람들을 찾아내고, 그 사람 중에 흰원숭이가 된 사람을 가려내고, 다시 그 사람이 죽을 때 옆에 있었던 사람을 찾아내고…… 그런 식이었죠. 그렇게 해서 백원단을 만들었습니다. 나중에는 좀 더 간편한 방법을 찾아냈습니다. 이제는 흰원숭이들이 죽으면 어디서 언제 죽었는지를 즉각 알 수 있습니다."

"어떻게?"

"그 키트 말입니다. 충동사를 막아준다는 기계요. 손목시계처럼 생긴 기계에 초소형 GPS를 달았습니다."

환위가 말했다.

"그러면…… 그 피부패치나 키트는 아무런 쓸모도 없는 물건이란 말씀이신가요?"

슈란이 물었다.

"그렇게까지 조작은 아닐 겁니다. 적어도 그 친구가 충동사를 늦추는 연구를 진지하게 했다는 것만큼은 의심의 여지가 없습니다. 하지만 충동사를 완전히 차단하는 기술을 개발하지는 못한 것도 사실이지요.

잉춘은 자신이 죽기 전에 X-인자를 선택된 사람에게 물려주고 싶어 했어요. 공동체를 위하며, 권력을 지녀도 그걸 함부로 남용하지 않을 사람을요. 제 경우 그게 여기 이 자리에 있는 캄팻 변호사입니다.

사마귀선충에 감염된 곤충들은 죽을 때 물가로 가서 죽습니다. 물에 알을 낳는 사마귀선충이 죽어가는 숙주를 물로 유도하는 거죠. 흰원숭이들도 이와 비슷한 죽음을 맞습니다. 충동사를 맞을 때 흰원숭이들은 사람들이 많은 곳으로 가고 싶다는 충동에 휩싸이게 되죠. X-인자가 한번에 한 사람이나 두 사람밖에 감염을 시키지 못하는데도 대가 끊이지 않고 꾸준히 전파된 게 이런 이유에서입니다.

후계자를 정했다 하더라도 그 근처에서 죽지 못하면 소용이 없게 됩니다. 그래서 충동사가 올 즈음에는 자신과 상대방을 한곳에 감금해둬야 합니다. 그리고 수평 방향으로뿐 아니라 수직 방향으로도 후계자가 아닌 다른 사람들은 접근하지 못하게 해야죠. 이것이 금강승입니다."

이로써 류잉춘이 스마오빈장에 왜 그토록 이상한 거처를 마련했는지 설명이 되는 셈이었다. '그리고 내가 그 절차를 방해한 거로군.' 슈란은 속으로 생각했다.

"금강승이 제대로 될지 저희는 자신이 없었죠. 잉춘은 금강승이 제대로 이뤄지면 자기 후계자가 저에게 연락을 할 거라고 했습니다. 하지만 아직까지 그런 연락은 없었습니다."

"그렇다면 류잉춘 박사의 연구 결과는 모두 사라진 건가요?"

슈란이 물었다.

"아니오. 그에게는 연구소가 있습니다. 연구소 이름은 '알키비아데스'라고 해요. 잉춘이 믿을 만한 연구원 몇 사람과 그런 연구소를 십 년 이상 운영해왔다는 사실은 저도 압니다. 하지만 위치는 모릅니다.

잉춘은 금강승이 실패해도 연구소를 이끌 사람을 따로 정해뒀을 겁니다. 저도 마찬가지입니다. 이 오두막 근처에 캄팻을 제외한 다른 사람은 접근하지 못하게 하고 있어요. 캄팻에게 정신조종능력을 물려주고 싶어서요. 하지만 금강승이 실패로 돌아가더라도 제가 죽고 나면 그가 방바재단을 이끌 겁니다."

초능력을 지닌 미소년과 미소녀들이 체육관에서 전투를 벌이고 있었다. 체육관에는 결계가 둘러쳐 있었고, 어린 초인들은 정부 비밀기관으로부터 받은 칩을 가슴에 달고 있었다. 칩에서는 섬뜩한 빛이 났다.

스스미가 체육관에 들어서자 자기들끼리 싸우던 소년 소녀들이 갑자기 스스미를 향해 달려들었다. 스스미는 처음에 도망을 쳤지만 체육관 문이 좀처럼 가까워지지 않았다. 그때 덤벼오는 초능력 소년 소녀들이 모두 자신의 상대가 되지 않는다는 생각이 떠올랐다.

'난 저 녀석들을 다 죽일 수 있어.'

그 순간 스스미는 자신이 체육관에 있지 않고, 실은 초능력 미소년과 미소녀가 나오는 영화를 보고 있는 중이라는 걸 깨달았다. 관객들은 화면을 보며 경박한 웃음을 터뜨렸다. 그 소리에 갑자기 스스미는 화가 치솟아올랐다.

"모두 죽어버려!"

소년은 자리에서 벌떡 일어나 외쳤다. 그러자 그가 서 있던 자리를 중심으로 동심원을 그리며 사람들이 앉은 자리에서 픽픽 쓰러지기 시작했다. 원은 점점 넓어졌다.

"살아나! 살아나! 정신 차리라구!"

죽음의 원이 퍼지는 광경에 충격을 받은 스스미가 허겁지겁 다시 소리를 질렀다. 전에도 같은 말을 했던 기억이 났다. 한 번이 아니라 여러 번.

"모두 죽어버려"라는 명령은 잘 통했지만 "살아나"라는 애원은 이뤄지지 않았다.

극장 문 밖에서 안으로 바닷물이 쏟아지기 시작했다. 바닷물이 소용돌이치며 극장 내부를 채웠다.

'안 돼!'

스스미는 마음속으로 고함을 쳤다.

(구하러 오지 마세요. 그냥 내버려두세요! 아빠! 아빠!)

그러나 소리가 나오지 않았다. 그는 짠물을 삼키며 바다 아래로 가라앉았다. 멀리서 아버지가 팔을 저으며 그를 향해 헤엄쳐 오고 있었다.

스스미는 잠에서 깼다.

흰 조명과 흰 벽, 흰 바닥 때문에 그는 잠시 어리둥절해졌다. 방 저편에는 젊은 남자가 앉아 있었다. 심전도 모니터에서 단조로운 기계음 소리가 났다.

"정신이 드니?"

젊은 남자가 물었다. 남자의 일본어는 다소 어색했다.

"나가."

스스미는 청년을 제대로 쳐다보지도 않고 명령했다.

그러나 남자는 그 명령에 따르지 않았다. 남자는 의자에서 일어나 스스미에게 다가왔다.

"내 이름은 안시현이라고 해. 한국에서 왔어. 스스미, 나를 도와주지 않을래? 그러면 나도 네가 '머리띠를 한 남자'를 찾는 걸 도와줄게."

●

　루앙프라방공항은 시골기차역 같은 분위기였다. 선글라스를 쓴 배낭
여행객들이 무례한 자세로 의자에 앉아 시끄럽게 떠들었다. 반질반질한
감색 상의와 치마를 입은 라오항공 스튜어디스들이 양산을 쓰고 비행
기로 걸어갔다.

　캄팻이 양손에 캔커피와 환타병을 각각 하나씩 들고 와서 슈란에게
"어떤 걸 드시겠습니까?"라고 물었다.

　그녀는 캄팻에게 다른 음료수를 가져오라고 할 수 있었다. 그녀는 상
점에서 원하는 음료수를 아무 거나 가져올 수 있었고, 아무에게나 심부
름을 시킬 수도 있었다. 누구도 그녀를 막지 못한다. 그녀는 시끄러운
배낭여행객들을 이 대합실에서 쫓아내버릴 수도 있었다.

　슈란은 그렇게 하는 대신 환타를 가리켰다. 캄팻은 주머니에서 라이
터를 꺼내더니 솜씨 좋게 환타의 병뚜껑을 땄다.

　"캄팻 변호사님은 금강승이 두렵지 않으세요?"

　슈란이 물었다.

　"두렵지 않습니다."

　캄팻 로반사이가 대답했다.

　"만약 금강승이 성공한다면, 그래서 흰원숭이가 된다면 무엇을 하고
싶으세요?"

　"저우환위 이사장님이 하던 일을 이어 받아야죠. 저는 이 나라를 바

꾸고 싶습니다. 보다 더 질서가 잡히고 풍요로운 나라로요. 또 불자들을 돕고 싶기도 합니다. 불자들이 마음을 비우고 깨달음을 얻으려 할 때 정신조종능력이 그들을 끌어주거나 밀어줄 수 있다고 생각합니다…… 이런 두 가지 바람이 서로 모순된 것일까요?"

"아니오. 괜찮게 들리는데요?"

슈란은 다소 무성의하게 대답했다. 그녀는 언제나 실제적인 문제에만 관심이 있었다.

"슈란 선생님은 어떤 일을 하고 싶으십니까? 저우 이사장님 말씀에 따르면 슈란 선생님이 하면 안 된다고 여겼던 일은, 사실은 해도 괜찮은 일이었잖습니까. 새로 하시고 싶어진 일이 있습니까?"

"글쎄요, 전용기를 한 대 구입할까요? 앞으로 공항에서 비행기 기다리지 않아도 되게."

슈란이 대답하자 캄팻이 손뼉을 치며 웃었다. 슈란은 농담이 아니라고 대꾸하려다 그냥 입을 다물었다. 앞으로 캄팻과 협력관계를 유지해야 한다는 생각 때문이었다.

그녀는 매사에 저돌적이었고, 언제나 실제적인 문제에 관심이 있었다.

2부
보통 사람들

디오게네스 : 대왕님은 소아시아를 정복한 뒤에는 무얼 하시렵니까?
알렉산드로스 : 아마도 온 세상을 정복하려 하겠지.
디오게네스 : 그 뒤엔 무얼 하시겠습니까?
알렉산드로스 : 글쎄, 잘 모르겠지만 좀 쉬면서 인생을 즐기지 않을까.
디오게네스 : 그냥 지금 당장 그러시는 건 어떻습니까?

— 디오게네스와 알렉산드로스 대왕과의 일화 중

11

알키비아데스〉관리자 메뉴〉메모〉해당 카테고리 없음
등록자=류잉춘
등록일=03/12/2013

후지이 기요시는 미쓰비시엘리베이터의 상하이 주재원으로 이 년간 근무했다. 후지이 기요시는 이때 우연히 흰원숭이 43번의 죽음에 관계했다. 당시 후지이 기요시가 X-인자에 감염된 것으로 보이지는 않았다. 여러 가지 테스트를 거쳤으나 그가 흰원숭이가 아니라는 점은 확실했다.

만에 하나, 후지이 스스미가 X-인자를 아버지로부터 물려받았다면 지금까지의 역학조사는 반쪽짜리가 되어버린다. X-인자가 감염이 됐지만 발현되지 않고(후지이 기요시), 한 세대를 건너뛰어 흰원숭이가 나타났다(후지이 스스미)는 사례가 나온 것이므로.

X-인자에 감염이 되는 즉시 발현되는 A형과 감염과 발현이 함께 이뤄지지 않는 B형이 있을 수도 있고, X-인자에 변종이 생겼을 가능성도 있다. X-인자를 다루는 데 있어서 불확실성은 지금까지 생각했던 것보다 훨씬 더……

"그만! 그만!"

리원은 CCTV 화면을 보다가 불편한 다리로 급히 계단을 뛰어내려 갔다. 우레탄 매트로 만든 대련장 위에서 호면을 쓴 소년이 상대를 죽도로 내리치고 있었다. 검도와는 아무 관련이 없는 무절제한 동작이었다.

리원이 소리를 치자 스스미는 움찔 놀라며 뒤로 물러났다. 리원은 무슨 일이 일어났는지 재빨리 알아챘다. 검도 수업 중 분을 못 이긴 스스미가 정신조종능력으로 사범을 꼼짝 못하게 하고는 공격한 것이다.

리원은 몸을 떨고 있는 스스미를 자리에 내버려둔 채 검도 과외교사를 현관까지 배웅했다. 그녀는 검도 사범에게 조금 전에 있었던 일에 대해 해명을 하려 했으나 상대는 리원과 길게 대화를 하려 들지 않았다. 리원을 젊고 예쁜 조선족 가정부 정도로 보는 듯했다.

웨이리원이 다시 대련장으로 내려왔을 때, 스스미는 옷을 갈아입는 중이었다. 여자와 소년은 서로 눈을 피했다. 땀에 젖은 스스미의 다리는 여자아이처럼 매끄러웠고, 발목에 전자발찌가 채워져 있었다. 소년은 옷을 입기 전에 먼저 손목시계를 찼다. 무슨 라이트 노벨의 주인공이 착용하는 모델이라며 어지간히도 아끼는 제품이다. 검은색 디지털 손목시계와 검은색 전자발찌가 묘하게 짝을 이뤘다.

특수 제작한 전자발찌는 고리 모양으로 만든 탄소강에 전파발신기가 일체형으로 달려 있었다. 소년이 이 안가 건물을 벗어나거나, 리원에게 급작스럽게 다가오거나, 리원이 수동으로 리모콘 스위치를 누르면 경보가 울리고 대문 자동 잠금을 비롯한 안전장치들이 작동하게 돼 있었다. 건물 내부와 정원에는 스스미가 들어서면 경보가 울리는 안전 지역이 따로 있었고, 리원만 들어갈 수 있도록 한 패닉룸도 세 곳이나 있었다.

스스미는 일 층으로 올라가는 계단에 섰을 때 들릴락 말락 한 중국어로 말했다.

"미안해."

이런 식의 폭발은 스스미가 그나마 어느 정도 삶의 의지를 보이려 할 때 나타났기 때문에 더욱 보기 안타까웠다. 스스미는 잠을 제대로 자지 못하고 식사도 종종 걸렀다. 충동사 방지용 약 외에도 하루에 안정제를 여섯 알씩 먹었다.

안시현과 웨이리원은 류잉춘의 작업을 물려받으면서 온갖 어려움에 직면했다. 개중에는 잉춘은 전혀 겪어보지 못한 일도 많았다. 스스미도 그중 하나였다. 정신조종능력을 가진 십대 소년. 자제력이 약하며 충동적인. 부모와 조모를 잃고 사람을 여러 명 살해한. 그래서 외상후스트레스장애를 앓고 있는.

스스미를 일본에서 한국으로 데려온 데 대해 시현은 "그러면 그 아이를 그 상태로 놔두란 말입니까?"라고 항변했다. 시현에게 스스미는 걸어다니는 시한폭탄이나 마찬가지였다. 가만히 놔두면 정신조종능력의 존재를 온 세상에 까발리게 된다. 그러니 스스미를 제거하든지 아니면 가까이에 두고 관리하는 수 외에 달리 방법이 없다는 게 시현의 주장이었다. 그러나 리원이 "이 아이를 어떻게 키울 참인가요?"라고 물으면 시현은 몇 가지 미심쩍은 심리치료와 홈스쿨링 프로그램 외에 뾰족한 답을 내지 못했다.

리원은 스스미에게 분노조절장애가 있다고 판단했지만 시현은 거기에 동의하지 않았다. 시현은 오히려 "그 아이가 처한 극단적인 상황을 고려하면 스스미가 외상을 상당히 잘 극복하는 편"이라고 주장했다. 고지식하게도. 웨이리원은 "이 아이는 정상일 때에도 중증 분노조절장애 환자보다 더 위험해요"라고 반박했다.

"일본에 가야 해."

계단을 올라가던 스스미가 말했다.

"너무 조급해하지 마. 시간은 충분히 있어."

리원은 자신을 빤히 쳐다보는 스스미의 눈길을 외면했다.

"여긴 감옥이야. 아저씨나 아주머니나 나를 믿지 않아. 난 현관문이 지금 어떻게 설정돼 있는지 알아."

소년이 말했다. 시현은 출장을 가면서 스스미가 현관 근처에 아예 다가올 수가 없도록 조작을 해뒀다. 전자발찌가 현관 근처에 오면 경보가 울리고 문은 자동으로 잠기게 했다. 그 설정은 웨이리원도 풀 수 없었다.

소년이 방에 들어가 음악을 듣는 동안 리원은 알키비아데스의 글을 읽었다. 그녀는 작업에 집중한 나머지 초인종 소리를 한참 듣지 못했다. 그러다 겨우 인터폰을 켰다.

"안녕하세요."

스스미에게 기타를 가르치는 동네 음악교습소 원장의 얼굴이 화면에 나타났다.

"오늘이 레슨 날이었던가요?"

리원이 의아한 표정으로 물었다.

"제가 공연이 있어서 이번 레슨은 좀 당겨서 하자고 했었는데요. 진이가 얘기 안 하던가요?"

'진'은 스스미의 한국 이름이었다. '스스미(進)'라는 이름을 한국식으로 읽은 것이다. 리원은 기타 강사를 연습실로 데려다준 뒤 다시 방에 들어갔다. 한 시간 정도 지났을 때 스스미가 인터폰으로 수업이 끝났다고 알려왔다. '두 시간짜리 수업인데'라고 고개를 저으며 리원은 연습실로 갔다.

연습실에서 나온 기타교습소 원장이 현관 근처에서 쭈뼛댔다.

"무슨 하실 말씀이라도 있으신가요?"

리원이 입에 잘 익지 않은 한국어로 물었다. 교습소 원장이 대답을 하는 대신 등 뒤에서 스스미가 말했다.

"움직이지 마, 아줌마."

그 순간 몸이 보이지 않는 밧줄에 꽁꽁 묶이기라도 한 것처럼 리원의 관절과 근육이 동작을 멈췄다. 그녀는 속으로 물었다.

'왜 경보음이 울리지 않았지?'

지금 이 순간, 그 문제가 가장 궁금하다는 사실이 너무 우스웠다.

●

모니터 열 대 중 네 대가 켜져 있었다. 그 네 대 중 세 대에는 가면을 쓴 사람이 나와 있었다. 한 사람은 아이언맨 가면을, 또 한 사람은 가이 포크스 가면을 쓰고 있었고, 세 번째 사람은 영화 〈쏘우〉의 직쏘 가면을 쓰고 있었다.

"미국 가면을 쓰신 분들은 미국 분들이신 건가?"

꺼져 있는 모니터 중 한 대에서 누군가 중얼거렸고, 몇 사람이 킥킥거리며 웃었다. 가이포크스 가면 뒤에 있던 남자가 "경극 가면을 쓸까 싶기도 했는데 이게 더 멋있어 보여서……"라며 히죽였다.

켜진 모니터 중 한 대는 화면이 누랬다. 화상회의 시스템의 카메라에 비닐테이프를 바른 것이다. 어지간히 실용적이거나, 이 시스템의 음성전용 모드를 사용하는 방법을 모를 정도로 전자 장비를 다루는 데 서툰 사람임이 분명했다. 슈란은 그 비닐테이프 모니터 뒤에 앉은 사람의 이름을 확인했다. 쑹먀오커. 선전 시 외곽에 궁전 같은 집을 지은 졸부. 56세, 양성애자. 이십대 남녀 애인을 여럿 두고 있고 이를 숨기지도 않는다.

반면 음성전용 모드를 사용하면서 음성변조장치까지 마련할 정도로 신중한 참석자도 있다. 슈란은 그의 이름도 확인했다. 황쿤. 항저우의 럭셔리카 수입업자. 틱장애가 있다.

명준도 참석해 있다. 명준은 음성전용 모드를 사용하고 있다. 자기 얼굴을 그대로 드러낸 사람은 슈란뿐이다. 자신이 흰원숭이라는 사실을 알리고 싶어하는 사람은 아무도 없다.

슈란은 설치한 화상회의 시스템은 화면을 분할하는 게 아니라 여러 화면에 사람이 한 명씩 나오게 하는 장비였다. 실제 사람들과 같은 공간에 있는 듯한 기분이 든다는 점이 이 시스템의 장점이었다. 그녀는 모니터 열 대를 테이블 양쪽에 다섯 대씩 설치하고 자신은 그 두 열의 가운데 앉았다. 가상의 이사회 회의장을 만들고, 의장석을 자신이 차지한 셈이었다. 자기 양쪽 가장 가까운 자리에 캄팻과 명준에 해당하는 모니터를 두었다.

그녀는 명준을 찾아낼 때처럼 흰원숭이들을 찾아냈다. 벼락부자 리스트에서 대인관계에서 탁월한 능력을 발휘하고 기이한 카리스마가 있다고 알려진 사람들을 추려낸 후, 직접 찾아가 시험해보는 것. 자신의 행동을 일일이 감시하는 백원단 지도부 같은 게 없다는 사실을 알았으므로 거칠 것이 없었고, 오래지 않아 흰원숭이를 일곱 명 더 찾아낼 수 있었다.

저우환위의 이야기도 도움이 됐다. 슈란은 까울룽씽자이에서 최초의 흰원숭이가 나타났다면 그 후손들도 아직은 중국 남동부에 있을 것이라고 추측했다. 효과적인 가정이었지만 완벽하지는 않다. 흰원숭이 중에는 분명히 자기 흔적을 감추는 데 성공한 사람들이 많이 있을 것이다. 이런 방법으로 류잉춘이 만든 데이터베이스를 다시 구성할 수는 없다.

게다가 불행히도 흰원숭이들은 슈란을 반기지 않았다. 슈란에게 경계심을 드러내는 것은 이해할 수 있었다. 그러나 백원단 지도부를 찾는 데별 관심을 보이지 않거나 오히려 왜 그런 일을 하느냐고 반문하는 사람들 앞에서 슈란은 말문이 막혀버렸다.

지금도 비슷한 일이 벌어지려는 참이었다.

"자기소개 하고 싶은 분은 안 계실 거고, 다들 바쁜 사람들이니 본론에 들어갑시다. 천슈란 선생은 백원단 지도부가 우리를 속이고 있다고 말하고 있소. 그럴지도 모르죠. 그런데 내가 궁금한 건 천 선생은 그걸어떻게 장담하느냐는 거요. 그리고 천 선생이 우리를 속이지 않는지는우리가 어떻게 믿을 수 있느냐는 거요."

한 흰원숭이가 말했다.

"백원단 지도부가 말한 정신조종의 역류현상은 없어요. 그런 현상이없다는 걸 입증하는 비디오 영상이 있습니다. 제가 직접 실험한 거죠."

슈란이 대답했다.

"그 영상이 잘 연출된 조작이 아닌지 우리가 어떻게 분간할 수 있겠소? 그리고 천 선생의 근거는 그 역류현상이 없다는 것 하나뿐이요?"

방바재단과 저우환위의 이야기를 꺼낼 수만 있다면. 그러나 그에 대해서는 함구하기로 캄팻과 합의한 상태였다.

"어, 전 좀 더 근본적인 문제를 하나 제기하고 싶은데요."

직쏘 가면을 쓴 젊은 흰원숭이가 입을 열었다.

"우리가 여기서 뭘 하고 있는 거죠? 우리가 왜 모여야 하는 거죠? 전

삼 년 넘게 흰원숭이로 살면서 백원단으로부터 많은 '서비스'를 받았어요. 제가 무슨 능력을 얻게 된 건지도 알게 됐고, 이 능력을 어떻게 하면 잘 쓸 수 있는지에 대해서도 조언을 들었죠. 그리고 충동사 위기를 저 자신이 몇 번 겪었는데 그때마다 백원단에서 보내준 약이 큰 도움이 됐습니다. 이런 걸 해주면서 백원단에서 저한테 받아가거나, 강요한 일은 하나도 없어요.

백원단이 저희를 속였다고 치자고요. 그래서 뭐 어쨌다는 거죠? 저분 말씀에 따르면 흰원숭이들이 폭주해서 보통 사람들을 학살할까봐 백원단이 저희 능력에 대해 몇몇 설명을 흐렸다는 건데, 저는 그거 잘한 일이라고 봐요. 제가 삼 년 내내 제 능력 사용해서 사기치고 돈 훔치고 여자 따먹고 그러고 다녔거든요? 그런데 백원단에서 뭐라고 한마디도 하지 않았어요. 전 그걸로 만족합니다. 그 이상 나쁜 일을 벌이고 싶은 생각은 없어요. 그리고 어떤 미친 작자가 정신조종능력을 사용해서 무시무시한 짓을 벌인다면, 누가 막아줬으면 좋겠어요. 커다란 사건이 터져서 사람들이 흰원숭이의 존재를 알게 되면 모두가 다 곤란해지잖습니까. 우리는 숨어 있어야 하는 존재들이라고요. 그러니 '나쁜 짓 하면 경찰이 와서 잡아간다'고 어르는 정도는 괜찮다고 봐요."

"하지만 어느 날 갑자기 백원단 지도부가 태도를 바꾸면 어떻게 하죠? 영문도 모르고 당할 수밖에 없어요. 백원단 지도부가 흰원숭이들 전체에 해를 끼칠 어떤 일을 꾸미고 있다면? 정신조종능력을 없앨 약 같은 걸 만들고 있다면?"

슈란이 물었다.

"백원단 지도부가 그런 계획을 갖고 있다는 증거라도 있습니까?"

검은 화면에서 목소리가 흘러나왔다.

"믿을 만한 사람으로부터 들었어요."

슈란은 캄펫이 도와주길 바랐지만 그는 침묵을 지켰다. 슈란은 자신이 설사 저우환위의 이야기를 공개하더라도 다른 흰원숭이들을 설득할 수 없다는 사실을 깨달았다. 그녀는 입을 열었다.

"제 이야기가 그렇게 믿기 힘드시다면, 백원단 지도부의 메시지는 어떻게 그렇게 믿으실 수 있는 거죠? 그들이 증거를 제시한 게 뭐가 있나요? 백원단이 준 약이 가짜 약이 아닌지 어떻게 자신하시죠?"

가면을 쓴 사람들이 그 말에 움찔 놀라는 것이 보였다.

"그 약은 플라시보는 아닙니다. 제가 확인해봤어요."

변조된 음성이 대꾸했다. 슈란은 말문이 막혔다.

"어떻게……?"

"성분 의뢰를 맡겼죠. 세 알 중에 한 알은 긴장병을 치료하는 표준약물에 가깝다고 하더군요. 나머지 두 알도 기억은 안 나는데 무슨 프로마진 어쩌고 하는 성분이 있다고 했어요. 어쨌든 위약은 아니라는 설명이었습니다. 저는 비상용으로 여분의 약을 더 만들려고 샘플을 제약회사에 맡긴 거였어요. 그런데 그건 어렵다고 하더군요. 코카콜라 성분을 아무리 분석해도 제조법을 모르면 코카콜라를 만들 수 없는 것처럼요."

"그렇다 해도, 우리 운명을 남의 손에 맡겨둔다는 게 불쾌하지는 않나요? 우리에 대한 정보를 소수의 사람들이 독점하도록 내버려둘 참인가요?"

슈란이 항변했다.

"천 선생은 민주주의자이신가보구려. 배가 부른 사람들에게는 민주주의가 인기가 없다오. 중국만 봐도 알 수 있지."

검은 모니터 뒤에서 누군가 말했고, 몇몇 사람들이 낮은 소리로 웃었다.

"난 다른 문제는 아무 관심도 없어요. 백원단에서 주는 약이 중요할 뿐이에요. 이중에서 돈이나 권력이 더 필요하신 분 있으세요? 난 필요 없어요. 내 남은 수명과 권력을 바꿀 생각도 없고요."

다른 흰원숭이가 말했다.

그때 슈란의 모니터 아래에 한 줄짜리 메시지가 떴다.

'저는 천 선생 말씀에 동감입니다. 자기 운명을 마음대로 결정하지 못한다는 건 불쾌하기 짝이 없는 일이죠.'

이 화상회의 시스템에 인스턴트 메신저 기능이 따로 있다는 것은 슈란도 미처 알지 못했다. 발신자는 조금 전 슈란에게 망신을 줬던 자동차 수입업자, 황쿤이었다. 가면을 쓰거나 모니터에 테이프를 붙이거나 아예 모니터를 끈 흰원숭이들은 이제 잡담이나 다름없는 이야기들을 하고 있었다. 슈란이 메신저 답장을 보내는 방법을 찾는 사이에 쿤이 새로운 메시지를 추가로 보내왔다.

'이 자식들은 죄다 멍청이들입니다. 백원단 지도부를 찾는 건 그냥 우리 둘이서 합시다.'

화상회의를 마친 캄팻은 주먹으로 눈두덩을 주물렀다. 사실 회의 중간부터 꾸벅꾸벅 졸고 있었다.

다른 흰원숭이와 대화를 할 생각은 처음부터 없었다. 슈란이 방바재단과 저우환위에 대한 이야기를 하지 않는지 감시하고 싶었을 뿐이다. 소용없는 짓이긴 했다. 마음만 먹는다면 슈란은 그의 눈을 피해 다른 흰원숭이들에게 각각 연락을 취할 수 있으니. 그러나 1차 회의 분위기로 보건대 이제는 방바재단 이야기를 듣더라도 다른 흰원숭이들이 슈란에 동조하지 않을 것 같았다.

"리파코네 이사님이 와서 기다리고 계십니다."

비서가 노크를 하고 사무실에 들어와 말했다. 캄팻이 별 반응을 보이지 않자 비서는 "적당히 핑계를 대서 돌려보낼까요?"라고 물었다. 캄팻은 고개를 들고 "내가 불렀어, 들여보내"라고 대답했다.

몸이 천근만근으로 무거웠다. 방바재단 이사장에 취임한 뒤로 하루에 네 시간 이상 잠을 자본 적이 없다. 절반은 이사장직이라는 자리의 무게가 주는 정신적인 스트레스를 미처 예상하지 못했던 탓이고, 나머지 반은 그 자신의 욕심 때문이었다. 저우환위 아래서 일하는 동안 속으로 그렸던 구상을 한꺼번에 시작했다가 뒷감당을 하기 힘든 상황에 빠진 것이었다.

리파코네와 상의해야 하는 용건도 그중 하나였다. 리파코네는 캄무안 지역에 있는 방바재단의 가발공장과 삼륜차공장 운영책임자다.

"제가 이사님을 왜 불렀는지는 아시지요?"

방에 들어선 리파코네를 향해 캄팻이 물었다. 그는 자기 목소리가 심문조로 들리지 않았으면 좋겠다고 생각했다. 흰원숭이가 된 뒤로 많은 사람들이 그를 두려워하기 시작했다.

공장 증설은 캄팻의 의도와는 자꾸 어긋나고 있었다. 단순히 공기가 지연되는 정도가 아니라 인명사고도 잇따랐다. 방에 들어선 리파코네는 과로 때문인지 눈 아래 피부가 검어져 있었다.

"이런 말씀을 드리기 송구스럽지만…… 전임 이사장님이 계실 때에는 제가 맡은 공장에서 문제가 발생한 적이 없었습니다. 실적도 지금보다 훨씬 좋았습니다."

캄팻 처지에서 보면 리파코네는 최악의 변명으로 이야기를 시작하는 셈이었다. 리파코네는 침을 꿀떡 삼키고는 본론에 들어갔다.

"캄무안에서는 어지간한 건설 자재는 다른 곳에서 받아서 쓰는 것보다 직접 만드는 편이 더 쌉니다. 그래서 벽돌공장을 세웠는데 이 벽돌공장에서 어린아이들이 많이 일하고 있었습니다. 그런데 이사장님이 열여섯 살 이하의 아이들을 공장에 나오지 못하게 한 뒤로 벽돌 공급에 차질이 생겼습니다. 가발공장 수율이 떨어진 것도 같은 이유에서입니다."

"안전사고도 아동 노동을 금지했기 때문입니까?"

"아니오. 그건 날품팔이들을 쓰지 못하게 한 방침과 관련이 있습니다."

"설마 정규직 근로자들이 일용직보다 더 솜씨가 없어서 사고가 났다는 말씀을 하시려는 건 아니겠지요?"

무심결에 캄팻의 목소리가 한 음 높아졌다. 리파코네는 손수건을 꺼내 이마의 땀을 닦으며 대답했다.

"사실은 새 방침을 도입한 뒤로 현장에서는 일손이 달리다보니 일용직을 즉석에서 정규직으로 채용하는 일이 많았습니다. 채용한 다음에는 날품팔이가 아니게 되는 셈이니까…… 그런데 그런 사람들이 정규직으로 채용된 순간부터 일을 제대로 하지 않고 술을 마시거나 새벽 근무에 태만한 경우가 왕왕 있습니다. 그러다보니……"

리파코네는 지금 캄팻이 방바재단 이사장에 취임하면서 생산 분야에 도입한 가장 중요한 정책 두 가지를 정면으로 비판한 셈이었다.

캄팻은 공장에서 일할 수 있는 미성년자의 하한 연령을 열네 살로 낮춰달라는 리파코네의 건의를 딱 잘라 거절했다. 건설 노동자에 대해서는 한 차례에 한해서 구조조정을 할 수 있게 허용했다. 그게 얼마나 효과적인 대책이 될지는 캄팻도 알지 못했다.

리파코네를 보낸 뒤 캄팻은 의자에 앉아 잠시 눈을 붙이려 했으나 긴장이 풀리지 않았다. 멍하니 창밖을 내려다보던 캄팻은 이상한 인물을 눈치챘다. 한 외국인 청년이 흥미로운 표정으로 방바재단 캄무안 사무실 근처를 거닐고 있었다. 이 지역은 관광지가 아니었고, 청년이 비즈니스맨으로 보이지도 않았다. 백팩을 멘 청년은 거리에 있는 노점상과 한참 대화를 나누었는데 놀랍게도 라오어에 능통한 듯했다.

묘한 기분이 든 캄팻은 일 층으로 내려갔다. 캄팻은 불탑 사이를 잰걸음으로 걸으며 주변을 둘러보다 청년의 백팩을 발견했다.

"이봐요, 거기 서!"

다급한 마음에 가능하면 평소에는 자제하려 하는 명령형 문장이 튀어나왔다. 청년은 자리에 멈춰 섰다.

"여길 좀 보시죠. 누구시죠? 무슨 용무시죠?"

캄팻이 명령을 내리며 동시에 물었다. 청년은 등을 돌렸다. 곱상하게 생긴 젊은이였다. 청년은 그러나 캄팻의 질문에는 바로 대답하지 않았다. 마치 정신조종능력이 통하지 않는 것 같았다.

"캄팻 이사장님이시죠? 저는 안시현이라고 합니다."

"아, 안시현씨……"

캄팻은 놀라서 말을 더듬었다.

"예고도 못 드리고 찾아뵙게 돼 송구스럽습니다. 전에 전화로 통화할 때 '아무 때나 들르라'고 하신 말씀이 문득 생각나 이렇게 오게 됐습니다. 내일쯤 전화를 드리고 제대로 인사를 드리려 했는데, 그만 들켜버렸네요."

시현이 말했다.

12

알키비아데스〉관리자 메뉴〉메모〉해당 카테고리 없음

등록자＝류잉춘

등록일＝08/23/2006

　X-인자의 전파 양상은 일반적인 전염병 확산모형보다는 그냥 간단한 지수함수에 더 가깝다.

　확산상수 D가 1.5인 경우 최초의 휜원숭이로부터 10세대 만에 전체 휜원숭이 수가 50명을 넘게 되며, 20세대가 지나면 3325명이 된다. 30세대가 지나면 19만1751명이, 40세대가 지나면 1105만여 명이, 50세대가 지나면 6억3762만1500명이 휜원숭이가 된다.

　현재까지 데이터로만 보면 D의 값은 1.12에서 1.35 사이가 아닐까 추정된다. D가 1.12일 경우 전체 휜원숭이 수가 100명을 넘는 것은 제 42세대부터다. 여기서 여덟 세대가 더 지나면 그 수는 258명이 되고, 최초의 개체로부터 1만 명이 넘는 인구집단이 되기까지는 80세대밖에……

강관 커터를 사는 데에는 십만사천 원이 들었고, 경찰 수갑 두 개를 사는데 십삼만 원이 들었다. 신재영은 그 커터와 수갑을 기타케이스에 넣어서 백원단의 안가에 가져왔다. 그 대가로 삼천만 원이 넘는 돈을 받기로 했다.

그는 바보가 아니었다. 과도할 정도로 보안에 신경을 쓰는 이 대저택이나 기타 교습을 받는 신경질적인 소년에 대해 뭔가 수상하다는 의심은 하고 있었다. 그렇다고 '나는 일본의 유서 깊은 가문 후계자인데 한국의 대전에 억류돼 있다'는 소년의 말을 믿지는 않았다.

소년이 신용카드를 건네줄 때에도 장난인 줄 알았다. 신용카드에 일본어가 써 있고 헬로키티가 그려져 있었기 때문이다.

"정 안 믿기면 집에 가는 길에 시험해보면 되잖아? 이걸로 아무 거나 사보면."

'진'이라는 이름의 소년은 그렇게 말했다. 카드는 진짜였고, 재영은 소년의 말을 얼마간 믿게 되었다. 아니 믿고 싶어졌다. 소년이 말하는 대로 강관 커터와 수갑만 구해다주고, 그래서 소년이 이 집을 빠져나갈 수 있게 해주면 그 신용카드 계좌에 담긴 돈을 다 받을 수 있다는 얘기를. 그렇게 된다면 기타교습소를 여느라 진 빚을 청산하고 결혼식도 올릴 수 있다……

그리고 지금 그는 수갑에 묶인 채 패닉룸에 갇혀 자신의 선택을 후회하는 중이었다.

스스미가 강관 커터로 전자발찌의 탄소강 고리를 잘라내는 데에는 삼십 초도 걸리지 않았다. 웨이리원을 현관에서 거실로 끌고 가 수갑을 채우는 데에는 십 분 정도 걸렸다. 리원을 심문하는 데에는 십오 분 정도 걸렸다.

"걱정 마. 다치게 할 마음은 없으니까. 그간 돌봐줘서 고맙다고도 생각해. 하지만 여기서는 도저히 못 지내겠어. 난 일본에 가야 돼. 몇 가지만 물어볼게. 솔직하게 대답해줘."

스스미가 말했다.

"그래."

리원이 대답했다. 안 된다는 말을 할 수가 없었다.

"시현은 언제 돌아와? 지금 어디에 있는 거야?"

"시현씨는 지금 라오스에 있어. 모레쯤 돌아올 거야. 하지만 사정이 생기면 더 오래 있을 수도 있다고 얘기했었어."

리원이 대답했다.

"내가 이 집을 나가면 나를 찾을 수 있는 방법이 전자발찌 외에 또 있나?"

"네 눈썹에 있는 피어스. 거기에 RFID칩이 있어. 그런데 스스미, 나가지 말아줘. 부탁이야. 나를 위해서가 아니라 너를 위해서야."

스스미는 그 말에는 대답하지 않은 채 눈썹에서 장신구를 떼어냈다.

"그다음 질문. '머리띠를 한 남자'에 대해서 아는 내로 이야기해줘. 시현이 숨기는 게 도대체 뭐지?"

"그건 나도 몰라. 나도 물어본 적이 있었지만 시현씨도 그 문제만큼은 내게 한마디도 하지 않았어."

스스미가 주먹으로 벽을 세게 치는 바람에 리원은 몸을 움찔 떨었다. 욱하는 성질이 있는 소년은 오히려 자기 행동에 놀란 듯했다. 스스미는 방을 돌아다니며 자기 소지품을 챙겼다.

"휴대전화기를 이리 줘."

리원에게 돌아온 스스미가 말했다. 리원은 스스미가 그 휴대폰을 가져갈 거라고 예상했으나 소년은 그러지 않았다. 대신 스스미는 화장실에 가서 세면대에 물을 받은 뒤 휴대폰을 거기에 담갔다가 꺼냈다.

"미안해. 수갑을 풀어주고 싶지만 어쩔 수가 없어. 핸드폰이 마르면 그때는 통화가 될 거야. 길어야 몇 시간 정도일 거야."

스스미는 웨이리원의 손에 휴대전화기를 쥐어주었다. 수갑 한쪽은 냉장고 문고리에 채운 상태였다. 그는 자리를 뜨려다 뒤를 돌아보고 망설이며 "화장실…… 은 괜찮아?"라고 여인에게 물었다.

"괜찮아."

리원이 체념한 목소리로 답했다.

스스미는 패닉룸으로 가서 몸을 뒤틀고 있던 기타교습소 원장의 수갑을 풀어주었다. 그는 신재영에게 "천천히 차로 걸어가"라고 명령했다. 조수석에 오른 소년은 겁에 질린 기타리스트에게 "운전해"라고 말했다.

"어디로……?"

재영이 물었다.

"어디긴 어디야. 공항이지."

스스미가 대꾸했다.

　　　　　　　●

"고깝게 여기지 않으셨으면 합니다, 이사장님. 저는 누구를 감시하기 위해 온 게 아닙니다."

시현의 말에 캄팻은 자기 마음을 들킨 듯한 기분이 들었다. 기실 불쾌감이 없지는 않았다. 차를 권하며 캄팻이 물었다.

"그렇다면 어떤 일로 오셨는지 여쭤봐도 되겠습니까? 저나 시현 선생이나 금강승을 받고 나서 석 달이 지났습니다. 한참 연락을 주지 않으시다 불쑥 뵙게 되니 좀 당황스럽긴 합니다."

"죄송합니다. 지난 석 달간은 몹시 바빴습니다. 방바재단에서 전부터 일하시던 이사장님과는 달리 저는 갑자기 백원단을 물려받게 됐습니다. 공부해야 할 것도 많았고, 생각해야 할 일도 많았습니다. 사실 그런 고민들을 마치지 못한 상태이고요. 방바재단에 온 것도 여기서 뭔가 보고 배우는 게 있지 않을까 해서였습니다. 내게 이 능력이 왜 주어진 걸까, 이 능력을 어떻게 써야 할까, 그런 문제들이요."

캄팻은 결재를 받으러 온 방바재단의 직원에게 서류를 놓고 가라고 말했다. 캄팻은 여직원이 방에 들어와 있는 짧은 시간 동안 시현의 얼굴을 관심 있게 훑는 것을 눈치챘다.

"고민한다고 갑자기 답이 나올 문제도 아니잖습니까? 흰원숭이로서의 능력을 좀 즐기시지 그러셨습니까. 여태까지 누려보지 못한 이런저런 쾌락에는 관심이 없으셨나요?"

"이사장님은 독실한 불교도라고 들었는데요."

시현이 웃으며 답을 피했다.

"저희들은 헛된 욕망을 버리라고 배웁니다. 그런데 제 생각에는, 뭐든지 정면으로 바라봐야 제대로 버릴 수도 있겠더군요. 우리 모두에게 그런 향락에 대한 욕망이 있습니다. 맛있는 걸 먹고 예쁜 여자와 자고, 남을 무릎 꿇리고 싶어하지요. 있는 걸 없는 척하는 태도는 위선과 거짓을 낳을 뿐입니다."

시현은 고개를 끄덕였지만 대꾸는 하지 않았다. 과묵한 남자였다.

캄팻은 시현에게 공장 시찰을 제안했고, 두 사람은 함께 봉제공장으

로 걸어갔다. 공장 내부는 열기가 후끈했는데 선풍기 몇 대를 제외하고
는 냉방시설이 없어 모든 작업자들이 땀에 흠뻑 젖어 있었다. 캄팻 역시
땀을 뻘뻘 흘리며 재봉 라인을 돌아다녔다. 그는 간혹 봉제공들을 불러
고충을 물었다.

"저희 중간 관리자들은 의욕이 너무 앞서는 경우가 많습니다. 근로자
처우 개선에 대해서도 아직은 인식이 낮지요. 그래서 제가 직접 현장 목
소리를 듣고 그걸 간부들에게 전달하는 방식을 취합니다."

캄팻이 설명했다.

"이사장님이 현장을 일일이 다 살피실 수는 없지 않나요?"

시현이 물었다.

"사실 딜레마입니다. 하지만 중간 관리자들에게 두 가지 다른 목표를
주는 것보다는 이게 낫습니다. 여기서 만드는 옷은 이 지역 사람들이 입
기에는 너무 비쌉니다. 공장 일감은 전부 외국에서 오지요. 그런 일감을
받으려면 미얀마나 캄보디아의 공장들과도 경쟁을 해야 합니다. 중간
관리자들에 대해서는 일단은 생산량을 높이는 데 최선을 다하게 합니
다. 어차피 작업자들은 관리자에게 현장의 고충을 이야기하려 들지 않
습니다. 저한테는 속사정을 솔직히 털어놓을 수밖에 없으니 그나마 다
행이랄까요."

시현은 공장 건물 안에 불상과 제단이 있고, 작업 조장 중에 오렌지색
승복을 입고 머리를 삭발한 사람도 있는 모습을 눈여겨보았다.

"급여를 주지 않는 시도는 잘 되어가나요?"

시현의 질문에 캄팻은 정신이 번쩍 들었다.

"그 얘기는 어디서 들으셨습니까? 혹시 그것 때문에 일부러 캄무안으
로 오신 건가요?"

"어제 마을 사람들과 이야기하다 우연히 알게 됐습니다. 마을 사람들은 불만이 좀 있는 듯하더군요."

시현이 낮은 목소리로 말했다. 캄팻은 적당한 단어를 찾느라 뜸을 들이다 입을 열었다.

"뭐랄까요, 파일럿 프로젝트라고 할까요. 저는 라오스가 단순히 경제만 발전한 나라가 되는 걸 바라지 않습니다. 방바재단이 한국의 새마을운동을 벤치마킹하고는 있습니다만, 동시에 새마을운동은 저희의 반면교사이기도 합니다. 저는 라오스 사람들이 정신적으로도 고양된 삶을 누렸으면 합니다. 그래서 이런 구상을 해보았지요. 한 마을이 아무도 소외하지 않고 생산과 공공행정, 소비, 교육, 문화생활에 모든 구성원을 참여시키면 어떨까 하고요.

급여를 주지 않는다는 표현은 잘못된 겁니다. 현금으로 지급하는 액수가 많지 않다는 표현이 옳죠. 대신에 이 마을에서는 식사를 하고 수도를 사용하고 공부를 하고 진료를 받거나 아이를 키우는 데 돈이 들지 않습니다. 하지만 공산주의와는 다릅니다. 모럴해저드도 없고요. 이곳 사람들은 위신을 중히 여기는데다, 마을 단위로 벌어들인 수익은 모두 자기네 마을로 돌아온다는 걸 알거든요. 중앙경제, 계획경제라기보다는 '자치경제'라 할 수 있습니다. 만약 이 프로젝트가 성공을 거둔다면 다른 지역으로도 이 시스템을 보급할 계획입니다. 어떻습니까, 저희 프로젝트가 성공할 것 같습니까?"

캄팻의 질문에 시현은 고지식하게 "잘 모르겠다"고 대답했다.

공장에서 나올 때 캄팻은 직원들을 향해 살짝 고개를 숙이며 합장을 했다. 그는 시현에게 "천슈란 선생과는 이야기를 해보았느냐"라고 물었다.

"이사장님 다음으로 찾아뵈려고 하고 있었습니다. 천 선생께서 최근에 다른 흰원숭이를 여러 분 찾아서 만나셨다고 하던데…… 이사장님도 연락을 받으셨지요? 천 선생이 뭘 궁금해하시던가요?"

시현이 물었다.

"저는 노코멘트하겠습니다. 직접 물어보시지요. 제게서 영감을 얻으셨다면 천 선생과 만나는 것도 시간낭비는 아닐 겁니다. 그나저나 선생께 전화가 오는 것 같은데요?"

캄팻의 귀띔에 그 사실을 알아차린 시현은 목례를 하더니 몇 걸음 떨어져서 전화를 받고 돌아왔다. 길지 않은 통화였으나 돌아온 시현의 표정은 상당히 굳어져 있었다. 그는 캄팻에게 물었다.

"여기서 도쿄로 가는 가장 빠른 방법이 뭡니까?"

"지금 당장 떠나셔야 하는 겁니까?"

뜻밖의 질문에 캄팻이 다소 놀라 되물었다.

"예, 사정이 그렇게 됐습니다. 죄송합니다."

혹시 무슨 일인지 용건을 알려줄 수 있느냐는 캄팻의 질문에 시현은 미안하다는 말만 되풀이했다.

"국제공항 중에서는 왓따이공항이 여기서 제일 가깝긴 한데, 아무리 서둘러도 가는 데 몇 시간은 걸립니다. 그리고 지금 출발해도 왓따이에 도착하면 한밤중일 테니 운행하는 비행기가 없을 거고요. 왓따이에서 일본으로 가는 직항편이 있는지도 잘 모르겠군요. 시급을 다투는 일인가요?"

낭패라는 표정을 짓고 있는 시현에게 캄팻은 문득 떠오른 아이디어를 제안했다.

"천슈란 선생에게 전용기를 빌려서 가면 어떻습니까? 천 선생은 지금 아마 충청에 있을 겁니다. 충청이면 라오스에서 그리 멀지 않습니다. 천 선생의 전용기를 왓따이가 아니라 이 근처 지방공항으로 오게 하면…… 천 선생도 시현씨를 만나고 싶어합니다. 제가 천 선생의 직통 전화번호를 알려드릴까요?"

⬤

수갑이 채워진 손을 흔들고 비트는 동안 오히려 톱니는 더 죄어졌다. 냉장고 손잡이를 떼어내려고 흔들다 냉장고 전체가 기우는 바람에 리원은 하마터면 거기에 깔릴 뻔했다.

물에 젖은 휴대전화기는 전원 버튼을 누르면 잠시 켜졌다가 꺼지기를 반복했다. 이런 요령을 스스미가 어떻게 깨쳤는지 궁금했다. 스스미가 어떻게 기타교습소 원장을 구워삶았는지도.

겨우 전화기가 다시 꺼지지 않게 됐을 때 리원은 바로 시현에게 전화를 걸었다. 시현은 통화연결음이 한참 울린 뒤에야 전화를 받았다.

"스스미는 아마 김포공항으로 갔을 거예요. 이 집에서 나간 지 세 시간 정도 지났으니까 지금쯤이면 공항 출국장에 있지 않을까 싶어요."

리원이 말했다.

"제가 일본으로 가든, 한국으로 가든 여기서 시간이 상당히 걸릴 거예요. 리원씨는 지금 괜찮아요? 거기서 빠져나올 방법이 있겠어요?"

시현이 물었다.

"난 괜찮아요. 어떻게든 방도를 마련해볼게요. 여차하면 경찰을 부르죠, 뭐. 나 때문에 한국에 오실 필요는 없어요. 바로 일본으로 가세요."

웨이리원은 자신의 팔이 멍투성이이고, 한쪽 손은 피부가 벗겨져 피가 흐르고 있다는 이야기는 하지 않았다. 시현에게 도움을 받는 무력한 존재가 되는 것은 그녀의 자존심이 용납을 하지 않았다. 어차피 남자가 지금 당장 라오스에서 한국으로 온다 해도 열 시간 이상 시간이 걸릴 테고 그때까지 기다릴 순 없다.

"대신 이제 그만 스스미에 대해 알고 있는 걸 얘기해줘요. 스스미의 비밀이라는 게 뭐죠? '머리띠를 한 남자'라는 게 누구예요?"

리원이 물었다.

"알려주지 않는 편이 나을 것 같아요. 만약 스스미가 다시 우리와 살게 된다면 당신에게 같은 질문을 던질 수도 있으니⋯⋯"

"전 이제 스스미와 같이 살지 않을 거예요. 그리고 이건 류잉춘 박사님의 유언에도 어긋나요. 벌써 잊었나요? 우리 두 사람 사이에는 철저한 신뢰가 필요해요. 난 당신이 왜 그렇게 스스미를 곁에 두려 하는지 이유를 꼭 알아야겠어요."

"왜냐하면 진실을 알게 되면 스스미가 무너질 게 분명하기 때문입니다. 그 진실을 감당할 수 있을 때까지 스스미를 정신적으로 강인하게 만들고 싶었어요."

"그 진실이 뭔데요?"

리원이 물었다.

"스스미가 자기 어머니와 할머니를 죽였어요. '머리띠를 한 남자'는 바로 스스미입니다."

시현이 대답했다.

"당신이 그걸 어떻게 알죠?"

"처음부터 간단한 문제였어요. 왜냐하면⋯⋯"

물기가 다 마르지 않은 전화기의 전원이 꺼졌다. 휴대폰은 한동안 다시 켜지지 않았다.

　　　　　　　　●

　캄팻과 시현은 불이 꺼진 타켁공항 주기장에 차를 세워놓고 천슈란의 비즈니스 제트기를 기다리고 있었다. 후텁지근한 날씨였다. 캄팻은 파파야나무 아래에서 담배를 여러 대 피웠다.

　"다음에 올 때에는 꼭 미리 연락을 주십시오. 공장 외에도 보여드리고 싶은 저희 활동들이 많습니다. 저희가 최근에 도시 지역에서 마이크로 크레디트 사업을 시작한 건 아시나요?"

　캄팻이 말했다.

　"들었습니다. 그 현장도 보고 싶습니다. 한국은 라오스와 사회여건이 달라서 사실 자치경제는 바로 적용하기 어려운데, 소액대출제도라면 여러 가지 참고가 될 것 같습니다. 또 보고 싶은 현장이 하나 더 있는데, 제가 불교 신자가 아니라서 허락을 얻을 수 있을지 모르겠습니다."

　전화통화 뒤에 잠시 흔들리는 듯했던 시현은 어느새 냉정을 찾은 모습이었다.

　"어떤 곳입니까? 말씀해보세요."

　캄팻이 웃으며 말했다.

　"방바재단에서 베푸시는 명상수행을 보고 싶었습니다. 방바재단에서는 우기가 아닌 때에도 안거를 할 수 있다면서요? 그 안거에서 배우는 특별한 위파사나 수행법이 있다면서요?"

"죄송하지만 그건 좀 곤란하겠군요. 출가한 사람들 중에서도 자격이 된다고 인정받은 분들께만 시행하는 것이라…… 방바재단은 교육단체이면서 종교단체이기도 합니다. 저우환위 이사장님이나 제가 흰원숭이이긴 하지만 그렇다고 방바재단 전체가 정신조종능력과 관련이 있는 건 아닙니다. 종교에 관련된 부분은 특히 그래요. 제가 잘 모르는 부분도 많고요. 뭐, 시현씨가 라오스에 오셔서 몇 년간 승려 수업을 받으신 뒤라면 그때는 저희들의 위파사나에 참여하실 수도 있겠습니다."

캄팻은 자기 목소리가 미묘하게 달라진 걸 알았다. '침착해.' 그는 스스로에게 명령을 내렸다. 캄팻은 자신이 상대를 착각하고 있었음을 깨달았다. 시현이 어려 보이고 외모가 준수했기 때문이다. 실은 단단하고 노회한 정신이 저 육체 안에 들어 있는 것이다.

"캄무안에서는 최근에 안거 중에 스님 두 분이 돌아가셨다면서요? 뇌졸중 증세로. 위파사나 수행이 그렇게 위험한 겁니까?"

"위파사나 수행은 오히려 건강에 좋을 겁니다. 비구 두 분이 수행 중에 입적하신 건 불행한 일입니다만. 수행자들도 많이 당황했을 겁니다. 뇌졸중에 대해 지식을 갖춘 사람이 있었다면 좋았겠지만…… 아니, 알았어도 별수 없었을지 모르겠군요. 사실 이 지역에는 좋은 응급의료기관이 없습니다."

시현은 말없이 고개를 끄덕였다. 캄팻은 잠시 망설이다 이야기를 계속했다.

"이상하게 들릴지 모르겠지만, 사실 저는 그 두 분이 부럽습니다. 제가 맞이하고 싶은 방식으로 세상을 뜨셨습니다. 불가에서 깨달음을 가리키는 말이 동시에 죽음을 가리키는 말이기도 하다는 걸 아시나요? 열반이나 적멸, 멸도, 입멸과 같은 단어들이 그렇지요. 모든 욕심을 버리다 어느 경지에 이르면 삶에 대한 욕망 그 자체마저 버려야 할 때가 오는 것입니다. 그때가 되면 삶과 죽음이 다르지 않다는 것을 깨닫게 되지요. 붓다께서 공(空)에 대해 처음 설교를 하셨을 때 제자 수천 명이 그 자리에서 바로 입적했다고 하죠. 아름다운 이야기라고 생각하지 않습니까?"

시현은 대답하지 않았다. 캄팻이 시현에게 "불교의 기본 가르침을 좀 공부할 필요가 있겠다"며 충고하려 할 때 하늘에서 희미하게 비행기 엔진 소리가 들렸다. 천슈란이 임대한 중고 봄바디어 글로벌 5000이 착륙 중이었다.

전용기를 처음 보는 시현은 비행기가 너무 작다는 사실에 약간 놀랐다. 비즈니스 정장 차림의 슈란이 계단차에서 내려와 시현을 맞았다. 시현에게는 자신의 비전을 자랑하기 바쁜 캄팻보다 실무적인 태도의 천슈란이 훨씬 더 거물처럼 보였다.

시현이 계단차로 걸어갈 때 캄팻이 따로 할 이야기가 있다며 슈란을 불러냈다.

"올라가시면 아무 자리에나 앉으시지요. 바로 따라가겠습니다. 어차피 주유를 해야 하기 때문에."

슈란은 시현에게 그렇게 말한 뒤 캄팻에게 가까이 왔다.

"백원단 지도부를 견제할 방법을 찾겠다는 생각은 여전히 그대로입니까?"

캄팻이 슈란에게 물었다.

"이번 비행이 이정표가 되지 않을까 싶군요. 비행기가 다시 땅에 내리기 전까지 저 남자가 제 질문을 자꾸 회피한다면……"

"그렇게 되면 저도 비판적 협조를 할까 싶습니다."

캄팻이 말했다. 슈란은 입술을 일그러뜨리며 웃었다.

"구체적으로 말씀해주시죠? 어떤 협조를 해주실 건지, 왜 마음이 바뀌셨는지."

"백원단 지도부가 흰원숭이들을 상대로 경찰 노릇을 하려 들지 않을지 문득 걱정이 되더군요. 그럴 경우에 만약 백원단 지도부를 이루는 몇몇 사람들의 중요하게 여기는 가치와 제가 추구하는 가치가 다르면 어떻게 해야 할까, 나를 어떻게 지켜야 할까, 그런 생각이 들었습니다. 이 정도면 대답으로 충분할 것 같습니다만."

캄팻이 말했다. 슈란은 캄팻의 어깨를 치며 "그게 바로 제가 계속 이야기해왔던 거잖아요!"라고 웃었다.

"연락드릴게요."

슈란은 라오스의 숨은 실력자에게 눈인사를 한 뒤 자신의 전용 비행기에 올랐다.

⬤

"트리티코하고 알프람."

대전에서 약을 들고 오는 것을 깜빡했다. 스스미는 관자놀이를 누르며 공항 약국으로 갔다.

"저, 죄송하지만 손님…… 그 약은 시내 약국에서 구입하셔야 할 것 같습니다. 저희한테는 없습니다."

카운터에 있던 약사 두 사람 중 한 명이 난처한 기색으로 대답했다.

"그러면 비슷한 약을 줘."

"자낙스를 드릴까요?"

스스미는 고개를 끄덕이고 약을 받았다. 처방전도 없이 항불안제를 건네주는 약사를 동료가 놀란 눈으로 바라보고 있었다.

소년은 약 두 알을 입에 털어넣은 뒤 어느 여행자에게서 빼앗은 일본행 비행기표를 들고 입국심사대를 통과했다. 탑승을 기다리는 동안 그는 서점에 들어갔고, 일어책들이 꽂힌 서가에서 『호밀밭의 파수꾼』을 보았다.

아무 페이지나 펼쳐 보니 이런 구절이 적혀 있었다.

'미성숙한 인간의 특징이 어떤 이유를 위해 고귀하게 죽기를 바라는 것임에 비해, 성숙한 인간의 특징은 동일한 상황에서 묵묵히 살아가기를 원한다는 것이다.'

스스미는 공항대합실에서 책을 읽기 시작했다. 책 내용이 예상과 달라 당혹스러웠다. 노보루로부터 이야기를 들었을 때에는, 그런 말을 하는 주인공은 굉장히 어른스럽고 고결한 마음씨의 소유자이리라고 상상했던 것이다. 홀든 콜필드는 스스미가 보기에 무책임하고 나약했으며, 주절주절 변명만 많았다. 혐오감을 느끼면서도 스스미는 책에서 눈길을 뗄 수가 없었다. 자기 자신을 보는 듯했기 때문이다.

홀든이 여동생을 만나지 말고 바로 서부로 갔어야 했다고 스스미는 생각했다. 소년은 자신도 일본이 아닌 다른 나라에 가야 하는 게 아닐까 잠시 고민했다.

(아주 먼 나라에서 처음부터 다시 시작할 수도 있어.)

하지만 그건 너무 무책임한 일이다…… 가방을 들고 따라오는 여동생을 길바닥에 내치는 것보다 더. 소년은 일본에서 해야 할 일이 있었다. 복수와 사죄.

(그것만 마치고 나면—.)

비행기가 흔들리자 옆에 앉아 있던 남자아이가 울음을 터뜨렸다. 여덟 살이나 아홉 살 정도 되어 보이는 꼬마였다. 어머니가 당황해서 이리저리 아이를 얼렀으나 꼬마는 울음을 그치지 않고 오히려 목소리를 더 키웠다.

"괜찮아. 잠깐 흔들린 것뿐이야."

스스미의 말에 꼬마는 울음을 멈추고 소년을 빤히 쳐다보았다. 스스미는 한국어와 일본어로 각각 한 번씩 "괜찮아, 진정해"라고 말했다. 꼬마는 마음을 가라앉히는 것 같았다. 스스미는 꼬마에게 싱긋 웃어 보인 뒤 주머니에서 알약을 꺼내 먹었다. 같은 명령이 왜 자신에게는 들지 않는지 궁금했다.

그는 자신이 이미 낭떠러지 아래 있다고 생각했다. 그 낭떠러지에서 나뭇가지를 하나 잡고, 어떻게든 올라오려고 발버둥을 치고 있는 중인 거다.

●

"급히 출발하느라 스튜어디스를 데려오지 못했어요. 필요한 게 있으시면 저를 승무원이라 여기시고 말씀만 주세요. 뜨거운 차 드실래요? 아니면 커피나 주스?"

슈란이 뜨거운 물이 든 전기포트를 든 채로 말했다. 점보 비행기와 달리 개인용 제트기는 탑승감이 썩 좋지 않았다. 기체가 크게 흔들렸을 때 슈란은 시현을 향해 익살스러운 표정을 지었다. 전용기 내부에는 서로 마주 보게 설치된 좌석도 있었고 앞을 향한 좌석도 있었다. 슈란과 시현은 서로 마주 보고 앉았다.

"비행기를 빌리려고 연락드린 것 같아서 좀 멋쩍게 됐습니다. 실은 캄팻 이사장님을 만난 뒤에 바로 천 선생님을 찾아뵈려 했습니다."

시현이 말했다.

"백원단 지도부께서 이렇게라도 기회를 주시니 감사할 따름이죠. 비행기 유지비가 너무 많이 들어서 괜히 샀다고 후회하고 있었는데 값을 톡톡히 하네요."

"죄송합니다."

"대신에 저한테 큰 선물을 주시면 돼요. 비행기값에 해당하는."

슈란이 몸을 앞으로 당기더니 슬쩍 시현의 무릎을 치면서 말했다.

"제가 별로 드릴 게 없는데요."

시현은 어색하게 웃었다.

"흰원숭이에 대한 자료들을 갖고 계시잖아요. 류잉춘 박사가 만들어 놓은. 그 연구 결과들을 공유해주세요. 이건 저희들로서는 당연한 권리예요. 저희들은 모두 같은 불치병을 앓고 있는 환자들 아닌가요? 그런데 그 증상이나 치료법에 대해서 적은 책을 읽지 못하게 한다는 건 부당해요."

"하지만 천 선생님이 그 자료를 보시고 나면 다른 흰원숭이들도 저에게 같은 걸 보여달라고 할 겁니다. 그러면 제가 그런 요청들을 막을 명분이 없어집니다."

"모든 사람들에게 다 보여주면 되잖아요? 흰원숭이들이 공유하는 비밀로 삼으면 되잖아요. 아예 다 같이 집단 연구를 벌이는 건 어때요? 의학 지식이 부족한 사람들이더라도 기여할 수 있는 부분이 있을 거예요."

"하지만 류 박사님이 연구한 자료 중에는 흰원숭이의 능력을 없앨 수 있는 방법에 대한 내용도 있습니다. 그런 게 공개되면 흰원숭이들 간에 분쟁만 생길 거예요."

그때 조종실에서 안내방송이 나왔다. 조금 뒤 난기류 지역을 통과한 다는 내용이었다. 창밖으로 섬광이 잠시 비치는 듯하더니 천둥 소리가 들렸다. 슈란은 찻잔을 트레이에 내려놓았다.

"그런 사기를 아직도 믿어야 하나요?"

"왜 그게 사기라고 생각하시죠?"

"그런 방법이 있었다면 류잉춘 박사님이 그걸 벌써 많은 흰원숭이들에게 써먹으셨겠죠. 저는 저우환위 이사장으로부터 흰원숭이의 기원이나, 류잉춘 박사님이 고민하셨던 문제에 대해 들었습니다. 류 박사님은 정신조종능력을 가진 사람들을 막을 방법을 궁리하다 백원단을 만드셨죠. 살인을 막기 위해 사기를 저지르는 건 괜찮다고 여기셨나봐요."

그 순간 비행기가 크게 흔들린 뒤 일 초가량 자유낙하하듯 아래로 떨어졌다. 시현은 아랫배를 누가 간질이는 듯한 느낌이 들었다.

"류 박사님은 정신조종능력을 없애는 방법을 찾아내셨습니다. 다만 그 사용을 삼갔을 뿐입니다."

"류 박사님이 그 기술을 한 번이라도 직접 쓰신 적이 있으신가요?"

시현은 대답하지 않았다. 슈란은 물러나지 않고 추궁했다.

"당신은 그 방법을 쓸 줄 아나요?"

"저도 쓸 줄 압니다. 그 기술을 써야 할 때가 되면 망설이지 않을 겁니다."

시현이 대답했다. 슈란은 이제 캄팻이 왜 갑자기 마음을 바꾸었는지 알 것 같았다.

"다른 흰원숭이가 그런 기술을 갖는 건 안 되고, 당신이 혼자 아는 건 괜찮다? 그리고 당신도 때가 되면 후계자를 정해서 흰원숭이들이 어떤 사람들이고 어디에 사는지, 그들의 능력을 어떻게 없앨 수 있는지를 그 후계자에게만 알려주겠죠? 누가 그런 권한을 당신들에게 주었나요?"

시현은 또 입을 다물었다. 슈란은 다시 한 번 시현의 무릎을 치며 장난스럽게 말했다.

"시현씨, 그런 기술이 있다면 저한테 한번 써보실래요? 저, 백원단에 아주 위험한 사람이에요. 다른 흰원숭이들을 찾아서 백원단 지도부를 뒤엎을 음모를 꾸미고 있거든요."

"천 선생님, 왜 그렇게 백원단 지도부의 활동에 집착하시나요? 왜 보다 의미 있는 일을 찾지 않으십니까?"

시현이 거의 슬픈 표정으로 물었다.

"왜냐하면 제가 살아 있는 인간이니까요! 살아 있는 인간에게는 권력 의지가 있어요. 살아 있는 인간은 다른 사람이 자기 운명에 간섭하는 걸 좋아하지 않아요. 살아 있는 인간은 자기 운명을 자기가 정하고 싶어해요. 제가 정상이고, 류 박사님이나 시현씨가 비정상이에요. 저는 권력이 좋아요. 모든 사람들이 다 그럴 거예요. 독재자가 되고 싶은 마음은 없으니 걱정 마세요. 저는 다만 저 아닌 다른 누구도 독재자가 되게 놔두진 않겠다는 것뿐이에요. 그게 민주주의 아닌가요? 흰원숭이들 사이에도 그런 게 필요하다고 생각해요.

왜 류 박사님이 시현씨에게 금강승을 실시했는지 아세요? 시현씨가 살아 있는 인간이 아니기 때문이에요. 저는 시현씨에 대해 조사를 해보았어요. 아내를 잃고 난 뒤 삶의 목표도 함께 잃었죠? 그래서 한국을 떠나……"

"류 박사님이 저를 택하신 이유는 제가 박사님의 비전을 잘 이해했기 때문입니다. 또 저는 임상의가 되기 전에 실험실 경험이 있었고……"

"그러니까 류잉춘의 비전이 뭐였느냐고요! 흰원숭이가 사라져야 한다는 게 그의 비전 아니었나요? 우리 스스로를 없앨 연구를 하고 있잖아요, 당신들은? 죽고 싶다고 생각하는 사람들이나 그런 연구를 할 테죠! 그래서 당신이 뽑힌 거예요!"

슈란이 목소리를 높이다 팔을 팔걸이에 부딪쳤다. 찻잔이 엎질러져 물이 쏟아졌다. 슈란은 휴지를 가져와 바닥에 쏟아진 물을 닦았다. 시현도 안전벨트를 풀고 슈란 옆에 쪼그리고 앉아 물을 닦았다.

"그냥 앉아계세요."

슈란이 당황해하며 말했다.

다시 자리에 앉은 슈란은 태블릿 PC의 화면을 두드리며 "이 비행기에는 꽤 좋은 오디오시스템이 있어요"라고 말했다. 그녀가 화면을 몇 번 더 두드리자 장엄하고 경건한 분위기의 관현악곡이 흘러나왔다. 사운드는 슈란이 말한 대로 굉장히 훌륭했다.

"너무 따분할까요? 혹시 클래식은 싫어하세요?"

슈란이 조심스럽게 물었다.

"클래식은 잘 모릅니다만 이 음악은 좋습니다. 무슨 곡인가요?"

"마태 수난곡입니다. 바흐 당대의 악기와 편성대로 연주한 겁니다. 아마 이 연주가 다 끝날 때면 도쿄에 닿아 있을 거예요."

합창이 나올 때 슈란은 눈을 감고 등을 의자에 붙였다. 그녀는 꿈꾸는 듯한 목소리로 혼잣말하듯 중얼거렸다.

"어린 시절에 제 주변에 있던 사람들이 아는 음악이라고는 혁명가요나 등려군 정도가 전부였어요. 클래식을 듣는 사람은 좀 이상한 사람 취급을 당했죠. 부모님이 돌아가신 뒤에 저는 고아원에서 자랐어요. 같은

반 아이의 일제 워크맨을 훔치고 레코드가게에서 테이프를 훔쳤지만 들을 곳이 없었죠. 워크맨을 꺼내 보이면 그게 도둑질한 물건인 걸 다른 사람들이 다 알아챌 테니. 그래서 화장실에 가서 음악을 들었어요. 다른 원생들은 제가 설사가 심한 줄 알았어요. 나중에 그 워크맨을 화장실에 빠뜨려버렸죠. 재래식 화장실이라서 다시 건지고 자시고 할 것도 없었어요. 똥 속으로 가라앉았죠.”

시현은 웃으며 슈란의 이야기를 들었다.

“음악을 듣다 나이팅게일이 될 기회도 놓쳤죠. 한국에서도 간호학과 학생 대표를 나이팅게일이라고 하나요? 중국 학생들에게 나이팅게일이 된다는 건 상당한 영광입니다. 그런데 저는 기숙사에서 음악을 듣다가 선서식 연습에 늦었고, 화가 난 교수님이 다른 학생을 나이팅게일로 임명했어요.

그런데 그게 엄청나게 슬펐느냐 하면, 별로 그렇지도 않았어요. 사실 간호사가 되고 싶어서 간호대학에 간 것도 아니었으니까요. 당시에는 중국에 간호사가 많이 부족했고, 그래서 간호대학에 가면 장학금을 받을 수 있었어요. 대학을 졸업한 뒤 종합병원에 취직했고, 병원에서는 주로 중환자실을 맡았어요. 생명을 구한다는 사명감이 없었던 건 아니에요. 하지만 거기 일이 너무 힘들고, 어느 의사 한 명이 끈덕지게 치근덕거리는 바람에 개인병원으로 도망쳤죠. 마지막에 일하던 곳은 부유한 말기암 환자를 상대로 이런저런 대체의학 시술을 하는 곳이었는데 거기서 저도 모르는 사이에 금강승을 받게 된 게 아닌가 싶어요. 의심 가는 사람도 있고.

저는 의사들이 부러웠더랬어요. 누가 뭐래도 병원의 주인은 의사잖아요? 간호사나 행정직이 아니라. 시현 선생님은 이런 기분을 이해하시나요? 나는 뭘 해도 세상의 중심이 아닌 주변부에 있을 것이고, 내 삶의 경로는 내가 아닌 다른 사람이 정하게 된다는 갑갑함을?"

오디오에서는 테너와 알토 소프라노가 우울한 멜로디를 함께 부르고 있었다. 시현은 심연 속으로 빠져들어가는 듯한 기분이 들었다.

"하지만 흰원숭이의 힘은 우리가 노력해서 얻은 게 아닙니다. 그리고 그건 오래 지속될 수도 없습니다. 아까 하셨던 말씀이 옳아요. 저는 자살을 원하고 있죠. 흰원숭이로서의 자살을. 저는 평범한 인간으로 돌아가고 싶습니다. 그리고 류 박사님과 저는 이 집단 전체가 정신조종능력을 버리고 평범한 인간이 되어야 한다고 믿었습니다. 하지만 여기에 찬성할 다른 흰원숭이는 찾기 어렵겠죠. 그래서 백원단 지도부는 활동을 은밀히 숨길 수밖에 없는 겁니다."

"왜 그런 일을 하는 거죠? 숭고한 평등사상이나 박애정신 때문에?"

슈란이 비꼬듯 물었다.

"우리가 재앙이 될 것이기 때문입니다. 우리는 인류 역사에 종말을 불러올 겁니다. 흰원숭이가 한 사람 죽을 때마다 새로운 흰원숭이가 한 사람 또는 두 사람 생겨납니다. 류 박사님은 그 비율을 계산해봤어요. 이 증가속도는 시간이 지날수록 점점 빨라져서, 나중에는 걷잡을 수가 없게 됩니다. 한동안은 수십 명 수준으로 전체 규모가 유지되지만 백 명을 넘긴 뒤에는 금방 만 명이 되고, 그다음에는 백만 명, 십억 명, 이렇게 수가 늘어납니다.

흰원숭이가 이렇게 많아지면 세상이 어떻게 되겠습니까? 백원단이든 뭐든 간에 사악한 마음을 먹은 흰원숭이들을 통제할 수가 없어질 테고, 공권력이 무력화되면서 질서가 무너지겠지요. 하지만 흰원숭이들은 생산적인 일은 아무것도 할 수 없는 존재입니다. 우리가 흰원숭이로서 할 수 있는 일은, 다른 사람들의 노력을 갈취하는 것뿐입니다. 천 선생님은 발전소를 돌릴 수 있습니까? 지하철을 운행할 수 있습니까? 그보다 더 복잡한 정치와 경제시스템은 어떻고요? 흰원숭이가 어느 이상으로 많아진다는 건 모든 제도와 조직이 무너진다는 걸 의미해요.

마지막에는 늘어나는 흰원숭이 수가 인구 증가를 압도하게 됩니다. 그렇게 되면 인류는 그냥 멸망합니다. 나이 든 사람들이 먼저 사라지고, 어린아이들이 하나씩 흰원숭이가 되고, 그 아이들이 짝을 만나 자식을 낳기도 전에 또 충동사를 당한다면……"

마태 수난곡이 거의 다 끝나가고 있었다. 기장이 '삼십 분 뒤에 나리타공항에 착륙한다'고 안내방송을 했다.

"저는 당신 이야기를 못 믿겠어요. 증거가 필요해요."

슈란이 입을 열었다.

"백원단 지도부의 자료를 전부 다 본다 해도 천 선생님은 의심을 거두지 않으실 겁니다."

"그렇다면 저를 아예 백원단 지도부에 끼워주세요. 제가 알게 되는 내용은 다른 흰원숭이들에게는 비밀로 할게요. 철저하게."

슈란의 요청에 시현은 말없이 고개를 저었다.

그들은 나리타공항에서 헤어졌다. 헤어지기 전에 슈란은 시현으로부터 직통 전화번호를 받아갔다.

13

알키비아데스〉관리자 메뉴〉메모〉해당 카테고리 없음
등록자＝류잉춘
등록일＝10/14/2003

까울롱씽자이의 마지막 성주인 황첸스는 거의 천수를 누렸다. 그는 주민들을 위해 여러 사업을 벌였고, 홍콩 정부와도 원만한 관계를 유지했다. 붕괴 우려가 있던 까울롱씽자이를 허무는 결단을 내린 이도 황첸스다.

반면 폭군으로 불렸던 성주들은 대체로 비참한 최후를 맞았다. 대표적인 사례가 11대 성주였던 랑징과 14대 성주였던 둥테신이다. 랑징은 죽을 때 장식용 도검으로 주변에 있던 흑사회 간부들을 마구 베었다. 아마도 정신조종능력을 사용해 사람들을 움직이지 못하게 했던 게 아닌가 싶다. 그는 그 칼로 자기 목을 찔러 자살했다.

둥테신은 까울롱씽자이 고층을 뛰어다니며 주민들에게 땅으로 몸을 던지라고 명령했다. 그렇게 죽임을 당한 피해자 중에는 젊은 여자나 어린이도 있었으며……

엘리베이터에서 내린 오카모토 형사는 복도에 누군가 숨어 있다는 걸 즉시 알아챘다. 엘리베이터 홀에서 집까지 걷는 사오 초 사이에 그는 바짝 긴장해서 여러 가지 질문을 스스로에게 동시에 던졌다. 누굴까? 한 사람인가, 둘 이상인가? 어떻게 이 집 주소를 알아냈을까?

그는 그런 생각을 하는 동시에 결론도 함께 내렸다. 누가 됐든, 아마추어다. 전문 범죄자는 결코 경찰을 협박할 생각은 하지 않는다. 야쿠자라면 더 그렇다. 경찰 수사에 불만을 품은 민원인이나, 과거에 부당한 취급을 당했다고 믿는 정신병자일 가능성이 높다. 낌새로 봐서는 둘 이상은 아닌 것 같다. 머리는 나쁘고 시간은 많아서 경찰서 주변을 집요하게 맴돌다 그의 주소를 얻은 단독범 아닐까. 그렇다면 그냥 겁을 줘서 돌려보내는 게 어떨까.

오카모토는 집 현관에서 두세 걸음 떨어진 곳에서 제자리걸음을 걷고 헛기침을 한 뒤 주머니에서 열쇠를 꺼내 절그럭거리는 소리를 냈다. 잠시 뒤 옆집 현관에서 사람 머리가 하나 슬그머니 솟아올랐을 때 오카모토는 한 걸음에 그 앞으로 가서 상대의 목을 낚아챘다.

"너 여기서 뭐 하고 있는 거냐?"

머저리 불량배를 예상했던 오카모토는 놀라 중얼거렸다. 그의 한 손에 목이 잡히고 다른 한 손에는 명치가 눌린 스스미는 버둥거리며 뭐라 말하려 했으나 소리가 나오지 않았다.

"이 손 치워!"

오카모토가 손에서 힘을 뺐을 때 스스미가 간신히 소리를 냈다. 그 순간 '어린아이한테 너무 힘을 주고 있었다'는 생각이 든 베테랑 형사는 스스미를 잡았던 손을 놓았다.

"집에 들어가, 아저씨. 아저씨 집에서 얘기하고 싶어."

스스미가 말했다. 그러자 '하긴, 당장 경찰서로 데려가는 것보다 우리 집에서 아이를 안정시키는 게 낫겠지'라는 생각이 오카모토에게 들었다. 그로서도 소년에게 묻고 싶은 게 산더미처럼 많았다.

"아저씨는 혼자 살아?"

방 두 개짜리 작은 집에 들어서면서 소년이 물었다.

"아니, 수다쟁이 아내랑 같이 산다. 딸도 하나 있고. 아내는 오늘 딸애 집에 놀러갔어. 거기서 저녁을 먹고 밤늦게 올 거야. 너는 저녁 먹었냐? 내가 사온 게 있는데 같이 먹을 테냐?"

"배고프지 않아."

스스미는 고개를 저었다.

"아니면 피자나 뭐 그런 거 시켜줄까? 이 동네에는 제법 괜찮은 소바를 배달해주는 집도 있어."

오카모토가 전화기를 꺼내자 스스미는 "그거 이리 줘. 나 몰래 어디에 전화 거는 건 싫으니까"라고 말했다. 오카모토는 "그런 짓은 안 해"라고 말하면서도 휴대전화기를 소년에게 넘겼다.

그리고 그 순간 베테랑 형사는 깨달았다. 이 소년이 예의 이상한 힘을 발휘했다는 것을. 그 자신도 긴가민가하던 초능력은 분명히 실존했다. 이 소년, 그리고 얼마 전에 메지로경찰서로 찾아왔던 한국 청년은 뭔가 기묘한 최면술 같은 것을 부린다.

베테랑 형사는 스스미가 갑자기 도망가지 못하도록 방구석 쪽 다다미에 앉히고 자신은 현관을 등진 자세로 자리를 잡았다. 생각, 생각을 해, 오카모토. 일단 시간을 끌어. 그는 가방에서 편의점에서 사온 도시락을 꺼내 탁자에 올려놓고는 우물우물 먹으면서 소년에게 물었다.

"그래, 그동안에는 어디에 있었지? 이케부쿠로역 공사장에서는 도대체 무슨 일이 있었던 거냐?"

"우리 집에서는 무슨 일이 있었던 거지? 아저씨가 수사한 내용을 듣고 싶어."

스스미가 말했다. 그러자 머리로 무슨 대응을 궁리하기도 전에 저절로 오카모토의 입이 벌어져 말이 나왔다.

"딱히 밝혀진 건 없어. 외부에서 침입한 흔적은 결국 찾지 못했다. 여대 옆이다보니 골목길에 CCTV가 있었어. 그런데 그 영상에도 너희 집으로 들어가는 사람은 찍혀 있지 않았어."

"하지만 아저씨는 머리띠를 한 남자를 만났다고 했잖아. 그 남자는 못 찾았어?"

"그 남자는……"

"찾았어, 못 찾았어? 그 남자는 누구야?"

오카모토는 더 버틸 수가 없었다.

"그건 너였잖아. 네가 머리띠를 하고 있었어. 나루토인가, 그 만화 주인공이 쓰는 닌자 머리띠 말이야. 기억 안 나니? 그리고 네가 하던 게임, 그 게임 캐릭터도 머리띠를 하고 있었어. 조자룡이었나?"

"조자룡은 아니야……"

스스미가 중얼거렸다. 조자룡도 그 게임에 나오긴 하지만, 사실 인기 캐릭터지만, 자신이 플레이한 건 조자룡이 아니라 전국시대 무장인 사나다 유키무라였다.

("무사의 혼, 여기서 선보인다!" 캐릭터를 선택하면 이런 대사를 했지.)

게임은 플레이스테이션3용 '무쌍오로치 2'. 전국무쌍 시리즈에서 사나다 유키무라는 두건처럼 생긴 머리띠를 했고 엄청나게 잘생겼다.

(사나다 유키무라의 목소리─"자, 뜨겁게 전투를 벌이자!" TV 화면 속에

서 내게 등을 보인 채 앞에 선 사람들을 향해 칼을 휘둘렀지. 그러면 게임에서 비명 소리가 나왔어……)

●

　모니터는 세 개만 켜져 있었다. 왼쪽부터 캄팻, 명준, 황쿤이 모니터 하나씩을 차지했다. 쿤은 가면도, 음성변조장치도 쓰지 않았다. 그의 외모에는 신경이 쓰이지 않을 수 없었다. 쿤은 중년 남자였는데 머리는 거의 다 벗겨졌고, 눈이 작고 처졌다. 그는 끊임없이 입술을 씰룩이거나 한쪽 어깨를 움찔거리며 추켜올렸다. 정신조종능력으로도 틱을 멈추게 하지는 못하는 모양이다. 꼭 두꺼비 같다.

　그녀는 쿤에게서 눈길을 떼고 명준의 설명을 들으려 애썼다.

　"복잡한 용어 없이 아주 쉽게 풀어드릴게요. 우리 네 사람이 회원이 되는 사모펀드와 방바재단의 자회사가 투자법인을 공동 설립합니다. 이 투자법인이 자원개발회사를 세웁니다. 이 자원개발회사가 광산개발 면허를 얻습니다. 책임자를 만나서 사인을 받는 작업은 방바재단에서 맡아서 해주실 거고요, 그러면 이 회사는 라오스에서 2007년 이후 처음으로 채굴 허가를 받는 기업이자 사실상 유일한 광산 대기업이 되는 겁니다."

　이제 화상회의시스템을 가장 요령 있게, 또 화려하게 사용하는 사람은 명준이었다. 명준은 스크린의 오른쪽 윗부분에 작은 창을 만들고 거기에서 자신이 준비한 파워포인트 파일을 재생하고 있었다.

　"우리 네 사람만 수익을 거두게 되는 게 아닙니다. 이건 라오스 정부와 방바재단에도 다시없는 기회예요. 라오스 정부는 수탈 걱정 없이 광산자원을 개발할 수 있게 되죠. 세금도 많이 거둘 수 있을 거고, 이걸 외국인 직접투자가 성공한 사례로 포장해서 다른 투자를 받는데 활용할 수도 있을 거예요. 방바재단은 광산으로 일자리를 만들고 광산 근처 마을에 도로나 상하수도 시설도 놓을 수 있을 겁니다. 식당이며 병원이며 위락시설이며, 그런 것들도 전부요."

명준이 말했다.

"제가 잘 이해를 못하겠는 대목이 있는데……"

캄팻이 어리둥절한 표정으로 머뭇거렸다.

"예, 뭡니까?"

명준이 세일즈맨 같은 미소를 지으며 물었다.

"도대체 이 사업은 누가 손해를 보는 겁니까?"

캄팻은 명준이 "아무도 손해를 안 보는 사업이라니까요?"라고 여러 번 강조해도 그 말이 믿기지 않는 모양이었다. 그러자 황쿤이 불쑥 끼어들었다.

"이렇게 보시면 어떨까요, 전 세계의 투자자들이 조금씩 손해를 보는 거라고. 광산개발 면허가 쉽게 나오지 않을 거라고 여기거나, 라오스에서 사업을 벌이는 건 너무 위험하다고 믿는 부자들이 지는 핸디캡을 우리는 지지 않는 거죠. 그러니 저희가 뭔가를 편취한다는 생각은 버리셔도 될 듯합니다."

그는 말을 마치고 딸꾹질을 하는 것처럼 양 어깨를 크게 한번 들썩였다. 하지만 아무도 웃지 않았다. 슈란은 속으로 '저 남자, 머리가 꽤 좋은데?'라고 생각했다.

"라오스 정부의 관료들이 손해를 입을 거라고 할 수도 있겠지요. 대형

사업에 훼방을 놓으면서 떡고물을 얻어왔는데 이번에는 그게 불가능하니까."

명준이 거들었다. 캄팻은 일순 깨달음을 얻은 표정이 되었다. 그는 저우환위와 자신이 여태까지 추진해왔던 방식이 얼마나 우직하고 위험한 것이었는지 깨닫고는 부끄러운 심정마저 들었다. 도로 하나를 놓기 위해 마약조직 한가운데 뛰어들다니!

"이런 식으로 라오스에 다른 인프라사업을 여러 건 추진할 수도 있겠군요."

캄팻이 자기 자신에게 말하듯 중얼거렸다.

"주석과 구리를 먼저 개발하는 겁니다. 그다음에는 철, 다음에는 아연, 마지막으로 납을 캘 겁니다. 이 자원개발회사는 라오스의 스탠더드 오일 같은 기업이 될 거예요. 그리고 여기서 들어오는 돈으로 다른 회사들도 많이 세워야죠. 투자할 곳은 많아요. 관료를 설득해야 하고, 독점이 보장되고, 거액이 드는 분야, 그러니까 수익형 민자사업은 전부 대상이라고 할 수 있겠죠. 철도, 고속도로, 화력발전소…… 메콩강도 저렇게 놔두면 안 됩니다."

"교육사업과 지뢰제거사업도 벌일 겁니다……"

캄팻이 중얼거렸다.

"그러셔야죠, 그러셔야죠. 교육수준이 높아지면 노동생산성이 올라가요. 지뢰를 없애면 물류비용이 줄겠죠. 모든 사람이 혜택을 볼 수 있도록 사업을 꾸려야 수익이 장기적으로 유지됩니다."

명준이 맞장구쳤다.

슈란은 그녀대로 원대한 비전에 가슴이 부풀어올랐다. 그들은 동인도회사 같은 기업을 세워서 한 나라의 경제를 손에 넣을 수 있을 것이다.

두 나라의 경제를 지배하는 건 왜 안 되겠는가? 세 나라는? 한 대륙은?

(그림자 정부를 만들 수도 있을 거야. 전면에는 기업이 나서고, 그 뒤에 사모펀드가 있고, 극소수의 이사회 멤버가 그 사모펀드를 운영한다면……흰원숭이 한 명으로는 이런 일을 할 수 없어. 흰원숭이 네 사람으로도 부족할지 몰라. 몇 명 더 있어도 문제는 없을 것 같아. 그렇다면 모임 이름을 '4인회'로 정하면 안 되겠네. 백원단처럼 우리도 적당한 불교용어를 빌려 쓸까? '명왕회'는 어떨까?)

"그러면 이걸로 오늘 이야기는 다 마친 건가요?"

쿤이 어깨를 움찔거리며 묻는 바람에 슈란은 정신을 차렸다. 아니, 아직 메인 디시는 시작도 안 했다.

"제가 보여드리고 싶은 게 하나 있어요."

그녀는 태블릿 PC를 들었다. 컴퓨터에 재주가 없는 그녀는 동영상 파일을 화상회의시스템에서 바로 재생하는 방법을 몰랐다. 그래서 그냥 보여주려는 파일이 담긴 아이패드를 책상에 세우고 그 화면이 카메라를 향하도록 양손으로 받쳤다.

"아까 하셨던 말씀이 옳아요. 저는 자살을 원하고 있죠. 흰원숭이로서의 자살을. 저는 평범한 인간으로 돌아가고 싶습니다. 그리고 류 박사님과 저는 이 집단 전체가 정신조종능력을 버리고 평범한 인간이 되어야 한다고 믿었습니다."

태블릿 PC에서 시현의 목소리가 흘러나왔다. 슈란이 전용기에서 몰래 촬영한 대화내용이었다.

메지로경찰서에 오기 전 오카모토는 신주쿠서에서 근무했다. 신주쿠서에서 일할 때 그의 별명은 '강력반 사메지마'였다. 사메지마는 인기 추리소설 연작인 『신주쿠 상어 시리즈』의 주인공 형사 이름이다. 신주쿠서 형사들은 수사를 잘하는 동료를 장난삼아 사메지마라고 불렀다. 그래서 이 경찰서에는 강력반 사메지마도 있고 외사과 사메지마도 있었으며, 늙은 사메지마, 신참 사메지마, 여자 사메지마까지 있었다. 그러나 오카모토는 추리소설의 주인공과 달리 경시청 엘리트 코스를 밟은 적도 없고 열네 살 연하의 애인도 없었다.

그래도 한 가지, 오카모토가 입 밖으로 낸 적은 없지만 그와 소설 속 사메지마는 공통점이 있었다. 다른 사람을 심리적으로 압박하는 데에나 외부에서 오는 심리적 압박을 견디는 데 뛰어나다는 점이다. 가부키초에서 야쿠자와 외국인 범죄자들을 상대하면서 터득한 기술이다.

야쿠자들은 웬만해서는 물리력을 행사하지 않는다. 폭력을 쓰는 순간 공권력에게 개입할 빌미를 주게 되니까. 조폭들이 상인을 협박할 때 동원하는 방법은 험상궂은 표정으로 노려보거나 가게 입구 근처에서 얼쩡거리거나 하는 짓거리다. 그들도 전문가다. 폭력적인 상황을 경험해보지 못한 평범한 사람들이 무엇을 두려워하고 언제 무너지는지 몸으로 배운다. 경찰도 마찬가지다. 강력계 형사들은 그런 심리적 압박에 어떻게 대응하고 어떻게 반격해야 하는지를 배운다.

지금, 그 기술을 총동원해야 한다.

"골목길에 있는 그 CCTV에 아무것도 찍히지 않은 건 아니고, 이상한 장면이 있기는 했지."

대화의 주도권을 잡아야 한다. 오카모토는 스스미의 '압박'이 어떤 식으로 오는지 알아챘다. 스스미가 무언가를 묻거나 명령하면 그 순간 자신은 패닉상태에 빠져 그 질문에 답하거나 시키는 대로 행동할 수밖에 없다. 하지만 시간이 지나면 그 압박감도 서서히 옅어지며, 자신이 스스미에게 뭔가를 묻거나 하고 싶은 이야기를 추가로 꺼내는 데에는 별 지장이 없는 듯하다. 그렇다면 계속해서 스스미의 관심을 끌어 자신이 원하는 방향으로 대화를 유도해야 한다.

"무슨 장면이 있었는데?"

소년은 미끼를 물었다.

"너희 할머니. 너희 할머니는 사건이 있기 전날 밤에 집을 나갔어. 그랬다가 삼십 분쯤 뒤에 집에 돌아왔지. 손에 비닐봉지를 들고 있는 걸로 봐서 늦은 시간에 장을 봤던 것 같아. 하지만 몇 분 있다가 다시 집을 나와."

오카모토는 편의점 도시락을 버리기 위해 뒤로 돌았다. 쓰레기통으로 가는 도중에 베테랑 형사는 양복의 가슴 안주머니를 더듬어 보이스 레코더의 녹음 버튼을 눌렀다. 시대에 뒤떨어진 퇴물 형사로 지낸 덕을 이제 보게 생겼다. 그는 스마트폰 사용법을 몰라 녹음기를 따로 들고 다녔다. 그리고 산 지 십오 년도 더 된 낡은 블레이저의 안주머니가 바로 그 레코더 자리였다. 그는 이야기를 계속했다.

"그런데 너희 할머니가 다시 집에 돌아오는 건 사건이 있던 날 아침이 되어서거든. 밤새 집 밖에 있었던 거지. 나는 그 골목길에 있는 상점과 주택을 상대로 탐문조사를 벌였어. 너희 할머니가 그중 어느 술가게에 들어와서 장어덮밥을 혹시 만들 수 있느냐고 물었다고 하더군. 그 가게에는 장어덮밥 메뉴가 없는데 할머니는 엄청나게 필사적이었다는 거야."

(사나다 유키무라—"빠르군. 적으로 돌리면 이리 무서울 줄이야……" 그 날은 너무 장어덮밥이 먹고 싶었거든. 그런데 할머니가 돌아와서 하는 소리가 그 시간에 장어덮밥을 파는 곳은 없다는 거야. 그래서 내가 할머니를 밖으로 내보냈지. 장어덮밥을 갖고 오기 전에는 집에 들어오지 말라면서.)

스스미가 몸을 떠는 걸 보고 오카모토는 작전이 맞아떨어져간다고 판단했다. 그는 조금 더 수위를 높였다. 동료 형사들에게는 말할 수 없었던 가설을 슬슬 꺼낼 차례였다. 그리고 스스미를 압박해서 자백을 받을 것이다.

"또 다른 이야기를 하나 들려줄까? 너희 담임 선생님 이야기야. 네가 학교에 나오지 않게 되면서부터 여러 차례 집으로 전화를 걸고 가정방문을 했지만 너희 어머니가 이리저리 둘러대더래. 그런데 하루는 너희 할머니가 담임에게 전화를 걸어 자기들이 갇혀 있다고, 도와달라고 하더라는 거야……"

"하여튼 할망구가 문제였어!"

스스미가 탁자를 내리치며 울음을 터뜨렸다. 손목시계가 식탁 모서리에 부딪쳤지만 소년은 신경쓰지 않았다. 왜냐하면 이건 G-쇼크니까. 일 톤 트럭이 그 위로 지나가도 끄떡없는. 압박에 잘 견디는.

(사나다 유키무라—"절박한 상황에서야말로 강한 신념이 필요하다!")

●

"여기 이 내용들이 전부 사실이면 어떻게 하죠? 흰원숭이가 몇억 명으로 늘어나고 인류가 멸망한다는 이야기 말입니다."

천슈란이 재생한 동영상을 통해 시현의 이야기를 들은 쿤이 물었다. 그는 흥분한 듯, 말을 하는 동안 어깨를 여러 차례 들썩이고 비웃듯이 입을 일그러뜨렸다.

"오히려 그 이야기가 저희들의 활동을 정당화시켜주지 않을까요? 전 세계가 위기를 앞두고 있어요. 그런데 백원단 지도부는 여태까지 제대로 한 일이 하나도 없단 말입니다. 자기들이 뭘 했는지, 뭘 연구하는지도 밝히지 않아요. 방 안에 틀어박혀 혼자 끙끙 앓는 걸 제대로 책임지는 자세라고 볼 수는 없죠. 저는 어떤 비전, 어떤 리더십을 원합니다."

캄팻이 말했다. 명준도 입을 열었다. 그는 슈란의 생각을 마치 자기 것인 양 말했다.

"정신조종능력을 없애는 방법을 안다거나, 흰원숭이가 몇억 명으로 늘어난다거나 하는 이야기 둘 중 하나는 분명히 거짓말입니다. 흰원숭이가 그렇게 위험한 존재라면 정신조종능력을 없애는 기술로 없애는 게 옳지요. 그렇지 않습니까? 흰원숭이가 어디에 있고 누구인지 그 사람들은 아는 거잖아요? 그러면 하나하나 찾아다니거나 아니면 한데 부르거나 해서 정신조종능력을 제거하면 되는 거잖아요."

"부작용이나 기술적인 한계 때문에 못 쓰는 걸 수도 있지요."

황쿤이 새처럼 목을 까닥이며 끼어들었다.

"부작용이라면 어떤 부작용 말씀이신지?"

막 자신의 이론을 뽐내려던 차에 다른 사람이 끼어든 게 기분 상했는지 명준은 쏘아붙이듯 되물었다. 쿤은 "그건 저도 모르죠"라며 퉁명스럽게 대꾸했다. 명준은 다시 폼을 잡았다.

"여러분들이 이 자리에 오시게 된 이유는 각각 다르겠지만 제 경우는 간단합니다. 저는 안시현의 부모를 납치한 적이 있거든요. 그런데 그자가 백원단 지도부라는 걸 알게 된 다음부터는 잠이 잘 안 오더란 말입니다? 저는 뭐, 이자한테 대단한 기술이 있다고 생각지는 않아요. 그냥 공갈을 치는 거죠. 백원단은 공갈로 운영되는 조직이죠. 하지만 적어도 저한테는 나중에 약을 안 준다거나 그럴 수 있겠죠. 저는 그런 위험성을 제거하고 싶고.

생각해보면 저희도 마냥 불리하기만 한 건 아니에요. 아는 게 힘이라는 말은, 저희한테도 들어맞습니다. 저희도 안시현에 대해서는 알 만큼은 압니다. 어디서 태어났고, 어떻게 자랐고, 학창 시절에 누구와 친했는지, 심지어 옛 애인이 누구인지도 알아요. 저 때문에 부모님이 변을 당한 이후로 자기 가족들 관리는 철저히 하더군요. 부모와 옛 처의 가족들은 외국으로 보낸 것 같아요. 하지만 그 외에도 그자가 신경쓰는 사람들이 꽤 많을걸요?"

"어떻게 하자는 겁니까?"

캄팻이 물었다.

명준은 자기 계획을—실은 슈란과 상의해서 짠 계획을—설명했다. 명준의 작전을 듣고 난 나머지 세 사람은 한동안 말이 없었다.

"뭐 다들 말씀이 없으신 거 이해합니다. 지저분한 일이니까요. 제 생각은 이렇습니다. 이거, 역적모의고 쿠데타입니다. 그리고 쿠데타에서 제일 중요한 건 속도예요. 이런 계획은 발설한 다음에는 빨리 실행하든지, 빨리 폐기하든지 해야 합니다. 제 계획에 큰 흠결이 보이거나, 아니면 영 마음이 동하지 않으시는 분은 바로 말씀해주세요. 어디어디가 잘못됐다거나, 아니면 나는 비폭력주의자라 누가 목에 칼을 들이대면 가만히 찔려 죽겠다거나. 그게 아니면 여기서 빨리 정합시다. 다수결 어때요?"

다시 몇 초간 침묵이 흘렀다. 적당히 사람들 눈치를 살피던 슈란은 "전

찬성이에요"라고 불쑥 말했다. 캄팻과 황쿤은 당황스러운 기색이었다.

"나는 기권하겠습니다. 이 모임에서 내리는 결정에 따르겠소."

캄팻이 말했다. 네 사람 중 두 사람이 찬성한 가운데 기권을 하겠다는 것은 찬성이나 다름없는 행위였다. 캄팻은 "가능하면 관계없는 사람들은 다치지 않게 했으면 합니다"라고 덧붙였다.

"나는 조건을 하나 내걸까 합니다."

슈퍼카 딜러가 말했다.

"어떤 조건이요?"

명준이 물었다.

"당신이 말하는 그 계획 말입니다, 그건 실내에서 할 수 있는 거겠죠?"

"뭐 간단한 일이니까…… 실내에서도 할 수 있고 실외에서도 할 수 있죠."

"그러면 거기에 카메라를 달아서 중계를 해줬으면 합니다. 아니면 제가 그 자리에 있을 수 있게 해주든지. 내가 사업을 좀 해보다보니, 어떤 일이건 판이 커지면 꼭 등 뒤에서 칼을 들이대는 자들이 있더란 말입니다. 우리가 지금 하는 일도 단체로 누구를 등 뒤에서 칼로 찌르는 거고.

일이 잘되어서 백원단의 비밀을 풀 수 있는 열쇠를 명준 선생이 얻었다 칩시다. 그 길로 나머지 세 사람을 배신하지 않으리라는 보장이 어디 있습니까? 그러면 저로서는 안시현이 있던 자리를 다른 누군가가 차지하게 될 뿐, 달라지는 게 없습니다. 솔직히 말씀드리면 볼모나 인질을 한 명 잡아두고 싶은 심정입니다."

황쿤은 어깨를 들썩이며 말했다.

"옳은 지적이에요."

발끈하는 명준을 보고 슈란이 먼저 선수를 쳤다. 4인방은 당분간 한

몸인 것처럼 움직이지 않으면 안 된다. 내부 분란은 곤란하다. 그녀는 황쿤은 현장에서 명준이 하는 일을 지켜보고, 슈란 자신은 이 작은 '작전'을 인터넷 중계로 보겠다는 중재안을 냈다. 쿤은 고개를 끄덕였고, 명준도 받아들였다.

"저는 굳이 그 현장을 보고 싶은 마음은 없습니다. 다른 할 일들이 있어서요."

캄팻이 말했다.

그들은 가식적인 웃음을 나누었다. 이윽고 화면이 하나씩 차례로 꺼졌다.

●

(사나다 유키무라의 목소리 ─ "자신을 이기는 것이야말로 진정한 무사다. 자, 간다!")

오카모토의 목소리가 점점 멀어졌다. 스스미는 자기 자신으로부터 분리되는 듯한 기분에 빠졌다.

"난 오늘부터 학교 안 갈 테니 귀찮게 하지 마"라고 말했더니 어머니도 할머니도 아무 말 하지 않았다. 집에 찾아온 담임에게는 "귀찮게 하지 말고 학교로 돌아가"라고 말했다. 담임은 한 번 더 찾아왔는데 스스미는 같은 말을 되풀이했다. 스스미는 어머니를 시켜 학교로 전화를 걸게 했다. "거짓말로 아무렇게나 둘러대"라고 시켰더니 어머니는 "아이가 아버지의 죽음으로 충격을 받아 잠시 학업을 중단하고 치료에 전념하기로 했다"고 설명했다.

그 이후로 스스미와 어머니, 할머니는 거의 24시간 내내 함께 집에 틀어박혀 지냈다. 스스미는 아버지의 신용카드로 게임기와 게임 타이틀, 라이트 노벨을 잔뜩 샀다. NHK 사극을 보는 할머니에게 "게임해야 하니 저리 비켜"라고 말하면 할머니는 얼른 스스미의 말에 따랐다. 밥을 먹다가 맛이 없다며 수저를 내팽개치고 다른 메뉴를 만들어달라고 하면 어머니는 얼른 그의 말에 따랐다.

(다시 사나다 유키무라─"만만치 않군. 그러나 다시 싸울 수 있다.")

뭔가 이상하다는 생각이 들었지만 한편으로는 그 자신이 너무 게을러져서 머리 쓰기가 귀찮아졌다. 맨 정신일 때에는 할머니와 어머니에 대해서 가엾다는 기분이 들었지만 자신의 눈치만 보는 두 사람을 보면 가학적인 마음이 되살아났다. 스스미는 두 어른에게 "집에 나갈 때에는 용건을 말하고, 내 허락을 받고 나가"라고 말했다.

할머니와 어머니는 좀비처럼 텅 빈 표정으로 자신의 말에 무조건 따랐다. 스스미는 몇 번인가 두 사람에게 "이제 제발 내 말에 신경쓰지 말고 그냥 하고 싶은 대로 해!"라고 고함을 쳤다. 그러자 두 여인은 한참 멍하니 서 있다가 할머니는 거실로 가서 TV를 틀었고 어머니는 탁자에 여성잡지를 펼쳐놓고 읽기 시작했다. 그런 모습을 원했던 건 아니었다.

장어덮밥을 만든 뒤 마루에서 잠을 자던 할머니에게 그는 "저리 비켜"라고 말했다. 할머니는 무릎으로 엉금엉금 기다시피 하며 탁자로 가서 어머니 옆자리에 앉았다. 할머니는 그런 상태로 물끄러미 스스미를 바라보았다. 너무 오랫동안 학대당한 동물처럼 지치고 무표정한 얼굴이었다. 인간적인 느낌이라고는 컴퓨터그래픽으로 그린 게임 캐릭터만큼도 남아 있지 않았다. 그 모습을 보고 있노라니 가슴 밑바닥 깊은 곳에서부터 분노가 치밀어올랐다.

소년은 자신이 무엇에 화를 내는 건지 희미하게 알 것 같았다. 알 수 없는 이유로 몇 달 전부터 이 집의 가장은 소년이었다. 할머니와 어머니, 자신이 모두 불행했는데 그건 그의 책임이었다. 스스미는 자신이 그런 책임을 져야 하는 이유를 납득할 수가 없었다.

"웃어, 웃으라고! 기분 좋은 표정을 지으란 말이야!"

스스미는 식탁을 향해 고함을 쳤다. 할머니와 어머니가 지친 광대처럼 어색한 미소를 지어 보였다. 그는 '무쌍오로치 2'를 하다가 게임 컨트롤러를 내팽개친 뒤 자리에서 일어났다. 식사가 불규칙해서인지 설사가 자주 나왔다. 그는 화장실에 들어가며 할머니와 어머니를 쏘아보았다. 두 사람은 아직도 굳은 미소를 열심히 짓고 있는 중이었다.

"그냥 둘 다 당장 죽어버려."

(사나다 유키무라―"용서해라!")

그가 화장실에서 나왔을 때, 할머니의 목에서는 동맥혈이 뿜어져나오는 중이었고, 그 옆에서는 어머니가 온몸을 뒤틀며 경련을 일으키고 있었다. 스스미는 머리를 쥐어뜯으며 어머니에게 달려가 어설프게 인공호흡을 시도했다.

"살아나! 살아나! 정신 차리라구!"

얄궂게도 그가 온 힘을 다해 내리는 '명령'은 이제 어머니에게 듣지 않았다. 스스미가 어머니의 몸을 흔드는 동안 할머니의 목에서 나오는 피가 그의 몸을 적셨다. 어머니는 무시무시한 표정을 지으며 몸을 뒤틀었다.

"정신 차리라구! 스스미, 스스미?"

소년의 눈에서 초점이 풀렸다. 스스미의 머리가 한 바퀴 원을 그리더니 뒤로 넘어갔다. 앉은 채로 쓰러진 소년에게 나이 든 형사가 다가와

"어이, 어이!"라고 소리치며 뺨을 때렸다. 살인마 소년은 눈을 깜빡이며 다시 정신을 되찾았다. 그때 허리를 숙이고 있던 오카모토의 양복 안주머니에서 보이스 레코더가 바닥으로 떨어졌다.

형사와 범인은 모두 그 보이스 레코더를 보았다. 다음 순간 그들의 눈이 마주쳤다.

"이걸 녹음하고 있었어?"

오카모토는 거짓말로 둘러댈 수가 없었다. 그는 공황에 빠졌다. 스스미는 눈을 깜빡이며 벽에 손을 짚고 일어났다. 소년은 보이스 레코더를 주우며 일어난 뒤 오카모토가 보이지 않는 방향으로 몸을 향하고 말했다.

"당신도……, 당신은……, 그냥 죽어버려."

⬤

시현은 알키비아데스의 연구원들에게 스스미에게 채울 전자발찌와 전파발신기를 만들어달라고 주문했다. 처음에 시현은 생체이식칩을 만들어달라고 주문했고, 그게 안 된다는 이야기에 "그러면 피어스 안에 전파발신기를 넣을 수 있느냐"고 물었다. 피어스를 이용하자는 건 리원의 아이디어였다. 그러나 연구원은 그것도 어렵고, 별도 전원이 있는 적당한 크기의 장비가 필요하다고 설명했다.

"이를테면 손목시계 같은 거요. 아동용 위치추적기는 흔히 손목시계에 넣습니다."

충동사를 앞둔 흰원숭이에게 손목시계 모양으로 키트를 만들어 보낸 이유도 그 때문이었다. 그래서 시현은 G-쇼크에 전파발신기를 넣어서 스스미에게 선물했다.

그는 나리타공항 청사에 들어서자마자 전파를 추적하는 리시버를 켰다. 전자발찌와 달리 스스미의 손목시계에 부착한 위치추적기는 무전기용 초단파를 이용했다. 이 방식의 장점은, 기지국이 필요 없기 때문에 스스미가 한국을 벗어난다 해도 추적이 가능하다는 점이었다. 단점은 발신기와 수신기 사이의 거리가 너무 멀거나, 어느 한쪽이 지하에 있거나, 중간에 건물 같은 방해물이 있으면 제대로 작동하지 않는다는 점이었다. 오차범위도 컸다.

리시버에 스스미의 위치가 나타나지 않는 건 일단은 방해물 때문이 아니라 그들이 너무 멀리 떨어져 있어서인 것 같았다. 상대가 추적 가능한 범위 안에 들어오기 전에는 무작정 헤매는 수밖에 없었다.

시현은 렌트카 매장에서 차를 빌려 공항을 빠져나갔다. 시내로 진입하는 동안 일본에서는 자동차가 좌측통행이라는 사실을 잊고 두 번이나 사고를 낼 뻔했다. 리시버에는 여전히 아무 신호도 들어오지 않았다. 신호가 뜰 때까지 스스미의 집이 있는 가쿠슈인여대, 패거리들을 만났다고 하는 이케부쿠로, 그리고 그가 연루된 사고를 수사하는 메지로경찰서 주변을 차를 타고 빙글빙글 돌 참이었다.

낮 시간인데도 도심 주변은 혼잡했다. 익숙지 않은 차를 운전하며 서다 가다를 반복하는 동안 시현은 산만한 상념에 사로잡혔다. 방바재단은 그대로 놔둬도 괜찮은 걸까? '백원단 지도부를 뒤엎을 음모를 꾸미고 있다'는 천슈란의 고백은 어느 정도나 심각하게 받아들여야 하는 걸까.

인류 종말을 막는 과업은 대단한 액션이나 영웅적인 행동으로 이루는 게 아니라, 자질구레한 뒤치다꺼리와 모호한 판단의 연속인 것 같았다. 세상 모든 관리자들의 일이 다 그렇듯이.

옥외광고판에 미백치약을 광고하는 여자 모델을 보고 시현은 자기도 모르게 웨이리원을 떠올렸다. 광고모델과 리원의 눈매가 닮았던 것이다.

(수갑은 잘 풀었을까? 다치진 않았을까?)

시현은 자신이 위선자는 아니라고 믿었다. 그녀에게 끌린다는 사실을 부정할 마음도 없었다. 그러나 그렇다고 스스로를 시험에 들게 할 생각도 없었다.

'난 흰원숭이다. 말 한마디로도 그녀를 안을 수 있다.'

그런 생각을 하는 것만으로도 죄책감이 일었다. 죄책감은 어느 정도는 죽은 아내에 대한 것이었으나 나머지는⋯⋯

(앞으로 평생 다른 사람과 제대로 된 인간관계는 맺을 수 없겠지. 이 능력을 지니고 있는 한.)

리시버에서 신호음이 났다. 시현은 정신을 차리고 운전대를 돌렸다. 시현은 리시버의 신호가 점점 세지는 쪽으로 차를 몰았다. 리시버에는 내비게이션이 따로 달려 있지 않고 동심원만 몇 개 그려져 있었기 때문에 몇 번인가 그는 길을 헤맸다. 발신기는 이케부쿠로역 부근 어딘가에 있는 것 같았다. 시현은 세이부 백화점을 중심으로 도심을 크게 한 바퀴 돈 뒤에 차를 아무렇게나 세웠다.

그는 리시버만 들고 차에서 내렸다. 뒤차가 경적을 울렸지만 무시했다. 시현은 인파를 헤치고 서울의 명동과 비슷한 보행자 전용 도로를 빠른 속도로 달렸다. 거리 끝에는 지하통로가 있었다. 시현은 잠시 망설이다 지하통로의 에스컬레이터에 올라 사람들을 밀치고 나아갔다. 조금 뒤 리시버의 신호가 꺼졌다.

지하통로는 복합쇼핑몰로 이어졌다. 리시버는 켜졌다 꺼졌다를 반복했다. 화려한 조명의 패션매장과 즐비하게 늘어선 음식점들 사이에서 시현은 길을 잃어버렸다. 이제는 자신이 지하에 있는지 일 층에 있는지도 가늠하기 어려울 지경이었다.

쇼핑몰 내부의 광장 같은 공간에 이르렀을 때 다시 리시버에 불이 들어왔다. 리시버에 표시되는 발신기의 위치는 바로 시현이 서 있는 그 지점을 가리키고 있었다. 그는 주변을 둘러보았다. 백화점 건물 안쪽의 뻥 뚫린 공간이었다. 한쪽 면에는 분수대가 있었고, 분수대 위에 '선샤인시티 36주년 기념★무쌍 크로니클 박람회'라고 적힌 거대한 휘장이 걸려 있었다.

건물 내벽이 흰색인데 조명도 휘황찬란해서 눈이 부셨다. 상점가는 사 층까지 있었고, 그 위는 채광창이었다. 각 층 난간에서 분수광장을 내려 다볼 수 있는 구조였는데 한 층 층고가 오 미터는 될 듯했다. 분수대 앞의 스테이지에서는 코스프레 패션쇼가 한창이었다. 전국시대 무장과 닌자 복장을 한 청소년들이 심각한 표정을 지으며 포즈를 취하고 있었다.

시현은 스테이지 주변의 군중을 훑어본 뒤 목을 길게 뺀 채 제자리에서 몸을 한 바퀴 돌았다. 스스미는 바로 그의 눈앞에 있어야 했다.

그때 시현의 머리 위에서 사람들이 떨어지기 시작했다.

14

알키비아데스〉관리자 메뉴〉메모〉해당 카테고리 없음
등록자=류잉춘
등록일=06/27/2008

랑징이 광란상태에서 죽인 사람의 수는 열세 명, 둥톄신이 죽인 피해자의 수는 스물두 명 정도로 추정된다. 일본의 '묻지마 칼부림' 사건들보다는 피해자 수가 많지만, 미국에서 종종 발생하는 총기 난사 사건의 희생자 수에 비교하면 그다지 많다고 보기 어렵다.

랑징이나 둥톄신이 벌인 일은 정신조종능력을 순전히 그 자체로, 실체가 있는 물리력처럼 휘둘렀을 때의 한계를 보여준다고 할 수 있다. 이 경우 정신조종능력은 기껏해야 '칼보다 낫고 총보다 못한' 무기에 지나지 않는……

"스스미, 스스미 맞지?"

나오키는 잠시 망설이다 소년에게 다가갔다. 망설였던 이유는 스스미의 헤어스타일이 달라져 낯설어 보인 탓도 있었지만, 상대가 그다지 정상으로 보이지 않기 때문이기도 했다.

스스미는 지하철 차량의 자동문에 기대어 서 있었다. 그는 고개를 숙인 채 뭐라고 중얼거리기도 하고, 주먹을 입으로 가져가 손가락을 씹기도 했다.

"나 기억 나? 예전에 블랙윙즈 막내였던 나오키."

그럼에도 불구하고 나오키가 스스미에게 다가간 이유는 두 가지였다. 우선 그는 스스미를 롤모델로 동경했다. 스스미는 이케부쿠로에 처음 등장했을 때 겁도 많고 싸움에 젬병이었다. 그런데 불과 한 달여 만에 엄청난 카리스마를 지닌 스트리트파이터로 성장했다. 나오키는 스스미의 특훈 비결이 궁금했고, 자신도 같은 방식으로 카니발윙즈의 에이스가 되고 싶었다.

또 다른 이유는 스스미를 데려가면 패거리의 주목을 받을 것 같았기 때문이다. 스스미의 행방은 도쿄 경시청뿐 아니라 이케부쿠로 불량배들 사이에서도 끊임없이 궁금증을 일으키는 미스터리였다. 게다가 세상을 떠들썩하게 했던 '공사장 참극' 사건 현장에도 스스미가 있었다는 루머가 있었는데―.

"나오키. 기억 나."

스스미가 고개를 들고 천천히 말했다.

"그동안 어디 있었어? 지금 바빠? 어디 가는 길이야?"

나오키가 어수선하게 묻자 스스미는 뺨 안에서 혀를 굴리다 "뭐 그냥……"이라며 말을 흐렸다. 알사탕을 입에 넣은 것처럼 스스미의 뺨이 볼록하게 솟아올랐다가 꺼지는 모습이 나오키의 눈에는 꽤나 근사하게 보였다.

"너는 어디 가는데?"

스스미가 물었다.

"선샤인시티. 오늘이 '무쌍 박람회'가 열리는 날이거든. 코에이가 한 층을 무쌍 시리즈로 도배를 했대. '건담무쌍'이니 '북두무쌍'이니 하는 외전들까지 다 한데 모아서 전시회도 열고 피규어랑 동인지도 팔고 토너먼트도 벌인대. 오늘 카니발윙즈는 전부 그리로 출동이야."

"카니발윙즈?"

"아, 스스미는 모르겠구나. 블랙윙즈랑 카니발즈가 합쳤어. 그래서 이제는 카니발윙즈. 블랙카니발즈보다는 카니발윙즈가 더 부르기 편하잖아."

나오키가 설명했다.

"리더는 누군데?"

"노보루."

나오키는 고개를 끄덕이며 혀로 오른쪽 뺨 안쪽 피부를 위아래로 두어 번 밀었다. 괜찮아 보였을라나?

"지금은 노보루가 사천왕 중 한 명이야. 머리도 빡빡 밀었어. 노보루, 완전히 달라졌어. 싸움 실력도 이제 장난이 아니야. 그사이에 권투를 배웠대."

"노보루한테는 사죄를……"

스스미가 말하다 갑자기 고개를 숙이는 바람에 나오키는 뒷부분을 듣지 못했다. 이케부쿠로역으로 가는 도중에도 스스미는 몇 번 혼잣말을 중얼거렸다. 지하철역에서 나왔을 때 스스미는 텅 빈 표정이었다. 멍하니 서 있는 스스미를 나오키가 가볍게 잡아끌었다.

무쌍 박람회는 대성황이었다. 전시장은 사 층에 있었는데, 삼 층에서 사 층으로 올라가는 에스컬레이터에서부터 줄이 늘어서 있었다. 그 줄의 뒤로 가려는 나오키를 스스미가 불러세웠다. 놀랍게도 스스미가 줄 가운데 서 있던 남자에게 "비켜"라고 하자 그 사람은 순순히 자리를 내주었다.

그러나 막상 박람회장 내부는 다소 실망스러웠다. 굿즈 매장이 공간을 거의 다 차지하고 있었고, 대전 토너먼트는 참가자들이 서로 결투하는 방식이 아니라 스페셜 스테이지를 각자 플레이하며 누가 더 높은 점수를 얻느냐로 승부를 가렸다. 나오키는 한정판 피규어들을 둘러보다가 이내 관심을 잃고 카니발윙즈 패거리를 찾아 주변을 두리번거렸다.

뒷골목 서클의 고정 멤버도 아니었고 나이도 어렸던 나오키는 블랙윙즈와 카니발즈가 2대2 배틀을 벌일 때 현장에 있지 않았다. 나오키는 그래서 노보루의 보디가드들이 스스미와 만났을 때 긴장한 이유를 알지 못했다.

"스스미, 그동안 잘 지냈니?"

노보루가 손짓으로 보디가드들을 뒤로 물린 뒤 스스미에게 말을 걸었다. 스스미는 아무런 대답도 하지 않았으며, 고개를 끄덕인다든가 눈을 추켜올리거나 하는 반응도 보이지 않았다. 나오키의 눈에는 그 모습도 멋있어 보였다.

나오키는 카니발윙즈와 스스미 사이에 폭력의 기미가 감도는 이유는 몰랐지만 눈을 크게 뜨고 이 흥미진진한 구경거리를 놓치지 않으려 했다. 그러나 노보루와 스스미 사이의 대화를 다 듣지는 못했다. 어느샌가 카니발윙즈의 중간 간부들이 두 사람을 둘러싸고 나오키의 앞을 가렸기 때문이다.

"공사장 참극에 대해 혹시 짚이는 거 없어? 경찰이 널 찾던데."

노보루가 물었지만 스스미는 입을 다물고 있었다.

"설마 가토 교이치 형님을 모른다고 잡아뗄 생각은 아니겠지?"

이번에는 노보루가 아닌 다른 카니발윙즈 멤버가 따졌다. 카니발즈에서도 넘버 포쯤 됐던 덩치 큰 소년이다. 노보루는 갑자기 끼어든 부하에게 주의하라는 눈빛을 보냈다. 이벤트스토어의 직원들이 이쪽을 흘끔흘끔 쳐다보았다.

"준코가…… 어떻게 죽었는지는 알아?"

스스미는 고개를 끄덕였다.

(가토 교이치와 카니발즈 멤버들, 자전거 탐정은 내가 죽였어. 하지만 준코는 내가 죽이지 않았어. 공사장으로 머리띠를 한 남자가 들어왔어.)

"네가 죽였어?"

스스미는 그 질문에 대답하지 않았다. 그는 노보루 일행을 무시한 채 돌아섰다.

(홀든 콜필드─"누구에게든 아무 말하지 않는 것이 좋다. 말을 하면 모든 인간이 그리워지기 시작하니까.")

카니발즈의 넘버 포였던 소년이 스스미를 쫓아갔다. 그는 스스미에게 팔이 닿을 정도로 다가갔을 때 주머니에서 버터플라이 나이프를 꺼내 펴고 돌진했다.

옆구리를 칼에 찔린 스스미는 얼굴이 파랗게 질린 채 한쪽 무릎을 꿇었다.

"다카시 형님의 복수다, 스스미."

비열한 공격을 성공시킨 소년이 스스미를 걷어찬 뒤 침을 뱉었다.

"이건 교이치 형님의 복수!"

나오키는 스스미의 이름을 부르며 두 소년이 있는 곳으로 달려갔다. 그곳에서는 그가 이해하기 어려운 광경이 막 벌어지려 하고 있었다. 스스미를 걷어찬 소년이 갑자기 몸을 뒤틀며 괴로워하기 시작했다. 스스미는 자기 옆구리를 내려다보며 멍한 표정을 짓고 있었다.

●

행사장은 순식간에 아수라장이 되었다.

처음으로 떨어진 남자는 스테이지의 계단에 둔탁한 소리를 내며 부딪쳤다. 레깅스와 반바지로 꽤나 멋을 부린 십대 소년이었다. 느닷없는 투신에 일대가 갑자기 싸해졌다. 무슨 일이 벌어졌는지 깨달은 여자 한 명이 찢어지는 듯한 비명을 질렀다. 그런 뒤에는 여러 명이 여기저기서 목청이 터져라 동시에 비명을 질렀다.

두 번째로 추락한 남자는 머리가 분수대의 외벽에 정통으로 떨어졌다. 고무공처럼 머리가 공중으로 삼십 센티미터 정도 튀어오른 뒤 분수대 안쪽으로 떨어졌다. 분수대의 물이 핏빛으로 물들기 시작했다. 광장에 있던 사람들은 어디로 가야 할지도 모르는 채 무작정 도망을 치기 시작했다. 그 와중에도 몇몇은 휴대전화기를 꺼내 스테이지 위에서 꿈틀대는 소년과 분수대 벽에 걸린 몸을 촬영했다.

세 번째로 사람이 떨어졌을 때 시현은 사람들이 사 층, 현수막이 걸린 근처에서 떨어지고 있다는 사실을 확인했다. 네 번째 소년이 물보라를 일으키며 분수 속으로 추락했을 때 시현은 인파를 헤치며 이 층으로 올라가고 있었다.

이삼 층을 연결하는 에스컬레이터를 정신없이 뛰어가고 있을 때, 난간 밖으로 한 사람이 더 떨어지는 것이 보였다. 삼 층에 이르렀을 때 비명 소리로 또 한 사람이 더 추락했음을 알 수 있었다.

백화점 사 층은 난장판이었다. 진열장이 쓰러져 티셔츠며 모자, 필통 같은 팬시상품이 바닥에 어지럽게 널려 있었다. 도망가는 군중에 밟혀 정신을 잃고 쓰러진 소녀와, 다리가 풀려서 움직이지 못하고 울고 있는 젊은 여자가 보였다. 시현은 매대 뒤에 숨어서 몰래 난간 쪽을 촬영하던 뚱뚱한 남자에게 "아래로 내려가"라고 명령했다.

스스미는 긴 칼을 들고 있었다.

진짜 칼은 아니다. 하지만 처음에는 진짜 같아 보였다. 코스프레용 소품으로 만든 일본도였다. 전시품이거나 코스튬플레이를 하던 참가자가 들고 있던 물건을 빼앗아 든 것 같았다.

소년은 옆구리에서 피를 흘리고 있었다. 셔츠에서 핏방울이 떨어졌다. 출혈이 상당했지만 정신조종능력으로 버티는 것 같았다.

스스미는 두건처럼 보이는 붉은 머리띠를 하고 있었다.

바닥에는 머리를 민 소년 한 명이 쓰러져 신음하는 중이었다. 빡빡머리 소년은 뺨이 찢어져 얼굴이 피범벅이었다. 팔과 다리도 각각 한 곳씩 부러진 듯했다. 다리 부상이 특히 심각해 보였다.

시현은 날이 없는 목도라 해도 강력한 무기가 될 수 있다는 걸 알고 있었다. 목도로 사람 뼈를 부러뜨리는 건 검도를 조금이라도 배운 사람에게는 어렵지 않다. 시현은 스스미가 들고 있는 가검(假劍)이 플라스틱으로 만든 것인지 아니면 금속으로 만든 것인지, 얼마나 단단한지, 속은 꽉 찬 물건인지가 궁금했다.

스스미도 시현을 알아챘다…… 아니, 알아보지 못했다고 해야 할까?

스스미는 시현이 누구인지는 기억하지 못하는 채, 그저 자기 앞에 위협이 될 만한 남자가 나타났다는 것만 인식한 듯한 표정이었다. 시현은 양손을 들고 천천히 스스미에게 다가갔다.

"스스미, 나랑 같이 여기서 나가자."

시현은 스스미가 검을 휘두르면 몸에 닿을 수 있는 거리까지 걸어갔다.

류잉춘은 시현에게 실전 무술을 익힐 것을 권했다. 시현은 크라브마가를 배웠다. 이스라엘 군대가 개발한 크라브마가는 규칙이 있는 스포츠라기보다는 어떤 상황에서든 써먹을 수 있도록 만든 실전용 근거리 격투술이다. 시현은 미군 특수부대 교관들이 개량한 '코만도 크라브마가'를 배웠고, 민간인에게 가르치지 않는 급소 공격법과 몇몇 살상기술도 익혔다.

교관들은 칼이나 봉을 든 상대와의 싸움은 일단 피하라고 가르쳤다. 특히 상대가 초심자 이상으로 그 무기를 다룰 줄 알 때에는.

'맨손으로는 결코 무기를 든 수련자를 이길 수 없다. 도망쳐라. 소리를 질러서 구조를 요청하라. 무기로 사용할 수 있는 주변 지형지물이 없는지 살펴라.'

"스스미, 지금 네가 뭘 하고 있는지 아니? 여기서 왜 이러고 있니?"

시현은 한 걸음 더 나아갔다. 그는 스스미가 검을 휘두르면 맞게 되는 범위에 들어섰다.

"몸을 버려가며 싸우는 것 말고 다른 방법은 모르겠습니다."

스스미는 시현에게 그렇게 말한 뒤 별안간 칼을 휘둘러 바닥에 쓰러진 소년을 향해 내리쳤다. 스스미는 자신이 아닌 다른 인격을 연기하는 것처럼 보였다. 목소리나 눈빛마저 시현이 아는 모습과는 달랐다.

쓰러져 있던 채로 허벅지를 맞은 빡빡머리 소년이 몸을 조금 꿈틀거리다 이내 축 늘어졌다. 소리를 지를 기력도 없는 모양이었다. 가짜 칼을 휘둘렀을 때에는 거센 바람 소리가 났다. 속이 빈 알루미늄 제품이나 구부러지는 플라스틱 재질은 아닌 듯했다.

난간 쪽에서 백화점 보안요원으로 보이는 사내 하나가 살금살금 스스미의 등 뒤로 접근하고 있었다. 시현은 그 용감한 남자에게 물러나라고 해야 할지 그와 양동작전을 펼쳐야 할지 알 수 없었다. 어쨌든 그를 너무 오랫동안 쳐다봤다. 실수였다. 스스미는 번개처럼 뒤로 돌아 보안요원의 어깨를 가검으로 때렸다. 뼈 부서지는 소리가 먼저 들리고 사내의 비명이 그 뒤를 이었다.

"뛰어내려."

스스미가 보안요원에게 명령했다. 보안요원은 비틀거리며 난간 쪽으로 몸을 향했다.

"뛰어내리지 마!"

시현이 다급하게 소리쳤다. 보안요원은 잠시 멈췄다.

"뛰어내려!"

"그 말 듣지 마!"

스스미와 시현이 동시에 외쳤다. 보안요원은 마임 배우처럼 팔과 다리를 따로 움직였다. 상반신은 필사적으로 난간에서 벗어나려 했지만 다리는 거센 물살을 가르는 것처럼 죽음을 향해 조금씩 전진했다.

시현은 스스미가 칼의 무게중심을 제대로 잡지 못하고 있는 걸 알아챘다. 들고 있는 칼이 만화적으로 과장되어 너무 길었기 때문이다. 시현은 검도를 깊이 배우지 못한 스스미가 점수가 나는 격자부위를 때리는 데에만 익숙할 것이라는 점을 알았다. 시현은 일단 근거리 격투가 되면 장검은 거추장스러워질 뿐이라는 사실도 알았다. 하지만 그는 스스미가 길거리 싸움에 능했다는 사실도 알고 있었다.

시현은 돌진했다.

스스미가 칼을 휘둘렀을 때 시현은 슬라이딩을 하는 야구선수처럼 몸을 아래로 던졌다. 그는 스스미의 무릎 아래를 잡아 낚아챘다. 뒤로 자빠진 스스미가 일어나려 할 때 시현은 팔꿈치로 상대의 가슴을 찍었다. 시현은 스스미가 떨어뜨린 가짜 칼을 걷어찼다.

"당신, 난간에서 물러나! 계단으로 가!"

시현이 보안요원에게 말하느라 잠시 눈을 돌렸을 때 이번에는 스스미가 자세를 낮추고 돌진했다. 스스미의 머리가 자신의 배를 찍어눌렀지만 시현은 당황하지 않았다. 그는 몸을 비틀어 스스미의 머리가 자신의 옆구리로 오게 한 뒤 얼른 겨드랑이로 상대의 목을 감았다. 그런 다음 팔 안쪽으로 상대의 경동맥을 누르면 누구라도 뇌로 가는 피가 막혀 몇 초 안에 정신을 잃는다.

스스미가 기절했다고 생각한 시현은 팔의 힘을 풀었다. 그 순간 스스미가 억센 힘으로 시현을 밀쳐냈다.

"기절하면 안 돼, 기절하면 안 돼."

스스미는 양쪽 코에서 코피를 줄줄 흘리며 그렇게 중얼거리고는 곧 쓰러졌다. 소년은 누운 채로 사지를 뒤틀었다. 핏방울과 콧김이 섞여 거품처럼 된 피가 소년의 코에서 솟아올랐다.

"정신 차려! 스스미, 스스미!"

시현은 스스미의 가슴을 누르며 외쳤다. 죽을 고비를 벗어난 보안요원과 기둥 뒤에 숨어 있던 여자에게 구급차를 부르라고 말하는 동안 시현은 전에도 이런 일을 분명히 한 번 겪었던 것 같다는 착각에 빠졌다.

선양에서, 뺑소니사고 희생자를 살리려 할 때.

그러나 그 희생자는 결국 죽었다. 병원에서 수술 중에. 그의 아내도 죽었다. 시현은 스스미 역시 죽으리라는 사실을 알았다. 의사로서의 소견을 넘어선, 체념에 가까운 확신이었다. 이 힘은 아무도 구하지 못한다. 이 힘은 사람의 선량함을 갉아먹고 생명을 앗아간다.

그럼에도 불구하고 시현은 흉부압박을 계속했으며, 건물 어딘가에 제세동기나 구급요원이나 막연한 희망이 있을지도 모른다는 생각으로 주변을 두리번거렸다.

"스스미, 스스미! 정신 차려!"

스스미는 벌벌 떨면서 쉴 새 없이 빠른 일본어로 뭔가를 말하고 있었다. 시현이 알아들을 수 있었던 말은 "미성숙한 인간의 특징은……, 성숙한 인간의 특징은……"이라는 중얼거림뿐이었다. 그런 이상한 읊조림도 경련도 이윽고 잦아들었다. 마침내 소년의 몸은 축 늘어졌다.

곧이어 강한 자살충동이 시현을 덮쳤다.

슈란은 마태 수난곡을 듣고 있었다. 칼 리히터가 1971년에 녹음한 버전. 클래식 애호가들은 리히터의 1958년 녹음을 최고봉으로 꼽지만 그녀는 1971년 녹음을 더 선호했다. 이 녹음에는 영상이 있기 때문이다.

리히터는 스튜디오를 온통 흰색으로 꾸미고 천장에 거대한 흰색 십자가를 수평으로 걸었다. 일 층에는 뮌헨 바흐 오케스트라를, 이 층에는 코러스를, 삼 층에는 소년 합창단을 배치했다. 벽과 바닥, 천장의 구분이 가지 않는 흰 배경과 검은 옷을 입은 연주자들의 대비가 강렬했다. 이 영상물에는 독일어 가사를 번역한 영어 자막도 있었다.

복음사가를 맡은 테너가 마태복음 26장 3절을 노래했다.

'그 무렵 대사제들과 백성의 원로들이 가야파라는 대사제 관저에 모여 흉계를 꾸며 예수를 잡아 죽이려고 모의하였다.'

슈란은 차를 마시면서 호텔방의 대형 DVD 화면으로 연주 영상을 보고 있었다. 그 대형 화면 옆에 태블릿 PC를 세워두었다. 태블릿 PC 화면은 서울의 어느 문 닫은 나이트클럽을 소리 없이 중계 중이었다. 인부들을 지휘하는 명준이 작게 보였다.

(흉계가 너무 수준 떨어져. 그렇게 복잡하게 일을 꾸밀 필요가 없었어.)

대사제들은 증언을 날조하고, 예수의 제자를 매수했다. 그런 뒤 '칼과 몽둥이를 든 무리'를 게세마니동산으로 보냈다. 그렇게 폭력배를 동원해서 정면으로 쳐들어갈 생각이었다면, 애초에 유다를 회유할 필요도, 거짓 증인을 준비할 필요도 없었다.

예수를 로마 총독에게 넘긴 것도 바보짓이었다. 빌라도는 예수에 대한 기소를 끝까지 망설였다. 민중이 재판에서 어느 편을 들지는 대사제들 스스로도 자신이 없었다. 음모자들은 심지어 백성들이 예수의 편을 들어 소동을 일으킬지도 모른다고 우려하며 축제 기간을 피해 일을 저질렀다.

처음부터 유다든 누구든 고용해서 예수를 암살하면 간단했을 텐데. 대사제들은 마치 예수의 고난과 영광을 드러내기 위해 일부러 배배 꼬인 괴상한 계획을 세운 것 같았다.

(하지만 간단하다고 좋은 계획일까? 명준의 작전도 멀리서 보면 어처구니없기는 마찬가지 아닐까?)

자가용 헬기가 래디슨 블루 호텔의 옥상 헬리포트에서 대기 중이었다. 명준이 시현을 압박해서 백원단 연구소의 위치를 알아내면 곧바로 슈란과 흑사회의 행동 담당 조직원들이 그리로 출동할 예정이었다. 연구소가 상하이 근처에 있다면 헬리콥터나 자동차를 타고 가고, 다른 도시나 한국에 있다면 공항으로 가서 전용기로 갈아탈 계획이었다.

시현으로부터 들어야 하는 정보는 그다지 많지 않다. 연구소의 위치와 정문 출입 방법 정도? 연구자료 데이터베이스에 걸려 있을지도 모르는 암호? 알키비아데스라고 하는 그 연구소만 접수하면 된다.

어쩌면 가짜 암호가 있을지도 모르지. 침입자를 오히려 공격하거나 연구소의 정보를 전부 지워버린다거나 하는. 하지만 슈란은 직접 연구소 문을 열지 않을 것이며, 가짜 암호에 속아서 실패하더라도 여전히 시현은 그들의 수중에 있을 것이다.

가짜 암호를 대서 한두 번 명왕회—그래, 명왕회라고 하자—를 속일 수는 있겠지만 오래 가진 못한다. 연구소가 폭발해서 자료가 전부 소각된다 해도 상관없다. 그렇게 되면 슈란은 시현을 죽일 참이었다. 흰원숭이에 대한 연구는 명왕회가 처음부터 다시 새로 시작하면 된다. 명왕회보다 더 많이 아는 사람이 없기만 하면 되는 것이다.

태블릿 PC 화면이 바뀌었다. 작은 화면에서 명준이 뭐라고 말을 하고 있었다. 슈란은 음악을 끄고 태블릿 PC의 사운드 볼륨을 켰다.

"위구르 사람들은 모레 온대. 거기서도 사람을 모아야 하나봐. 어쨌든 도와줘서 고마워."

이명준이 말했다.

"전화 몇 통 건 것뿐인데 뭘. 그런데 효과가 있을까?"

슈란이 물었다.

"내가 외국인이랑 청각장애인들 상대로 여러 번 시험해봤어. 알아듣지 못하는 언어로 명령하는 건 아무 소용이 없어. 위구르에서도 아주 깡촌에서 오는 사람들이라며? 봐서 간단한 영어라도 하는 사람이 있으면 걸러내야지."

"안시현이 만약 위구르어를 할 줄 안다면……"

"그럴 리 없어. 그리고 위구르 어깨들은 작전의 작은 부분일 뿐이야. 인질들이 핵심이야."

명준이 자신했다.

"인질은 몇 명이나 잡을 생각이야?"

"스무 명 정도."

명준이 어깨를 으쓱하며 대답했다.

"그렇게 많이?"

"그 인간 대학 졸업 앨범이랑 다니던 병원 홈페이지랑 의사협회 회원 명부 같은 거 보고 대충 훑었더니 그 정도 나오던데. 대학 친구가 일고여덟 명, 옛 직장동료가 대여섯 명, 나머지는 마지막으로 살던 아파트에서 양 옆집에 살던 가족."

"옆집 살던 가족? 아파트에 사는 사람이 옆집 가족에 대해서 그리 대단한 감정이 있을까?"

슈란이 물었다.

"있을 거야. 안시현은 기본적으로 착한 사람이라고. 설사 생판 모르는 사람이 죽는다 해도 그걸 그대로 놔두지 않을 인물이야. 어쨌든 너무 걱정할 건 없어. 대학 친구 중에 아주 친했다는 사람들이 있으니까. 절대 무시하지 못할 거야."

'생판 모르는 사람이 죽는다 해도 그대로 놔두지 않을 사람'이라는 명준의 말이 슈란의 마음을 건드렸다. 그 분석이 틀려서가 아니었다. 오히려 너무 의미심장해서였다. 앞으로도 안시현이 생판 모르는, 무수히 많은 사람들을 모두 인질로 잡을 수 있다는 얘기였다.

그녀는 사디스트가 아니었다. 사람들, 특히 어린아이들이 고통받는 모습을 보는 일은 웬만하면 피하고 싶었다. 그러나 그런 연민의 마음은, 길 잃은 개와 고양이를 불쌍히 여기고, 소나 돼지가 도살 과정에서 큰 고통을 받지 않길 바라는 감정과 별반 다를 게 없었다.

저우환위는 정신조종능력은 유전되지 않으니 흰원숭이를 새로운 종으로 인정할 수 없다고 말했다. 그건 의사와 생물학자들의 견해다. 섹스와 출산을 통해 번식하건, 다른 방식으로 자신의 능력을 물려주건 간에 거기에 본질적으로 무슨 차이가 있다는 말인가? 정체성이라는 건 우리 스스로 정하는 것 아닌가?

시현은 스스로를 인간이라고 여기고, 인간으로서 지켜야 할 윤리와 의무를 따르려 한다. 시현은 그렇게 휴머니스트가 되었다. 전혀 알지 못하는 사람을 위해서도 그는 희생을 감수하겠지. 그게 휴머니스트의 약점이다.

(나라면 같은 상황에 닥치더라도 득실을 따질 거야. 왜냐하면 인간이란 내게 식용가축, 반려동물 정도의 존재에 불과하니까. 난 인간의 도덕을 따르지 않으니까. 난 초인이니까. 나는 호모도미난스니까.)

●

시현은 난간 위에 올라섰다. 일 층의 사람들이 비명인지 환호인지 모를 소리를 냈다. 사람들이 휴대전화기를 머리 위로 올려 그를 찍고 있었다.

그는 필사적으로 자신에게 벌어지는 일을 이해하려고 애썼다. 시현은 처음으로 내부자의 관점에서 충동사의 기전을 관찰할 수 있게 되었다.

우선 압도적인 자기혐오의 감정이 있었다. 그 자기혐오는 대부분 '내가 스스미를 죽였다'는 죄책감에서 나왔다. 외과수술에 처음 참여했을 때부터 사람을 죽인다는 행위에 희미하게나마 마음이 끌렸고, 근접 격투술이 통해서 스스미를 넘어뜨렸을 때 통쾌한 기분이 들었고, 스스미의 목을 조를 때 '풀어주면 역습을 당할 수 있다'고 불안해했고……

거기에 더해 몇 달간 눌러왔던 맹렬한 분노가 조금 전의 사건으로 터져나오면서 그 대상을 자기 자신으로 잡은 것 같기도 했다. 막강한 힘을 지닌 존재가 되었는데 별것 아닌 인간들과 사소한 사건들에 방해를 받고, 매사가 뜻대로 풀리지 않는다는 답답함에서 오는 짜증과 신경질.

한편으로는 자기혐오나 분노와는 달리 어디에서 온 건지 쉽게 설명이 되지 않는, 순수한 형태의 절망감도 있었다. 영영 이 상태에서 헤어나올 수 없을 거라는 확고한 깨달음. 영원한 지루함. 무기력과 권태. 끝없는 끝.

시현은 정신을 차렸다. 난간 위에서 잠시 휘청거렸지만 곧 몸의 균형을 되찾았다. 그는 바닥으로 내려왔다.

"꼼짝 마! 손들어!"

겨우 경찰이 사건 현장에 도착한 모양이었다. 시현은 스스미의 시신과 구타당해 팔다리가 부러진 채 쓰러진 빡빡머리 소년 앞에 섰다. 경찰은 아직 너무 멀리 있었다. 계단 근처에서 시현에게 총을 겨누고 있었다. 정신조종능력이 닿을 수 있는 거리가 아니었다.

"쏘지 마세요."

시현은 경찰들에게 그렇게 말하며 천천히 손을 올렸다.

15

알키비아데스>관리자 메뉴>메모>해당 카테고리 없음

등록자=류잉춘

등록일=08/26/2006

'흰원숭이 증세'가 팬데믹(범유행)이 될 수 있을까? 어쩌면 지금의 인류 문명은 이 미지의 병원체가 퍼지기에 최적인 상태일지도 모른다. 대부분의 조직과 시스템이 전체적으로는 중앙집권형이고 개별 단위들 차원에서는 권력지향적이잖은가.

위생학이 발달하기 전 고대와 중세 도시들은 전염병이 퍼지기에 최적의 장소였다. 영양상태가 나쁜 사람들이 더러운 집에서 함께 먹고 잤다. 상하수도 구별은커녕 주거공간과 축사조차 분리돼 있지 않았다. 그런 환경에서 종종 전염병은 문명을 궤멸시킬 수준으로 창궐했다. 기원전 430년 그리스에서는 전체 인구의 4분의 1이 장티푸스로 사망했으며, 14세기에는 흑사병으로 유럽 인구의 3분의 1이 줄었다. 6세기에 발생한 유스티니아누스 역병의 사망자 수는 1억 명으로 추정되는데……

"자각몽을 꾸는 기분이었습니다."

전화기 저편에서 시현이 말했다. 스피커폰 모드인 듯, 목소리가 좀 울렸다. 시현은 이케부쿠로의 비즈니스호텔에 묵고 있었다. 아직 누가 스스미의 정신조종능력을 이어받았는지 알지 못했기 때문에 그 일대를 뜰 수 없다고 했다.

"어떤 점에서요?"

웨이리원이 물었다.

"머릿속 어느 한 부분은 제가 자살충동에 휘둘리고 있음을 알았습니다. 속으로 '이러면 안 되는데, 이러면 안 되는데'라고 생각했죠. 분수광장을 내려다보는 난간으로 걸어가는 동안에."

처음으로 충동사 위기를 겪었다는 말을 듣고 리원은 그에게 상담치료를 받으라고 요구했다. 자신이 치료사가 되어주겠다면서.

"무슨 진단이나 분석을 하려는 게 아니에요. 당신은 죽음 근처에 갔었다고요. 그 경험을 입 밖으로 소리내어 말하는 게 중요해요. 당신도 의사니까 알잖아요."

의학적으로 시현은 자살시도에 실패한 정서장애 환자나 다름없는 처지였다. 그리고 심리치료에는 자잘한 테크닉보다 환자 본인의 참여와 자기인식이 훨씬 중요하다. 과묵하고 고지식한 남자는 마지못해 동의했다.

"그러니까 자기혐오나 분노는 이해할 수 있었지만 권태감은 이해하기 어려웠다는 이야기지요?"

"자기혐오는 제가 흰원숭이가 아니었더라도 그 상황에서는 겪게 되지 않았을까 싶습니다. 분노는 X-인자와 관련이 있기는 하지만 그래도 이해는 가는 감정이고. 하지만 그 권태감은 그 순간에 제 몸 밖에서 심어진 듯한 기분이었습니다."

"지금은 괜찮아요? 그 충동은 다 사라졌나요?"

리원이 물었다.

"지금은 괜찮습니다."

시현은 선샤인시티 사 층에 올라온 모든 경찰들의 얼굴과 외모의 특징을 사진 찍듯이 머릿속에 기록했다. 정신조종능력을 스스로에게 부리면 그런 것도 가능했다. 그는 어떤 최면술사보다도 더 정교하게 목격자들의 기억을 끌어내 생생한 몽타주를 그리게 할 수도 있었다. 류잉춘은 그런 식으로 새로운 흰원숭이들을 추적했다. 시현은 선샤인시티 삼 층을 돌며 스스미의 시체 아래에 있던 사람들의 얼굴도 봐두었다. 그러나 아래층에는 사람이 많지 않았고, 건물 층고는 충분히 높았다.

처음에 시현은 정신조종능력이 바닥에 쓰러져 있던 빡빡머리 소년에게 전해졌을 거라고 생각했다. 그러나 노보루라는 이름의 그 소년을 병원에서 만났을 때 흰원숭이의 능력은 조금도 찾을 수 없었다.

(단순히 잘못 짚은 걸까? 아니면 류잉춘도 의심했었던 B형 X-인자가 존재하는 걸까? 격세로 형질이 나타나는?)

"그 권태감이 당신 내부에서 온 게 아니라고는 어떻게 자신하죠?"

리원이 물었다.

"무슨 말씀이시죠?"

"부인을 잃은 뒤 '만사가 무의미하다'는 기분에 빠졌다고 하지 않으셨던가요? 덤으로 사는 인생이라는 생각을 하는 동안 마음 한구석에 권태감이 자리잡고 있었던 거 아닌가요?"

"그거라면 걱정하실 필요 없습니다. 제가 백원단을 꾸려나가기에 문제가 될 정도로 자살 성향이 높았다면 류잉춘 박사님이 만든 테스트에서 틀림없이 걸러졌을 테니까요. 수십 명이 그 테스트를 치렀는데 제가 최고점을 받았잖습니까."

리원은 시현의 어조에 가시가 돋쳐 있음을 감지했다. 그녀로서는 약점이 찔린 셈이었다. 후계자 시험을 통과하지 못했다는.

(하지만 나도 저 남자의 아픈 기억을 건드렸어. 일부러. 심리치료를 빙자해서. 왜 그랬지? 과거에 갇혀 사는 모습이 보기 싫어서? 똑바로 여길 보라고 말하고 싶은 마음 때문에……?)

석 달 동안 같이 살았던 소년의 죽음보다 남자의 마음에 더 신경이 쓰였다. 여자는 그 사실에 가슴에 예리한 통증을 느꼈다.

남자는 리원의 침묵을 오해한 듯했다.

"기분 상하게 할 의도는 아니었습니다."

"아니에요. 제가 선을 넘은 것 같네요. X-인자가 어떤 식으로 자살충동을 불러일으키는지가 궁금했어요."

그녀는 거짓말을 했다.

"심리치료는 끝난 것 같다"며 리원이 웃었을 때 남자가 전화를 끊지 말아달라고 했다. 시현은 조금 더 이야기를 하고 싶다고 했다.

"어떤 이야기요?"

리원이 물었다.

"아무 이야기나 괜찮습니다."

"아무 이야기나요?"

"낮에 뭘 먹었는지, 요즘 재미있게 본 영화나 책은 뭐가 있는지, 그런 거요. 사람들과 평범한 잡담을 나눈 지가 너무 오래되어서……"

리원은 깜짝 놀랐다.

"좀 기다려요. 냉장고에서 맥주 한 캔 꺼내올 테니."

그녀는 뺨을 식히며 태연한 척 대꾸했다.

캄팻이 방에 들어오자 맨 앞자리에 앉아 있던 선사가 그를 올려다보며 빙그레 미소를 지었다.

캄무안의 선원은 콘크리트로 벽을 세운 꾸밈없는 건물이었다. 좌선 중인 선사는 모두 여덟 명이었다. 햇빛이 비스듬히 실내로 들어오고 있었다. 바닥이 달궈지다시피 했는데 방에는 아무런 냉방시설이 없어서 습하고 더웠다. 모기도 몇 마리 있어서 아직 몇몇 젊은 승려들은 그 성가신 곤충이 눈이나 귀 근처에서 앵앵거릴 때 얼굴을 움찔거리곤 했다.

캄팻은 가부좌를 틀고 앉아 명상에 잠겼다. 직사광선을 한쪽 뺨으로 받는데다 모기 한 마리가 머리 근처를 빙빙 도는 바람에 그의 정신은 다소 산만해졌다. 방바재단의 사업, 안시현과의 만남, 천슈란과 협조하는 문제, 이명준이 제안하고 실행에 옮기려는 계획을 생각하는 동안 마음은 더욱 흐려졌다.

(다 허상일 뿐이다. 번뇌를 버려라.)

캄팻은 주변의 사물들에로 관심을 돌렸다. 새소리, 아이들이 떠드는 소리, 진흙이 마르면서 내는 달착지근한 냄새, 마감을 제대로 하지 않은 콘크리트 바닥의 오톨도톨한 면, 그 자신의 아랫배 근육.

(꿰뚫어보라. 솟아올라라. 날아가라. 사라져라.)

캄팻은 환각제 복용을 긍정하는 신비주의 수행자들을 알고 있었다. 몇몇 극단주의자들은 생아편을 모닝커피 정도로 여겼다. 그들은 수행에 도구를 이용하는 게 뭐가 문제냐고 반문했다. 순전히 정신적인 힘만으로 경지에 이를 수 있다면 왜 다른 사람을 피해 조용한 공간을 찾아야 하는가? 육식을 피해야 할 이유는 무엇이며, 가부좌는 왜 필요한가? 또 어떤 경지에 이르렀다면, 어느 길을 택해 정상에 올라왔건 그게 무슨 상관인가? 쓸 수 있는 모든 수단을 동원해 깨달음을 얻어야 하지 않겠는가?

캄팻은 정신조종능력을 명상과 참선에 활용해보았고, 그 결과는 놀라웠다. 이전까지는 상상도 못한 수준으로 의식을 통일하거나 집중하거나 아니면 비울 수 있었다. 그는 처음으로 몰아를 체험했다.

"저는 준비가 되었습니다. '마지막 가르침'을 부탁합니다."

제일 앞자리에 앉은 선사가 캄팻에게 말했다. 그 옆에 앉은 나이 든 승려도 동의한다는 의미로 공손하게 머리를 숙여 보였다.

캄팻은 다른 수행자들을 선원 밖으로 나가게 한 뒤 자리에 남은 두 선사와 교리문답을 시작했다. 직접 개발한 교리문답이었다.

캄팻은 두 승려에게 잡념을 버리라고 요구했다. 그들은 명령에 따랐다.

캄팻은 두 승려에게 탐욕과 미망을 버리라고 요구했다.

캄팻은 두 승려에게 그들 자신과 일체의 욕망을 버리라고 요구했다. 그는 거기에 삶 그 자체에 대한 욕망도 포함된다고 일렀다. 말뜻을 알아차린 두 승려의 표정이 미묘하게 굳어졌다.

캄팻은 어렸을 때부터 라오어와 중국어로 된 불교서적들을 탐독했다. 그는 지장보살의 일화를 읽으며 깊은 감동을 받았다. 지장보살은 마지막 순간에 해탈을 미루고 지옥으로 내려갔다. 지옥의 비참한 광경을 본 보살은 그곳의 중생을 다 구제한 뒤에야 열반에 이르겠다고 다짐했다.

캄팻은 자신이 지장보살과 같은 역할을 한다고 생각했다. 그는 승려들에게 말했다.

"성불하십시오."

선사들이 몸을 뒤틀기 시작했다.

한 시간쯤 뒤, 방바재단의 젊은 수행자들이 방에 들어와 두 승려의 시신을 거두어갔다.

●

"지난번에 뵈었을 때 드리려고 하다가 마음이 약해져서 그러지 못한
물건이 있어요. 시현씨가 꼭 직접 받으셔야 할 물건이에요."

천슈란이 말했다.

"그게 어떤 물건입니까?"

시현이 물었다.

"말로 설명하기 힘들어요. 만나서 드릴게요. 서울에 계신가요? 저는
서울에 와 있어요."

"그 물건이 뭡니까?"

시현이 다시 물었다.

"저우환위 이사장이 살아 있을 때 저와 만났던 걸 아시죠? 그때 저우
이사장님이 제게 맡긴 물품이 있어요. 캄펫 변호사를 믿지 못하겠다면
서요. 그 물건, 안 선생님이 보관해주셨으면 해요."

"서너 시간 걸릴 겁니다."

"서울 강남에 레티나 호텔이라는 곳이 있어요. 잠원동에……"

"막힌 곳에서 만나고 싶지는 않군요. 트인 장소가 좋습니다. 잠원동이
면 한강시민공원이 가까울 겁니다. 거기서 뵙죠."

슈란과 그런 대화를 나눴던 게 꼭 네 시간 전이었다. 시현은 주위를
둘러보았다.

그는 한강공원에 있었다. 강은 보이지 않았지만 둔치에 만든 수영장

에서 꼬마 아이들이 꺅꺅대며 물장구를 치는 모습은 잘 보였다.

천슈란이 무언가 음흉한 계획을 꾸미고 있다는 것은 그도 알았다. 전화를 끊은 뒤 레티나 호텔을 인터넷으로 검색해보니 그도 들어본 적이 있는 유명한 나이트클럽이 있었던 건물이었다. 최근에는 리모델링 공사에 들어가면서 부분 운영 중이라고 했다.

글쎄? 성형수술이나 명품 쇼핑을 하러 강남으로 오는 중국인 관광객들에게는 의외로 한강 전망이 좋고 싸다고 입소문이 나 있는 곳일지도? 하지만 시현은 슈란이 그런 호텔을 고른 데에는 뭔가 이유가 있을 거라고 짐작했다. 그렇다고 그가 고른 한강시민공원 잠원지구가 그에게 유리한 장소냐 하면 딱히 그렇지도 않았다. 호텔에 반대되는 장소, 잠원동에서 그가 아는 장소를 말하려다보니 유일하게 떠오른 곳이 한강 둔치였을 따름이다.

'호텔보다야 한강공원이 여차하면 도망치기 좋겠지'라는 단순한 생각이었다. 그는 천슈란이 어린아이처럼 스파이 놀이에 빠져 있다고 생각했다. '뭐든지 할 수 있다'는 생각이 사람을 유치하게 만드는 것 같았다. 백원단이라는 조직도, 방바재단의 사업도, 본질적으로 어린이들의 망상 같은 데가 있었다. 캄팻이 벌이려는 일은 망상인데다 위험하기까지 했다. 그가 추정하는 게 옳다면……

생각해야 할 일은 그것 말고도 많이 있었다. 일본에서 벌어진 일에 대한 그의 추정이 옳다면…… 스스미의 X-인자는 전혀 예상치도 못했던 인물에게 넘어갔다. 류잉춘은 그런 현상이 가능하다는 생각도 못했던 것 같다.

(X-인자에는 도대체 얼마나 많은 수수께끼가 숨어 있는 걸까? 이걸 알키비아데스 한곳에서 맡아 연구하는 게 과연 옳은 일일까? 관련 분야의 과

학자들이 모두 달라붙어야 할 일 아닐까?)

튜브를 배에 끼운 채 강아지처럼 달리는 어린아이와 사색이 되어 그 뒤를 쫓는 어머니를 보다 시현은 잠시 생각의 갈피를 잃었다. 젊은 부부가 유모차를 밀며 지나갔다. 여자 쪽은 맵시 있는 선글라스를 썼고, 반바지를 입은 남자는 목에 다소 무거워 보이는 두꺼운 카메라를 걸고 있었다. 시현은 젊은 아빠의 자리에 자신을, 그 옆자리에 아내의 모습을 넣은 모습을 머리로 그리려 했다. 그랬다가 아내 대신 웨이리원의 얼굴이 그려지는 바람에 흠칫 놀랐다.

시현은 풍경에서 눈을 떼고 당면한 과제들에 집중하려 애썼다. 그는 갑자기 동시에 여러 가지 생각을 할 수 있게 된 듯했다. 산만해졌다기보다는 현명해진 것 같은 기분이었다.

그는 슈란에 대해 생각했다. 슈란을 백원단에서 먼저 제거하는 일에 대해 생각했다. 만약 슈란을 공격한다면 언제, 어떤 방식으로 타격을 가해야 할지에 대해 생각하는 동시에 그는 스스미에 대해서도 생각했다. 그는 스스미의 시신을 놔둔 채 도망쳤다. 그는 스스미의 장례에 대해 생각하는 동시에 앞으로 미성년자가 흰원숭이가 되었을 때 어떻게 대처해야 할 것인지를 궁리했다.

그의 뇌 한 부분은 의식을 앞질러나갔다. 시현은 자신의 눈앞에 뭔가 위험이 나타났음을 깨달았다. 그는 생각들을 거두고 자신이 조금 전에 본 것이 무엇이었는지 살피는 데 신경을 집중했다.

테니스장 너머로 건장한 사내 두 명이 어슬렁거리고 있었다. 걸음걸이에 쓸데없이 힘이 들어가 있고, 주변 풍경을 낯설어하고 있다. 시현은 유람선 선착장 근처에도 덩치 큰 사내 서너 명이 배회하고 있음을 알아챘다. 개중 한 녀석은 긴장해서 어깨에 힘이 들어가 있었다. 편의점 뒤에도 두 명이 더 있었다. 그중 한 명의 귀에 경호용 이어마이크가 걸려 있는 것이 보였다. 사내들은 천천히 포위망을 좁혀오는 중이었다.

시현은 자신에게 승산이 별로 없을 거라고 판단하면서도 어쨌거나 달려보기로 했다. 달리면서 그는 한 손으로 재빨리 리원에게 문자메시지를 보냈다.

그를 쫓던 사내들도 더 이상 몸을 숨기지 않았다. 공원 입구에 있던 사내들과 거리가 좁혀져 상대의 얼굴을 볼 수 있게 되었을 때 시현은 슈란이 어떤 트릭을 이용했는지 알 수 있었다.

●

하마터면 시현을 놓칠 뻔했다.

시현은 명준의 예상 이상으로 발이 빨랐고, 격투에도 능했다. 위구르에서 스카우트해온 용병을 무려 넷이나 쓰러뜨렸다. 그중 두 명은 불알을 세게 걷어차였다. 급소를 얻어맞은 남자 중 하나는 돼지처럼 비명을 지르며 데굴데굴 굴렀다. 다른 희생자 하나는 그냥 정신을 잃었다.

"저 새끼는 무슨 제이슨 본이라도 되나?"

명준이 중얼거렸다. 무전기를 들고 옆에 서 있던 중국인이 자신을 쳐다보는 걸 알아챈 명준은 그에게 "혼잣말이야, 통역할 필요 없어"라고 말했다.

다행히 시현은 위구르어를 하지 못했다. 용병들이 미식축구 선수처럼 그에게 자기 몸을 던져 사람의 몸으로 작은 산을 쌓는 중이었다.

용병들은 한국어를 적어도 한 단어는 제대로 발음할 줄 알았다. 명준

265

이 가르친 단어, "경찰입니다!"라는 말이었다. 갑작스럽게 벌어진 추격전과 몸싸움에 놀라 비명을 지르고 당황하는 시민들을 향해 용병들은 번갈아가며 "경찰입니다!"라고 소리쳤다. 그 말을 너무 자주 외치는 감이 있었지만, 효과는 썩 괜찮았다.

명준은 경찰복을 구해 용병 중 한 명에게 입혀놓기도 했다. 그렇게까지 용모가 이국적으로 보이는 위구르인은 없었다. 눈이 파란 사내 한 명에게는 선글라스를 씌웠다. 시현을 데려갈 차도 형사들이 사용하는 검은색 승합차로 준비해놓고, 차지붕에 경광등도 달았다.

그 승합차가 레티나 호텔로 출발하는 걸 보고 명준도 둔치 주차장에 세워놓은 370Z에 올라탔다. 한껏 들뜬 그는 블루투스를 켜서 슈란과 황쿤에게 작전이 성공했음을 알렸다. 슈란이 비명을 지르며 호들갑을 떨어줬기에 그는 기분이 흡족해졌다.

한강시민공원에서 레티나 호텔까지는 차로 오 분도 채 걸리지 않는 거리였다. 승합차가 먼저 호텔 건물로 들어갔고, 370Z가 그 뒤를 따랐다. 지하주차장 입구에는 '리모델링 공사 중'이라는 안내 팻말과 공사용 바리케이드가 설치돼 있었다. 미리 대기하고 있던 조직원들이 얼른 장애물을 치워주었다. 그들은 텅 빈 지하주차장 한가운데 경찰 호송차를 흉내낸 봉고와 일제 스포츠카를 세웠다.

위구르 용병들이 승합차에서 시현을 끌어내렸다. 머리에 검은 보자기를 쓰고 양손에 수갑이 채워진 시현은 막 체포된 특급 테러리스트처럼 보였다. 시현은 비명을 지르지도 공황에 빠지지도 않았으며 쓸모없는 저항을 시도하지도 않았다. 안내를 기다리는 VIP 손님처럼 차분한 태도였다.

그들은 지하 일 층의 나이트클럽으로 올라갔다. 나이트클럽은 실제로 리모델링 공사 중이었다. 이 클럽은 명준이 이 호텔 건물을 사들인 이유이기도 했다. 명준이 젊었던 시절 이곳에는 강남의 양대 나이트클럽 중한 곳인 유명한 클럽이 있었다. 가난한 대학생이던 그는 용돈을 털어 딱한 번 이곳에 왔다. 그리고 아무런 소득 없이, 여자들이 그를 무시한다는 느낌만 받으며 새벽에 그곳을 빠져나왔다. 그에게 있어서 레티나 호텔 매입은 성공한 벤처기업가가 트로피와이프를 얻거나 명예박사 학위를 취득하는 것과 비슷했다. 흰원숭이가 된 뒤로 그가 벌인 '작은 복수들'의 연장선에 있었다.

이 복수는 꽤 괜찮은 사업이기도 했다. 이 건물에는 '기업 잡는 호텔', '귀신 붙은 호텔'이라는 별명이 붙어 있었다. 인수하는 기업마다 파산하거나 부도를 내면서 최근 십 년 동안 주인이 다섯 차례나 바뀌었다. 그나마 그가 인수하기 전에는 몇 년째 입찰 변경과 유찰을 반복하며 법원의 골치를 썩이는 경매매물이 되어 있었다. 그래서 강남 한복판 노른자 땅에, 한남대교를 내려다보는 전망을 가진 건물인데도 폐허나 다름없이 방치돼 있었다.

그리고 새로 문을 여는 이 나이트클럽의 첫 번째 손님이 바로 백원단 지도부와 그의 지인들인 셈이었다. 클럽 밖에서부터 인질들이 흐느끼는 소리가 들렸다. 시현의 대학 동창들, 옛 직장동료들, 옛 이웃들은 자신들이 왜 끌려왔는지, 상대가 무엇을 원하는지를 묻다가 몇 대 얻어맞고 잠잠해졌다. 어차피 그들을 감시하는 조직원도 위구르인이었다. 한국어는 한마디도 알아듣지 못했다.

공사가 덜 끝난 나이트클럽은 기괴한 분위기였다. 전기케이블을 끌어와서 공사용 조명등을 서너 개 바닥에 설치했지만 전체 면적을 밝게 비추기에는 턱없이 부족했다. 조명등을 바닥에 비스듬히 세워놓는 바람에 누군가 조금 움직이기라도 하면 뒤로 터무니없이 큰 그림자가 일렁이게 됐다. 거대한 동굴에 들어온 듯한 느낌이었다.

"늦었잖소."

황쿤이 그에게 걸어왔다. 그는 딸꾹질이라도 하는 것처럼 목과 어깨를 심하게 움찔거렸다.

"초조해한다고 달라질 것도 없어요. 마음 편히 보시죠."

명준이 대꾸했다. 황쿤은 얼굴을 붉히며 '딸꾹' 소리를 한 번 내고 뒤로 물러났다. 이번에는 진짜 딸꾹질이었던 것 같다.

테이블과 의자는 거꾸로 눕혀서 한구석으로 모두 모아둔 상태였다. 그 앞에 인질들이 묶여 있었다. 명준은 시현을 무대 중앙으로 끌고 가라고 통역에게 말했다. 용병 세 사람과 시현이 스테이지에 올라서자 바닥에서 먼지가 일었다. 용병들은 시현의 무릎을 꿇린 뒤 그의 발목에도 수갑을 채웠다.

"지금 어디에 있는지 알겠어?"

명준이 스테이지를 향해 큰 소리로 묻자 메아리가 울렸다.

"이명준씨?"

시현의 목소리는 별로 떨리지 않았다. '아, 너였나' 하는 정도의 느낌이었다. 명준은 용병을 시켜 시현의 머리에 씌운 보자기를 벗기게 했다. 무대 위에서 무릎을 꿇고 있던 시현은 눈을 가늘게 뜨고 주변을 둘러보았다. 그는 인질이 있는 쪽을 한참 바라보았으나 표정은 그다지 변함이 없었다.

"참 악연이지? 만날 때마다 내가 그쪽 부모님이나 친구를 납치해서 붙잡아두고 있네."

시현은 대답하지 않았다. 명준은 말을 이었다.

"지난번에는 내가 착각하는 바람에 크게 망신을 당했지만 이번에는……"

"이 대표님, 여기서 그만두시지요. 천슈란은 호락호락한 사람이 아닙니다. 대표님 생각대로 움직이지 않습니다. 황 사장님도 마찬가지입니다."

명준은 고개를 숙이고 통역에게 뭐라고 지시를 내렸다. 잠시 뒤 시현의 뒤에 서 있던 위구르 용병이 시현의 등을 걷어찼다.

"안시현씨, 그렇게 상황파악이 안 되시나? 지금 넌 묶여 있어. 그리고 네 친구들도 여기에 묶여 있고. 여기 이 아저씨 보여? 이 아저씨가 흑사회에서 알아주는 고문 전문가야. 위구르 사람들도 고문에는 일가견이 있대. 중앙아시아에서는 여자들도 칼 한 자루로 사람 회를 뜰 수 있대."

명준이 소리를 쳤다. 인질 중 한 사람이 "아저씨, 제발 살려주세요"라며 흐느끼기 시작했다. 명준은 그쪽을 향해 "닥쳐!"라고 고함을 질렀지만 얼굴은 웃고 있었다.

"저는 이 대표님께 기회를 드리고 있는 겁니다. 지금 저와 제 친구들을 풀어주시면 다 없던 일로 하겠습니다."

시현이 비틀거리며 일어섰다.

"그게 말이 되는 제안이냐고. 이미 난 선을 넘었는데, 그 정도 말을 듣고 '알겠습니다'하고 물러날 리가 없잖아? 애초에 믿을 수가 없는 약속이고 말이야……"

"그냥 물어봐야 하는 걸 물어보고 빨리 끝낼 수 없소? 대화를 자꾸 하면 말려들게 되는 거 몰라요?"

폼을 잡아보려던 명준을 황쿤이 제지했다. 쿤은 시현을 향해 물었다. 뺨을 실룩거리며.

"그 연구소, 류잉춘에게서 당신이 물려받았다는 연구소는 어디 있소?"

시현은 대답하지 않았다.

"다시 한 번 묻겠수다. 그 연구소는 어디……"

"연구소 어디 있냐고, 이 자식아!"

이번에는 명준이 황쿤이 말하는 가운데 끼어들었다. 그는 흥분해서 잠시 무대 앞으로 다가왔다가 인질이 있는 곳으로 달려갔다. 여자 인질들이 비명을 질렀다.

"지금 네가 여유부리고 있을 때인 줄 알아? 빨리 대답 안 하면 여기 이 사람들을 한 놈씩 손봐줄게. 그래도 괜찮아? 야, 거기 칼 좀 줘봐."

명준은 연극적으로 양팔을 벌리고 무대를 향해 말했다. 그러나 용병들은 '칼을 달라'는 말을 알아듣지 못했고, 명준은 혼자 씩씩거리다 바닥에 놓인 보자기에서 팔꿈치 길이 정도 되는 회칼을 하나 찾아냈다. 그걸 본 여자 한 명이 히스테릭하게 비명을 질렀는데 어찌나 그 소리가 크고 높았던지 명준의 귀가 얼얼할 정도였다.

"연구소 위치를 뭐라고 말로 설명하기는 힘들어요. 제 핸드폰에 그 주소가 나와 있습니다. 연구소에 관한 다른 정보들도 모두. 오셔서 가져가시죠."

시현이 말했다.

"가져오라고 해."

명준이 통역에게 중국어로 지시했고, 통역이 위구르어로 그 말을 번역했다. 시현의 뒤에 있던 용병 한 명이 시현을 일으켜세운 뒤 바지주머니를 뒤져 휴대전화기를 꺼냈다. 용병이 무대에서 내려와 전화기를 명준에게 건네주었다. 명준은 손가락으로 전화기 화면을 건드리려다 멈칫했다.

"이거 뭐, 007 영화처럼 주인이 아닌 사람이 터치하면 감전되고 그러는 거 아냐? 지난번에도 너 명단이 어쩌고 하면서 나 엿먹였잖아. 야, 네가 눌러봐."

명준이 통역에게 지시했다. 통역사는 잔뜩 긴장해서 휴대전화기에 손가락을 가져다댔으나 아무 일도 일어나지 않았다. 중국인 통역사는 고개를 갸웃하다 휴대전화기를 다시 명준에게 건넸다.

"처음에 화면 잠금을 풀려면 제 지문이 필요합니다."

무대에서 시현이 차분하게 말했다. 명준은 바닥에 침을 칵 뱉고는 전화기를 들고 무대로 올랐다. 그가 조명기구를 등지고 걷는 바람에 반대편에 거대한 그림자가 졌다.

"자."

무대에 올라온 명준이 묶여 있는 남자 앞에 전화기를 내밀었다. 시현은 덤덤한 얼굴이었는데 명준은 그 모습이 몹시 못마땅했다.

"아무 말도 하지 말고, 움직이지도 마."

시현이 명준에게 말했다.

명준은 갑자기 목이 졸리는 듯한 기분에 빠졌다. 그는 "어?"라고 말하려고 했으나 말이 나오지 않았다. 뒷걸음질을 치려고 했으나 그럴 수도 없었다.

(이 녀석도, 나도, 똑같은 흰원숭이인데……? 흰원숭이들 사이에서는 정신조종은 통하지 않는데……?)

"통역을 불러. 통역에게 이 수갑을 풀라고 지시해."

명준은 지시에 따랐다. 통역이 수갑 열쇠를 들고 달려오는 동안 명준은 우스꽝스러운 생각을 하고 있었다.

'귀신 붙은 호텔이라더니……'

16

알키비아데스〉관리자 메뉴〉메모〉해당 카테고리 없음
등록자=류잉춘
등록일=09/05/2007

흰원숭이가 만 명을 넘으면 대략 나라 하나 정도의 영향력을 지니게 되지 않을까 짐작해본다. 탄압에 대한 두려움으로 흰원숭이들이 하나로 뭉치게 될 수도 있다. 흰원숭이들이 이스라엘 같은 나라를 세우려 할지도 모른다.

흰원숭이의 수가 수백만, 수천만으로 늘어나면 본격적인 계급사회가 도래할 것 같다. 정신조종능력이 아니라 학습능력 때문에 흰원숭이들은 일반인보다 월등히 뛰어난 기량을 발휘한다. 금강승은 계약이나 거래의 대상이 되리라.

흰원숭이의 수가 수억 명으로 늘어난다면? 이때는 도리어 이전까지와는 정반대의 인종차별이 벌어지지는 않을까? 모든 정부와 사회, 제도의 주도권을 흰원숭이가 쥐게 되고 비(非)흰원숭이는 기껏해야 장애인이나 보호대상 취급을 받는……

슈란은 혼란에 빠졌다.

명준은 슈란에게 영상을 중계하기 위해 레티나 호텔의 지하 나이트클럽 천장에 카메라를 하나 달았다. 클럽 내부가 어둡기도 하고, 대상이 멀리 떨어져 있어 영상은 그다지 선명하지 않았다. 그래도 대강 어떤 일이 벌어지는지는 알 수 있었다.

화면 속에서 황쿤이 도망을 치는 것이 보였다. 인질들도 상황이 바뀌었다는 걸 눈치채고 술렁였다. 위구르인 용병은 절반 정도는 통역 담당이 전하는 지시를 기계적으로 따랐고, 절반 정도는 이상한 낌새에 불안해하며 우왕좌왕했다. 명준은 손을 뒤로 돌려 수갑을 차고 있었다. 얼마 전까지 시현의 발목에 걸려 있던 물건이었다.

소리로 전해지는 정보는 보다 분명했다. 명준이 설치한 마이크로폰은 두 대였다. 한 대는 카메라 옆에, 또 한 대는 명준의 옷에 걸려 있었다. 그 마이크로폰을 통해 시현의 목소리가 생생하게 들려왔다. 시현은 명준의 바로 뒤에 서 있었다.

"계획이 바뀌었지만 돈은 그대로 줄 테니 걱정하지 말라고 전해. 그리고 모두 무기를 버리고 무대에 모이라고 해."

이건 시현이 통역에게 하는 말이었다. 통역의 말을 들은 용병들은 주춤주춤하다 하나둘씩 무대에 올라가 자리를 잡고 앉았다.

슈란은 어안이 벙벙했다. 백원단 지도부를 상대로 꾸며온 음모가 가장 밑바닥에서부터 뿌리째 흔들리는 중이었다.

(정말로 내가 모르는 기술이나 능력을 백원단 지도부가 보유하고 있었단 말인가? 정신조종능력을 막거나 없앨 수 있다는 얘기도 사실일까?)

"솔직히 말해. 끌어온 용병은 이게 전부인가, 아니면 밖에 또 다른 인원이 있나?"

시현이 명준에게 물었다. 명준은 몸을 뒤틀면서 "더는 없어"라고 대답했다.

"지금 이대로 인질들을 밖으로 내보내면 다들 아무 탈 없이 집에 돌아갈 수 있나?"

"그래."

명준은 체념한 목소리로 대꾸했다.

"다들 여기서 나가세요!"

시현은 이번에는 인질들을 향해 외쳤다. 인질 한 명이 얼빠진 소리로 시현에게 뭔가를 물었는데 슈란에게 그 내용은 잘 들리지 않았다.

"저 통로로 나가면 지하주차장으로 이어지는 비상계단이 있습니다. 그리로 나가세요. 거기서 밖으로 올라가면 됩니다."

시현이 말했다.

(하지만 다른 흰원숭이를 지배할 수 있는 흰원숭이에 대해서는 한 번도 들은 적이 없어. 정신조종능력에 우열이 있다는 얘기도 처음 들어봐. 백원단 지도부가 줄기차게 주장했던 건, 정신조종능력을 과도하게 쓰면 부작용이 생긴다거나, 다른 사람에게 무리한 지시를 내리면 역풍을 맞는다거나, 자신들은 정신조종능력을 없앨 수 있다거나 하는 이야기들이었어.)

슈란은 전용기에서 시현과 함께 있었을 때를 더듬어보았다. 시현은 그녀를 설득하려 애썼지만 슈란은 별다른 압박감을 받지 못했다. 자신과 같은 존재와 대화한다는 느낌이었다. 흰원숭이에게도 통하는 정신조종능력이 있었다면 시현은 그때 슈란에게 그 힘을 썼어야 했다.

인질들이 하나둘씩 서서히 나이트클럽에서 사라진 뒤에도 시현은 한동안 말없이 자리를 지키고 있었다. 사람들이 호텔에서 빠져나갈 시간을 벌려는 듯했다. 슈란이 지켜보는 동안 시현은 한 손으로 얼굴을 가린 채 무대 앞에 서 있었다.

"인질들은 어떻게 잡았지?"

시현의 질문에 명준은 사실대로 대답했다. 슈란은 속이 부글부글 끓었지만 어쩔 도리가 없었다.

"천슈란이 지시했나?"

시현이 명준에게 물었다.

그때 슈란의 전화기가 울렸다. 화들짝 놀란 그녀는 손이 떨려 핸드폰을 놓칠 뻔했다.

"그거 봤소? 이제 어떻게 할 거요?"

황쿤이었다. 심하게 헐떡이는 듯, 들숨이 말에 섞여 '끄윽' 하는 이상한 소리가 났다.

"지금 생각 중이에요."

슈란이 대답했다.

"뭐가 어떻게 된 건지…… 흰원숭이가 어떻게 흰원숭이를…… 당신도 몰랐소?"

"저도 몰랐어요."

틱장애가 있는 남자와 이야기하면서 슈란은 천천히 냉정을 되찾았다.

"난 이제 손을 떼고 싶소. 그게 가능하다면."

"그게 가능할 리가 없어요. 저 남자가 정말 '슈퍼 정신조종능력'을 지니고 있다고 생각해봐요. 그러면 그 능력으로 명준을 취조하면 된다고요. 명준이 우리 이야기를 줄줄 다 불 거예요. 우린 한 배를 탔고, 이제 도망칠 수가 없어요."

그들은 한동안 말이 없었다. 태블릿 PC 화면 속에서는 이미 시현이 명준을 심문 중이었다.

"여기서 화해를 요청하거나……, 아니면 자존심이 상하긴 하지만 그냥 시현을 찾아가 용서를 구하는 게 어떻겠소. 우리가 아직 백원단 지도부에게 실질적인 피해를 입힌 건 없잖소. 그 남자가 의외로 관대하게 넘어갈지도 모르고."

황쿤이 조심스럽게 제안했다.

"그 남자가 관대하게 봐주지 않는다면? 백원단 지도부가 했던 말 중에는 자신들이 흰원숭이의 정신조종능력을 박탈할 수 있다는 이야기도 있었어요. 당신은 그것도 감당할 수 있나요?"

"연락을 한다고 바로 우리 정신조종능력이 빼앗기는 것도 아니잖소. 화해를 요청하거나 협상을 벌일 수도 있지 않을까."

"나한테 계획이 있어요."

슈란이 말했다.

"무슨 계획?"

"지금은 말하기 곤란하네요. 다시 연락드릴게요."

"우리가 한번 만나야 할 것……"

슈란은 전화를 끊었다.

태블릿 PC 화면에서는 시현이 고개를 들어 이쪽을 똑바로 노려보고 있었다. 명준의 옷에 걸려 있던 마이크로폰을 이제 시현이 손에 쥐고 있었다. '슈퍼 정신조종능력'을 지닌 남자가 말했다.

"항복하십시오, 슈란씨. 당신은 백원단 지도부를 이길 수 없습니다."

"정말 그럴까요?"

슈란은 그렇게 내뱉은 뒤에야 상대는 자기 말을 들을 수 없다는 사실을 깨달았다. 그녀는 중계를 끊고 서둘러 호텔방을 빠져나갔다. 그녀에게는 정말로 계획이 있었다. 불쾌하지만 승산은 충분한.

"들어가."

시현은 370Z의 자동차 트렁크를 열고 명준에게 말했다. 손이 묶인 사내는 얼굴이 창백해졌지만 시현의 명령에 따랐다. 그러나 그가 필사적으로 다리를 접고 목과 허리를 굽혔는데도 그 좁은 공간에 몸을 다 넣을 수는 없었다. 사내는 애원하는 눈빛으로 백원단의 두령을 올려다보았다.

시현은 한숨을 쉬고 명준을 조수석에 태웠다. 대신 조금 전에 자신이 썼던 검은 보자기를 사내에게 씌웠다.

"팔이 너무 아파. 수갑을 앞으로 차면 안 될까?"

보자기를 쓴 채로 명준이 말했다. 시현은 몇 초 동안 가만히 있다가 "움직이지 마"라고 명령을 내린 뒤 수갑을 풀어 남자가 손을 몸 앞쪽에 둘 수 있게 했다. 시현은 수갑 한쪽을 명준의 오른손에 채운 뒤 다른 한쪽을 자동차 창문 위에 설치된 보조손잡이에 걸었다. 차창은 선팅이 되어 있어 밖에서 내부가 훤히 들여다보일 정도는 아니었으나, 그래도 충분히 눈길을 끌만 했다. 시현은 말없이 차를 몰았다.

스스미가 죽은 직후부터 뭔가 이상하다고 생각하고 있었다. 처음 이상하다는 생각이 들었던 건 선샤인시티에서 주변에 몰려든 경찰에게 "쏘지 마세요"라고 말했을 때였다. 총을 든 경찰들은 육칠 미터는 족히 넘게 떨어져 있었다. 그런데 그 말이 먹혔다. 제일 앞줄에 서 있던 사람들 뿐 아니라 그 뒤에 서 있던 경찰들까지 방아쇠에 올린 손가락에서 힘을 푸는 모습이 똑똑히 보였다.

감각이 날카로워지고, 전과 다른 방식으로 뇌를 쓰게 된 것도 얼마 전부터 느끼고 있었다. 시력이 좋아졌다기보다는, 사물의 미세한 움직임이나 패턴을 금방 알아차리게 되었다. 위구르인 용병들을 마주쳤을 때도 그랬다. 상대의 얼굴은 잘 보이지 않았지만 그들의 움직임이 미묘하게 일반 시민들과 다르다는 걸 재깍 알 수 있었다. 그런 뒤 주위를 쓱 둘러보기만 하고도 공원에 나와 있는 많은 사람들 가운데 섞인 용병들을 바로 파악했다.

사고능력은 빨라졌다기보다는 '풍부해졌다'고 표현하는 게 옳을 듯하다. 동시에 여러 가지 일에 집중하는 것이 가능해졌다. 이 모든 일이 스스미가 죽은 다음부터다. 그리고 선샤인시티에 있던 사람들 중에 스스미의 X-인자를 물려받은 것 같은 신생 흰원숭이는 아무리 찾아봐도 나오지 않았다. 이미 흰원숭이였던 안시현 그 자신이 X-인자를 추가로 물려받았다고 보는 게 논리적으로 자연스러운 추리였다. 아무도 예상하지 못한 일이었다.

그리고 금강승을 두 차례 받은 흰원숭이의 가장 무서운 능력은, 사실 조금 전까지만 해도 그 자신도 확신하지 못했다. 금강승을 한 차례만 받은 다른 흰원숭이를 정신조종능력으로 부릴 수 있다는 것 말이다. 시현은 위기상황에서 자신이 막연히 짐작하고 있던 바를 실행에 옮겼고, 그것이 우연히 맞아떨어졌다. 예비계획이 하나 더 있기는 했지만……

(지금의 나를 뭐라고 불러야 할까? 슈퍼 흰원숭이? 더블 엑스? 능력이 갑절이 되는 만큼 위험도 증가할까? 스스미가 죽은 직후에 느낀 강한 자살충동은, 이 2차 금강승과 관련이 있는 걸까?)

'어쩌면 이로써 흰원숭이들 간의 연대는 끝장나게 되는 건지도 모른다.'

고속도로로 진입하며 시현은 생각했다. 류잉춘이 그렸던 시나리오 중하나인 '흰원숭이들의 사회' 같은 건 오지 않는다. 이 사실이 알려진다면.

야심 있는 흰원숭이들은 다른 흰원숭이를 찾아 죽이고, 그 힘을 취하려 할 것이다. 〈하이랜더〉 같은 일들이 벌어질 것이다. 초능력자들이 평범한 사람들 사이에서 은둔하면서 호시탐탐 서로의 목을 노리는.

(몇 번이고 되풀이해서 금강승을 받을 수 있는 걸까? 아니면 어떤 한계가 있을까? 금강승을 받는 만큼 충동사도 더 급격히 찾아오는 걸까? 나한테서 X-인자를 물려받는 사람도 슈퍼 흰원숭이가 될까?)

중요한 정보를 새로 얻게 될수록 모르는 것이 더 많아진다. 하지만 이 정보는 리원에게도 말할 수 없었다.

그는 비밀주의 때문에 연구를 제대로 진행하지 못한 류잉춘 박사의 전철을 자신이 그대로 밟게 되지 않을까 두려워졌다.

첫 번째 폭탄은 새벽에 터졌다.

이 폭탄은 부산 시내의 한 어린이집에서 폭발했다. 폭탄이 너무 이른 시간에 터졌기 때문에 죽거나 다친 사람은 아무도 없었다. 그러나 어린이집이 있던 이 층 건물은 한구석이 뜯겨져나가다시피 부서졌다. 파괴력을 증대시키기 위해 도시가스 배관을 따라 플라스틱 폭탄을 설치했기 때문이다. 그 바람에 일대 건물의 유리창이 모두 부서졌고, 어린이집 앞에 세워져 있던 승용차 한 대도 알루미늄캔처럼 찌그러졌다.

부산 경찰은 처음에는 이 사고가 가스폭발일 거라 여겼다.

사고가 났을 때 시현은 대전의 아지트에서 잠을 자고 있었다. 웨이리원은 일찍 일어나 노트에 몇 가지 질문거리를 적고 있었다. 시현은 그녀와 대화 자체를 피하기 일쑤였던데다, 말을 돌리는 일도 잦았다. 슬그머니 화제를 바꿀 때에는 정신조종능력을 사용하는 것 같기도 했다. 얼마 전 국제전화로 나눴던 긴 대화는 무척 예외적인 경우였다.

때문에 그에게 따져야 할 사안이 있을 때에는 미리 이렇게 목록을 만들어놔야 했다. 이번에 리원이 시현에게 물어보려는 사항은 크게 두 가지였다. 전날 이명준에게 납치됐을 때 그가 정확히 어떻게 빠져나왔는가? 그리고 아지트에 감금해놓은 이명준을 포함해 천슈란 일당을 앞으로 어떻게 처리할 것인가?

시현이 방에서 나와 어색하게 그녀에게 웃어 보이고 화장실로 향했다. 리원은 남자가 커피를 끓여 마실 때까지 기다렸다. 자신이 유흥업소 영수증을 남편 지갑에서 발견한 가정주부처럼 굴고 있다는 생각이 들었다.

"그래서, 위구르어를 할 줄 알았지만 일부러 모르는 척하고 잡혀갔다는 말이에요?"

리원이 물었다.

"예."

시현이 커피를 마시며 대답했다.

"위구르어는 언제 배웠죠?"

"흰원숭이가 된 뒤부터요. 중국 방언과 각 성에서 쓰는 말을 배워놓으라는 건 류 박사님의 충고였습니다. 류 박사님은 무술을 익히라는 조언도 하셨죠."

"저는 알키비아데스에 있는 모든 문서목록을 다 읽어보았어요. 그런 내용이 담긴 문서는 보지 못했는데요."

리원이 고개를 갸우뚱했다.

"당신이 들어가지 못하는 카테고리가 하나 있습니다. 저에게 보내는 짧은 조언이나 백원단 지도부 후보자들에 대한 테스트 점수 같은 것들이 보관돼 있죠. 각종 언어를 배우라는 충고 자체는 별로 대단할 것도 없습니다. 2차대전 때 미군도 슈란 일당과 비슷한 생각을 했죠. 아주 배우기 힘든 나바호 인디언 언어로 암호를 만들었습니다."

리원은 입술을 깨물었다가 다음 질문으로 넘어갔다.

"천슈란은 어떻게 할 거죠?"

이번에는 시현이 입을 다물 차례였다.

"우리는 현실을 직시해야 해요. 어제까지 천슈란은 막연한 위험요소였지만 이제는 상황이 달라졌어요. 그 여자는 '명백하고 긴박한 위험'이에요, 시현씨. 우리도 이제 행동에 나서야 해요. 그 여자를 제거해야 해요."

리원이 말했다. 시현은 조금 뜸을 들이다 입을 열었다.

"저도 그 여자가 위험이라는 데 동의합니다. 그리고 그 여자를 제거해야 할 거라고 생각합니다."

시현의 말투가 다시 딱딱해졌다.

"그러면 뭐가 문제죠?"

리원이 물었다.

"제가 독단적으로 판단을 내리지 않았으면 좋겠고, 또 천슈란에게도 소명할 기회를 주고 싶습니다. 어떤…… 재판 같은 거요."

"재판? 그게 무슨……"

그때 전화벨이 울렸다. 휴대전화기를 꺼내 흘깃 화면을 본 시현의 표정이 변했다. 그는 잠깐 핸드폰을 들어 리원에게 보여줬다. 발신인이 천슈란으로 되어 있었다. 그는 스피커폰으로 전화를 받았다.

"안녕하세요. 혹시 아침뉴스를 보았나요?"

천슈란이 물었다.

"아니오."

안시현이 대답했다.

"안시현 선생님은 고향이 부산이시죠?"

"그렇습니다만?"

시현이 되물었다.

"TV를 켜세요. 삼십 분 뒤에 다시 걸게요."

슈란은 전화를 끊었다. 시현과 리원은 서로 얼굴을 마주 보았다. 그들은 TV를 켜고 리모콘으로 채널을 한 바퀴 돌렸다. 잠시 뒤 어느 재방송 드라마 아래 한 줄짜리 자막뉴스가 떴다.

'(속보) 부산 대형서점에서 폭발사고… 부상자 발생.'

●

인민해방군 출신 폭탄 전문가는 군용 C4의 기폭장치를 전화로 작동할 수 있게 만들었다. 폭약은 그 전문가가 일하던 제20집단군에서 밤에 들고 왔다. 폭약은 부드러운 벽돌이나 비누처럼 생겨서 기폭장치를 꽂기만 하면 완성품 플라스틱 폭탄이 되었다.

슈란은 이 폭약 블록을 전용기에 잔뜩 실어 김해공항에 가져왔다. 그녀의 부하들은 새벽 내내 부산 시내 곳곳을 돌아다녔다. 슈란은 부하들에게 부산 지도를 전송하며 학교와 유치원, 극장, 백화점, 대형서점에 폭탄을 설치하라고 일렀다.

"사람이 많이 모이고 보안이 까다롭지 않은 곳이면 아무 곳이나 괜찮아. 시간이 중요한 거지, 살상력이나 정교함 같은 게 중요한 게 아냐. 대충 흩뿌려 놔."

자신은 이런 도발에 넘어가지 않을 거라고 그녀는 생각했다. 누군가 지난 시 곳곳에 폭탄을 설치하고 그곳 아이들을 죽인다며 협박을 해도 그녀는 눈 하나 깜빡하지 않을 것이다. 산둥성 주민 전체를 인질로 잡는다 해도 상관없다. 죽이든 살리든 맘대로 하라지.

슈란은 자신의 승산을 8대 2 정도로 봤다. 만약 안시현이 그녀의 예상과 달리 냉혈한이라면…… 그렇다면 그녀에게 남은 패는 거의 없다. 오사마 빈 라덴처럼 토굴 같은 집에 숨는 수밖에.

폭탄은 되는대로 설치했지만 폭파는 용의주도하게 실행했다. 처음부터 사상자가 많이 나게 할 생각은 없었다. 서서히 수위를 올리며 압박하는 편이 낫다. 상대가 그녀와 대화를 해야겠다고 느끼게 만들어야 한다.

어린이집을 제일 먼저 터뜨린 것은 '어린이들도 죽일 수 있다'고 겁을 주기 위해서였다. 그다음으로 폭파시킨 곳은 부산에서 삼십 년 동안 영업을 했다는 대형서점이었다. 어쩌면 안시현도 어렸을 때 이 서점에 다녔을지 모른다. 슈란은 인터넷으로 서점의 영업시간을 찾아보고 개장 시각 조금 전에 기폭장치로 연결되는 전화번호를 눌렀다. 사상자가 발생하더라도 서점 직원 정도이리라.

슈란은 오 분 정도 뒤에 세 번째로 폭탄을 터뜨렸다. 이번에는 광안리 해수욕장에 있는 스타벅스 매장이었다. 광안리에 가보지 않은 슈란은 이 매장이 늘 관광객들로 붐비는 곳인지, 아니면 출근시간 전에만 반짝 사람들이 찾는 곳인지 알지 못했다.

스타벅스에 대해 생각하다보니 커피가 마시고 싶어져서 그녀는 자리에서 일어났다. 텅 빈 실내에 가구라고는 접의식 의자와 테이블 몇 개, 그리고 커피머신 하나가 전부였다. 아침에 부하들을 시켜 급히 사오게 한 물건들이었다. 커피머신 옆에 노트북 몇 대와 전선꾸러미가 놓여 있었다.

커피머신에 캡슐을 하나 넣고 잠시 기다렸다. 김이 올라오는 잔을 들고 의자에 앉아 홀짝홀짝 커피를 마셨다. 노트북으로 한국 TV 방송에 접속했더니 뉴스 특보가 나오고 있었다. 긴장한 아나운서의 얼굴 아래로 '부산에서 연쇄 폭발사고… 테러 가능성 높아'라는 문구가 보였다.

그녀는 황쿤에게 전화를 걸었다.

"내 편에 서든지, 아니면 적이 되든지 선택해요."

슈란이 말했다.

"이명준은 구하러 갈 거요?"

쿤이 물었다.

"아니오. 구하러 가자는 얘기는 아니죠, 지금?"

"설마."

실용적으로 생각하고 움직일 줄 아는 남자다. 슈란은 웃었다.

"나이트클럽에서 뭔가 이상하게 돌아간다고 생각했을 때 안시현이든 이명준이든 총으로 쏴죽였어야 했는데."

황쿤이 중얼거렸다.

"총이 있어요?"

"혹시나 해서 작은 거 한 자루 가져왔소. 그런데 나이트클럽에는 안 들고 갔소."

"지금 어디에 있죠?"

슈란이 물었다.

"서울. 지금 바로 출발해도 부산에 도착하면 오후 한 시는 될 거요."

"빨리 와요."

슈란은 황쿤과 통화를 마친 뒤 안시현에게 전화를 걸었다.

"이게 뭐하는 짓이지?"

시현의 목소리는 살짝 떨렸다. 슈란은 속으로 환호했다.

"지금까지는 애들 장난이었어요. 폭탄은 아주, 아주 많아요. 내가 전화를 한 통 걸 때마다 그게 하나씩 터지죠. 오늘 하루 동안 부산 사람 만 명을 죽일 수도 있어요."

슈란이 말했다.

"원하는 게 뭐지? 이명준을 원하는 거라면……"

"정오, 경부고속도로 끝. 이명준 따위야 어떻게 되건 말건 신경 안 써. 정오에 경부고속도로의 부산 쪽 끝에 와서 전화를 걸어요. 당신이 지금 북극에 있건 남극에 있건 상관없어요. 혼자 오세요. 빨리 오세요. 정오부터 십 분이 지날 때마다 폭탄을 하나씩 터뜨리겠어요. 이제부터는 죽는 사람이 제법 많이 나올 거예요."

슈란은 전화를 끊었다.

17

알키비아데스〉관리자 메뉴〉메모〉해당 카테고리 없음
등록자=류잉춘
등록일=09/12/2007

중심을 잃고 탐욕에 휩쓸렸다가 허무해지기를 반복하는 사람, 인격이 성숙하지 못해 쉽게 자기혐오에 빠지는 부류, 조금만 어려운 일이 생겨도 죽음이라는 도피를 꿈꾸는 나약한 인간들은 X-인자를 오래 버티지 못한다. 이 병은 우리 시대에 만연한 정신적 문제아들을 그야말로 효과적으로 솎아낼 것이다. 바로 그들 자신의 정신적 문제를 지렛대 삼아 말이다.

목적의식이 뚜렷하고, 자기 욕망을 절제할 줄 아는 사람들만 살아남게 된다. 그런 사람들에게는 X-인자가 축복이 된다. 그들은 학습능력과 집중력이 뛰어나고 사고 또한 깊은 진짜 초인이……

"경부고속도로 끝에 폭탄이 설치돼 있을 수도 있어요. 당신이 전화를 걸어 '도착했다'고 말하는 순간 그 여자가 그 폭탄을 터뜨릴 수도 있어요. 그게 그 여자의 목적인지도 몰라요."

흔들리는 차 안에서 웨이리원이 말했다. 370Z의 속도계는 순간적으로 시속 240킬로미터를 가리켰다. 엔진회전수를 표시하는 계기반 바늘이 미친 듯이 오르내렸다.

"천슈란이 그 정도로 겁을 먹지는 않았을 것 같습니다."

시현이 운전대를 급히 틀며 대답했다. 리원은 창문에 머리를 부딪칠 뻔했다.

도로가 그리 한산한 편이 아니었는데도 시현은 차들 사이를 막무가내로 끼어들며 속도를 내고 있었다. 아지트가 대전에 있었다는 게 행운이었다. 슈란은 그들이 서울에 있을 걸로 짐작하고 정오라는 시간을 제시했을 것이다.

"희생을 각오하지 않으면 안 돼요. 한 사람도 놓치지 않겠다고 행동하다가 백 명, 천 명을 잃게 돼요. 내 말 무슨 뜻인지 알죠?"

리원이 안전벨트를 손에 쥔 채 말했다. 시현은 운전에 정신이 팔려 그녀의 말을 제대로 듣지 않는 것 같았다.

"내 말 무슨 뜻인지 알죠?"

리원이 답을 재촉하자 시현은 말없이 고개를 끄덕였다. 그러나 리원이 "무슨 계획이 있는데요?"라고 물었을 때에는 입을 꾹 다물고만 있었다.

헬기가 있었다면. 경찰에 정보원을 두고 있었다면. 난폭운전을 대신해줄 솜씨 좋은 기사가 있었다면. 부산으로 출동해 고속도로 끝을 조사하고 폭탄과 미친 여인을 찾을 행동부대가 있었다면.

'이제 그런 서비스를 받아야 할 때'라고 웨이리원은 생각했다. 경호원, 이런저런 이동수단, 믿을 만한 해결사들, 각종 국가정보망과의 연계. 그들은 손발을 갖춘 조직이 되어야 했다. 천슈란은 이미 그런 조직을 소유하고 있다.

'그런 하부조직들을 만들어야 해. 사람들을 고용하고, 기업 간판을 달고. 내가 흰원숭이가 된다면, 그래서 진짜 백원단 지도부가 된다면……'

극심한 스트레스 속에 리원은 딴생각에 빠졌다.

(그렇게 되면 재무나 회계, 총무팀 같은 부서도 둬야겠지. 군대와 계약을 맺은 사설경비업체인 것처럼 가장해서―.)

"이명준의 전화기입니다. 이걸로 경찰에 전화를 걸어주십시오. 이 사건의 배후에 천슈란이라는 중국 흑사회 간부가 있다고 신고해주세요. 한국에는 어젯밤이나 오늘 새벽에 봄바디어 글로벌 5000 기종의 자가용 제트기를 타고 들어온 여자라고, 하지만 세관이나 출입국관리소는 그냥 지나쳤을 거라고 얘기해줘요. 아마 김해공항일 거라고, 거기서부터 추적하면 쉬울 거라고 말해주십시오. 천슈란의 생김새를 설명해주세요. 당신은 한국어가 서투니까 오히려 더 설득력이 있을 겁니다."

전화기를 건네받은 리원은 112에 전화를 걸었다. 신고센터의 여경은 얼떨떨해했지만, 리원의 말을 묵살하지는 않았다.

통화를 마쳤을 때 그들은 경산휴게소 앞에 있었다. 경부고속도로의 부산 기점은 100킬로미터가량 남아 있었다.

11시 24분.

지금까지 온 속도로 계속 달릴 수 있다면 가까스로 시간에 맞출 수 있을 것 같지만……

도로가 점점 막히기 시작했다.

"제가 만약 돌아오지 못하면, 이명준을 죽이십시오."

"네?"

시현의 말에 놀란 리원이 되물었다.

"감금실에 있는 이명준을 죽여서 금강승을 받으세요. 잠들었을 때를 노리든지, 아니면 음료수에 농약을 섞어서 주든지, 궁리해보면 방법은 있을 겁니다. 정신조종에 당하지 않고 이명준을 죽일 수 있는 방법이."

"네."

그렇게 대답하며 고개를 끄덕인 것이 시현의 정신조종능력 때문인지 아니면 스스로 결심이 섰기 때문인지 리원은 알지 못했다.

11시 31분.

도로가 완전히 막혀 차를 멈출 수밖에 없었다. 시현이 고개를 돌려 리원을 흘끗 바라보았다. 남자는 얼굴이 온통 땀투성이였다.

"집에서 나오면서 알키비아데스의 비밀 문서고를 열어두고 왔습니다. 제가 만약 돌아오지 못하면, 그 안의 문서들을 읽어주세요. 그리고 흰원 숭이가 되어서 백원단을 맡아주십시오."

"알겠어요."

도로가 다시 뚫리기 시작했다. 시현은 앞을 가로막는 차들은 모두 들이받기라도 할 태세로 거칠게 가속페달을 밟았다.

"꽉 잡아요."

부산 기점을 앞두고 마지막 인터체인지를 향해 가고 있을 때 시현이 말했다. 리원이 의아해하는 사이 시현은 우측 차선의 은색 K5 앞에 무리하게 끼어들더니 차를 급하게 세웠다. 안전벨트를 맸는데도 두 사람의 몸이 앞뒤로 크게 움직였다. 실제 교통사고를 당한 듯한 충격이었다. 뒤에서 K5가 급제동을 걸면서 타이어가 도로에 미끄러지는 소리가 났다.

"내려요."

시현이 리원에게 말했다. 리원은 허둥지둥 남자를 쫓아 고속도로 한 가운데 내렸다. 급정거의 충격으로 가슴이 얼얼하고 머리가 어지러웠다. 반대편에서도 얼굴이 벌겋게 된 K5 운전자가 차에서 내려 이쪽으로 걸어오고 있었다.

"야 이 미친……."

"나가. 도로 밖으로. 걸어서."

시현이 K5 운전자에게 말했다.

11시 58분.

K5 운전자는 어리둥절한 표정으로 난간을 넘어 고속도로 밖으로 나갔다. 리원이 한쪽 다리를 끌다시피 하며 주인이 사라진 차로 달려왔다. K5의 열쇠는 꽂혀 있는 채였다. 시현이 빠르게 말했다.

"이 길 끝에서 저와 만나는 상대를 보고 단서를 파악해주십시오. 최대한 끝까지 저를 쫓아와주세요."

시현은 말을 마치고 조금 전까지 그들이 함께 타고 온 자동차로 뛰어갔다. 리원은 사이드브레이크를 풀었다. 그녀는 굉음을 내는 370Z를 쫓아갔다.

'만남의 광장'이라고 써 있는 기둥을 지나치자 길은 딱히 시내도로와 구분이 되지 않았다. 로터리에 이르자 앞으로는 신호등이, 오른편으로는 거대한 스크린 골프연습장 건물이 보였다. 시현은 차를 인도 옆에 세우고 슈란에게 전화를 걸었다.

아무도 전화를 받지 않았다. 대신 시현의 차 뒤로 밤색 스포티지 한 대가 서더니 경적을 크게 울렸다. SUV의 번호판에는 흙이 많이 튀어 있어서 앞의 숫자 두 개를 제외하고 다른 글자는 보이지가 않았다. 시현은 스포츠카에서 내려 SUV 앞으로 걸어갔다. 차의 조수석 창문이 쓱 열리더니 짧은 머리를 한 남자가 뒤에 타라는 시늉을 했다.

차에 올라타자 옆자리에 앉아 있던 사내가 전화기를 건네주었다.

"늦었네요."

슈란의 목소리였다.

"전화를 건 시각은 12시 6분이었어."

시현이 숨을 고르며 대답했다.

"정오까지 오라고 했잖아요. 늦으면 십 분에 하나씩 폭탄을 터뜨리겠다고. 그 말은 제 시간에 오지 않으면 정각에 폭탄을 하나 터뜨리고, 12시 10분에 폭탄을 또 하나 터뜨리겠다는 이야기예요. 그리고 12시 20분에 하나, 12시 30분에 하나 더."

"그래서, 터뜨렸나?"

시현이 이마의 땀을 닦으며 물었다. 그때 스포티지가 갑자기 1차선으로 끼어들더니 유턴을 하는 바람에 그의 몸이 오른쪽으로 크게 쏠렸다. 시현은 몸의 균형을 잡은 뒤 본능적으로 리어뷰 미러를 훔쳐봤다. 찰나였지만 은색 K5가 급히 차선을 변경하는 모습이 보였다.

"터뜨렸어요. 부산서여자고등학교? 이름이 이거 맞나? 아무튼 어떤 여자고등학교에 설치한 폭탄이었어요. 뉴스에도 이제 나오네요. 부산서여자고등학교라는 이름이 맞아요. 아, 끔찍해. 머리가 없는 시신이 나왔어요. 저런 게 방송에 저렇게 나와도 돼요? 앵커가 사과를 하네요. 그 차에서 이상한 수작 벌일 생각은 하지 마세요. 여기서 카메라로 다 보고 있으니까. 그럼, 조금 이따 뵈어요."

슈란이 전화를 끊자, 옆자리에 앉은 흑사회 조직원이 몸수색을 시작했다. 남자는 공항에서 쓰는 휴대용 금속탐지기로 시현의 몸을 한번 훑은 다음에도 일일이 손으로 발목과 사타구니까지 더듬었다. 그는 시현의 휴대전화기와 손목시계, 지갑을 가져가더니 창문을 열고 밖으로 던져버렸다.

그들은 경부고속도로로 들어가서는 첫 번째 인터체인지에서 바로 빠져나왔다. 왕복 6차선인 자동차 전용도로였다. 시현은 리원이 운전하는 자동차가 백 미터쯤 뒤에서 자신이 타고 있는 차를 따라붙고 있음을 확인했다. 터널에 들어갔을 때 스포티지는 갑자기 속도를 높이더니 다른 차량들을 추월했다. '들켰구나'라는 생각이 들었을 때 차가 갑자기 멈춰섰다. 옆자리의 남자가 중국어로 "내려!"라고 말했다.

그들은 SUV에서 내려 터널 안 대피공간에 주차돼 있던 그랜저로 차를 갈아탔다. 하늘에서 누군가 자신들을 추적하지 않을까를 우려해 세운 계책인 것 같았다.

그랜저가 터널을 끝에 거의 다다랐을 때 뒤에서 엄청난 폭발음이 들리고 차가 엄청나게 흔들렸다. 차가 앞으로 한참 밀려나갔다는 느낌이 들 정도로 강한 충격이었다. 급히 뒤를 돌아본 시현의 눈에 불이 붙은 채 공중에서 떨어지고 있는 스포티지의 차체가 보였다. 그 주변으로 승용차들이 터널 안에서 엉망진창으로 급커브를 틀거나 빙글빙글 돌면서 서로 부딪치고 있었다.

시현은 터널을 빠져나온 다음에도 허리를 뒤로 돌리고 앉아 있었다. 반대편 차선에서는 뭔가 이상한 낌새를 눈치챈 운전자들이 도로 위에 차를 세웠다. 일 분 정도 지나자 터널 입구에서 검은 연기가 피어올랐다.

은색 K5는 터널에서 나오지 않았다.

그들은 터널 옆의 램프를 통해 자동차 전용도로에서 나왔다. 짧은 머리 중국인들과 시현이 탄 그랜저는 이후에도 한참 동안 부산 시내를 달렸다. 도로 전광판은 온통 폭탄 테러에 대한 뉴스로 가득했다.

광안대교 앞에 임시초소가 세워져 있었다. 바리케이드 앞에서 경광봉을 든 헌병이 수신호로 차를 세웠다. 경찰이 셰퍼드 한 마리와 함께 차량들을 살폈다. 군경이 합동 검문검색을 벌이는 모양이었다. 중국인 운전자는 차를 세웠다. 그랜저 안에 팽팽한 공기가 흘렀다.

"그냥 가. 내가 알아서 처리할 테니."

앞좌석을 향해 시현이 중국어로 말했다. 운전자는 초소 앞으로 차를 몰았다.

"관광하러 온 사람들입니다. 지나가게 해주십시오."

검문 차례가 됐을 때 그랜저의 차창 앞으로 고개를 낮춘 경찰에게 시현이 말했다. 폭탄탐지견은 짖지 않았다. 경찰은 시현이 탄 차를 보내주었다.

검문 때문인지 광안대교에는 차가 별로 없었다. 그랜저는 초소 앞에서 버린 시간을 벌충이라도 하려는 듯 속도를 높였다. 구름 한 점 없는 맑은 날이었다. 차가 현수교를 따라 올라가자 햇빛을 받은 바다가 양편에서 반짝반짝 빛났다. 다리 상판과 하판을 잇는 교각 사이로 해운대의 신도시 스카이라인이 보였다.

다리에서 나온 차는 그 초고층 빌딩 중의 하나로 들어갔다. 조각칼 두 개를 나란히 세워놓은 듯한 모양의 건물이었다. 지하주차장 입구에는 '입주를 축하합니다—엘릭시어 센텀'이라는 글귀가 적힌 현수막이 걸려 있었다.

"시간 맞춰 잘 왔어요. 뭐 좀 드실래요? 식빵이나 커피?"

슈란이 두꺼비처럼 생긴 남자에게 말했다.

"저기 저건 폭탄이오? 저렇게 설치해도 괜찮소?"

황쿤은 슈란의 말을 무시하고 물었다. 남자가 들여다보고 있는 노트북 화면에는 어떤 빈방의 모습이 보였다. 의자가 가운데 있고, 의학장비처럼 생긴 장치가 그 옆에 있고, TV가 한 대 있었다. 그 TV 아래 폭약 블록이 몇 개 아무렇게나 놓여져 있었다.

"전문가가 설치한 거예요."

슈란이 대답했다. 황쿤과 슈란이 있는 방에는 TV가 한 대, 노트북이 세 대 있었다. TV화면에서는 연쇄 폭탄테러 뉴스가 한창이었다. 먼지를 뒤집어쓴 채 꼼짝 않는 아이들의 모습과 온몸이 피투성이가 되어 걷고 있는 여자의 모습이 보였다.

"하지만 그 사람은 폭탄 전문가지, 건축 구조 전문가는 아니잖소. 내 말은, 저 폭탄들을 터뜨려도 여기가 안전하느냐 그 말이오."

"왜 저 방이 이 건물에 있을 거라고 생각하지요?"

슈란의 말에 황쿤은 노트북 화면을 유심히 들여다보았다.

노트북 중 한 대는 방 가운데 있는 의자를 멀리서 잡고 있었다. 또 한 대의 화면은 의자에 앉을 인물의 상반신에 보다 초점을 맞췄다. 나머지 한 대에는 부산시 지도가 그려져 있었다.

황쿤은 노트북 화면과 바깥 전망을 번갈아 보며 비교했다. 그들이 있는 빈집의 통유리창 밖으로는 시원하게 펼쳐진 수평선 아래로 푸른 강과 만, 그리고 그사이를 빽빽이 채운 고층 빌딩들이 보였다.

"옆 건물이로군."

황쿤이 그렇게 중얼거리고 어깨를 움찔 떨었다.

"여기 유리창은 좀 금이 가거나 깨지거나 할지도 모르겠어요. 저기서 폭탄이 터진다면. 유리가 꽤 튼튼해 보이기는 하지만······"

슈란이 말했다.

화면에 남자들이 등장하자 슈란이 쿤에게 의자를 권했다.

"이쪽에서는 저쪽에서 벌어지는 일을 보고 들을 수 있지만 이쪽 일은 저쪽에 보이지도 들리지도 않아요. 제가 전화기에 대고 하는 말만 전달 되죠. 저한테 말씀하실 게 있으면 안심하고 하셔도 돼요."

슈란의 말에 황쿤이 고개를 끄덕였다.

화면 안의 남자들은 한 사람만 남기고 사라졌다. 남은 한 사람은 바로 안시현이었다. 잘생긴 얼굴이 피로와 땀으로 꾀죄죄해진 걸 보고 황쿤 은 슬그머니 웃었다.

"그 의자에 앉아요."

슈란이 전화기에 대고 말했다. 화면 저편의 방에서 스피커로 소리가 확대되는 바람에 그녀가 한 말이 묘하게 꼬리를 끌며 울렸다. 화면 안에 서 시현이 주위를 두리번거리며 자리에 앉는 게 보였다. 시현의 시선이 잠시 폭탄 위에 머물렀다.

"옆에 놓인 책상에 밴드와 센서가 있어요. 제일 넓은 밴드를 왼팔 팔 뚝에 감으세요. 장갑처럼 생긴 도구는 오른손에 끼우세요. 긴 끈은 가슴 에 감고 조이세요. 두 개 다. 그래요. 끈 하나를 배 위로 내리세요."

시현은 말없이 지시에 따랐다.

"날 괴물이라고 여길지도 모르겠네요, 시현씨! 하지만 나라고 다른 사 람이 죽거나 괴로워하는 걸 즐기지는 않아요. 내가 이런 일을 하는 건,

내게 이 방법밖에 없기 때문이에요. 그냥 들어야 하는 얘기들을 듣고, 빨리 이 도시를 떴으면 좋겠어요. 이 도시를 떠날 때에는 남은 폭탄들의 위치를 경찰에 알려줄 게요. 하지만…… 지금 이 상태로는 당신을 믿을 수가 없죠. 당신은 아무리 애를 써도 나를 믿게 할 수 없고. 그래서 이제부터 하려는 일이 중요해요. 지금부터 제가 하는 말에 진지하게 따라주길 바랍니다."

슈란의 말에 시현은 고개를 들었다. 그는 카메라를 말없이 응시했다. 슈란은 이야기를 계속했다.

"흰원숭이들에게 알린다는 메시지가 거짓말투성이라는 걸 눈치챈 뒤에 공부를 좀 했죠. 혼자서 필드 리서치랄까, 그런 것도 좀 하고. 장난감도 몇 개 만들었어요. 뇌파측정기라든가 거짓말탐지기 같은 기계를 흰원숭이에 맞게 고쳐달라고 부탁해서 그걸 여기저기 들고 다녔죠. 그런 기계를 읽는 법도 배웠어요."

슈란은 노트북 자판에 뭔가를 입력했다. 시현이 나와 있던 화면이 둘로 갈라지더니 한편에 복잡한 파형 그래프가 여러 개 떴다.

"지금부터 하는 질문에 모두 '예'라고 대답해주세요. 먼저, 당신 이름은 안시현인가요?"

슈란이 물었다.

"예."

시현이 대답했다. 노트북 화면의 파형 그래프가 떨렸고 시현의 얼굴 아래 '98'이라는 숫자가 떴다.

"당신은 백원단 지도부인가요?"

슈란이 물었다.

"예."

이번에는 화면에 숫자 96과 97이 번갈아가며 나타났다.

"당신은 물속에서 삼십 분 이상 숨을 참을 수 있나요?"

"예."

시현의 얼굴에는 변화가 없었지만 노트북 화면의 숫자는 잠시 72로 떨어졌다가 90대를 회복했다.

"당신은 아프리카에 있는 수르앙카라는 섬에 가본 일이 있습니까?"

"예."

이번에는 숫자가 77을 찍었다. 시현은 여전히 무표정했다.

"좋아요. 시작해도 될 것 같네요. 이제부터 제가 묻는 말에 솔직하게 답해주세요. 당신이 하는 말이 거짓이라고 판단되면 나는 폭탄을 하나 씩 터뜨릴 거예요. 당신이 대답을 거부해도 나는 폭탄을 터뜨릴 거예요. 당신한테는 안 보일 텐데, 내 앞에는 이 도시의 지도가 한 장 있어요. 이 지도에는 만화처럼 그린 폭탄 표시가 빼곡한데, 실제로 거기에 플라스 틱 폭탄이 있죠. 내가 마우스로 그 아이콘을 클릭하면 그리로 전화가 걸 리고, 통화연결음이 세 번 울리면 신관이 터져요. 그러니 진실만을 말해 주세요. 불필요한 희생자는 더 이상 만들지 맙시다. 그럼 우리가 이번에 터뜨릴지 말지를 결정할 폭탄은…… 여기로 하죠. 신세계백화점 센텀시 티점. 당신이 앉은 자리에서도 그 건물이 보일 것 같은데. 이 근처 지리 잘 알아요?"

시현이 고개를 저었다. 숫자는 98에서 변화가 없었다.

"고개만 까닥하지 말고 말을 해요. 레티나 호텔 나이트클럽에서 어떻 게 이명준을 제압했죠?"

슈란이 물었다.

"최면술이었어. 나를 후계자로 지목한 뒤 류잉춘 박사가 배우라고 권한 것들이 있었어. 외국어와 무술, 그리고 최면술. 내가 입고 있던 셔츠에는 옅은 회색으로 복잡한 패턴이 그려져 있었어. 일반인 눈에는 잘 보이지 않지만 흰원숭이라면 그 무늬를 의식하게 되지. 그리고 이명준은 암시에 걸리기 쉬운 상태였어. 내게 속은 전례가 있는데다, 백원단 지도부가 뭔가 숨겨둔 능력이 있을 거라고 내심 불안해하고 있었으니까. 그래서……"

"최면술이다?"

슈란이 말끝을 올리며 물었다.

"그래."

시현의 얼굴 아래에는 '91'이라고 숫자가 찍혔다.

"거짓말이군요."

슈란이 손가락을 까딱했다. 창밖으로 보이는 저층 건물 중 하나의 옆면이 터져나가며 불길이 치솟았다. 유리 파편 때문에 그 근처가 잠시 반짝반짝 빛났다. 곧이어 화구에서 검은 연기가 뭉게뭉게 피어올랐다.

18

알키비아데스〉관리자 메뉴〉메모〉해당 카테고리 없음
등록자=류잉춘
등록일=11/25/2011

미국 정부가 도시 빈민을 대상으로 벌인 매독 생체실험은 비밀이 오래 지켜질 수가 없는 프로젝트였다. 보건당국과 군의 관련자가 수백 명이 넘었다. 그런데도 이 프로젝트는 진상이 사십 년이나 가려져 있었다. 곳곳에서 조금씩 정보가 새어나왔지만 전모가 너무나 충격적이었던 탓에 사람들이 제대로 알아보려 하지 않고 관련 내용을 도시전설로 치부했기 때문이다.

백원단도 처음에는 괴담이나 뜬소문의 형태로 외부에 존재가 알려지지 않을까?

가장 약한 고리라고 생각되는 건 방바재단이다. 솔직히 말하자면 이 단체는……

"조금 전 대답이 거짓이었소?"

옆에서 황쿤이 중얼거렸다.

"우리들은 흰원숭이에요. 맥박이나 호흡 정도는 스스로 조절할 수 있잖아요? 내가 저 기계로 몇 번이나 실험을 해봤어요."

슈란이 대답했다.

그러나 실은 그녀도 폭탄을 터뜨리기 전까지 확신은 없었다. 도박을 해보자는 심산이었고, 첫 질문부터 폭탄을 터뜨린다면 시현을 심리적으로 쉽게 무너뜨릴 수 있을 거라고 생각했을 따름이다.

그녀는 폭탄이 터질 때 시현의 반응을 보고 자신의 판단이 틀리지 않았음을 깨달았다. 폭발음이 들린 순간 시현의 얼굴에 스친 표정은 분명 분노나 의아함이 아니라 '아뿔싸'라는 안타까움과 후회였다.

"다시 물어볼게요. 레티나 호텔에서 어떻게 이명준을 제압했죠?"

슈란이 물었다. 시현은 삼십 초 정도 침묵을 지키다 입을 열었다.

"안 믿을지도 모르지만⋯⋯, 각성제를 아주 고농도로 복용하면 그런 효과가 나. 백원단에서는 카페인과 암페타민, 덱세드린을 섞어 만든 캡슐을 만들었어. 이 약을 복용한다고 바로 다른 흰원숭이를 조종할 수 있는 건 아니고 훈련이 필요해. 나는 그런 조종에 휩쓸리지 않는 훈련도 받았어."

시현의 얼굴 아래 숫자는 '97'이었다.

"그 약을 류잉춘 박사가 만들었나요? 알키비아데스라는 그 연구소에서?"

슈란이 물었다.

"그래."

시현이 고개를 끄덕였다. 이번에는 그 아래 99라는 숫자가 찍혔다.

"알키비아데스는 어디에 있죠?"

"알키비아데스는 물리적인 실체가 아니야. 백 개쯤 되는 연구 프로젝트를 관리하는 시스템이야. 실제 연구는 수십 개 기관에서 나눠서 하는데 연구자들도 자신들이 뭘 하고 있는지 잘 몰라. 중국과학원에서는 자신들이 세뇌에 관한 국가안전부의 프로젝트를 맡았다고 생각하지. 여기서 하부 프로젝트를 다시 각 대학과 병원, 민간연구소로 넘겼고. 중국신경과학회는 국가안전부가 외계인 침공이나 인공지능의 반란 같은 X-이벤트에 대비하는 계획을 세우고, 자신들은 거기서 신인류 분야를 담당하는 줄 알아."

이번 진술의 신뢰도는 98이었다. 시현의 대답에 심문자는 잠시 할 말을 잃었다.

"그러면…… 알키비아데스의 연구 결과를 보려면 어떻게 해야 하죠?"

"시스템에 접근할 수 있는 인트라넷이 있어. 외부에서 접속할 수는 없고, 여기서 제일 가까운 단말기는 대전에 있지. 하지만 그냥 접속한다고 연구 결과를 바로 이해할 수 있는 건 아냐."

"왜죠? 내용이 너무 어려워서?"

슈란이 질문했다.

"프로젝트가 너무 파편화되어 있어. 제목은 위장용으로 던져놓고, 그 하위 항목에 진짜 과제를 일부 섞어놓은 경우도 많아서 그냥 보면 뭔지 알기 어려워. 사용자가 몇 사람뿐이니 유저 인터페이스도 어지럽고, 시스템도 애초에 정교하게 설계한 게 아니라 운영하면서 이것저것 갖다 끼워맞추는 식으로 몸집이 커진지라."

"그걸 알아보는 사람은 당신밖에 없다는 이야기인가요?"

"그래. 그 안의 내용물도 당신이 기대하는 그런 물건은 아냐…… 흰원숭이들을 움직이는 마법의 키워드 같은 건 없어. 구체적인 결론이 없는 논문, 뜬구름 잡는 보고서, 의미 없는 그래프들이 대부분이야. 백원단 지도부의 일이라는 것도 권력과는 관련이 없어. 그냥 프로젝트 관리자일 뿐이야. R&D 기획 조금, 일정 관리 조금, 그리고 섭외, 섭외, 섭외. 내가 당신에게 방법을 가르치려고 해도 결코 단기간에는 전수해줄 수 없는 일인데다, 당신이 그렇게 배우고 싶어할 일도 아니야."

슈란은 말문이 막혔다. 시현이 이야기를 계속했다.

"당신 칼끝이 꼭 백원단을 향해야 할까? 다른 방향에서 의미를 찾으면 어때? 이명준과 캄팻을 데리고 소말리아나 멕시코에 가서 그곳 군벌을 정리하거나 마약 카르텔을 해체하는 일을 하면 어떨까. 어느 흰원숭이 한 명이 그런 곳에 가겠다고 하면 필사적으로 말릴 거야. 자칫 정신 조종능력을 위험한 인물에게 전해줄 수 있으니. 하지만 당신들 세 사람이 함께 간다면 허락하겠어."

시현이 말했다.

"배부른 돼지가 되라? 자유라든가 독립이라든가 하는 게 뭔지 잘 모르죠? 끈기와 집념에 대해서도? 난 일 년이고 이 년이고 당신을 감금해두고 부산 시민들을 인질로 삼아 알키비아데스 사용법을 배울 수도 있어요! 내가 못할 것 같아요?"

슈란은 처음에는 분노를 억눌렀으나 나중에는 감정이 격해져서 소리쳤다.

"당신은 그러지 못해. 한국 경찰도 바보는 아냐. 여기에 오면서 경찰에 당신 신상을 신고했어. 전용기를 타고 김해공항에 왔고, 중국인 부하들이 많을 거라고 말이야. 처음에는 장난전화로 여겼더라도 지금쯤에는 확인을 해봤을 거야. 당신도 세관이나 출입국관리소는 정신조종능력으

302

로 통과했더라도 CCTV까지 어쩌지는 못했을 텐데."

"그들은 날 잡지 못해요."

슈란이 으르렁거렸다.

"당신을 잡지는 못해도 폭발은 막을 수 있을걸. 당신은 이미 힌트를 여러 개 줬어. 폭탄은 부산에만 있고, 기폭장치는 휴대전화 전파로 작동하며, 테러리스트들이 한국 TV방송을 보면서 폭발을 확인한다는 것. 그래서 나도 경찰에 조언을 해줬지. TV에서는 구체적인 폭발 장소나 시간을 숨기고 부산의 통신기지국들은 하루나 이틀 정도 가동을 멈추라고. 신세계백화점 폭발은 아까부터 TV에 안 나오는 거 같은데?"

슈란이 무의식적으로 TV로 시선을 돌린 사이 시현이 자리에서 일어나며 몸에 붙은 센서들을 떼어버렸다. 마지막으로 노트북 화면에 나온 숫자는 87이었다. 그러나 그것이 시현의 호흡이나 맥박의 변화 때문인지, 아니면 센서 일부분이 떨어져나가서인지는 알 수 없었다.

"자리에 앉아서 다시 센서를 붙여요. 그러지 않으면 폭탄을 터뜨리겠어요."

"이쪽이야말로 다시 한 번 묻겠어. 조금 전의 제안을 받아들일 생각이 정말 없나? 명준과 캄팻을 데리고 분쟁지역으로 떠나는 것 말이야. 혹시 거기 황쿤도 같이 있나?"

"자리에 앉아요."

슈란이 목소리를 높였다.

"쿤씨도 당신 편인가? 지금 같이 있나?"

시현이 물었다. 이명준을 아직 제대로 심문하지 못한 걸까?

"그래요. 황쿤도 우리 편이죠. 지금 내 옆에 있어요."

슈란의 대답에 시현은 입을 다물었다. 그는 괴로운 듯 손으로 얼굴을 가렸다.

"자리에 앉아요. 안 그러면 폭탄을 터뜨릴 테니."

"슈란씨, 멕시코로 가. 제발."

시현이 얼굴을 가린 채로 말했다.

"나는 언제든 폭탄을 터뜨릴 수 있고, 제안에 대한 대답은 '노'이고, 날 막을 수 있다면 지금 막아봐요."

슈란이 마우스로 손을 뻗으며 말했다.

"황 선생님, 부탁합니다!"

시현이 소리쳤다.

그 순간 총소리가 나더니 부산 지도가 그려진 모니터에서 검은 연기가 피어올랐다. 슈란은 깜짝 놀라 뒤를 돌아보았다. 쿤이 권총을 자신에게 겨누고 있었다.

"내가 경고했잖소. 등 뒤에서 칼을 들이대는 자를 조심해야 한다고."

두꺼비처럼 생긴 남자가 말했다.

•

류잉춘은 그를 '2번'이라고 불렀다.

천슈란에게서 처음 연락을 받았을 때 그는 그 사실을 안시현에게 알렸다. 슈란에게 협조하는 척하면서 상대를 염탐해보겠다는 아이디어를 시현에게 제시한 것도 그였다.

천슈란을 통해 백원단에 대해 더 많은 정보를 알 수 있지 않을지 기대하는 바도 없지는 않았다. 류잉춘은 그에게 백원단에 대해 세세히 털어놓지는 않았다. 쿤은 류 박사의 취지에는 공감했으나, 백원단 운영방식에 한 점 불만도 없이 전적으로 만족하는 건 아니었다.

"구경이 작은 총이긴 하지만 맞으면 꽤 아플 거요. 이 거리에서라면 빗나갈 가능성도 없소."

황쿤이 말했다.

"당신이 왜……? 언제부터 저쪽 편이었던 거죠?"

슈란은 완전히 허를 찔린 얼굴이었다.

"처음부터요. 성인군자가 되지 못한다고 괴물이 될 수는 없으니까."

쿤이 입술을 실룩이며 대답했다.

류잉춘 박사의 후계자인 안시현은 황쿤이 보기에 더 깐깐하고 융통성이 없었다. 최후의 순간까지 천슈란을 막지 말아달라고 한 부탁 같은 게 그런 고지식함의 대표적인 사례였다. 안시현은 슈란을 암살하는 방식으로 일을 해결하고 싶지는 않다고 주장했다. 그는 끝까지 슈란을 설득해보겠다고 고집했으며, 슈란을 붙잡은 다음에도 '재판'을 열고 싶다고 했다.

"안 선생! 이리 넘어와요! A동 51층이오!"

쿤이 외쳤다. 슈란이 들고 있는 전화기를 통해서 안시현에게 들릴 수 있도록. 슈란은 황급히 전화를 끊었지만 이미 때는 늦었다. 시현의 모습이 잽싸게 화면 밖으로 사라지는 것이 보였다.

"난……, 난…… 당신……"

슈란은 망연자실한 표정을 짓고 있었다. 그 모습을 보고 쿤이 잠시 방심한 순간, 그리고 하필 어깨에 경련이 온 순간 슈란이 그에게 돌진했다. 괜찮은 연기였고, 남다른 순발력이었다. 무모한 시도였음에도 불구하고.

쿤은 방아쇠를 당겼다. 영화에서처럼 총을 맞은 상대가 뒤로 쓰러지거나 하는 일은 일어나지 않았다. 쿤은 처음에는 총알이 빗나간 줄 알았다. 상대팀 쿼터백을 노리는 여자 미식축구 선수처럼, 총소리가 난 뒤에도 속도를 조금도 늦추지 않고 슈란이 자신을 향해 달려왔기 때문이다. 황쿤은 거의 총을 놓칠 뻔했다. 몸을 추스르고 다시 슈란을 겨냥해 총을 발사하려다 비로소 상대의 배에서 피가 흘러나오고 있음을 알았다.

"황 선생님, 아직 안 늦었어요. 저와 손을 잡아요."

슈란은 한 손으로 총구멍을 막고 가쁜 숨을 내뱉으며 말했다.

"아직도 그런……"

어이가 없어진 황쿤이 권총을 쥔 손에서 힘을 뺏을 때 슈란이 다시 그에게 덤벼들었다. 남자는 두 번째로 총을 발사했다. 이번에는 총알이 명중했음을 한 눈에 알 수 있었다. 슈란은 그의 발치에 쓰러졌다. 바닥에 핏물이 고이기 시작했다. 배에 총을 두 발 맞은 여자는 그런 중에서도 필사적으로 팔을 뻗어 허공에 있는 무언가를 움켜쥐려 했다.

시현이 들어왔을 때 쿤은 쓰러진 여자의 몸에 뚫린 총구멍에 손을 대고 서툴게 지혈을 시도하는 중이었다. 시현은 전화로 앰뷸런스를 부른 뒤 접이식의자 두 개를 겹쳐 임시 들것을 만들었다. 두 남자는 슈란을 그 위에 올리고 일 층으로 내려왔다. 두 사람이 걸어간 길을 따라 핏방울이 복도에 떨어졌다. 출혈 쇼크로 인해 슈란의 얼굴은 점점 갈색이 되어갔다.

폭탄 테러 때문에 오히려 구급차는 더 일찍 왔다. 부산의 큰 병원들은 비상운영체제에 들어가 어디든 앰뷸런스를 보낼 태세가 되어 있었다. 거리에는 차들이 많지 않았고, 그나마도 앰뷸런스가 보이면 재빨리 길을 양보했다.

황쿤은 구급차 안에서 시현이 몇 번이나 슈란의 귀에 대고 중국어로 "정신을 잃지 마, 기운 내"라고 속삭이는 걸 보았다. 그리고 놀랍게도 그럴 때마다 슈란 역시 꺼져가는 의식을 되살리며 시현의 말에 호응하는 것처럼 보였다.

쿤은 병원에서 손에 묻은 피를 씻고 옷을 갈아입었다. 그가 병원 밖으로 나가 담배를 피우고 있을 때 초췌한 몰골이 된 시현이 그에게 걸어왔다.

"수술이 막 끝났답니다. 총알이 동맥을 빗겨가서 아주 위험한 상황은 아니라고 합니다. 제가 자리를 비워야 할 것 같은데, 황 선생님께서 여기 남아 슈란을 감시해주실 수 있겠습니까? 천슈란이 탈출하지 않는지 감시해주시고, 한국 경찰들도 막아주시면 감사하겠습니다. 웨이리원씨도 곧 이리로 올 겁니다."

"그러지요. 제가 얼마나 이곳을 지키면 될까요? 어디 가시려고 합니까?"

황쿤이 물었다.

"라오스에 가서 캄팻을 잡아오려고요. 여기 소식이 알려지기 전에."

걸어나가려는 시현을 쿤이 불러세웠다.

"저기, 안 선생?"

"예."

시현이 멈춰 섰다.

"제가 한 가지 궁금한 게 있는데……"

황쿤은 곤혹스러운 듯 어깨를 실룩였다.

"예. 말씀하시지요."

시현이 말했다.

"그 나이트클럽에서 이명준을 어떻게 제압한 겁니까?"

그 질문에 시현은 잠시 생각에 잠기는 표정이 되었다. '사실을 고백해야 하나' 하는 갈등의 빛이 잠깐 그의 얼굴을 스쳤다고 쿤은 생각했다.

　　"황 선생님, 지금부터 드리는 말씀은 절대로 비밀을 지켜주셔야 합니다. 그렇게 해주시겠습니까?"

　　시현이 머뭇거리다 입을 열었다.

　　"그러겠습니다."

　　황쿤이 대답했다.

　　"천슈란에게 처음 했던 이야기는 절반 정도 사실입니다. 저는 최면술을 배웠습니다. 셔츠 무늬 이야기도 맞고요. 하지만 최면술이라는 게 정신조종능력처럼 시간과 장소를 가리지 않고 잘 통하는 건 아니에요. 실은 백원단이 보내는 메시지를 통해 이명준에게 전부터 암시를 걸어놨습니다. 이명준이 천슈란에게 뭔가를 보여줘야 한다는 압박감에 최면에 걸리기 쉬운 상태가 되어 있기도 했지요. 운이 좋았습니다. 사실 시도해봐서 안 되면 황 선생님 도움을 그 자리에서 빌릴려고 했었습니다."

　　"흰원숭이에게 보내는 메시지가 사람마다 다릅니까?"

　　쿤이 물었다.

　　"대부분은 비슷하지만, 몇몇 사람에게는 내용을 달리해서 보냅니다."

　　'나도 그런 사람 중 하나에 포함됩니까?'라는 게 황쿤이 다음으로 묻고 싶은 질문이었다. 그러나 시현은 그럴 틈을 주지 않은 채 고개를 숙여 인사를 하고는 현관 쪽으로 걸어갔다. 자리에 남은 남자는 '천슈란을 감시해달라'는 부탁을 받아들일 때 자신이 과연 자의였는지 아닌지를 고민했다.

(꿰뚫어 보라. 솟아올라라. 날아가라. 사라져라.)

자아는 형태를 뚜렷이 알 수 없는 불꽃같은 관념이었다. 바람 한 점 불지 않는 날에도 그 불꽃은 시시각각 떨리고 흔들리며 이유 없이 밝게 빛나거나 꺼질듯이 사그라지곤 했다.

그 불꽃이 종달새 같은 모습으로 형체가 바뀌어 날아올랐다. 작은 불똥이 환한 폭포를 만들며 불새의 몸에서 떨어졌다. 캄팻은 한때 그 자신이라 여겼던 몸뚱이가 한없이 멀어지고 있음을 느꼈다.

이 온화한 암흑의 시간을 조금만 더 연장한다면 틀림없이 그다음 단계에 이르리라는 믿음이 들었다. 캄팻은 더 나아가지 못함을 아쉬워하며 눈을 떴다. 어둠 속에서 본 영롱한 불꽃놀이와 콘크리트 천장에 매달린 형광등의 삭막한 불빛이 너무 대조적이라 살짝 어지럼증이 일었다.

"저희는 준비가 되었습니다. '마지막 가르침'을 부탁합니다."

가부좌를 틀고 앉은 승려들이 말했다. 이 문장은 그들의 비밀 공동체에서 하나의 주문으로 자리잡으려 하고 있었다. 경지에 이른 수행자들은 '마지막 가르침'에 대해 귀띔을 받았다.

오늘 마지막 가르침을 구하는 승려는 모두 여덟 명이었다. 캄팻은 그들이 자기 주변에 둥그렇게 원을 그리며 앉게 했다. 한꺼번에 여덟 명을 멸도(滅度)로 이끄는 일은 그로서도 처음이었기에 다소 긴장이 되었다.

"마음을 살펴보십시오. 자신이 무엇을 바라는지, 어떤 욕망을 품고 있는지, 찾아보십시오. 해탈을 해야겠다는 마음 자체가 하나의 욕망이 되어 있지는 않습니까?"

캄팻이 나긋한 목소리로 말했다. 젊은 승려들이 자신의 말에 반응해

맹렬히 내면으로 파고드는 것이 느껴졌다. 그런 기운이 전달되어왔다. 그들에게 시간을 얼마간 주어야 한다. 언어로 된 생각에 파묻혔다가 다시 빠져나올 시간을.

그사이 동자승 하나가 양손에 촛대를 하나씩 들고 와 방구석 양편에 세웠다. 소년 승려는 어찌나 키가 작았던지 오렌지색 법의가 땅에 질질 끌렸다. 동자승은 초에 불을 붙인 뒤 캄팻을 향해 합장을 하고 방을 나갔다. 소년이 방에서 나가자 곧 형광등 조명이 꺼졌다.

"미망을 마음의 눈으로 확인했다면, 이제 그것들을 한데 모을 차례입니다. 왜 그런 미망을 품게 됐는지, 그 미망이 형제들에게 어떤 영향을 미쳤는지에 대해 묻지 마십시오. 그저 바닥에 깔린 먼지를 쓸어담으십시오. 먼지들이 돌돌돌 말리며 공이 되는 것을 느끼십시오."

캄팻은 선사들이 쓰는 모호한 법어를 최대한 피하려 했다. 반응이 일관되지 않기 때문이다. 그는 쉽고 분명한 표현을 사용하려 했다. 시각적 심상을 자극하는 비유가 효과가 높다는 사실도 깨달았다. 그러나 사람을 영적으로 고양시키는 언어와 화술에는 아직도 더 개발할 여지가 많이 남아 있었다.

"굳어 있는 먼지더께를 살살 긁어내십시오. 마음의 구석구석을 탐색하며 '나'라고 여겼던 것들을 걷어내십시오. 어린 시절의 추억을 걷어내십시오. 가족과 친지의 얼굴을 걷어내십시오. 미워하는 사람이 있었다면 함께 긁어내십시오."

승려 한 명이 가볍게 신음 소리를 냈다. 깊은 몰입 단계에 들어간 모양이다.

"먼지로 된 공을 마음의 손 위에 올리십시오. 이 공은 아주 가볍습니다. 실체가 없는 먼지로 이뤄져 있기 때문입니다. 공을 들고 그대로 하늘로 띄우십시오. 공이 날아가면서 먼지가 흩어지지 않게 하십시오. 공이 천천히 공중으로 올라가며 마음에서 멀어지는 것을 느껴보십시오."

그때 밖에서 바람이 불더니 촛불이 꺼졌고, 실내는 일순 깜깜해졌다. (저 창문들이 원래 저렇게 열려 있었던가?)

캄팻은 갑자기 자신이 중대한 무언가를 잊고 있는 듯한 기분이 들었다.

"공과 함께 당신이라 여겼던 허상들이 멀어져갑니다. 당신의 기억, 이름, 그리고……"

"공을 다시 붙잡으십시오. 살고 싶다는 생각을 하십시오. 먹고 싶은 음식들, 사랑했던 사람들을 떠올리십시오!"

천둥 같은 목소리로 누군가가 소리쳤다. 캄팻도, 다른 승려들도 눈을 뜨고 주위를 두리번거렸다. 그러나 제대로 보이는 건 없었다. 검은 형체가 창가를 슥 지나간 것 같은 기분이 든 순간 목소리가 다시 들렸다. 가까운 곳이었다.

"살아나십시오! 이곳에서 달아나십시오! 죽음이 아니라 삶을 생각하십시오!"

승려 중 한 명이 벌떡 일어나 방을 뛰쳐나가자 순식간에 아수라장이 되었다. 캄팻 역시 불현듯이 겁에 질려 자리에서 일어났다.

"삶을 생각하십시오!"

캄팻은 목소리의 주인을 기억해냈다. 등에 소름이 좍 끼쳤다.

(여길 어떻게 찾아왔지? 혼자 온 건가? 무기를 가지고 왔을까?)

어둠 속에서 승려들은 출구를 찾지 못해 한동안 헤맸다. 캄팻은 그 와중에 누군가의 발뒤꿈치에 정강이를 호되게 걷어차였다. 그때서야 밖에 경비병이 있다는 게 생각난 캄팻은 "침입자다! 침입자가 있다!"고 외쳤다.

'침착해.'

캄팻은 스스로에게 명령을 내리고 마음을 가라앉혔다. 문 앞에 엉겨 붙은 승려들을 본 그는 창문을 통해 건물을 빠져나왔다.

달빛에 겨우 익숙해진 그의 눈에 쓰러진 경비병의 모습이 보였다. 죽거나 다쳐서 정신을 잃은 건 아닌 듯했다. 들고 있던 소총의 모습은 보이지 않았으나 허리춤에 권총은 여전히 차고 있었다. 캄팻은 잽싸게 권총을 손에 주워 들었다. 사격에 대해서는 잘 몰랐지만 안전장치가 어떻게 생겼는지 정도는 알았다.

캄팻은 주변이 지나칠 정도로 어둡다는 사실을 알아차렸다. 마을의 불이 다 꺼져 있었다. 선원은 마을에서 산속으로 이백 미터가량 떨어진 곳에 있었다.

(본격적으로 방바재단을 없애려는 걸까? 야간투시경을 착용한 저격수라도 데려왔다면 어떻게 하지?)

캄팻은 권총을 들고 자치마을 쪽으로 걸어가다 걸음을 멈췄다. 마을에서 선원까지는 외길이다. 그렇다면 그 길도 이미 백원단이 장악했을 것이다. 캄팻은 비포장도로의 입구에서 몇 미터 떨어진 곳으로 발걸음을 돌렸다. 숲에 낸 길에서 다소 떨어져, 나무와 풀 사이를 헤쳐가면서 마을로 갈 생각이었다.

캄팻은 심호흡을 하고 풀숲 속으로 발걸음을 내디뎠다. 얼마 되지 않아 그는 수풀 속이 기대했던 것과는 전혀 다른 공간임을 깨달았다. 겨우 열 걸음 정도를 걸어들어갔을 뿐인데 표식으로 삼은 비포장도로는 벌써 보이지가 않았다. 자신이 걸어온 경로를 확인하러 뒤를 돌아봤을 때 오른발이 앞으로 쭉 미끄러졌다. 그는 균형을 잃고 엉덩방아를 찧은 뒤 썰매를 타듯이 아래로 미끄러져내려갔다. 비명을 지를 겨를도 없었다.

총을 들지 않은 손을 뻗어 잡히는 것을 닥치는 대로 움켜쥐었는데, 그 바람에 손바닥 살갗이 왕창 벗겨졌다. 비탈이 끝나는 데서 간신히 몸을 멈춰 세울 수 있었다. 몸을 일으키려 하자 입에서 신음이 저절로 나왔다. 넘어질 때 오른발을 삔 모양이었다. 흙투성이가 된 캄팻은 이를 악물고 다친 다리를 질질 끌며 앞으로 나아갔다.

발을 절룩거리며 걸어가던 캄팻은 이내 기진맥진해 주저앉았다. 어디서부터 잘못된 걸까? 보안이 너무 허술했다. 중대한 의식을 치르는 장소를 아는 사람이 여럿 있었고, 다른 탈출로 없이 선원과 마을 사이에 길을 하나밖에 두지 않은 것도 잘못이었다. 경비병을 네 명만 세운 것도 실수였다. 무선통신 장비와 CCTV를 갖췄어야―.

그때 뭔가 미끈하고 물컹한 것이 그가 기대 서 있던 나무에서 내려와 그의 가슴팍으로 들어갔다.

"흭!"

뱀이 몸에 붙었다고 생각한 캄팻은 황급히 그 물체를 떨쳐냈다. 그러나 물체의 정체는 부러진 나뭇가지였다.

"이사장님? 거기 있습니까?"

시현의 목소리는 너무나 가까운 곳에서 들렸다. 고작해야 삼사 미터 정도밖에 떨어져 있지 않은 듯했다.

캄팻이 먼저 상대를 알아보았다. 시현은 엉뚱한 곳을 바라보고 있었다. 캄팻은 숨을 죽이고 총부리를 상대의 머리에 겨눴다. 그는 방아쇠를 당겼다.

캄팻은 총알이 상대의 머리에 맞았다고 생각했다. 그러나 제대로 명중시키지는 못했다. 귀를 맞춘 것 같았다. 한쪽 귀 아래가 날아간 시현은 이제 캄팻을 알아보았다. 캄팻이 다시 조준을 하고 방아쇠를 당기려 할 때 시현이 말했다. 귀에서 피를 흘리며.

"총을 이리 주십시오."

캄팻은 뭐라 형언할 수 없는 압박감을 느끼며 지시에 따랐다. 시현은 능숙한 손놀림으로 총을 잡더니 총구를 캄팻에게 향했다.

'이제 모든 게 끝이다.'

그렇게 생각한 순간 절박하고도 분명한 욕구가 캄팻을 사로잡았다. 그 욕망이 어쩌나 구체적이고 확고했던지, 전율이 느껴질 정도였다. 살면서 이런 강렬한 감정을 느껴본 것은 처음이었다.

"살고 싶습니까?"

시현이 물었다.

"네……, 네."

캄팻이 흐느끼며 대답했다.

19

알키비아데스〉관리자 메뉴〉메모〉해당 카테고리 없음
등록자＝류잉춘
등록일＝05/14/2004

7번과 36번은 자살충동이 뇌졸중으로 이어졌다가 충동사에까지는 이르지 않고 멈춘 사례다. 반면 44번이 앓은 뇌종양은 X-인자나 자살충동과는 무관해 보인다. 44번은 양쪽 측두엽 내부 조직이 거의 다 파괴될 때까지 자신에게 종양이 있다는 사실을 몰랐다. 44번도 이후 정신조종능력을 발휘하지 못했는데 식욕이나 성욕, 수면욕과 같은 기본적인 욕구에도 매우 무심해졌다.

그러나 누군가 말을 걸어주면 정상적으로 대화에 응했고, 심지어 자동차 운전도 문제없이 해냈다. 사용하는 단어수도 풍부했다. 현 단계에서 내 가설은 X-인자가 손상된 뇌조직을 재건하는 작업에 일정 부분 역할을 한다는 것인데……

캄팻에 대한 재판이 가장 오래 걸렸다.

"나는 우선 그 시술이 썩 믿기지 않습니다. 그리고 솔직히 그 시술이 사형보다 덜 잔인한 건지도 모르겠소. 나 같으면 그런 수술을 받고 목숨을 부지하느니 차라리 죽는 편을 택하겠소."

황쿤이 말을 마친 뒤 어깨를 움찔했다.

"로보토미 수술과 헷갈려 하시는 것 같은데……, 측두엽절제술은 뇌전증 환자들에게 많이 시술합니다. 사망률도 낮고 안전해요. 수술 중에도 뇌파를 확인하기 때문에 다른 중요한 부위를 다치게 할 우려도 없고요."

웨이리원이 설명했다. 그러나 그녀도 "그래서, 전에 이 시술을 해본 일이 있습니까?"라는 쿤의 질문에는 답을 피했다.

그들은 대전 아지트에 있었다. 이제 그 대형 주택은 아지트가 아니라 교도소나 구치소라고 부르는 게 더 옳은 표현일 듯했다. 건물 지하의 감금실에는 이명준과 캄팻 로반사이, 그리고 아직 팔에 링거주사를 꽂고 있는 천슈란이 있었다. 그들은 처분을 기다리는 미결수들이었다.

일 층 회의실에는 간수이자 검사이자 판사인 세 사람이 샌드위치와 생수병을 앞에 놓고 토론 중이었다. 재판은 사흘째였다. '피의자'들의 진술과 변론을 듣는 데 꼬박 이틀이 걸렸다.

이명준과 캄팻은 모두 부산의 연쇄 폭탄테러에는 자기들이 전혀 간여하지 않았고 알지도 못했다고 말했다. 이명준은 자신이 시현의 지인들을 납치한 것은 사실이지만 누구도 죽이거나 다치게 할 계획은 없었다고 말했다. 캄팻은 승려 열 명을 열반으로 이끌었고, 시현에게 붙잡히기 전에는 또 다른 여덟 명에게 해탈로 이르는 길을 보여주려는 참이었다고 진술했다. 그러나 캄팻은 자신의 행위는 살인이 아니라고 주장했다.

천슈란은 심판관 세 사람 앞에서 묵묵부답으로 일관했다. 황쿤은 가끔 그녀를 쳐다보는 게 부담스러웠다. 슈란은 딱 한 번 입을 열었다. 시현이 심문하던 때였다.

"천슈란씨, 지금으로부터 일 년 전으로 돌아가 다시 한 번 같은 처지에 선다 해도 똑같은 일을 저지르시겠습니까? 납치며, 살인이며, 테러와 같은 일들을?"

"당연하죠."

슈란은 코웃음을 치며 대답했다. 부상이 다 낫지 않아 안색은 파리했지만, 눈빛은 형형했다. 황쿤은 평가서에 '뉘우치는 기색이 전혀 없음'이라고 적었다. 그 문구를 적는 동안에는 틱장애도 멈췄다.

그들은 별다른 이견 없이 슈란에게 사형을 선고했다. 이명준에 대해서는 기회를 한 번 더 주기로 의견을 모았다. 문제는 캄팻이었다. 황쿤은 캄팻도 살인자이니만큼 사형에 처해야 한다는 입장이었으나 웨이리원은 거기에 반대했다. 그러면서 그녀가 제안한 것이 측두엽절제술이었다.

그 시술이 안전하다는 리원의 주장에 대해 황쿤은 "나는 캄팻의 안전을 걱정하는 게 아니오"라는 말을 하려다 참았다. 캄팻이 시술로 폐인이 된다? 차라리 쿤은 그러기를 바랐다. 시술 뒤에도 여전히 정신조종능력을 보유한 죄수가 복수극을 준비하는 것보다는 그게 더 낫다.

쿤은 웨이리원이나 안시현이 본질을 외면하고 있다고 생각했다. 흰 원숭이들의 세계에는 법이 없으며, 무법지대에서 그들이 행사하려는 강제력에 이런저런 장식을 달아봤자 폭력이라는 근본이 바뀌지 않는다는 사실을.

이 '법정'은 마분지로 만든 집처럼 조잡한 것이다. 변호인도 없고, 항소할 기회도 없으며, 양형 기준도 없다. 리원과 시현은 자기들이 가진 힘을 마분지로 제어해보려 한다. 그들은 통제라는 개념에 집착한다. 한 사람은 답답할 정도로 고지식해서, 다른 한 사람은 자신이 갖지 못한 정신조종능력에 대한 두려움 때문에.

아무리 옷을 차려입고 정중한 태도와 말투를 갖춰도 사람들은 그를 대할 때 틱장애를 먼저 보았다. 쿤은 속으로 중얼거렸다.

'우리가 가발을 쓰고 정장을 입는다 해서 이게 야만이 아닌 다른 뭔가가 되지는 않소.'

그들은 슈란에 대한 평결을 확정하고 사흘 뒤에 형을 집행했다. '사형이 결정됐다'는 이야기를 들었을 때 슈란은 아무런 반응도 보이지 않았다. 정신조종능력으로 스스로를 다스렸던 게 틀림없었다.

"지금이라도 마음이 바뀐다면……"

감금실 앞에서 시현이 웨이리원에게 말했다.

"아뇨. 제 마음은 확고해요. 더 이상 묻지 마세요."

리원이 대답했다. 시현은 고개를 끄덕이고 물러났다.

"마실 물과 식사거리는 냉장고 안에 있습니다. 방 안에 화장실과 전자레인지가 있고요. 인터폰은 그냥 수화기를 들면 저절로 저에게 연결이 됩니다. 제가 밖에서 걸 때에는 일반 전화기처럼 벨소리가 들릴 겁니다. 하지만 제가 감금실 근처에 갈 수는 없으니…… 필요할 것 같은 물건이 있으면 미리 말씀하십시오."

"딱히 생각나는 게 없네요."

리원이 말했다.

"그러면……"

두 사람은 눈인사를 나누고 서로 반대 방향으로 걸어갔다.

리원은 감금실로 들어갔다. 방 가운데 병상이 있고, 그 위에 천슈란이 환자복 차림으로 누워 있었다. 허리와 팔, 다리에 두꺼운 구속용 밴드가 감겨 있었다. 이미 정맥주사로 전신마취를 한 상태였다.

리원은 병상 옆의 의자에 조심스럽게 앉았다. 그녀는 클래식 음악이 작게 흘러나오고 있음을 알아차렸다.

인터폰이 울렸다.

"잘 들어가셨습니까?"

시현이 물었다.

"네, 전 잘 들어왔어요. 준비 다 됐습니다."

"알겠습니다. 그러면 이제 오 분 뒤에 링거액을 염화칼륨으로 바꾸겠습니다. 용액을 투입하기 전에 제가 경고음을 한 번 울릴 겁니다. 죄수가 사망하는 데에는…… 일 분이면 충분할 겁니다. 만약 일 분이 지나도 죄수가 살아 있다면 인터폰으로 알려주세요."

시현이 인터폰을 끊으려 할 때 리원이 물었다.

"지금 나오는 이 음악은 뭔가요?"

"바흐의 마태 수난곡입니다. 사형수를 진정시키려고 틀어놓은 건데요, 끌까요?"

"아뇨. 괜찮습니다."

리원이 말했다. 그녀의 대답을 상대방은 잘못 이해한 것 같았다. 음악 소리가 조금 더 커진 듯한 기분이 들었다. 인터폰을 끊고 잠시 뒤 부저가 울렸다.

사악한 주술의식을 치르는 듯한 기분을 떨칠 수가 없었다. 한 방에 있는 사람의 몸에서 생기가 빠져나갈 때 자신에게는 불가사의한 힘이 깃들다니. 천슈란의 원념에 지배당한 자신이 제2의 천슈란이 되는 건 아닐까 하는 황당무계한 생각이 들었다. 잡념을 떨치고 독극물의 효과를 확인하기 위해 리원은 자리에서 일어나 병상 앞으로 걸어갔다.

그녀는 조심스럽게 슈란의 몸을 살폈다. 슈란은 여전히 숨을 쉬고 있었다. 화장을 하지 않은 얼굴이 청초해 보였다. 주사 바늘을 꽂을 때 얼마간 반항을 했던 듯, 링거 주사를 꽂은 팔꿈치 안쪽에 멍이 심하게 들어 있었다.

리원이 손을 병상에 올렸을 때 천슈란이 눈을 번쩍 뜨더니 그 손을 꽉 잡았다. 리원은 놀란 나머지 비명도 지르지 못하고 얼어붙었다. 그러나 죄수는 이미 앞을 볼 수 없는 상태였다. 눈을 부릅뜨긴 했지만 동공은 풀려 있었다. 리원은 그 눈에서 희미한 생명의 불꽃이 천천히 사라지는 모습을 지켜보았다.

금강승에 걸리는 시간은 천차만별이었다. 금강승 뒤에 정신조종능력이 발현되는 시간도 사람마다 달랐다. 웨이리원은 어쩌면 이틀 이상 그 방에 머물러야 할지도 몰랐다. 그녀는 자신을 잡고 있던 슈란의 손을 풀고 의자에 앉아 음악에 귀를 기울였다. 방에 가지고 들어온 논문이 있었지만 읽을 마음이 나지 않았다.

시간이 지나면서 성악곡의 가사가 서서히 들리기 시작했다. 그녀는 십대일 때 독일어를 조금 배운 적이 있었다.

합창단이 노래했다.

'당신은 무슨 죄를 지으셨기에 그토록 엄한 판결을 받으셨나이까?
대체 무슨 죄를, 어떤 잘못을 범하셨단 말입니까?'

백원단의 감옥에 수감된 지 벌써 열흘째였다.

감금실로 돌아와서는 복수를 다짐하며 며칠을 버텼다.

감금실은 어떤 면에서는 그가 상상하던 교도소 생활보다 나았고, 어떤 면에서는 못했다. 독방 시설은 깨끗했고, 공간이 넓지 않다는 점만 제외하면 그럭저럭 쾌적했다. 냉난방은 잘 됐고, 샤워실의 온수도 잘 나왔다. 배식구로 들어오는 식사는 편의점 도시락 수준이었다. 벽과 가구는 모두 베이지색 톤이었는데 이건 고급스러워 보이기도 하고, 보고 있노라면 미칠 것 같은 기분이 들기도 했다.

그러나 외부활동은 전혀 할 수 없었고, TV나 신문을 볼 수도 없었으며, 밖을 내다볼 수 있는 창문도 없었다. 아무도 만날 수 없었으며, 아무것도 할 일이 없었다. 식사시간이 되면 배식구로 밥과 반찬이 담긴 종이 그릇이 밀려들어올 뿐이었다. 식사를 마치고 잔반과 쓰레기를 배식구의 서랍에 넣으면 밖에서 누군가가 그걸 수거해갔다. 가끔 두루마리 휴지나 갈아입을 옷, 치약 같은 물건이 서랍으로 들어오기도 했다.

천장에는 감시용 카메라가 서로 마주 보는 방향으로 두 대 설치돼 있었다. 화장실에도 따로 문이 달려 있지 않았다. 감금실의 검은 유리문은 밖에서는 안을 들여다볼 수 있도록 만든 특수유리인 게 분명했다.

명준은 배식 시간에 자존심을 누르고 유리문 밖을 향해 인사를 건네거나 불만을 터뜨리거나 자해를 하는 시늉을 해보았지만 별 반응은 없었다. 그는 단식을 해보기도 했고, 일부러 잔반과 쓰레기를 서랍에 넣지 않고 방에 쌓아두거나 샤워실의 수도꼭지를 열어 바닥을 물바다로 만들어보기도 했다. 그래도 교도관들은 아무런 대응을 하지 않았다. 결국 그가 먼저 손을 들었다. 그는 대부분의 시간을 방을 청소하면서 보냈다. 딱히 청소도구가 없었기에 휴지로 일일이 구석구석을 닦았다.

비누, 수건, 치약, 칫솔, 일회용 플라스틱 식기로 맥가이버처럼 탈출도구를 만들 궁리를 오래도록 했지만 뾰족한 수를 찾지 못했다. 책상과 의자는 바닥에 고정돼 있었고, 이불도 한쪽이 침대와 연결돼 있었다. 디지털시계의 덮개와 거울은 특수 플라스틱으로 되어 있어서 주먹으로 내리쳐도 깨지기는커녕 흠집 하나 나지 않았다. 그는 천슈란이 백원단 지도부를 뒤엎고 자신을 구조해줄 실낱같은 가능성에 온 기대를 걸었다.

열하루째 되던 날, 처음으로 방송이 나왔다.

"손에 수갑을 채워. 그리고 카메라 앞에서 팔을 들어서 수갑을 보여줘."

명준은 지시에 따랐다. 잠시 뒤 안시현이 유리문을 열고 감옥 안으로 들어왔다. 열흘 만에 보는 사람 모습이 반가워 명준은 웃음을 터뜨렸다.

"어디, 좋은 곳으로 이감이라도 하나보지?"

그는 농담을 건넸으나 시현은 대답하지 않았다. 다급해진 명준은 "오늘 날씨는 어때?"라거나 "밖은 다들 안녕하신가?" 따위 실없는 말들을 뱉었으나 시현은 유리문 밖으로 난 통로를 가리키며 "걸어"라고만 할 뿐이었다. 명준은 다시 정신조종을 당하는 압박감을 느끼며 명령에 따랐다. 시현이 한손에 전기충격기를 들고 있는 걸 본 명준은 '흰원숭이를 제압할 수 있는 능력이 있으면서 왜 저런 물건을 가지고 다니는 걸까'하고 궁금해했다.

그가 감금실을 나와 복도를 걸어간 거리는 겨우 이 미터 남짓에 불과했다. 자신이 갇혀 있던 방 옆에 또 다른 독방이 있었고, 똑같은 유리문과 쇠창살이 보였다.

"들어가."

명준의 수갑을 풀어준 뒤 시현이 방을 가리키며 말했다. 그들은 그를 겨우 옆방으로 옮겨준 것에 불과했다! 명준은 무릎을 꿇고 빌며 뭐라고 설명을 해달라고, 자신이 뭘 하면 되느냐고 물어보고 싶었으나 그럴 겨를이 없었다. '들어가'라는 말을 듣는 순간 자신의 의지와는 상관없이 그 방에 들어갈 수밖에 없었다. 그리고 그가 뒤를 돌아봤을 때 유리문은 이미 닫히는 중이었다.

"야, 이 개새끼들아! 뭘 어쩌라는 거야? 하라는 거 다 할 테니까 얘기를 좀 해달라고!"

명준은 소리를 질렀으나 아무런 대답이 없었다.

주위를 둘러보던 명준은 벽 안쪽에 작은 이동식 병상이 하나 있는 것을 알아차렸다. 병상에는 사람 몸으로 보이는 물체가 올려져 있었고, 그 위에 흰 천이 덮여 있었다.

(설마……)

그는 병상으로 다가가 천을 걷었다. 거기에는 죽은 천슈란이 있었다. 시신에서는 푸른빛이 감돌았다. 죽은 여자는 묘하게 육감적인 포즈로 입술을 벌리고 있었다. 명준은 짧은 신음을 토하고 얼른 천을 다시 덮은 뒤 물러났다. 그는 방을 돌아다니며 "이건 아냐, 이건 아니지"라고 혼잣말을 중얼거리다 다시 시신으로 달려갔다.

처음에는 떨리는 손으로 시신의 피부를 눌러보았다. 그는 시체의 머리카락을 뽑고 눈꺼풀을 들춰 올리기도 했다. 마지막에는 살갗을 손톱으로 긁어 마른 피를 확인하기까지 했다.

시신이 밀랍인형이 아니라 진짜임을 확인하고 나자 다리에서 힘이 풀렸다. 얼마 뒤에 나온 식사에 손도 대지 않았다. 그다음 식사 때가 되자 간수는 서랍에 놓여 있던 돈가스를 가져가고 대신 제육볶음을 놓고 갔다. 명준은 그 밥을 먹고서 잠이 들었다.

그 밥에는 수면제가 섞여 있었다. 그는 깊이 잤다. 잠에서 깨어난 뒤에도 한동안 머리가 무거웠다. 병상은 치워지고 없었다. 병상을 치운 게아니라 그의 몸을 옮긴 건지도 모른다. 어쩌면 다른 방에 가서 슈란을보았다는 기억 자체가 거짓인지도 모른다. 어쩌면 지금 그가 꿈을 꾸고있는 중인지도 모른다. 어쩌면 백원단에는 다른 사람의 기억이나 꿈을조작하는 기술이 있는지도 모른다.

얼마 뒤 벽에 걸려 있던 디지털시계가 꺼졌다. 시계는 다시는 켜지지않았다. 명준은 처음 얼마 동안은 배식 횟수를 세며 시간을 가늠하려 했다. 그러나 열흘 정도 시간이 더 지난 뒤에 그 일마저 포기해버렸다.

그는 천천히 시간관념을 잃어갔다. 슈란의 시신을 본 뒤 보름이 지난것은 분명했으나 구체적으로 얼마나 시간이 흘렀는지는 알 수 없었다.덥수룩하게 자란 머리와 수염을 보며 짐작하는 게 고작이었다. 거울 속의 자기 모습은 그가 모르는 다른 사람 같아 보였다.

그는 카메라 앞에서 무릎을 꿇고 손을 비는 시늉을 하며 자기가 잘못한 일들을 하나씩 읊었다. "차라리 죽여, 죽이라고!"라고 소리를 지르기도 했다. 반찬으로 나온 소스로 바닥에 '참회합니다'라는 글씨를 쓰기도했다. 시늉이 아닌 진짜 자해를 하기도 했다. 누가 보거나 말거나, 침대에 누워 자위를 하기도 했다.

"손에 수갑을 채워. 그리고 카메라 앞에서 팔을 들어서 수갑을 보여줘."

다시 방송이 나왔을 때 명준은 너무 기뻐 눈물을 흘릴 뻔했다.

이번에도 절차는 전과 같았다. 수갑을 찬 명준이 앞장섰고, 전기충격기를 든 시현이 뒤에 섰다.

"제가 그동안 정말 반성 많이 했습니다. 정말 많이 뉘우쳤고요, 풀어주시면 다시는 백원단에 누가 되는 일은 하지 않고……"

옆방으로 걸어가며 명준은 쉴 새 없이 떠들었다. 자기 말이 미친 사람의 지껄임처럼 들리는 바람에 그 자신도 깜짝 놀랐다.

"들어가."

그는 저항하지 못하고 감금실로 들어갔다. 뒤에서 문이 닫히는 소리가 났다.

처음에는 침대에 앉아 있는 사람이 누구인지 알아보지 못했다. 명준만큼이나 수염이 길게 자라 있었지만, 머리는 삭발하다시피 한 동남아인이었다.

"캄팻? 캄팻 이사장님?"

그 말에 남자가 명준에게로 시선을 돌렸다. 방에 누가 들어온 것을 그때서야 알았다는 듯한 얼굴이었다. 캄팻은 명준을 알아보고 미소를 지었지만 이내 정면으로 눈을 돌리고 무표정해졌다.

"저 명준입니다. 이사장님도 저놈들한테 붙잡힌 겁니까? 언제 여기에 왔습니까? 슈란 누님이 죽은 건 아세요?"

캄팻이 다시 명준에게 고개를 돌렸다. 뭔가 이상했다. 캄팻은 눈을 뜬 채로 잠이 든 사람 같아 보였다. 명준이 다가가 어깨를 잡자 상대는 잠시 정신을 차리는 듯했다.

"명준씨군요."

"저 명준입니다. 이사장님, 뭐가 어떻게 된 거예요? 어디 아프신 거예요?"

"저는 괜찮습니다."

캄팻이 미소를 지으며 대답했다. 눈의 초점이 흐려지는 캄팻의 팔을 잡고 명준이 물었다.

"모습이 달라지신 것 같은데……"

"번뇌를 없애는 수술을 받았답니다."

그렇게 말한 캄팻의 얼굴은 천천히 무표정해졌다. 명준은 캄팻의 머리에서 두개골을 절개하고 난 수술 자국을 발견했다.

명준은 캄팻과 식사를 한 끼 같이 먹었다. 캄팻은 식사를 하던 중 '밥을 먹고 있다'는 사실 자체를 잊은 듯 한동안 아무것도 하지 않고 멍하니 앉아 있었다.

빈 그릇을 내놓은 뒤 한 시간 정도 뒤에 안시현이 다시 그들의 방에 왔다. 그는 명준에게 머리에 보자기를 쓰라고 지시했다. 자신이 시현을 납치할 때 씌웠던 그 보자기였다.

"설마 저 수술을 저한테 시술하실 건 아니죠? 저렇게 되느니 차라리 죽고 싶어요. 난 저 수술 안 받아. 못 받아. 제발…… 제발 부탁합니다. 예?"

보자기를 뒤집어쓴 명준이 헐떡이며 말했다. 시현은 아무 말 없이 명준에게 수갑을 채우고 걷게 했다. 그들은 건물 밖으로 나가 차에 올라탔다.

"한잠 주무십시오."

시현이 말했고 명준은 곧 정신을 잃었다.

그는 아스팔트 바닥에서 눈을 떴다. 진짜 햇빛이 쏟아지고 있었다. 고층 빌딩의 유리창이 반짝반짝 빛났다. 활기찬 도시의 소음이 가득했다. 버스가 지나가자 뜨뜻한 바람이 불었다.

다른 사람들의 존재가 너무 반가운 나머지 명준은 자리에서 일어나 그들에게 다가갔다. 그가 다가가자 행인들은 겁먹은 눈빛을 지으며 몸을 피했다. 명준은 주변을 한 바퀴 둘러보았다가 복잡한 스카이라인과 무수한 간판에 담긴 아찔한 정보량에 머리가 어지러워졌다.

그는 대학생으로 보이는 남자에게 쓰고 있던 모자를 달라고 해보았다. 정신조종능력은 그대로였다. 그는 모자를 얻었고, 조금 뒤에는 다른 사람의 신발을 빼앗아 신었다.

그는 걸으면서 몇 번이나 뒤를 돌아보았다. 백원단이라면 그가 잠시 해방의 기쁨을 맛보게 하고는 곧바로 붙잡아 그 빌어먹을 감금실에 다시 처넣을 수도 있을 것 같았다. 그냥 가만히 있는 것보다 훨씬 더한 좌절감을 안겨주기 위해.

그들은 그에게 어떤 경고도 하지 않았고, 어떤 규칙도 설명하지 않았다. 어떤 다짐도 받지 않았다. 그래서 더 무서웠다.

20

알키비아데스〉관리자 메뉴〉메모〉해당 카테고리 없음
등록자＝류잉춘
등록일＝10/20/2013

안시현의 총점은 웨이리원보다 겨우 2점 높았다. 그 정도는 유의미한 차이라고 볼 수 없다. 그런데도 나는 '드디어 합격자가 나왔다'는 식으로 반응했다. 그런 생각을 하자마자 자살충동이 꾹 참고 있던 생리현상처럼 터져나왔다.

시현이 나타나기 전까지, 나는 분야별 점수 편차를 문제삼아 리원이 최고 득점자임에도 후계자로서 적합하지 않다는 결론을 스스로에게 강요했다. 그러다 처음으로 총점이 그녀보다 높은 후보자를 발견했고, 이제는 스스로에게 거짓 핑계를 댈 필요가 없게 되었다.

내가 느낀 안도감은 '백원단을 이끌어갈 수 있는 사람을 겨우 찾았다'는 생각에서 온 게 아니었다. '웨이리원을 휘원숭이로 만들지 않아도 된다'는 안도감이었다. 그녀가 평범한 삶을, 좋은 남자를 만나 가정을 꾸리고 다른 사람들과 부대끼며 사는 행복을 누리게 될 수 있을지 모른다는……

'어떻게 하면 실수로부터 배울 수 있을까요? 미국의 유명한 미식축구 코치인 풀 베어 브라이언트는 이렇게 말했습니다. 첫째, 실수를 인정할 것. 둘째……'

한쪽 벽에 이런 글귀와 함께 해바라기 그림이 그려진 액자가 걸려 있었다. 반대편 벽에 걸린 액자에는 '희망을 일으키는 선진 교정행정'이라는 문구가 적혀 있었다.

특별접견실은 시현이 상상했던 모습과는 전혀 달랐다. 시현은 삭막한 콘크리트 방 가운데 강화플라스틱으로 만든 유리 칸막이가 있고, 그 유리창을 사이에 두고 한쪽에는 수형자가, 다른 쪽에는 방문자가 앉는 광경을 상상했다. 유리창에 구멍이 뚫려 있어 그 구멍으로 사람들이 서로 대화를 하는.

그런데 그들이 안내받은 방에는 그런 유리 칸막이는 없었고, 그냥 테이블이 하나, 의자가 몇 개 놓여 있을 뿐이었다. 죄수와 가족들은 자유롭게 손을 잡거나 포옹을 하며 대화를 나눌 수 있었다. 이것 때문에 시현은 오히려 더 두려운 마음이 들었다. 이제부터 그가 만나려는 남자와 그 사이에는 최소한의 방어선도 없었다.

방에 갑자기 경쾌한 시그널 송이 울려퍼졌다.

"교화방송이라고, 전국 교도소에 동시에 나가는 라디오방송입니다. 저건 끌 수가 없어서……"

교도관이 말을 얼버무리며 방을 나갔다. 시현은 한 손으로 얼굴을 가렸다. 그들은 새로 온 '식구'가 코골이가 심해 괴롭다는 재소자의 사연을 들으며 자리에 앉아 사람을 기다렸다.

"초조해요?"

리원이 그의 손을 잡으며 물었다. 흰원숭이가 된 뒤 그녀의 한국어는 완벽해졌다. 시현은 잠시 머뭇거리다 고개를 끄덕였다.

"이전에는 한 번도 본 적이 없나요? 재판을 할 때에도?"

리원이 물었다.

"제가 재판장에 나가지 않았어요."

시현이 대답했다. 그는 사내의 아내와 딸만 아주 짧게, 몇 번 만났다. 모녀는 합의를 부탁하러 그가 근무하는 병원에 찾아왔고, 시현은 아무런 대꾸도 하지 않았다. 마지막에는 모녀가 울면서 병원 복도에 무릎을 꿇었다. 그는 그들을 경찰에 신고했다.

그래도 시현은 사내에 대해 알 만큼은 알았다. 사내는 한국 나이로 꼭 마흔이었으며, 이불회사에 다녔고, 딸은 초등학교 4학년이었다. 그 이불회사는 대리점들에 '밀어내기'로 물량을 넘겼는데 남자는 그런 영업 담당이었다. 남자는 전에도 음주운전으로 경찰에 걸려 면허가 정지된 이력이 있었다. 시현의 아내를 치여 죽인 사고를 냈을 때도, 대리점주들과 회식을 하고 술을 마신 뒤 운전대를 잡았다. 그 정도면 시현에게 충분했다.

"그 남자를 해칠지도 몰라 나를 데려온 건가요? 여차하면 제지해달라고?"

리원이 예리하게 지적했다. 시현은 대답하지 않았다. '슈퍼 흰원숭이'가 이성을 잃게 되면 누구도 그걸 막을 수는 없다.

(내가 그 정도로 꼭지를 돌게 될까?)

〈밀양〉에서처럼 죄수가 산뜻한 얼굴로 하나님을 만나 새 삶을 찾았다든가 하는 헛소리를 늘어놓는다면……

"상대는 그냥 어리석고 딱한 사람일 뿐이에요. 아마 그 사람도 충분히 고통을 받고 있을 거예요. 굳이 당신이 미워하거나 벌을 주려 할 필요도 없어요."

리원이 양손으로 시현의 손을 감쌌다.

시현의 관점에서는, 무의미한 이야기였다. 그의 관점에서는, 범인은 시현을 제외한 나머지 세계의 상징이었다. 어느 날 이유 없이 그에게서 가장 소중한 것을 앗아가고 그를 정신적으로 무너뜨린, 잔인하고 거대한 상대. 복수할 가치가 있는 대상.

그는 차에 치인 뒤 하늘로 떠올랐다가 추락해 부서진 가냘픈 몸을 떠올렸다.

(하지만 너도 사람을 죽였잖아. 둘이나.)

그는 스스미와 슈란의 얼굴을 떠올렸다.

빼빼 마른 중년 남자가 교도관과 함께 들어왔다. 수인복을 입고 있었지만 머리는 짧게 깎지 않았다. 남자와 시현이 서로 시선을 피하는 사이, 리원이 교도관을 방에서 나가게 했다.

"죽을죄를 졌습니다. 정말 죄송합니다."

빼빼 마른 남자가 눈물이 그렁그렁한 눈으로 허리를 깊이 숙였다. 시현은 대꾸하지 않았다.

"이리 앉으세요."

리원이 죄수에게 자리를 권했다. 자리에 앉은 남자는 고개를 숙인 채 시현의 눈을 피하고 있었다. 시현은 남자의 몸을 위아래로 훑어보고 있었다. 건강상태나 뉘우침의 기색 같은 걸 살피는 듯했다. 보다 못한 웨이리원이 다시 끼어들었다.

"어떻게 지내세요? 여기 생활은 어떤가요?"

"잘 지냅니다. 과분할 정도로 시설이 좋습니다. 교도관들도 다 잘 대해주시고, 밥도 잘 나오고……"

"가족 분들은 잘 지내시나요? 면회도 자주 오시나요?"

리원이 물었다. 시현은 여전히 날카로운 눈빛을 하고 있었다.

"제가 오지 말라고 했습니다. 애가 여기 와봤자 보고 배울 것도 없고…… 애엄마도 학습지교사를 하게 돼 많이 힘들어합니다. 여기 오느니 그냥 집에서 잠이나 푹 자라고 얘기했습니다."

"저를 원망하지는 않았습니까? 솔직하게 대답해주십시오."

시현이 물었다.

"원망하기도 했습니다."

죄수가 대답했다.

"제가 합의를 안 해줘서요?"

"예."

"억울하다는 생각도 했습니까?"

"예."

"어떤 점이 억울합니까?"

"제 잘못이긴 하지만 제가 그러고 싶어서 그런 것도 아니고…… 정말 사람을 다치게 할 생각은 없었는데 그놈의 술 때문에…… 그날은 대리운전도 안 왔고, 저는 아내랑 아이도 있는데…… 다른 사람들은 과실치사라도 운이 좋으면 집행유예를 받기도 하는데 저는 3년형이나 받았으니 좀 과한 것 아닌가……"

남자는 횡설수설했다.

"사람을 둘이나 죽였잖습니까. 뺑소니를 했고."

시현이 차분하게 지적했다. 리원은 등이 서늘해졌다.

"잘못을 뉘우치고 있나요?"

리원이 급히 끼어들었다.

"예, 예. 깊이 뉘우치고 있습니다."

"어느 정도로나요? 만약 그때 사고로 죽은 사람들이 되살아난다면, 그리고 당신 가족을 누가 책임져 준다고 하면, 평생 감옥에서 지낼 각오도 돼 있나요?"

리원이 다시 물었다.

"네, 물론입니다."

남자가 고개를 조아리며 대답했다.

"이제 돌아가세요. 건강 잘 챙기시고요."

리원이 교도관을 불러 남자를 돌려보냈다. 죄수는 방을 나가기 전 "정말 죄송합니다"라며 다시 고개를 숙였다. 빼빼 마른 남자가 나간 뒤에도 리원과 시현은 한동안 교화방송을 들으며 자리에 앉아 있었다.

"이게 인간이에요. 후회하고 뉘우치면서 한편으로는 억울하다고 생각하고 벌을 피하고도 싶어하는 거예요. 그 모든 감정이 저 사람에게는 진심이었던 거예요. 저 사람을 어떻게 볼지는, 당신이 어느 쪽을 보느냐에 달렸어요."

리원이 말했다. 시현은 공기로 세수를 하듯 손으로 얼굴을 문질렀다.

교도소를 나올 때 리원은 시현에게 괜찮냐고 물었다. 남자는 대답하지 않았다.

결국엔 원점으로 돌아왔다, 고 그는 생각했다.

(이 힘으로 무엇을 해야 할까.)

"알키비아데스는 완전히 다른 구조로 새로 설계할 겁니다. 다음달부터 작업에 들어갈 거예요. 이 아지트도 없앨 겁니다."

황쿤이 말했다.

"알키비아데스가 완전히 사라지는 게 아니라, 새로운 시스템이 생기는 거예요. 그리고 알키비아데스는 유럽미래학자협회나, 아니면 그곳 과학자들이 만드는 새로운 학회와 공동연구를 하는 플랫폼 역할을 하게 될 거예요. 우리는 유럽 사람들이 알아도 된다고 판단한 사항들만 알키비아데스에 올릴 거예요."

리원이 설명을 보충했다. 최근 보름 동안 쿤과 리원은 시현을 배제한 채 둘이서 자주 대화를 나눴다. 시현은 고개를 끄덕이고 "두 분이서 알아서 잘 하시겠지요"라고 대꾸했다. 그는 앞으로 알키비아데스에 새로운 연구 결과를 올리는 것은 백원단이 아니라 주로 유럽미래학자협회가 되리라고 예상했다. 상관없었다.

'백원단 지도부에서 은퇴하겠다'고 시현이 말한 뒤 그들 세 사람은 두 달 동안 이혼전문변호사처럼 일했다. 황쿤은 그들이 한 일이 실제로도 재산분할작업이었다고 생각했다. 그들에게는 정보가 곧 재산이었으니까.

시현이 내건 조건은 간단했다. 'X-인자와 정신조종능력에 대한 정보를 외부에 공개하겠다, 그 대신 그 자신은 백원단으로부터 손을 떼겠다'는 것이었다. 과제를 조각조각 내 외주를 주는 식의 연구는 이제 한계에 봉착했다는 게 시현의 판단이었다. 그는 흰원숭이의 존재를 알릴 외부기관으로 오스트리아에 있는 국제응용시스템분석연구소와 유럽미래학자협회를 택했다.

"유럽 사람들을 정말 믿을 수 있을까요?"

리원이 물었다.

"그래도 미국이나 중국 사람들보다는 유럽인들이 더 믿을 만해 보이지 않습니까?"

시현이 반문했다. 그는 이렇게도 덧붙였다.

"유럽 과학자들도 정신조종능력의 존재를 그렇게 함부로 밖으로 알리지는 않을 겁니다. X-인자에 대한 사항은 극비로 다뤄질 겁니다."

"그리고 그 사람들은 당신을 실험용 쥐처럼 다루겠지요. 뇌를 꺼내서 방부처리를 하려 들지도 몰라요."

리원은 이렇게 대꾸했다. 시현은 실제로 자기 몸을 실험 대상으로 과학자들에게 제공할 계획이었다.

리원과 황쿤은 시현의 은퇴 결심을 되돌리기 위해 긴 토론을 벌였으나, 상대를 설득하는 일이 불가능하다는 것을 깨달았다. 정체가 알려진 시현이 지도부에 남아 있으면 두고두고 백원단의 약점이 되리라는 지적에는 리원과 황쿤도 동의했다.

"머리로야 나도 이 능력이 불로소득이라는 점을 인정합니다. 그래도 유럽 과학자들이 이걸 없앨 연구를 할 거라고 생각하면 가슴이 미어지는 기분입니다. 게다가 나는 여전히 그들이 치료약을 만드는 대신에 우리를 찾아내 몰살시킬 무기를 개발하지 않을지 걱정이 되는군요. 홀로코스트는 유럽에서 일어났던 일 아닙니까?"

쿤은 이렇게 토로했다.

"제가 그들을 감시하겠습니다. 여러분이 위험하게 될 것 같은 상황이 발생하면 즉시 연락을 드리겠습니다. 여러분도 알키비아데스를 통해 유럽 쪽 움직임을 체크할 수 있을 겁니다."

시현이 말했다.

그들은 시현이 외부에 공개해도 괜찮을 자료들과 비밀에 부쳐야 할 자료를 구분하는 일에 매달렸다. 흰원숭이들은 모두 사진기억술 능력자였다. 한 번 본 것은 다시 기억해낼 수 있었다. 문서와 전자파일로 된 자료를 놓고 간다 해도 머릿속에 든 기억까지 어떻게 할 수는 없는 노릇이었다. 리원과 쿤은 일단 시현이 유럽으로 떠나고 나면 그들의 시스템 자체를 변경하기로 했다. 갱신되는 흰원숭이 명단은 리원과 쿤만 알게 될 것이었다.

그들은 대전 아지트에서 헤어졌다. 시현은 떠나기 전 캄팻의 방을 찾았다. 시현은 어쩌면 자신도 오스트리아에서 캄팻과 같은 처지가 될지도 모른다고 생각했다.

"가끔 소식 들려줄 거죠?"

건물 밖으로 나가는 길에 리원이 물었다. 당장이라도 울음을 터뜨릴 것 같은 얼굴이었다. 시현은 말없이 고개를 끄덕였다.

"어떤 일이건 간에 판이 커지면 꼭 등 뒤에서 칼을 들이대는 자들이 생깁니다. 몸조심하십시오."

쿤이 시현에게 말했다.

주차장에서 리원은 쿤에게 잠시 자리를 피해달라고 부탁하고는 시현에게 걸어왔다. 그녀는 머뭇거리다 입을 열었다.

"적당히 즐기며 살 수도 있잖아요."

남자는 대답하지 않았다.

"가지 말아요."

리원은 남자의 옷깃을 잡았다.

남자는 리원에게 키스했다. 여자는 피하지 않았다. 그녀는 눈물을 닦지도 않았다.

그들이 모두 평범한 사람들이었다면. 혹은, 그들이 대등한 능력의 흰 원숭이였다면. 그랬다면 남자는 여자에게 함께 있어달라고 청했을 것이다. 그러나 그들의 시간은 겹치지 않았다. 남자는 여자에게 자신의 상황을 설명할 수도 없었다.

입술을 뗀 남자는 말없이 차에 올라탔다. 그는 그가 가야 하는 길을 갔다.

●

밤이었다. 사람들은 강기슭의 수풀에 숨어 검은 물을 보고 있었다.

그날 아침 그들을 라오스와 태국 국경지대까지 태워다 준 탈북 브로커는 강을 따라 열 시간 정도 걸어가라고 했다. 그러다 강이 두 갈래로 갈라지는 지점에서 기다리고 있으면 해질 무렵에 '림 선생'이라는 다음 브로커가 배를 가지고 올 거라고 설명했다.

"경비대도 조심해야 하지만 강이나 땅바닥도 잘 살피며 가야 돼. 근처 농장에서 키우는 악어 중에 홍수가 났을 때 도망친 놈들이 있거든. 전에 어떤 여자가 악어한테 물려죽었어."

브로커가 히죽 웃으며 말했다.

탈북자들은 브로커가 건네준 주먹밥 몇 개로 그날 하루를 버티며 종일 걸었다. 해질 무렵 브로커가 설명한 지점에 도착했다. 그러나 해가 진 지 한참이 지나도 마중을 나오기로 한 남자는 모습이 보이지 않았다. 여자 한 명이 흐느끼기 시작했다.

"그냥 북에 있었으면 죽어도 가족과 함께 죽었을 터인데, 내래 무슨 영화를 보겠다고 자식새끼랑 떨어져 와서는……"

"간나 조용히 못하네? 여기 조선 사람 있다고 선전하는 거네, 뭐네?"

손에 작은 지도를 들고 있던 남자가 위협적인 목소리로 으르렁거렸다. 남자는 자기가 북한에서 인민군 장교였다고 주장했다. 맨손으로 사람 한둘 죽이는 것은 식은 죽 먹기보다 쉽다고 허풍을 쳐서 처음에는 다들 남자를 무서워했다. 그러나 중국에서 공안에게 쫓길 때 남자가 잔뜩 겁에 질린 모습을 보인 뒤로는 그의 말을 전처럼 두려워하는 사람은 없었다.

밤이 깊어가는데도 만나기로 한 사람이 나타나지 않자 일행은 점점 기운을 잃어갔다. 모기떼가 달려드는데도 그들은 꾸벅꾸벅 졸았다. 그러다 작은 소리라도 들리면 흠칫 놀라며 눈을 뜨고 주변을 둘러보고는 다시 졸기를 반복했다. 북한에서 중국을 지나 라오스까지 수천 킬로미터를 힘겹게 뚫고 온 여정이 이렇게 어이없게 결말이 난다는 게 믿어지지가 않았다.

"천 목사님이 보낸 분들입니까?"

어깨가 다부진 남자가 강에서 그야말로 불쑥 나타났다.

"림 선생님?"

"늦어서 죄송합니다. 지금이 건기라서 여기 지형이 좀 바뀌었어요. 오다가 길을 잘못 들었어요."

극도로 예민해져 있다가 긴장이 풀린 사람들은 실없이 웃음을 터뜨렸다.

"우리는 림 선생님이 안 오시는 줄 알고 여기서 다 메콩강에 빠져죽자고 하던 참입니다."

"아, 저 강만 건너면 태국이고 태국이면 한국에 다 온 거나 마찬가지인데 여기서 물귀신이 되면 어떻게 해요. 그냥 한 잠 푹 주무시면서 기다리시지."

림은 '브로커가 이래도 되는 건가' 싶을 정도로 쾌활하고 수다스러웠다. 가져온 배가 작다고 탈북자 한 명이 걱정스러워하는 말을 했더니 브로커는 태연하게 "배가 작으니까 거기 아저씨는 배에 타지 말고 매달려 가세요"라고 말했다. 림은 그러면서 자신이 전직 장교라고 주장하는 남자를 손가락으로 가리켰다.

"그러다 악어가 나오면 어떻게 해요?"

조금 전까지 울고 있었던 여자가 물었다.

"아, 악어가 나오면 얼른 잡아다 가죽을 벗겨야죠. 그래서 지갑이랑 벨트랑 만들어서 비싸게 팔아야죠."

비좁기는 했어도 어찌어찌 모두 보트에 올라탈 수 있었다. 림은 강섶에서는 노를 젓다가 강줄기 가운데로 들어와서 모터를 켰다. 남자는 고개를 빼들고 강 하류와 건너편 강변을 구석구석 살피더니 안심이라는 표정을 지었다.

"오늘은 경비정도 아예 없는 모양이네. 마음 좀 놓으셔도 됩니다. 큰소리로 떠드는 건 아니 되지만."

"우리는 태국에 가면 이제 어떻게 됩니까?"

탈북 여성이 호기심을 참지 못하고 물었다.

"글쎄, 저도 이다음 코스에서는 어떻게 일을 처리하는지 잘 모르지만…… 아마 방콕까지 버스나 트럭을 타고 가서, 거기서 며칠 숨어지내다 대사관으로 갈 거예요."

"남조선 대사관이요?"

"아니, 한국대사관으로는 안 가요. 거기는 절대로 문을 안 열어주거든. 캐나다나 덴마크, 필리핀 대사관으로 가죠. 캐나다 대사관은 이제 못 들어갈 거 같기도 하네. 지난번에는 거기 대사관에 오십 명이 한꺼번에 들어갔는데 온 나라가 그거 때문에 엄청 시끄러웠죠."

림이 말했다.

"오십 명씩 그렇게 한꺼번에 들어가도 됩니까?"

"그게, 참 나도 그런 일은 처음 봤어요. 전에도 뭐 일곱 명, 여덟 명씩 들어간 적은 있었는데 그런 때도 아주 난리가 나거든요. 활동가들이 경찰들 동태를 살피다가 지금이다, 그러면 숨어 있던 데서 나와서 미친 듯이 달려가서 철문을 넘어야 해. 미리 철문 넘는 연습도 하고, 방송카메라도 불러놔야 돼요. 그러니까 오십 명은 말이 안 되는 거죠. 그것도 한 명도 낙오하는 사람 없이 가는 거는."

"그런데 그때는 어떻게 들어갔어요?"

여자가 물었다. 건너편 강기슭이 다가오자 림은 모터를 끄고 다시 노를 젓기 시작했다. 강바람이 선선하게 불었다.

"그게, 좀 이상한 소문이 있어요."

림이 노를 저으며 말했다. 노를 젓는 물소리가 가만가만 들렸다.

"아이, 우리 림 선생은 사람 애간장을 너무 태우시네. 어떤 소문인데요?"

"백원단이라는 비밀조직이 있다는 거예요. 탈북자들을 도와주는. 그 사람들이 요상한 힘이 있대. 상대를 똑바로 쳐다보면서 뭘 시키면 그 말을 듣는 사람은 꼼짝없이 그 지시에 따라야 한다는 거예요……"■

작가의 말

　이 소설의 모태는 PC통신 시절 천리안 '멋진 신세계'에 연재하다 중
반부에서 손을 떼고 마무리를 짓지 못했던 글입니다. 당시 연재 제목은
『끝』이었는데, 그때는 인류 종말이 눈앞까지 닥치는 상황에서 이야기를
마치고 싶었습니다. 또 백원단이 아니라 '불사조협회'였고, 중국과 라오
스 대신 베트남이 주요무대로 나왔으며, 등장인물도 전혀 달랐습니다.
하지만 정신조종능력을 둘러싼 딜레마와 같은 아이디어들은 당시에도
그대로 있었습니다.
　정신조종능력이 나오는 창작물은 수없이 많지만, 이 소설에 가장 영
향을 많이 끼친 작품은 시어도어 스터전의 소설 『인간을 넘어서』와 요
코야마 미쓰테루의 만화 『바벨 2세』입니다.
　『인간을 넘어서』는 인류 진화의 다음 단계라 할 초인 '호모게슈탈트'
가 겪는 내적 위기를 진지하게 묘사하며, 특히 정신조종능력과 도덕성
의 문제를 연결합니다. 이 소설은 '모든 것이 허용될 때'에 대한 이야기
이기도 합니다.

『바벨 2세』에는 후계자를 찾아 방대한 지식을 물려주려는 초인과 그 상속자, 정신조종능력이 있는 두 초인의 대립, 세계정복을 꾀하는 비밀조직, 신비로운 조력자들이 나옵니다. 요코야마 미쓰테루는 악역인 요미를 기품 있는 인물로 묘사했고, 바벨 2세에 대해서는 "요미를 해치운 뒤 분명 고독하게 살았을 것"이라고 말했는데 저 역시 제 글의 주역들에 대해 같은 느낌입니다.

라오스 문물 묘사는 박재현의 『사바이디 라오스』(2008, 한울)를, 상하이 묘사는 황석원의 『상하이 일기』(2008, 시공사)를 참고했습니다. 이케부쿠로 뒷골목 묘사는 이시다 이라의 『이케부쿠로 웨스트 게이트 파크』 시리즈(2006, 황금가지)를, 탈북 과정 묘사는 이학준의 『사람으로 살고 싶었다』(2012, 쌤앤파커스)를 참고했습니다. 소설 시작 부분에서 도쿄경시청 감찰계 형사들 간의 대화를 통해 미스터리를 던지고 이야기를 끌고 나간 수법은 다카노 가즈아키의 『그레이브 디거』(2007, 황금가지)를 흉내낸 것입니다.

게임 캐릭터 사나다 유키무라의 묘사와 대사는 실제 게임 '무쌍오로치' 시리즈와 '전국무쌍' 시리즈에서 빌려왔습니다. 까울룽씽자이의 묘사 등은 리그베다위키(http://rigvedawiki.net/r1/wiki.php) 사이트를 참고했습니다.

이 소설은 전적으로 픽션입니다. 간혹 현실세계에 실제로 존재하는 인물이나 단체, 국가의 이름이 등장하지만, 그 묘사는 모두 허구입니다. 잘 알려진 이름을 섞어 그럴싸한 분위기를 내고 싶었던 소설가의 욕심을 너그러이 봐주시길 부탁드립니다. 특정 개인이나 단체를 비방하려는 의도는 없었습니다. 또한 소설 속 등장인물들이 펼치는 주장들은 이야기를 끌고 나가기 위한 것으로써, 저의 지론과는 아무런 관련이 없음을 밝힙니다.

옛 멋신 회원들, 은행나무 분들께 감사드립니다. 항상 옆에서 지켜봐
주고 응원해준 HJ에게, 사랑해.

2014년 가을

장강명

호모도미난스
지배하는 인간

1판 1쇄 인쇄 2014년 10월 22일
1판 5쇄 발행 2023년 4월 17일

지은이 · 장강명
펴낸이 · 주연선
책임편집 · 백다흠
편집 · 이진희 심하은 강건모 이경란 오가진 윤이든
디자인 · 김현우 김서영
마케팅 · 장병수 김한밀 정재은
관리 · 김두만 구진아 유효정

(주)은행나무
04035 서울특별시 마포구 양화로11길 54
전화 · 02)3143-0651~3 | 팩스 · 02)3143-0654
신고번호 · 제 1997-000168호(1997. 12. 12)
www.ehbook.co.kr
ehbook@ehbook.co.kr

ISBN 978-89-5660-789-4 03810